Jamaica Lane

Du même auteur
aux Éditions J'ai lu

Semi-poche
Dublin Street
London Road

SAMANTHA
YOUNG

Jamaica Lane

Traduit de l'anglais (Écosse) par Benjamin Kuntzer

J'AI LU

Titre original
BEFORE JAMAICA LANE

Éditeur original
New American Library, published by the Penguin Group (USA) LLC, New York

Pour Tammy Blackwell.
Car, sans toi, Olivia ne serait peut-être
jamais devenue bibliothécaire...
Et aussi parce qu'il fallait que j'introduise la phrase
« Laisse-moi classifier ta décimale »
quelque part dans ce bouquin...

Note de l'auteur

Chers lecteurs,

Je reçois régulièrement des Tweets et des messages de votre part, auxquels vous me joignez des photos de vos périples dans les rues d'Édimbourg. Qu'il s'agisse d'un selfie sur Dublin Street ou d'un portrait près d'un panneau de London Road, votre amour pour la série, ses personnages et son cadre me laisse sans voix. Si, après avoir lu l'histoire de Nate et Olivia, vous décidez de partir à la recherche de Jamaica Lane, je vais vous faciliter la tâche : cette allée n'existe pas sous ce nom, et je l'ai modifiée par souci d'unification dans les titres de la série. Elle s'appelle en réalité Jamaica Street North Lane, et c'est là que les lecteurs pourront trouver le petit deux-pièces où nos deux personnages s'apprêtent à découvrir que la vie, bien souvent, nous entraîne dans des endroits parfaitement inattendus...

1

Stirling, Écosse. Février

À chaque coin de rue, un vent terrible s'abattait sur nous, comme s'il était furieux qu'un bâtiment nous ait abrités. Ses doigts glacials venaient pincer mes joues rosies, me forçant à serrer les bras autour de mon corps et à voûter les épaules pour me préserver de ses assauts.

— Pour la cinquième et dernière fois... où est-ce que tu nous emmènes ? demanda Joss en se blottissant au plus près de Braden, son fiancé.

Celui-ci avait ouvert son manteau en laine pour l'accueillir à l'intérieur et l'étreignait d'un bras passé autour de sa taille. Elle portait une veste élégante sur une robe rouge qui lui allait à la perfection. Et, comme chacune d'entre nous, elle avait des talons aiguilles. En réalité, la seule chose qui la préservait un tant soit peu de l'hiver écossais était une écharpe.

Ellie et Jo étaient à peu près dans la même situation – en robe, escarpins et fin blazer. J'étais à peine mieux couverte avec mon pantalon de tailleur noir, mais mon haut en soie et ma veste légère ne me protégeaient en rien. Moins habituée que mes amies à marcher sur des talons hauts, je progressais difficilement en queue de peloton, tandis que Jo ouvrait la voie pour nous mener vers notre mystérieuse destination.

— Ce n'est plus très loin, promit-elle en nous jetant un coup d'œil par-dessus son épaule.

Nous nous dirigions vers la rue principale du centre-ville. Cam, son fiancé, avait enroulé un bras autour d'elle pour la réchauffer autant que possible. Ellie, la petite sœur de Braden, et le meilleur ami de celui-ci, Adam, étaient également pelotonnés l'un contre l'autre pour fuir les griffes de l'hypothermie. Eux aussi étaient fiancés. C'était d'ailleurs tout récent.

Pour ma part, je n'avais personne pour m'abriter des rafales déchaînées.

— Plus très loin ? la raillai-je.

Depuis mon arrivée à Édimbourg, environ neuf mois plus tôt, Jo et moi étions devenues aussi proches que des sœurs ; je n'avais donc aucun mal à me moquer d'elle, d'autant qu'elle nous avait forcés à sortir dans le froid sans plus d'explications. D'où nos tenues inadaptées.

— Tu as perdu le droit de dire « plus très loin » quand tu as envoyé nos taxis vers la gare de Waverley, repris-je.

Son sourire d'excuse céda le pas à un froncement de sourcils quand nous atteignîmes le carrefour suivant.

— Voilà, je crois que c'est par ici.

— Tu en es sûre ? m'enquis-je tout en claquant des dents.

— Euh… (Jo jeta un coup d'œil au panneau de l'autre côté de la rue et sortit son téléphone.) Une seconde, les copains.

Ils se rapprochèrent les uns des autres, et je me postai légèrement en retrait pour les observer. Je compris alors que, même s'il faisait un froid de canard, je n'en avais cure. J'étais simplement heureuse d'être là avec eux, bien qu'encore surprise de la manière dont j'avais réussi à me greffer à leur groupe. Ils m'avaient parfaitement intégrée, en partie grâce à Jo, et aussi grâce à Nate, le copain de Cam et mon nouveau meilleur ami.

Tandis que je me perdais dans mes réflexions, Nate, qui discutait avec Adam et Ellie, se tourna vers moi pour m'adresser son si beau sourire.

Je cillai, distraite par une soudaine pulsion. Je m'étais tellement habituée à réprimer ces afflux de désir que cela m'avait prise de court. C'était le plus gros problème, quand on avait le béguin pour un ami, surtout quand il se révélait être l'homme le plus canon qui soit.

Cette palpitation, cet accès inattendu d'émotion me renvoya à la première fois que Nate et moi nous étions rencontrés. Honnêtement, je méritais une médaille pour parvenir à taire mon attirance pour lui...

Sept mois plus tôt...

La mère d'Ellie, Élodie Nichols, et son mari, Clark, nous avaient accueillis chez eux, mon père et moi, comme si nous avions toujours fait partie de la famille. C'était agréable. Et cela avait facilité mon intégration dans le cercle d'amis de Jo. Avec Jo elle-même aussi, bien sûr, ce qui était d'autant plus important que nous avions décidé de nous installer en Écosse. Jo était vraiment fantastique. Elle avait vécu de terribles moments au cours des années écoulées. Elle méritait qu'on prenne bien soin d'elle. Et je savais que Cam était la personne idéale pour cela.

Cole et moi étions remontés à l'appartement de Cam, pendant que Jo et lui étaient allés acheter de quoi grignoter. J'avais décidé de m'occuper de Cole afin de leur laisser un peu d'intimité. Ce soir-là, nous avions prévu de traîner avec Nate et Peetie – des amis de Cam dont j'allais faire la connaissance –, et je trouvais que c'était une bonne idée de les laisser un peu seuls avant le grand débarquement. Dès que j'avais ouvert la porte, Cole s'était précipité sur la console du salon tandis que j'étais allée m'affairer dans la cuisine, remplissant des bols et des assiettes pour l'apéritif. J'étais en train de faire la vaisselle quand j'entendis une voix basse, virile et dotée d'un fort accent écossais :

— Eh... Tu n'es pas Cameron.

Quand je fis volte-face pour découvrir mon interlocuteur, les mots à mi-chemin entre mon cerveau et ma langue dégringolèrent et s'assommèrent en route.

Oh.

Mince.

Appuyé contre l'encadrement de porte, les bras croisés sur le torse, se trouvait l'homme le plus sexy que j'aie jamais vu.

Mon cœur se mit à battre ridiculement vite.

Comme je restais muette, il arqua un sourcil interrogateur.

— Tu n'as plus de voix ?

C'était drôle, je parvins donc à me fendre d'un sourire tout en le dévorant du regard. Je l'examinai de la tête aux pieds et, prenant la mesure de sa beauté, je sentis ce curieux fourmillement dans le bas de mon ventre, aussitôt suivi d'une certaine chaleur entre mes jambes.

Oh.

Ah, d'accord.

C'était nouveau.

M'efforçant vainement de faire disparaître les picotements, j'essayai de vaincre cette déferlante de sentiments et de fièvre pour communiquer avec l'inconnu. Qui devait être Nate. Jo m'avait parlé de l'ami « super sexy » de Cam. Et elle n'avait pas exagéré.

Beau comme une star de cinéma, Nate avait une complexion mate qu'on ne s'attendait pas à trouver chez un Écossais et des yeux si sombres qu'ils paraissaient presque noirs – même si, en l'occurrence, ils luisaient d'un éclat malicieux. Il avait de petites fossettes à croquer et de parfaites dents blanches. Ajoutez à cela un nez bien droit et marqué, des lèvres qui me rappelaient furieusement celles d'un acteur ainsi que des biceps qui saillaient sous son tee-shirt, et vous obteniez Nate.

Et, miracle parmi les miracles, son vêtement parvint même à arracher mon regard de ses muscles.

Il portait l'inscription TOUTE RÉSISTANCE SERAIT FUTILE.

La paralysie qui m'emportait généralement lorsque je me retrouvais face à un homme de cet acabit fut réduite à néant quand j'éclatai de rire.

— Tu te prends pour un Bord, c'est ça ?

L'accroche sur son tee-shirt était en effet l'une des phrases récurrentes d'une race extraterrestre de Star Trek.

Il observa l'inscription d'un air surpris, puis reporta les yeux sur moi avec une expression amusée.

— Tu as capté la référence ? La plupart des filles me prennent pour un connard prétentieux.

Je ris de plus belle et m'appuyai au plan de travail.

— J'imagine que c'est sans doute un peu vrai, répliquai-je. Et le doute est permis : tu n'as pas la tête d'un fan de Star Trek.

Un nouvel éclat apparut dans ses prunelles. Je frémis tandis qu'il laissait paresseusement glisser les yeux sur moi pour me détailler tout entière. Sa voix était plus basse, plus rauque, quand il reprit la parole :

— Toi non plus.

L'intensité avec laquelle il me contemplait me fit l'effet d'une douce caresse. Si j'étais quelqu'un d'autre, je penserais qu'il fait exprès de me mettre mal à l'aise, *songeai-je.*

En effet… ma respiration se bloqua. Soudain, l'air semblait trop rare, saturé de cette électricité étrange que je ne parvenais pas à comprendre.

— Tu es une copine de Jo ?

Je dus produire un gros effort pour réprimer la timidité qui m'envahissait de nouveau.

— Cole ne t'a pas prévenu ?

— Peetie est avec lui. Comme j'avais soif, je suis venu directement dans la cuisine.

Il avait recommencé à me dévorer du regard, et mon corps se réveillait, semble-t-il, d'une sorte de sommeil, car les fourmillements, tremblements et autres bouffées de chaleur étaient de plus en plus nombreux.

— C'est sans doute ma meilleure décision depuis longtemps, ajouta-t-il.

Euh... d'accord.

— Ah, au fait, je m'appelle Olivia.

Nate haussa les sourcils puis se racla subitement la gorge en se redressant soudain. Et d'un coup d'un seul, l'atmosphère reprit sa consistance normale.

— C'est toi, Olivia ? Mais bien sûr. L'accent. Bien sûr.

J'acquiesçai, surprise par sa réaction.

— Et je suppose que tu es Nate ?

Son sourire était affable. Platonique. Voilà qui me paraissait plus logique.

— Ouaip, c'est bien ça.

— Cam et Jo arrivent. Je faisais juste un peu de rangement en attendant.

— D'accord. (Il entra finalement dans la cuisine et je l'observai, fascinée, se servir un verre de soda.) Tu en veux ?

— Non, ça va.

Il me sourit derechef, et je me rendis compte que si je n'étais plus si tétanisée devant lui, ce n'était pas uniquement grâce à son tee-shirt de geek. C'était surtout dû à ses yeux, d'une gentillesse insondable, qui me mettaient tout à fait à l'aise... ou plutôt, pas complètement mal à l'aise. Un véritable exploit me concernant quand je me trouvais en présence de garçons que je ne connaissais pas. Surtout quand ils me plaisaient.

— Tu aimes les jeux vidéo, Liv ? me demanda-t-il d'un ton agréable.

— Euh, oui.

— Dans ce cas, pose ton éponge et viens jouer avec nous, me taquina-t-il.

Je pouffai.

— Tu me proposes un rencard ?

Je regrettai ces mots dès qu'ils eurent franchi mes lèvres. Je ne cherchais pas à le draguer. Je ne savais même pas comment m'y prendre ! C'était juste un trait d'humour, et maintenant il allait croire que je...

Le rire de Nate interrompit mes réflexions.

— Uniquement parce que tu as capté la référence à Star Trek. *Sinon, je ne te l'aurais jamais proposé. Les filles ne sont pas les bienvenues dans notre club. Les filles, c'est sale.*

Je croisai les bras d'un air faussement outré et répondis sur le même ton pince-sans-rire :

— Ouais, ben les garçons aussi, c'est dégueu.

Il sourit jusqu'aux oreilles.

— C'est pas vrai. (Il me désigna la porte du menton.) Allez, viens, l'Amerloque. Je vais te massacrer, mais ce sera rapide et sans douleur. Je suis d'humeur clémente.

— Me massacrer ? m'esclaffai-je. Tu as dû me confondre avec quelqu'un qui ne s'apprête pas à te flanquer une raclée.

— Tu sais à quoi on joue, au moins ?

Je secouai la tête.

— Quelle importance ? Je vais t'écrabouiller quoi qu'il arrive. D'abord, on se chauffe, et ensuite je te donne la fessée.

Nate bascula la tête en arrière et rit aux éclats.

— Oh, merde ! Allez viens, la comique. (Il me saisit par le coude, et j'espérai secrètement ne pas m'être empourprée.) Je vais te présenter Peetie.

Je le suivis dans le couloir, touchée par la rapidité avec laquelle il semblait m'avoir adoptée. J'avais l'impression que j'allais bientôt être considérée comme « un pote ». Je m'en doutais, car cela m'arrivait tout le temps. Ça ne me dérangeait pas. Ça impliquerait seulement de faire taire les papillons dans mon ventre chaque fois que je verrais Nate. Et, pour cela, j'allais devoir annihiler ces foutus lépidoptères...

— Liv ? Liv, ça va ?

Je cillai de nouveau, de retour sur ce trottoir de Stirling par cette soirée hivernale.

Nate était planté juste devant moi, les sourcils froncés.

— Tu étais partie ?

Je souris.

— Désolée, je crois que le froid m'engourdit le cerveau.

— Allez, viens ici (il passa mon bras sous le sien et me serra contre lui), avant que tes mains commencent à geler.

Je me détendis volontiers contre son flanc musclé.

— Tu n'aurais pas pu faire ça plus tôt ? Genre, trois rues avant ?

— Et ne pas voir ton regard horrifié à chaque nouveau carrefour ? me taquina-t-il en me frictionnant le bras.

Je fis la grimace, mais comme nous nous charrions tout le temps, je ne m'offusquai pas.

— Navrée, les gars, lâcha nonchalamment Jo pardessus son épaule, l'air légèrement coupable. J'aurais dû vous faire prendre des manteaux.

— On-on-on-on est-est-est-est é-é-écossais, grelotta Ellie en enroulant les doigts dans le manteau d'Adam. On-on-on s-s-s-survivra.

Je serrai le bras de Nate et nous reprîmes notre marche.

— Enfin, moi, je suis américaine, leur rappelai-je. Et je viens de l'Arizona.

— Moi aussi, je suis américaine, et ça va, intervint Joss, dont la voix était plus décontractée que le corps.

Elle vacilla quand son talon se prit entre deux pavés. Braden l'aida à s'en dégager tandis qu'elle injuriait le sol.

— C'est peut-être grâce à l'armoire à glace contre laquelle tu te blottis ? suggérai-je d'un ton cassant.

Elle rit doucement en se collant au plus près de son protecteur.

— Possible.

— Nous aussi, on a froid, intervint Nate. Mais comme on a l'habitude, on ne se plaint pas sans arrêt.

— Personne ne se plaint, contra Joss. C'est juste notre façon de prévenir Jo que si elle ne se dépêche pas de nous mener à bon port, on risque de la brûler pour se réchauffer.

L'intéressée éclata de rire.

— On y est presque... Enfin, je crois...

Nous quittâmes la grand-rue pour emprunter une venelle ; Jo examinait les façades en fronçant les sourcils, et nous continuions à la suivre. Cette rue était tout ce qu'il y a de plus normal, avec nombre de voitures garées le long de la chaussée.

Nous célébrions ce jour-là le vingt-huitième anniversaire de Cam, et si nous avions tous cru devoir nous habiller élégamment pour aller fêter ça à Édimbourg, Jo nous avait pris de court avec son plan secret. Et par je ne sais quel miracle, nous avions atterri là, à Stirling, une ville magnifique avec un château somptueux et de petites ruelles pittoresques ; peut-être aussi la plus petite ville du monde.

J'ignorais sincèrement pourquoi Jo avait bien pu nous traîner ici.

Soudain, elle se fendit d'un large sourire et s'arrêta devant un bar.

— On y est.

Nous nous tournâmes tous vers la devanture et échangeâmes des regards intrigués. Ce bar n'avait rien de particulièrement glamour. C'était juste... un bar.

— *Où*, exactement ? s'enquit doucement Cam avec une moue amusée.

— Là.

Elle leva un doigt, et nous suivîmes la direction qu'elle nous indiquait jusqu'à la plaque de rue vissée dans la brique au-dessus de l'entrée.

CAMERONIAN PLACE.

J'éclatai de rire maintenant que je commençais à comprendre.

— Tu nous as traînés jusqu'à Stirling pour nous montrer une plaque de rue ? s'étonna Nate, incrédule.

Jo acquiesça, l'air incertain.

— Ce n'est pas n'importe quelle plaque de rue. C'est l'anniversaire de Cameron. Il mérite qu'on boive un verre à sa santé sur sa propre place.

Tout le monde, sauf Cam, sembla déconcerté par sa réponse. Son fiancé, en revanche, l'attira contre lui et la dévisagea avec une intensité telle que ma poitrine se comprima.

— C'est une super idée, j'adore. (Il l'embrassa délicatement.) Merci.

Un mélange de joie et de jalousie m'emplit brièvement. J'adorais le fait que Jo ait quelqu'un dans sa vie qui la vénérait, mais je me demandais si un jour un homme regarderait dans *mes* yeux comme si rien d'autre au monde ne comptait.

Arrachée à mes rêvasseries par les moqueries collectives dirigées vers Jo, je me joignis à leurs éclats de rire et nous rentrâmes nous réfugier dans la chaleur du bar. Nous étions sans doute vêtus de façon trop chic pour le lieu, mais puisque nous étions tous du genre décontracté, nul ne fut contrarié par la petite escapade que nous avait imposée Jo. En réalité, je pense que même les garçons trouvaient au fond d'eux l'attention attendrissante.

Et elle l'était. Jo était tellement adorable que je n'étais jamais surprise quand elle organisait une activité aussi mignonne que de nous faire faire à tous une heure de trajet pour que Cam puisse boire un verre dans une rue à son nom.

Papa n'avait jamais cessé de me parler d'elle depuis le jour où nous nous étions rencontrés. J'en avais d'abord voulu à cette fille qui m'avait privée de mon père pendant les treize premières années de mon existence. Ma mère ne l'avait jamais critiqué, et comme j'étais assez précoce – en plus d'être entourée d'amis dont les parents divorcés n'arrêtaient pas de balancer des remarques acerbes sur leur ex –, j'avais toujours trouvé étrange que maman ne soit pas folle de rage après le type qui ne l'avait pas suivie alors qu'elle était enceinte. J'avais donc décidé de mener ma petite enquête et l'avais tannée pendant des mois jusqu'à la faire craquer.

Je me souviens de la rage folle qui m'avait consumée quand j'avais découvert qu'elle ne lui avait même jamais parlé de mon existence.

Quand elle l'avait rencontré, alors qu'elle faisait ses études à l'université de Glasgow, ils avaient entretenu une relation fougueuse à laquelle maman avait brusquement mis un terme en rentrant à Phoenix à la fin de son année. Elle n'avait découvert sa grossesse qu'une fois aux États-Unis. Elle ne m'avouerait que bien des années plus tard n'avoir pas prévenu mon père, parce qu'elle l'aimait trop pour le forcer à revenir dans sa vie. J'adorais ma mère, mais elle avait ses faiblesses. Elle était jeune et avait pris une décision égoïste. À treize ans, j'avais eu beaucoup de mal à l'avaler. Il nous avait fallu longtemps pour retrouver des rapports normaux.

Un temps que je regretterai toujours d'avoir perdu.

Le fait que papa abandonne l'Écosse pour venir servir de père à une petite fille qu'il ne connaissait pas en disait long sur le genre d'homme qu'il était. Il avait sacrifié son existence pour faire partie de la mienne. Mais, ce faisant, il avait laissé tomber Jo.

Quand Cam l'avait contacté pour lui proposer de reprendre contact avec elle, j'avais repensé à combien mes actes avaient changé la vie de Jo. Son propre père étant en prison et sa mère alcoolique. Mon père – un ami de longue date de celui de Jo – était la seule figure parentale stable qu'elle et son frère Cole avaient dans la vie. Naturellement, papa ignorait jusqu'à notre voyage à Édimbourg que la mère de Jo, Fiona, était à ce point dépendante de la boisson, laissant Jo élever seule son petit frère. Papa et moi nous sentions aussi coupables l'un que l'autre de cet état de fait.

Cependant, cette culpabilité disparaissait chaque fois que j'avais l'occasion de passer un peu de temps avec Jo et Cam. Après tout ce qu'elle avait vécu, elle avait fini par trouver un homme à la mesure de la personne incroyable qu'elle était, et qui la traitait avec le respect et l'amour qu'elle méritait.

Tout en sirotant la pinte de bière que Nate m'avait apportée, j'examinai chacun de mes amis. Je me retrouvais assise au milieu d'un groupe de personnes qui avaient connu l'enfer et en étaient revenues pour trouver celui ou celle avec qui elles voulaient passer le reste de leur vie.

Outre Jo et Cam, il y avait Joss, ma compatriote, certes à moitié écossaise, qui s'était installée à Édimbourg pour fuir la vie dépourvue de sens qu'elle menait en Virginie. Quand je pensais à la perte qu'elle avait subie, je n'arrivais honnêtement pas à savoir comment elle faisait pour tenir le choc. Ma mère était décédée quand j'avais vingt et un ans, mais tous les membres de la famille de Joss étaient morts alors qu'elle n'en avait que quatorze. D'après ce qu'on m'avait raconté, elle était encore complètement traumatisée quand elle s'était installée chez Ellie et avait rencontré Braden, le frère de celle-ci. Apparemment, ils avaient connu des hauts et des bas à cause des problèmes de Joss, mais ils avaient fini par surmonter ces épreuves. Et, d'ici à trois semaines, ils seraient mariés.

Et puis, bien sûr, il y avait Ellie et Adam. Ellie et moi partagions un même idéal romantique, et elle m'avait raconté toute l'histoire de leur relation. Elle était amoureuse du meilleur ami de son frère depuis des années, mais il ne l'avait pas remarquée avant son dix-huitième anniversaire. Elle avait depuis dû attendre plusieurs années avant de le voir tenter une approche, et encore, il avait annoncé avoir commis une erreur. Il ne voulait apparemment pas risquer de gâcher son amitié avec Braden. Il avait depuis maintes fois changé d'avis, jusqu'à ce qu'Ellie se résolve à l'oublier pour de bon ; c'était alors qu'on lui avait diagnostiqué une tumeur au cerveau, ce qui avait poussé Adam à se manifester. Heureusement pour nous tous, la tumeur se révéla bénigne ; et heureusement pour Adam, il s'était réveillé à temps pour la séduire. Ils étaient fiancés depuis un bon moment, même s'ils ne nous l'avaient annoncé que très récemment, depuis qu'elle arborait fièrement une alliance rutilante à la main gauche.

J'étais cernée d'amour, et pas de ces faux sentiments mièvres, étouffants et ostentatoires, mais d'un véritable amour intime, où chacun connaît les petites bizarreries et excentricités de l'autre sans que cela nuise à quoi que ce soit.

— Ton dernier essayage est lundi, Joss, déclara soudain Ellie avant d'avaler une gorgée de mojito.

Elle était assise près d'Adam, qui s'était tassé au côté de Jo et de Cam dans le seul box disponible du fond de la salle. Joss, Braden, Nate et moi étions installés en face d'eux, et je maudissais intérieurement Jo de m'avoir poussée à chausser ces talons de dix centimètres.

Joss s'appuya contre Braden et répliqua :

— Merci de me le rappeler. Il faut que je me prépare à entendre les remarques caustiques de Pauline.

Cam fronça les sourcils.

— Pourquoi as-tu acheté une robe chez elle, si c'est une telle peau de vache ?

Jo, Ellie et moi répondîmes à l'unisson :

— La robe.

Alors que je n'habitais à Édimbourg que depuis trois mois, j'avais été profondément flattée que Joss me demande d'être l'une de ses demoiselles d'honneur. Son amie de fac, Rhian, était arrivée de Londres pour le week-end, et nous étions toutes parties à la chasse aux robes idéales. Après quelques disputes avec Ellie au sujet de la couleur, Joss avait décrété que nous serions en champagne. Nous nous étions rendues dans un magasin de la nouvelle ville où la propriétaire, la fameuse Pauline, avait multiplié les réflexions cinglantes au sujet de notre manque ou de notre surabondance d'attributs.

Nous étions toutes trop plates, trop opulentes, trop maigres ou trop grosses…

Alors que nous nous apprêtions à sortir, Joss avait enfilé une robe que la connasse lui avait recommandée. Ellie avait fondu en larmes.

Ouais, elle était vraiment magnifique.

À l'évidence, Pauline savait habiller les mariées – elle ne savait simplement pas leur parler. Pas plus qu'à n'importe qui d'autre, d'ailleurs. On ne peut pas dire que je déborde de confiance en moi, et je suis plus complexée que la moyenne vis-à-vis de mon corps, j'avais donc quitté le magasin en ayant l'impression d'être une énorme génisse. *Merci, Pauline.*

Joss se mit à rire et se tourna vers Braden.

— On dirait bien que la robe leur plaît.

— C'est ce que j'ai cru comprendre, murmura-t-il. N'empêche, j'ai plus hâte de te la retirer que de te voir avec.

— Braden, gémit Ellie, pas devant moi.

— Commence par arrêter d'embrasser Adam sous mes yeux, on verra si je peux mettre le holà aux allusions sexuelles nous concernant, ma femme et moi.

— Vous n'êtes pas encore mariés, lui fit remarquer Nate. Profites-en.

Je ricanai.

— Nate, ta peur de l'engagement refait surface.

Il me considéra d'un air faussement horrifié.

— Où ça ? (Il se tapota nerveusement les joues.) Enlève-moi ça.

J'effaçai du pouce une tache imaginaire sur sa pommette pour le rassurer.

— Ça y est, c'est parti.

— Ouf. (Il avala une grande lampée de bière et observa autour de lui.) Je n'aurais jamais pu pécho avec un truc pareil sur le visage.

— Comme c'est romantique, marmonnai-je.

Il m'adressa un large sourire et nous désigna un groupe de femmes réunies autour du comptoir.

— Le devoir m'appelle.

Il traversa nonchalamment la salle pour aller se poster près d'une fille, debout avec ses amies. Les amies en question s'écartèrent légèrement quand Nate et sa future conquête se mirent à flirter sans vergogne. Bien évidemment, l'heureuse élue était splendide : des traits parfaits, de longs cheveux bruns, un teint laiteux, extrêmement bien roulée. Comme moi, elle était sans doute en léger surpoids, mais contrairement à ma personne, cela lui allait bien. Il fallait reconnaître ça à Nate : il n'avait pas de type de fille particulier et il se fichait qu'elles soient maigrelettes, rebondies, fortes de poitrine ou athlétiques. Tant qu'elles étaient mignonnes, elles l'intéressaient.

Dès qu'il eut souri à la brunette, elle était fichue.

Cela ne me surprenait pas le moins du monde. Haut d'un mètre quatre-vingts, Nate n'était pas particulièrement grand, mais l'association de son corps sculpté par la pratique des arts martiaux, de son visage magnifique et de son charisme inné le rendait irrésistible, et la plupart des femmes se fichaient éperdument de le dominer, juchées sur leurs talons, tant qu'elles passaient la soirée à son bras.

Je ne connaîtrais jamais ce plaisir. Nate ne me verrait en aucun cas comme un être sexué, il était donc vain d'autoriser mes pensées à vagabonder dans ce sens. Je crois que je connaissais mieux le véritable Nate que la plupart des gens, je n'avais donc aucun mal à le ranger dans la catégorie « amis » ; cela me permettait de mettre en sourdine l'attirance que j'éprouvais à son égard, car je savais pertinemment que ça ne mènerait nulle part. J'aimais mieux l'avoir comme ami que le perdre. Malgré sa volonté farouche de ne pas s'engager et sa mentalité de play-boy, il avait vraiment bon fond et se révélait être un excellent ami.

— Voilà, elle est foutue, commenta Joss à mi-voix.

Je me tournai vers elle et haussai un sourcil en la voyant faire la moue vis-à-vis de Nate et de sa conquête.

— Il ne leur fait jamais aucune promesse.

Elle rit.

— Pas la peine de le défendre. Je sais qu'il joue toujours franc-jeu, mais on parle de filles, là. Parfois, elles n'entendent que ce qu'elles veulent entendre.

— Ouais, mais Nate est un véritable artiste. C'est comme un sixième sens pour lui. Dès qu'il perçoit le moindre changement dans l'attitude de son interlocutrice, il met les voiles.

— J'ai hâte d'en voir une lui faire tourner la tête, enchaîna Ellie avec un sourire malicieux.

— Moi aussi.

Jo m'adressa un coup d'œil, puis se détourna aussitôt, et je fis mine de ne pas comprendre ce qu'elle sous-entendait.

Je m'empressai de changer de sujet.

— Vous avez vu le nouveau tatouage de Cam ? C'est Cole qui l'a dessiné, annonçai-je.

Cole Walker était le plus gentil gamin qui soit. Jo l'avait éduqué mieux qu'une mère, et la meilleure chose qui leur était arrivée à tous deux – en dehors du fait qu'ils soient si proches – était Cameron MacCabe. Cole et lui se ressemblaient énormément – tous deux étaient artistes et un peu geeks sur les bords –, et Cam avait chargé son cadet de lui dessiner un nouveau tatouage.

Qui était splendide.

Un « C » et un « J » étaient dissimulés parmi les fioritures d'un dessin tribal.

— Oh, fais-nous voir, réclama Ellie avec un sourire.

Cam secoua la tête.

— Il est sur mes côtes.

— Oh, allez, ce n'est pas comme si on allait s'évanouir en voyant tes abdos, le taquina Joss.

— De sacrés abdos, rétorqua Jo en tapotant fièrement le ventre de son homme.

Braden but une gorgée de whisky.

— Personnellement, je n'ai aucune envie de les voir. Ça pourrait... me faire envie.

Adam opina d'un air pince-sans-rire.

— Moi aussi.

— Allez vous faire foutre, marmonna Cam avec une moue amusée.

— Oh, puisqu'il joue les rabat-joie... grommelai-je en farfouillant dans mon sac. (J'en sortis une feuille de papier et dépliai devant eux le modèle de Cole.) Voilà le tattoo.

Alors que les autres se penchaient dessus, Jo me sourit.

— Tu comptes le garder ?

— Bien sûr ! Et je vais demander à Cole de me le signer.

Elle pouffa.

— Déjà qu'il en pince pour toi, ça ne va rien arranger…

Je haussai les épaules.

— Il faut bien qu'il sache à quel point il est doué.

— Rien à redire là-dessus.

Nous échangeâmes un nouveau sourire tandis que nos amis vantaient les mérites de Cole.

Nate vint bientôt nous rejoindre, et la brunette retourna avec ses amies sans cesser de loucher sur lui.

— Tu ne vas pas… ? m'étonnai-je en tournant vers la jeune femme un regard lourd de sens.

— Oh, si. (Il eut un sourire enfantin.) Mais je lui ai dit qu'on fêtait l'anniversaire de mon pote et que je voulais d'abord passer un peu de temps avec lui.

Fidèle à sa parole, Nate resta en notre compagnie jusqu'à la fermeture. Nous étions tous prêts à partir quand il me souffla à l'oreille :

— J'y vais.

Je pivotai vers lui, repérant la jolie brunette du coin de l'œil.

— D'accord, amuse-toi bien.

Il me décocha un clin d'œil puis m'embrassa sur la joue.

— Toujours.

Après avoir dit au revoir aux autres, Nate prit la fille par la main et quitta les lieux. Une flèche de jalousie me transperça tandis que je contemplais fixement la porte. Mon ami était maître dans l'art de la séduction. S'il voulait coucher, il y arrivait sans peine.

Malheureusement, tout le monde n'a pas autant d'aisance.

2

Édimbourg

Papa et moi avions pris la décision de rester à Édimbourg, pas seulement à cause du trou noir que la mort de maman avait laissé en Arizona – même si cela joua un rôle prépondérant –, mais parce que j'avais perdu mon boulot, mes projets d'avenir et mon enthousiasme pour à peu près tout. Le cancer de maman avait été diagnostiqué alors que j'avais seize ans. Elle s'était battue, mais il était revenu trois ans plus tard. J'avais alors vingt ans et étais en troisième année de fac ; j'avais pris quelques mois pour rentrer à la maison et passer du temps avec elle.

Elle nous quitta deux jours après mon vingt et unième anniversaire.

Mon père avait dû beaucoup insister pour me convaincre de retourner à l'université, et j'avais fini par l'écouter pour enfin obtenir mon master en Information et Bibliothéconomie. J'avais décroché un job à Phoenix dans notre bibliothèque de quartier, mais trois mois avant que Cam entre en contact avec papa, elle avait dû fermer par manque de moyens et je m'étais retrouvée au chômage.

Ça tombait au pire moment possible, car je commençais tout juste à me remettre de la disparition de maman. Notre voyage à Édimbourg fut donc plus que bienvenu.

— Euh, excusez-moi.

Je recouvrai brusquement mes esprits et me penchai sur le comptoir du guichet des renseignements de la bibliothèque, adressant un sourire patient à la jeune fille exaspérée qui me faisait face.

La bibliothèque était divisée en deux parties : l'une en libre-service, l'autre réservée aux archives et aux collections privées. Je travaillais dans la première, au sein d'une équipe d'environ quarante-cinq personnes. Et parmi elles, nous étions au moins neuf à posséder un diplôme en bibliothéconomie. Seuls deux d'entre nous étaient bibliothécaires : mon manager, Angus, et mon superviseur, Jill.

Le père adoptif d'Ellie, professeur d'histoire antique à l'université d'Édimbourg, m'avait écrit une lettre de recommandation qui m'avait permis d'obtenir un entretien à la bibliothèque principale du campus. Malheureusement, il n'y avait pas beaucoup de postes de bibliothécaire ; on m'avait donc confié un boulot d'assistante. Mais cela ne me dérangeait pas plus que ça : j'avais au moins trouvé du travail dans ma branche.

Normalement, je passais soit la matinée, soit l'après-midi aux renseignements ou dans la réserve, et le reste de la journée dans un bureau à effectuer des tâches purement administratives. Je préférais de loin être aux premières loges, au contact des étudiants. Je ne travaillais là que depuis huit mois, mais je connaissais déjà nombre d'entre eux et m'entendais aussi bien avec eux qu'avec mes collègues.

— Je peux t'aider ? demandai-je assez fort pour me faire entendre malgré le bruit du hall.

Derrière les portiques de sécurité de l'entrée principale se trouvait une zone autour de l'escalier où les étudiants avaient l'habitude de se retrouver. Au bout de ce dégagement se trouvait le bureau des renseignements, d'où je pouvais enregistrer les emprunts. La réserve des livres fréquemment empruntés était dans mon dos. Là, les élèves pouvaient sortir les livres pour trois heures ou une semaine, selon les conditions imposées par le professeur. Les amendes étaient pour le moins salées en cas de restitution tardive. Ça n'a l'air de rien, mais si un étudiant était en retard d'une ou deux semaines, voire d'un mois… Ouais, vous voyez ce que je veux dire. Ce que j'aimais le moins, dans ce travail, c'était d'avoir à annoncer aux étudiants le montant de leur prune.

La fille se rapprocha de moi, le rose aux joues.

— Je suis en binôme avec une amie qui dispose d'une salle PMR. Seulement, on ne peut pas y accéder à cause… d'autres étudiants et de certaines activités…

Comme elle s'empourpra, je compris immédiatement où elle voulait en venir et jetai un coup d'œil à Angus, qui sortait un classeur d'une armoire. C'était un quadragénaire chauve et plutôt pas mal, avec des yeux doux et un humour cinglant. Ayant entendu notre conversation, il réprima un sourire et me lança :

— C'est ton tour.

Je fis la grimace, puis me forçai à adopter un masque de sérénité quand je me retournai vers la jeune fille.

— Je vais aller voir.

Contournant le comptoir, j'allai la rejoindre ; elle était tétanisée par la honte. Bon sang, j'espérais qu'il s'agissait simplement de pelotage et pas d'une partie de jambes en l'air endiablée. Ah, les hormones…

— Je suppose que ton amie a oublié de verrouiller la salle en sortant ?

De petites pièces au premier étage étaient attribuées au semestre à des personnes à mobilité réduite. Malheureusement, il m'arrivait très régulièrement de devoir chasser d'autres étudiants, qui non seulement n'avaient rien à y faire, mais s'en servaient en outre comme de chambres d'hôtel.

Depuis que j'en avais surpris deux dans les répugnantes toilettes pour hommes, plus rien ne me choquait.

En abordant l'escalier, je dus fournir un gros effort pour ne pas me laisser attirer par l'odeur du café qui émanait du foyer. J'aurais préféré mille fois boire un latte plutôt que de jouer le rôle de videuse de maison close.

— Elle a dû oublier, admit-elle en pinçant les lèvres. Mais ce n'est pas une raison.

En effet.

Une fois au premier étage, je repoussai mes longs cheveux par-dessus mes épaules et entrai dans la salle principale, avançant à grands pas silencieux entre les compartiments individuels, les box de travail et un groupe d'étudiants qui gloussaient devant les salles réservées aux handicapés. Arborant un air sérieux, je me tournai vers la jeune fille.

— Laquelle ?

Elle me désigna la troisième porte.

Je pris une brusque inspiration et saisis la poignée d'un geste déterminé avant d'ouvrir à la volée, me forçant à garder les paupières ouvertes.

Une fille glapit et un garçon grogna :

— Putain, qu'est-ce... ?

Je les observai, les bras croisés, et il remonta hâtivement sa braguette tandis qu'elle rajustait sa robe. Elle descendit du bureau sans lâcher son copain, des larmes de rire plein les yeux.

— Ce n'est pas un hôtel, leur dis-je d'un ton calme. Et la bibliothèque n'est pas un lieu de rendez-vous. *Capisci ?*

— Quoi, vous vous prenez pour Al Capone ? s'esclaffa le garçon en entraînant son amie vers la porte.
Je poussai un lourd soupir.
— Je vous demande simplement d'avoir un peu de considération pour les autres, d'accord ? (Je l'examinai rapidement et haussai un sourcil désapprobateur.) Personne n'a envie de voir ça.
La fille gloussa tandis que le mec ricanait en me bousculant pour sortir.
Cela devait faire au moins cinq fois depuis que j'avais commencé ce job que je mettais quelqu'un dehors pour ce genre de conduite.
Et dire que certains trouvent les bibliothèques ennuyeuses...

J'avais terminé mon tour de garde aux renseignements et étais retournée travailler dans la réserve. Tout en rangeant et en surveillant le passage, je réfléchissais à ce que j'allais cuisiner ce soir-là – Nate devait venir travailler chez moi – lorsque Benjamin Livingston fit son apparition.
Tâchant d'avoir l'air naturel, je me faufilai entre les rayonnages et m'approchai du comptoir, au cas où il ait besoin d'aide. Quelque part, j'espérais vraiment que c'était le cas, même si cela me terrifiait.
Ce mec était magnifique – pas le genre de beauté virile et authentique dont Nate était doté, mais plutôt la beauté féroce d'un homme habitué au grand air, d'un homme capable d'abattre un arbre à mains nues.
J'avais aidé Benjamin à quelques reprises. Évidemment, je n'avais pas été capable de lui adresser plus de deux ou trois mots, que j'avais chuchotés de peur de les entendre sortir dans le désordre, ce qui avait tendance à arriver quand je parlais à un garçon qui m'attirait. D'après les ouvrages qu'il empruntait, il devait être en troisième cycle d'histoire. Je l'apercevais générale-

ment plusieurs fois par semaine et, depuis quelque temps, il me tardait vraiment de le voir reparaître.

Du haut de son mètre quatre-vingt-quinze, Benjamin était carré d'épaules et avait toujours un sourire au coin des lèvres. Ses grands yeux verts étaient si clairs qu'ils donnaient envie de s'y baigner. La dernière fois que je l'avais vu, j'avais rêvé de me le faire derrière une étagère. C'est seulement après son départ que j'avais compris avoir un coup de cœur pour lui. J'étais résolue à vaincre ma timidité pour engager une véritable conversation.

Je ne sais pas d'où me venait cette incapacité à communiquer avec la gent masculine. Ma mère ayant été malade durant une bonne partie de mon adolescence, je n'avais pas autant de temps libre que les personnes de mon âge, parce que je veillais beaucoup sur elle. Et puis, je n'osais pas aborder les garçons de l'école. J'avais eu deux rencards au lycée, dont l'un s'était achevé par une séance de pelotage mémorable par sa gaucherie.

Les deux premières années de fac ne s'étaient pas mieux déroulées. J'avais bêtement décidé de me débarrasser de ma virginité en picolant avant de coucher avec un cinquième année que je connaissais à peine. Ça avait été bizarre, douloureux, horrible. Et quand il avait eu fini, il s'était immédiatement rhabillé pour partir. Je ne me souviens pas de m'être un jour sentie plus humiliée, vide ou insignifiante, et cet événement avait sacrément ébranlé ma confiance en moi. En vérité, j'avais eu tellement peur de renouveler l'expérience après ça que je m'en étais abstenue. Puis il était apparu évident que l'état de santé de maman ne s'améliorerait pas, et j'étais rentrée à la maison pour m'occuper d'elle.

Quand j'étais retournée à la fac, j'avais tant conscience de mon inexpérience avec les hommes que la femme avenante que j'étais se transforma en préadolescente affectée de troubles du langage. En outre, j'étais si complexée que mon pouvoir de séduction en faisait les frais.

— Salut.

J'écarquillai les yeux tandis que Benjamin approchait du comptoir et remontait son sac à dos, faisant rouler ses biceps sous sa chemise bleue.

Il m'adressa son superbe sourire en coin.

— Il semblerait que j'aie une amende à payer.

Il me tendit un ouvrage, que je saisis sans rompre le contact visuel que nous avions établi.

Tu peux le faire.

Pour recouvrer l'usage de la parole, j'allais devoir me détourner. C'était comme contempler trop longtemps le soleil.

Les doigts tremblants, j'examinai le livre puis tressaillis en voyant le montant s'afficher à l'écran.

— Aïe. Tant que ça ?

Ai-je déjà dit qu'il avait cet adorable accent écossais qui me donnait envie de le croquer ?

Je pris une longue inspiration, chassant cette image qui s'était imposée à moi.

— Tu as trois jours de retard, ça fait quatre-vingt-quatre livres.

Il grimaça.

— On ne m'y reprendra plus. Mais c'est quoi, ces tarifs ?

Ce n'est pas ma faute ! Ce sont les dieux de la bibliothèque qui décident !

— Deux pence la minute, répliquai-je calmement.

— Ah, d'accord. (Il m'adressa un sourire rassurant en me donnant sa carte de crédit.) Ça m'apprendra à ne pas respecter le règlement.

Il lui fallut moins d'une minute pour payer, mais j'aurais pu mettre à profit ces quarante et quelques secondes pour lui demander quelque chose. Au lieu de quoi, je fis mon job sans piper mot et fus incapable de croiser son regard en lui rendant sa carte et son reçu.

— Eh bien, merci.

Mes yeux restèrent vissés sur son menton tandis que je haussais les épaules. *Hausser les épaules ? Mais pourquoi... ?*

— Au revoir.

Mon propre menton se redressa légèrement pour le saluer.

Puis Benjamin partit.

Sacrée conversation.

Je me retournai en ronchonnant et me tapai doucement la tête contre le mur à plusieurs reprises.

— Oh, Liv, ça va ? me demanda Angus.

Honteuse de m'être fait repérer, je virai au rouge et me retournai brusquement vers mon chef.

— Je m'assurais juste de la solidité du bâtiment. Tout va bien.

Angus arqua un sourcil interrogateur.

— Et ta santé mentale ?

— C'est clairement le prochain truc à vérifier.

3

Chaque semaine, mon père, Jo, Cam, Cole et moi essayions de nous retrouver autour d'un dîner. Ce soir-là, nous avions réservé une table dans mon restaurant italien préféré, le *D'Alessandro's*, sur India Street, juste au coin de ma rue. Cam et papa se disputaient souvent l'addition, mais mon père avait l'avantage de la taille et de l'ancienneté, il l'emportait donc généralement.

J'adorais ces repas. Pas seulement grâce à la cuisine du *D'Alessandro's*, mais aussi parce que Jo, Cam et Cole semblaient désormais faire partie de notre famille, tout comme ils nous avaient intégrés à la leur. Surtout Cole. À ce que je savais, avant que Jo ne rencontre Cam, il n'avait eu qu'elle. À présent, il était bien entouré. Il méritait d'avoir une famille, même dépourvue de liens du sang. Jo m'avait affirmé qu'il était rare que Cole se rapproche aussi vite de quelqu'un qu'il l'avait fait avec moi, même si nous savions tous que son amitié initiale s'était muée en coup de cœur. Mais Cole était trop chouette pour rendre la situation gênante, et je faisais toujours mine de ne me rendre compte de rien. En apparence, Cole aurait pu avoir dix-huit ans. Il avait encore bien grandi au cours des neuf derniers mois, si bien qu'il mesurait désormais un mètre quatre-vingts à tout juste quinze ans. Sa large carrure était due aux cours de judo qu'il suivait avec Cam et Nate, et son éducation lui conférait une certaine maturité qu'on ne retrouvait presque jamais chez les garçons de son âge. Cependant, à mes yeux – et à ceux de Jo, pour en avoir discuté avec elle –, il restait cet adorable gamin qu'on chérissait. Cela le rendait parfois dingue, étant donné que la plupart des gens le traitaient comme le jeune adulte qu'il paraissait être.

— Tu as lu de nouveaux livres qui pourraient me plaire ? me demanda-t-il tandis que j'avalais une gorgée de vin.

— Justement, oui. Angus m'a recommandé une dystopie, une histoire de société clandestine. Tu vas adorer.

— Super. Je peux le trouver en e-book ?

— Ouais. Je t'enverrai le lien.

— D'accord, merci. Au fait, j'ai terminé *La Guerre des mondes*.

J'arquai les sourcils.

— Développe. Qu'est-ce que tu en as pensé ?

Il haussa les épaules.

— J'ai trouvé ça assez réaliste pour l'époque. C'est plutôt sombre. J'ai bien aimé.

Je vis Cam sourire en entendant le résumé de Cole.

— Continue dans le sombre.

Je portai deux doigts à mon front en un salut martial.

— Bien reçu.

Cole roula les yeux.

— Ce n'est pas non plus gore, ou quoi que ce soit. Mais les fins tristes ou sinistres... rendent... je ne sais pas. On ressent mieux les choses, en un sens.

Il semblait gêné de devoir reconnaître qu'il avait des sentiments – quelle horreur ! –, et je pris sur moi de le rassurer.

— Je comprends. Les fins tristes ou douces-amères ont tendance à te rester en tête, à te travailler longtemps après la fin de ta lecture.

— Ellie ne serait pas d'accord avec toi, marmonna Jo en échangeant un large sourire avec papa.

— Non, sans doute pas, admis-je en riant. N'empêche, je persiste et je signe. Même si j'adore les romans à l'eau de rose avec un dénouement heureux, je trouve que les fins tristes m'affectent davantage.

En sentant peser sur moi le regard de mon père, je me tournai vers lui et le vis froncer les sourcils.

— Ne fais pas la grimace, le réprimandai-je. Je vais parfaitement bien.

— Mais tu préfères quand ça finit mal, objecta-t-il.

— En littérature. Pas dans la vie. En lit-té-ra-ture.

Il se pencha vers moi.

— Tu me le dirais, si quelque chose te tourmentait ?

— Oh, punaise.

J'adressai un regard implorant à Jo.

— Bien sûr qu'elle va bien, intervint-elle pour voler à mon secours. Elle est en pleine réussite, elle est belle comme un cœur, elle a son propre appart, des tas d'amis et un père surprotecteur qui l'adore. Laisse-la un peu tranquille.

Papa lançait des regards noirs tandis que Jo le taquinait. Puis il sembla comprendre ses paroles et se détendit quelque peu. Il se tourna vers moi.

— Je m'inquiète de te savoir seule chez toi, voilà tout.

— Je suis rarement toute seule. Nate y a installé son bureau.

Pour une raison ou pour une autre, mon père se rembrunit. L'instant suivant, Jo étouffa un éclat de rire. Je la dévisageai et ses gloussements redoublèrent.

Honnêtement, je ne savais pas comment lui faire comprendre qu'il n'y avait rien du tout entre Nate et moi. Nous avions accroché dès notre première rencontre. Parfois, on se sent tout de suite à l'aise avec certaines personnes, et c'était mon cas avec Nate. Nous n'hésitions pas à être nous-mêmes quand nous étions ensemble, et deux choses nous liaient profondément. La première était notre sens de l'humour : nous étions tous deux un peu dingues. La seconde était notre geek intérieur : nous le laissions tous deux s'exprimer librement.

Nate était un photojournaliste indépendant, mais il arrondissait copieusement ses fins de mois en servant de critique de cinéma et de jeux vidéo pour un magazine international consacré aux films et au divertissement. Malgré son physique d'acteur, il était un geek, comme moi. Il avait commencé un blog à l'âge de dix-neuf ans, sur lequel il parlait de cinéma, de littérature et de jeux vidéo. Peu à peu, son nombre de lecteurs avait crû, si bien qu'à vingt-cinq ans il avait déjà plusieurs milliers d'abonnés. En plus de cela, ses critiques intelligentes, amusantes et toutes personnelles avaient attiré l'attention du magazine qui l'avait recruté. Pour mon plus grand bonheur, il rapportait régulièrement des DVD à la maison. Et il était hilarant. Même si j'avais aussi mes moments de gloire. Certains de mes commentaires atterrissaient même parfois dans ses chroniques.

— Alors, Olivia, tu as encore vécu des aventures extraordinaires à la bibliothèque cette semaine ? demanda Cam pour changer de sujet.

Je lui adressai un sourire reconnaissant.

— J'ai dû éjecter un nouveau couple de tourtereaux d'une salle PMR.

— Putain, ils sont vraiment...

Je n'entendis pas la fin de la phrase de Cam, car la porte du *D'Alessandro's* s'ouvrit et mon monde s'évanouit quand *il* entra.

Benjamin Livingston.

Je le regardai, le souffle court, approcher du pupitre de l'accueil en compagnie d'un couple de personnes plus âgées. Ses parents, peut-être ?

Je l'ignorais. Et franchement, je m'en fichais. Tout ce qui comptait, c'était qu'il était là et qu'il risquait de me voir. Et dans ce cas, peut-être qu'il me reconnaîtrait et tenterait de me parler. Ou alors, il me verrait mais ne me remettrait pas. Je ne savais pas laquelle des deux hypothèses était la pire. En tout cas, je ne voulais pas que ma famille et mes amis soient témoin de l'atroce liquéfaction d'Olivia Holloway rencontrant un beau jeune homme.

— Liv, tu es sûre que ça va ? s'inquiéta Jo. Tu sembles... sonnée.

— Désolée, Cam, m'excusai-je pour avoir brusquement mis un terme à notre conversation.

Mon regard fut automatiquement attiré vers Benjamin.

Merde ! La serveuse l'amenait tout près de notre table.

— J'ai dû... (Je fis volontairement riper mon coude sur la table pour faire tomber ma petite cuillère.) Oups, pardon.

Je reculai ma chaise et me laissai lourdement glisser à terre, dissimulant ma tête sous la nappe. Le cœur battant la chamade, je restai là plusieurs secondes, le temps que ses bottines disparaissent de ma vue.

Il ne jouait pas dans ma catégorie. Ou, plus exactement, je ne jouais pas dans la sienne.

La nappe se souleva et le visage taillé à coups de serpe de mon père m'apparut.

— Tu as fumé la moquette ?

Je pinçai les lèvres pour m'empêcher d'éclater de rire. Puis, en secouant la tête, je tendis une main tremblante vers ma petite cuillère. J'allais devoir en demander une autre, car il était hors de question que je me passe de dessert. Le tiramisu du *D'Alessandro's* était à se damner. Bien sûr, j'allais sans doute mourir de honte avant de vendre mon âme au diable pour un plaisir sucré.

— J'ai juste fait tomber mes couverts.

— Tu es encore plus bizarre que d'habitude.

Je me redressai d'un air offusqué et me cognai la tête contre le dessous de la table.

— On pourrait avoir cette conversation ailleurs qu'ici ?

Mon père disparut et je m'empressai de me relever, tordant le cou pour repérer Benjamin. Je me réinstallai sans le voir nulle part et poussai un soupir de soulagement en comprenant qu'ils avaient été emmenés dans l'autre salle.

J'étais beaucoup plus sereine maintenant qu'il n'était plus là, et j'agitai ma cuillère en direction de la serveuse la plus proche.

— Je pourrais en avoir une autre, s'il vous plaît ? demandai-je avec un sourire d'excuse.

Elle opina, et je me retournai vers mes compagnons.

Tous me dévisageaient. Je frémis en les voyant branler du chef à l'unisson.

— Quoi ?

— Mick a raison, déclara Cam en haussant les sourcils. Tu es encore plus bizarre que d'habitude.

Je me tournai vers Cole en quête de son soutien, mais il se contenta de hausser les épaules, j'en déduisis donc qu'il partageait leur avis. Ne voulant pour rien au monde qu'ils découvrent mon intérêt pour Benjamin, je me creusai la cervelle afin de trouver une excuse. Faute de mieux, j'optai pour :

— J'ai bu trois Red Bull, aujourd'hui.

Pas très original, mais suffisant, et bientôt la conversation reprit son cours normal.

À mon grand désarroi, un désastre se produisit toutefois avant le dessert.

J'avais très envie de faire pipi.

Manque de chance, les toilettes étaient à l'autre bout de la deuxième salle du restaurant, je risquais donc de tomber sur Benjamin en chemin.

Cependant, quand ma vessie se trouva sur le point d'exploser, je n'eus d'autre choix que d'oublier mes inquiétudes et d'aller me soulager.

Une fois aux toilettes, je me demandai pourquoi j'en avais fait toute une histoire. J'avais marché si vite que j'étais passée en coup de vent. Benjamin n'avait aucun moyen d'identifier l'auteur de ce coup de vent dû à une explosion de vessie. *Mmm, essaie de répéter ça cinq fois de suite le plus vite possible.*

Même si j'avais recouvré mon calme, j'avais la ferme intention de repasser en quatrième vitesse dans l'autre sens. Malheureusement, je n'avais pas anticipé la collision avec un mur en franchissant la porte.

Je reculai en chancelant et clignai les paupières en observant la paroi bleu marine. Je compris bientôt que ça n'était pas un mur... mais un torse. Le torse large d'un homme bien fait.

Mon cœur s'emballa subitement, et mon rythme cardiaque continua d'accélérer tandis que je levais les yeux vers le visage. J'avais les paumes moites de sueur quand la beauté virile et familière de Benjamin Livingston envahit mon champ de vision.

J'étais à peu près sûre que ma mâchoire pendait mollement alors qu'il souriait en me reconnaissant.

Oh, merde.

— Vous travaillez à la bibliothèque de la fac, pas vrai ?

Je déglutis douloureusement en répétant mentalement ma réponse. Puis j'acquiesçai.

— Bureau des assistantes du renseignement. (*Non, essaie encore.*) Assistante au bureau des renseignements.

Heureusement que tu as répété.

Son sourire s'élargit et il approcha d'un pas, épuisant les dernières réserves d'oxygène de mon cerveau déjà nécrosé.

— Eh bien, vous êtes toujours d'une grande aide.

Puis, soudain, je me mis à parler comme Maggie Smith :

— Je ne fais que mon travail, répondis-je solennellement avec un fort accent écossais.

Un putain d'accent écossais.

Heureusement assez réussi.

Mais ce n'était pas la question.

Je me sentis rougir cependant que Benjamin pouffait.

— Bon.

Il fallait que je me tire d'ici. Et tout de suite !

— Eh bien, ma table m'attend à la famille.

Je lui adressai un sourire pincé et fis mine de ne pas remarquer son rictus amusé en traversant la salle au pas de course pour regagner l'autre pièce. Verres et assiettes tintèrent quand je m'affalai sans grâce sur ma chaise et annonçai :

— On pourrait commander le dessert et le manger chez moi ? Genre, tout de suite. (Je hochai la tête en signe d'encouragement.) D'accord ?

4

J'étais contrariée.

Cela faisait déjà plusieurs jours, et j'étais toujours mortifiée. L'objet de mes fantasmes était revenu à la bibliothèque, et dès que j'avais vu sa tête blonde arpenter la réception, je m'étais précipitée dans le bureau des employés et avais convaincu ma collègue Rachel que oui, je préférais mettre à jour le site Internet et répondre aux e-mails de réclamation plutôt que d'effectuer le boulot si marrant de l'accueil.

Inutile de préciser que je n'étais pas rayonnante en quittant le travail ce jour-là, mais quand en bifurquant sur Jamaica Lane j'aperçus une silhouette familière adossée à la porte de mon immeuble, mon pas et mon humeur se firent soudain plus légers.

Les fossettes de Nate se creusèrent quand il me sourit en soulevant un sac plastique blanc.

— De la bouffe chinoise et un film d'invasion extraterrestre avec acteur beau gosse qui me donnera sans doute envie de me crever les yeux.

Je lui souris d'un air incertain, l'odeur de la nourriture faisant naître des gargouillis au creux de mon ventre affamé.

— Tu n'avais pas un rencard ce soir ? m'enquis-je en introduisant ma clé dans la serrure pour nous permettre de gagner l'escalier sombre et humide.

— Elle m'a appelé cet après-midi pour me demander si ça me dérangeait de l'accompagner aux fiançailles de sa sœur plutôt que d'aller au resto. Apparemment, la fête était « improvisée ».

Son air dubitatif indiquait qu'il n'y croyait pas une seconde. Et le fait qu'il ait mimé des guillemets renforçait ce sentiment.

— Une réunion de famille pour un premier rendez-vous. (Je feignis de m'étrangler d'horreur.) Comment ose-t-elle ?

— Très marrant.

— Je sais.

Je lui fis la grimace avant d'ouvrir la porte de mon deux-pièces. Si petit fût-il, je l'adorais.

La cuisine était dans un coin du séjour. Elle formait un grand L qui occupait l'essentiel de l'espace, laissant juste assez de place pour un canapé, un fauteuil et une télévision. Par chance, la chambre était de bonne taille et j'avais pu y installer deux étagères, même si la plupart de mes livres étaient éparpillés dans tout l'appartement. Et puis je n'avais pas de salle de bains, seulement une douche et des W.-C.

Cela me suffisait.

C'était douillet.

Je me débarrassai de mon manteau en regardant Nate se diriger droit vers la cuisine et sortir des assiettes pour tout préparer.

— Je t'ai pris du poulet à l'orange, mon ange, ça te va ?

Il m'appelait toujours « mon ange » de sa voix suave, grave. J'essayais chaque fois de ne pas frissonner en l'entendant. Et j'échouais souvent.

— C'est ce que je préfère, lui répondis-je en disparaissant dans ma chambre pour ranger mes chaussures. Il y a de la bière au frigo, si ça te tente.

— Parfait. Tu en veux une ou je te sers un verre de vin ?

— Du vin, s'il te plaît.

— J'ai aussi pris un pot de glace pour le dessert. Je le mets dans le congélo.

Franchement, j'étais prête à épouser cet homme. De retour dans la pièce principale, je lui adressai un sourire de remerciement.

— Je te promeus au rang de meilleur ami.

Il fronça les sourcils en me servant un verre de rosé.

— Je croyais avoir obtenu cette promotion depuis des siècles.

— Tu étais à égalité avec Ellie et Joss. Maintenant, tu es au niveau de Jo.

— C'est le rang supérieur ?

— Oui.

Nate fit mine d'y réfléchir.

— Est-ce qu'il y a des avantages à cette évolution ?

Je répondis avec le plus grand sérieux.

— Oui. Tu dois m'apporter de la bouffe chinoise et de la glace tous les jours.

Il me contempla d'un air vide.

— Ne t'en fais pas. Tu vas y arriver. Tu te débrouilles déjà très bien. (Je lui frictionnai affectueusement l'épaule avant de contourner le comptoir de la cuisine.) Tu veux un café, d'abord ?

— Je m'en charge.

— Non, non, va t'asseoir, mets le film en route. Je t'apporte ta tasse.

Nate disposa mon assiette sur la table basse et alla lancer le DVD. Il s'était réinstallé avec son assiette sur les genoux quand je revins de la cuisine avec son café.

— Tu préfères mourir des suites d'expériences extra-terrestres ou mangée par des cannibales ? me demanda-t-il d'un ton détaché.

Il porta à sa bouche une fourchette chargée de riz et de bœuf, sans toutefois se détourner de l'écran.

Je réfléchis à sa question en déposant son mug, puis en allant me lover avec ma propre assiette dans un coin du canapé.

— Est-ce que j'ai droit à une anesthésie ?

— Ça change quelque chose ?

— Ben, ouais. Si je suis sous anesthésie, peu m'importe, parce que je ne me rendrais compte de rien.

Nate secoua la tête.

— Ça devrait t'apporter beaucoup, au contraire. Si des aliens découvrent dans ton corps une faiblesse susceptible d'éradiquer la race humaine, ça peut avoir de graves conséquences. À moins qu'ils tentent de nous infiltrer, comme dans *L'Invasion des profanateurs de sépultures*. Avec les cannibales, en revanche... eh bien, à mon avis, ils ne veulent que... te manger.

Sa logique était implacable. J'agitai ma fourchette dans sa direction en signe d'assentiment.

— Pas bête.

— Alors ? Les aliens ou les cannibales ?

— Les aliens.

— Moi aussi. Tant pis pour l'espèce humaine. Les cannibales me font trop flipper.

J'éclatai de rire, manquant m'étrangler sur le riz que j'avalai de travers.

Nate gloussa, les yeux emplis d'affection.

— Tu as un super rire, tu le sais ?

J'étais affectée d'un caquet on ne peut moins distingué, mais s'il trouvait ça super, je n'allais pas le contredire. Je haussai timidement les épaules, comme je le faisais chaque fois qu'il m'adressait le moindre compliment, puis j'indiquai son sac pour changer de sujet.

— Tu ne comptes pas sortir un papier et un stylo ?

Il me montra du menton son téléphone posé sur la table basse, puis il me répondit :

— J'enregistre tout.

Il enregistrait notre conversation ?

— Dans ce cas, je vais essayer de tenir des propos intelligents.

— Tes commentaires habituels seront parfaits.

Je ne m'offusquai pas de son sous-entendu mesquin, enfournai un autre morceau de poulet et poussai un gémissement de satisfaction.

— Putain, que c'est bon.

— Ouais ?

— Trop bon.

— Ça te plaît, mon ange ?

— Oh, oui.

— À quel point ça te plaît ?

— Je crois que je n'ai encore jamais pris un pied pareil.

— Tant que ça ?

— Oh, mon Dieu, oui. (Le poulet était extrêmement tendre et la sauce à l'orange un parfait dosage de douceur et d'acidité.) Mmm.

— C'est ça. Avale tout, mon ange.

Je fermai les yeux pour savourer mon dîner, puis les rouvris. Nate secouait la tête en se gaussant silencieusement. Je jetai un coup d'œil à son téléphone et me rappelai ce que nous venions de dire et à quoi l'enregistrement ferait penser.

Je grimaçai et, tenant mon assiette d'une seule main, je lui balançai des coups de coussin.

— Très drôle.

Nate partit d'un rire tonitruant et se protégeait d'une main tout en s'efforçant de maintenir son assiette hors de ma portée.

— C'est trop facile, avec toi.

— Tu es un vrai salaud. (Je lui décochai un coup de pied dans la hanche.) Tu as intérêt à effacer ça.

Il coula un regard amusé vers l'écran.

— Sûrement pas. Ça mérite d'être archivé.

Il s'avéra que Nate avait raison : le héros donnait vraiment envie de se crever les yeux.

— C'était naze, estimai-je tandis qu'il sortait le DVD du lecteur. Mais tous les films ne peuvent pas être aussi bien que *Le Magicien d'Oz*. (Mon film préféré.) Ou *Le Parrain*. (Celui de Nate.)

Il eut une légère moue.

— C'est ça, ton expertise ? Rappelle-toi que tu es enregistrée.

— C'est mon expertise, bâillai-je. (Je reposai ma nuque contre le dossier du canapé.) J'ai sorti un certain nombre de phrases de choix au cours du film. Je t'autorise, par la présente, à les utiliser.

— Eh bien, pour évoquer les talents d'acteur du gamin qui joue le frère mourant du héros, je pense que je vais ressortir ton : « Mourir est censé être triste. Je me sens aussi triste qu'un lycéen puceau se rendant dans un *love hotel* japonais avec une prostituée et une liasse de biftons. »

Nate avait failli s'étrangler sur son beignet de crevette quand je sortis cette phrase. Je plissai le nez quand il me cita.

— Il faut que je travaille la concision. « Un puceau avec une pute » aurait suffi.

— Mais ça n'aurait pas été aussi drôle. C'est le fait que tu en fasses des tonnes qui te rend si marrante.

— Je n'en fais pas des tonnes.

— Tu en fais des tonnes, mon ange.

Préférant laisser courir, je lui adressai un sourire las.

— Et tu comptes vraiment écrire ça dans ta chronique ?

— Quoi ? Que tu en fais des tonnes ?

Je gratifiai son obstination sans bornes d'un air bovin, et il secoua la tête, faisant danser ses magnifiques mèches sombres. Il avait les cheveux plus longs que d'habitude, mais ça lui allait bien. Très bien. Super bien, même.

— Des tas d'ados lisent le magazine.

Tandis qu'il enfilait sa veste, je me relevai lentement et lui tendis son téléphone.

— Tu as tout ce qu'il te faut ?

— Largement de quoi le détruire dans les grandes largeurs. (Il me planta un baiser sur la joue, et l'odeur épicée de son parfum m'emplit agréablement les narines.) Bonne nuit, Liv.

Je souris et reculai d'un pas pour le laisser passer, puis je le suivis jusqu'à la porte.

— Merci pour le dîner et la glace.

Il me sourit en retour.

— Merci pour les citations.

La porte s'était presque refermée quand je saisis la poignée.

— Nate.

Il se retourna sur la deuxième marche et arqua des sourcils interrogateurs.

Je regardai sa coiffure, haussai les épaules et m'appuyai contre le chambranle.

— Ne te coupe par les cheveux, d'accord ?

Le sourire qui s'ensuivit fut incroyablement beau, et je fis comme s'il n'avait aucun impact sur mon intimité trop longtemps délaissée.

— Ça te plaît, hein ?

J'éclatai de rire et rentrai dans mon appartement, m'apprêtant à refermer la porte.

— C'est juste pour rendre service. Je sais que tu te donnes beaucoup de mal pour séduire ces dames.

J'avais presque refermé qu'il me rappela à son tour.

— Liv.

Je jetai un coup d'œil par l'embrasure.

Ses prunelles pétillaient de malice.

— Continue de laisser traîner tes sous-vêtements rouges et humides dans l'appartement quand tu as de la visite. On adore ça. C'est juste pour rendre service, tu vois.

Quoi ?

Mes yeux jaillirent de leurs orbites quand je me retournai pour observer mon intérieur. Une tache rouge capta mon attention, et j'eus envie de disparaître sous terre. Mon soutien-gorge et ma culotte en dentelle étaient en train de sécher sur le radiateur.

Comment avais-je pu ne pas les remarquer ?

— Tuez-moi sur-le-champ, tuez-moi sur-le-champ, maugréai-je, le feu aux joues.

Je grimaçai en entendant le rire de Nate résonner dans la cage d'escalier.

Après avoir verrouillé ma porte, j'entrepris de ranger, jetant occasionnellement des regards assassins à mes sous-vêtements, comme si c'était leur faute si Nate avait découvert que j'aimais la lingerie sexy.

Je finis par lever les yeux au ciel et m'enjoindre de m'acheter un sens de l'humour.

Tandis que je me déshabillais dans ma chambre et me penchais sur ma commode pour en sortir un pyjama en jersey gris, j'aperçus mon reflet dans le miroir. Je portais mon ensemble préféré en satin vert émeraude. Au fond de mon placard, une boîte en osier en renfermait bien d'autres du même genre. J'aimais la belle lingerie, mais je détestais me voir dedans, j'en appréciais juste le confort.

Glacée d'horreur, je me mirai longuement. Mon reflet me donnait envie de rentrer la tête dans mes épaules. Il annihila toute la bonne humeur que Nate m'avait injectée et me rappela pourquoi je ne sortirais jamais avec un garçon comme Benjamin Livingston.

Je n'étais certes pas laide, j'en avais conscience, mais je ne me trouvais rien de spécial. J'avais un visage banal, à l'exception des hautes pommettes que j'avais héritées de ma mère et des yeux étonnamment dorés de mon père. Je voyais des bras flasques. Je les détestais. Avec mon mètre soixante-dix, je n'étais pas pour ainsi dire petite, mais pas non plus assez grande pour faire disparaître mes hanches trop larges, mon cul relativement énorme et mon ventre légèrement rebondi. Par chance, j'avais la taille assez fine, mais ça ne se remarquait pas trop à cause de ce petit bide qui refusait de s'aplanir.

Depuis que ma mère avait succombé à son cancer, je savais – et j'y croyais – qu'avoir un corps en bonne santé était bien plus important qu'une silhouette fine conforme aux canons de beauté actuels. J'en avais conscience.

J'en ai conscience.

Et pourtant, je ne me sentais ni sexy ni attirante. C'était plus que frustrant – c'était douloureux – de *savoir* que j'avais raison, mais de *sentir* que j'avais tort.

Attristée par le fait qu'une fille gentille, fidèle, assez drôle, un peu dingue et intelligente puisse autant complexer malgré ses sourires et son humour, je sentis les larmes me monter aux yeux. Je détestais mon apparence. Je la haïssais.

Je serrai les poings et contemplai mon corps.

J'allais carrément me remettre au Pilates dès le matin.

L'odeur du repas flottant dans la pièce me provoqua un afflux de salive. Après trois jours consacrés à supprimer de mon alimentation tous les aliments mauvais pour ma ligne et à subir les instructions de Pilates dispensées sur DVD, j'étais plus que prête à ne faire qu'une bouchée de l'appétissant rôti dominical d'Élodie Nichols.

— Je vous jure que je suis sur le point de me bouffer un doigt, marmonnai-je en observant ma main.

— Pardon ? demanda distraitement Ellie en étudiant les photos des arrangements floraux que Braden et Joss avaient choisis pour leur mariage.

Comme tout le reste, la sélection avait été effectuée un mois plus tôt. Après une période désastreuse durant laquelle Ellie avait été chargée de toute l'organisation – elle aurait été tout à fait capable de la mener à bien, mais Joss et elle avaient des goûts trop différents –, Braden avait repris les choses en main et Joss l'avait aidé dans les prises de décisions.

— Pourquoi est-ce que tu regardes encore ces photos ?

— J'aurais choisi des roses.

— Eh bien, je préfère les lis, trancha Joss depuis le bras du fauteuil dans lequel était installé Braden, en pleine conversation avec Adam.

Clark était dans l'autre fauteuil, près de la télévision, et parvenait miraculeusement à noter des copies au milieu de nos conversations. Son fils, Declan, un accro à l'informatique de douze ans et demi, était assis par terre avec Cole, jouant à la Nintendo DS, tandis que Mick et Cam se trouvaient à l'autre bout du canapé sur lequel Ellie et moi avions pris place. Jo avait disparu à l'étage avec Hannah, la demi-sœur de seize ans d'Ellie. Elles étaient très proches l'une de l'autre et avaient l'habitude de s'enfermer dans la chambre de Hannah avant de passer à table.

Ellie sourit à Joss.

— Elles sont quand même très belles. Mais je choisirai des roses pour mon mariage.

— Tu aimes les roses, Adam ? lui demanda Joss avec un sourire machiavélique.

Adam cilla, arraché à sa conversation avec Braden.

— Pardon ?

— Les roses ? Pour ton mariage ? C'est ce que veut Ellie.

— Elle aura ce qui lui plaît.

Légèrement déconcertée, Joss insista :

— Tu n'as pas ton mot à dire ?

Il fronça les sourcils.

— Nan. Mon seul boulot consiste à me pointer à l'heure et à dire : « Je le veux. »

Joss fit une grimace à Braden, qui semblait se retenir très fort de rire.

— Comment se fait-il qu'Adam ait eu le job que je voulais pour *notre* mariage ?

La bouche de Braden tressaillit.

— Tu aurais pu l'avoir. Je t'ai proposé de tout faire moi-même.

— Mais... (Elle se tourna alors vers Ellie, puis vers Adam.) Tu as fait ça sur fond de chantage émotionnel. Ce n'est pas du tout la même chose entre Ellie et Adam.

À présent, Braden riait pour de bon.

— Quel chantage émotionnel ? Il me semble bien avoir dit quelque chose comme : « Dans ce cas, je pourrais m'en charger. » Rien de plus. C'est toi qui, toute fleur bleue et pleine de reconnaissance, as décidé d'aider.

Joss haussa des sourcils révoltés.

— Fleur bleue ?

— Oh, oh, marmonna Ellie tout bas.

J'eus un petit sourire narquois et décidai d'ajouter un peu d'huile sur le feu.

— Joss, il t'arrive d'être un peu fleur bleue. Tu fais de gros efforts pour le cacher, mais parfois, cela t'échappe.

— Oh, oh, fit de nouveau Ellie. Andouille d'Olivia.

Je haussai les épaules en souriant, attendant la réaction de Joss, qui promettait d'être hilarante.

Au lieu de quoi, elle se contenta de me dévisager, apparemment incapable de trouver une repartie appropriée. Elle finit par se laisser aller contre Braden, qui lui passa un bras autour de la taille.

— Je ne suis pas fleur bleue, grommela-t-elle. Je suis tendre. Ça n'a rien à voir.

— Tendre ? s'étonna Adam.

À présent, elle semblait sincèrement outrée.

— Il m'arrive d'être tendre. Dis-lui, Braden.

Son fiancé sourit, et ma poitrine fit un saut périlleux douloureux quand il se pencha pour l'embrasser amoureusement sur l'épaule. Dieu que je les enviais.

Joss lui jeta un regard de biais.

— Ça veut dire oui ?

Braden rit sous cape et observa fixement Adam.

— Jocelyn a une définition de « tendre » qui lui est propre.

Son ton était plein de sous-entendus, et elle leva les yeux au plafond avant de se redresser.

— Là, tu le fais exprès pour m'embêter. (Elle adopta une moue indignée et persista :) Je sais être tendre.

— Je te crois, répliquai-je en m'efforçant de ne pas ricaner.

Adam s'empressa de reprendre sa conversation avec Braden tandis que Joss faisait mine de les mépriser en consultant ses e-mails sur son téléphone.

J'adressai un petit coup de coude à Ellie.

— À ton avis, de quoi parlent Hannah et Jo, là-haut ?

Ellie leva la tête vers l'étage et souffla longuement.

— Hannah est bien secrète, dernièrement – je soupçonne que ce soit à cause d'un garçon. Avec son physique et son humour, elle n'aurait jamais eu un seul rencard ? (Els semblait avoir du mal à y croire.) Ça n'est pas logique. À mon avis, elle nous cache quelque chose.

— Tu dois crever d'envie de le savoir.

— Oh, oui. (Ses beaux yeux bleu pâle s'arrondirent de curiosité.) Mais le plus important, c'est qu'elle ait quelqu'un à qui parler, même si ce n'est pas moi.

Je fronçai les sourcils.

— Pourquoi ce n'est pas toi ?

— Je crois qu'elle craint que je ne m'implique trop et que je n'arrive pas à lui donner de vrais conseils. Hannah est plus pragmatique que moi. Si c'est une histoire avec un garçon, elle sera sans doute plus à l'aise d'en discuter avec Jo. Jo a une vision plus terre à terre de la question, alors que moi, je risque de m'emballer un peu trop. Enfin quoi, la première amourette de ma petite sœur, c'est énorme !

— Tu n'en peux plus de ne pas savoir.

— C'est vrai, ça me tue.

— À table ! s'exclama Élodie depuis la salle à manger.

Nous nous levâmes tous d'un bond, comme si nous n'avions plus mangé depuis des semaines.

Nous allâmes nous installer, humant l'arôme délicieux du repas. Moins de trois mois plus tôt, Élodie et Clark avaient investi dans une table plus grande, car le nombre de convives aux repas dominicaux s'était considérablement accru depuis que Joss était entrée dans leur vie.

— Tout se passe bien, au boulot ? me demanda papa alors que nous nous asseyions côte à côte.

— Oui, oui, répondis-je laconiquement tout en manipulant avec moult précautions le récipient empli de purée.

Papa ricana.

— Tu as un peu de bave au coin de la bouche.

— C'est pas vrai !

Je me servis une louche avide et lui fis passer le plat, avant de me jeter sur la sauce.

— Tu as l'air affamée ! Tu ne manges pas bien, ces temps-ci ?

— J'ai commencé un régime débile, grommelai-je.

Je sentis mon père se contracter près de moi.

— Mais bon sang, pour quoi faire ?

— Pour me torturer. Je suis devenue maso.

— Liv, tu sais que je n'aime pas ce genre de lubie. Tu es très bien comme tu es.

Oh, non. Ma confession venait sans doute de m'offrir une séance de courses alimentaires façon papa. Quand j'étais à la fac, il se pointait de temps à autre au dortoir avec des sacs en papier kraft remplis de nourriture, alors même que je n'avais nulle part où ranger.

— Mon frigo est plein, papa. N'y pense même pas.

— Mmm, on verra.

J'avalai une bouchée de purée aussi fondante que du beurre et fermai les paupières de ravissement avant de déclarer :

— C'est si bon que je me fiche des calories.

Mais, comme j'avais la bouche pleine, ma phrase ressembla plus à « Mu mumu mumu mumu mumumu. »

— Mick, est-ce que Dee va t'accompagner au mariage ? lui demanda Élodie depuis l'autre bout de la table. La dernière fois qu'on en a parlé, tu disais qu'elle n'était pas encore sûre.

Je me tournai vers mon père, moi aussi curieuse d'entendre la réponse à cette question. Je dois bien reconnaître que, même si j'étais une adulte de vingt-six ans, j'avais toujours du mal à envisager mon père en compagnie de quelqu'un d'autre que maman.

Environ quatre mois plus tôt, il s'était pourtant mis à fréquenter Dee, une artiste magnifique d'un peu moins de quarante ans. Papa avait relancé son entreprise de peinture et de décoration d'intérieur, puis il avait embauché Jo. Il s'était déjà taillé une solide réputation et avait récemment recruté deux autres types pour compléter l'équipe. Quand il ne bossait encore qu'avec Jo, ils avaient obtenu un chantier pour un jeune couple riche de Morningside qui venait d'acquérir sa première maison. Il y avait quasiment tout à retaper. Ils y avaient rencontré Dee, une amie du couple chargée de peindre une fresque de conte de fées dans la chambre d'enfant. Papa et Dee avaient accroché tout de suite. C'était la première femme avec qui il vivait une relation sérieuse depuis le décès de maman.

Je savais que j'aurais dû lui être reconnaissante. Depuis qu'il l'avait rencontrée, papa avait beaucoup moins le temps de s'inquiéter pour moi, ce qu'il avait tendance à faire énormément en temps normal. Quand nous avions décidé de nous installer à Édimbourg, j'avais lourdement insisté pour avoir mon propre appartement. Nous avions trop longtemps vécu l'un avec l'autre, et j'avais besoin d'espace : même si je l'aimais plus que tout, le souci permanent qu'il se faisait avait tendance à me faire croire que quelque chose clochait chez moi. L'arrivée de Dee avait donc à la fois été un choc et un soulagement. J'allais toutefois devoir apprendre à la connaître un peu mieux car, tout ce que je savais pour l'instant, c'était qu'elle ne ressemblait en rien à ma mère. Maman était une magnifique brune aux pommettes saillantes qui trahissaient ses origines indiennes. Sa fantastique ossature et ses cheveux sombres étaient d'ailleurs les deux seuls attributs physiques que j'avais hérités d'elle. Bizarrement, un dieu miséricordieux n'avait pas jugé bon de m'octroyer sa beauté. C'était pourtant ça qui avait d'abord attiré mon père, ainsi que son humour grinçant et souvent tordu – qui avait déteint sur moi – et le calme qu'elle dégageait. Maman pouvait apaiser une pièce entière par sa simple présence. Elle était une personne si incroyablement paisible que sa sérénité rejaillissait sur les gens autour d'elle. C'était un véritable don.

Malgré ses erreurs – elle avait pris des décisions inconsidérées étant plus jeune –, maman était compatissante, patiente et d'une gentillesse infinie, ce qui expliquait qu'elle ait fait une si bonne infirmière. Elle avait accepté sa maladie avec une grâce qui me faisait toujours monter une boule dans la gorge dès lors que j'y repensais. C'était une personne réservée, pas outrancièrement confiante, mais ni angoissée ni timide. Ce genre de personnalité ne s'apprend pas. Je suis bien placée pour le savoir, car elle avait maintes fois essayé de me l'inculquer, mais cela n'avait jamais fonctionné. Je n'avais aucune intention de persécuter ma véritable nature dans l'espoir de devenir comme elle. Non, merci. Mon geek intérieur et moi-même étions fidèles l'un envers l'autre. Nous étions ensemble depuis mes huit ans, et maman m'avait dit que je pouvais bien être comme je voulais.

— Maman, Arnie Welsh n'arrête pas de me traiter de geek. Il dit que ce n'est pas bien. C'est mal, d'être une geek ?

— Bien sûr que non, mon sucre. Et méfie-toi des étiquettes : elles ne veulent rien dire.

— C'est quoi, les étiquettes ?

— C'est une étiquette imaginaire que les gens te collent sur le dos pour te décrire de la façon dont ils te perçoivent. Mais la seule chose qui compte, c'est qui tu penses être.

— Je crois bien que je suis une geek.

Elle éclata de rire.

— Alors, sois une geek. Tant que ça te fait plaisir, je suis heureuse pour toi.

Dieu qu'elle me manquait !

— Dee était censée aller voir sa famille dans le Sud, mais elle a annulé pour pouvoir m'accompagner.

La réponse de mon père à Élodie me ramena brusquement dans le présent.

— Oh, c'est formidable. (Élodie sourit.) J'aurais bien besoin de son aide pour les boissons. Et je connais quelqu'un qui pourrait avoir recours à ses services. Une femme, au boulot, souhaiterait faire réaliser une fresque dans son jardin d'hiver. Elle voudrait en faire une grande salle de jeux pour les enfants.

— Je lui en parlerai.

— Vas-tu venir accompagnée, Liv ? me demanda Clark sur le ton de la conversation.

Pour une raison ou pour une autre, sa question me vexa. Je n'étais pas très à l'aise avec mon interminable calvaire de célibataire. Cela dit, Clark n'y était pour rien. J'arborai mon plus beau sourire pour répondre :

— Nate et moi avons décidé de nous épargner la peine de trouver quelqu'un et d'y aller ensemble.

Je vis Jo sourire en contemplant son poulet.

— Ne dis rien, la menaçai-je à mi-voix.

Elle leva vers moi ses innocents yeux de biche.

— Je n'ai pas prononcé un mot.

— Ton ricanement était suffisamment éloquent.

— Je suis juste contente que Nate et toi soyez si proches.

Avec un long soupir, je me tournai vers Cam dans l'espoir d'obtenir son aide, croisant les doigts pour qu'il ne soit pas, lui aussi, d'humeur à me taquiner.

— Cam, parle-lui, s'il te plaît.

Cam adressa à sa fiancée un sourire lourd de regrets.

— Ma belle, ils sont juste amis. Laisse tomber. Il ne se passera rien. Pas avant un million d'années. Jamais de la vie.

Aïe. Au moins, c'était clair.

— Nate est canon, intervint soudain Hannah. (Quand je me tournai vers elle, je la vis qui me dévisageait en fronçant les sourcils.) Pourquoi tu ne sortirais pas avec lui ? Je veux dire, il est vraiment, vraiment, vraiment canon. Moi, je foncerais tête baissée.

— Pitié, dites-moi qu'elle n'a pas vraiment dit ça, implora Adam, soudain livide.

— *Elle* a un prénom, rétorqua Hannah avec un froncement de sourcils furieux.

Joss semblait sur le point de s'étrangler avec sa nourriture.

— Oh que si, elle l'a dit.

— J'ai les oreilles qui saignent, déclara Braden en se tournant vers sa chérie. Du moins, j'ai l'impression. Est-ce qu'elles saignent vraiment ?

Hannah roula des yeux.

— J'ai seize ans, presque dix-sept, j'ai des nichons, des tas d'hormones et je suis attirée par les garçons. Il va falloir vous y faire.

— Eh bien, ça m'a coupé l'appétit, dit Clark en repoussant son assiette.

Il avait l'air si abattu que j'eus pitié de lui.

Découvrant son expression, et la comprenant sans doute mieux que n'importe qui d'autre à table, mon père pointa un doigt réprobateur sur Hannah.

— C'était particulièrement cruel, Hannah Nichols.

Au lieu de se laisser intimider par papa, elle se fendit d'un sourire craquant et dépourvu du moindre remords qui arracha un éclat de rire à mon père.

— Bon, fit Élodie dans un soupir, puisque Hannah a réussi à gâcher le repas de tous les garçons, nous, les filles, allons avoir plus de dessert. Il y a du gâteau au caramel et de la glace.

— Oh... eh bien... en fait, je me sens déjà beaucoup mieux. (Adam désigna Braden, à qui l'annonce de ces futures douceurs avait également redonné des couleurs.) Je prendrais bien une part de gâteau.

Braden opina solennellement.

— Bizarrement, moi aussi.

Déterminée à me gaver de bonne nourriture avant de m'en retourner à mon frigo plein d'aliments pour régime, je n'étais pas certaine de vouloir partager le dessert avec eux. À vrai dire, j'étais même sûre du contraire. Je me tournai donc vers Hannah, et lui demandai avec malveillance :

— Tu disais quoi, sur les nichons et les hormones ?

5

The Proclaimers chantaient à tue-tête qu'ils étaient prêts à marcher cinq cents miles, puis cinq cents de plus, pour être ceux qui se présenteraient à ma porte. Honnêtement, ça m'allait droit au cœur.

— Tu vois ? (Je fis de grands gestes.) Juste là, il y a deux types qui ont très bien compris de quoi il s'agissait !

Nate m'attrapa par les hanches tandis que je me prenais légèrement les pieds dans la table. Son visage si beau était un peu trouble, mais je distinguais malgré tout son sourire.

— Et de quoi il s'agit ?

Je posai les mains sur ses épaules et m'inclinai devant lui.

— D'amour, Nate. C'est toujours de ça qu'il est question. *Toujours.* (Je haussai tristement les épaules et, oui, j'étais très saoule.) Ce qui revient à dire que je n'ai absolument rien du tout.

— Oh, oh. L'alcool gai se transforme en alcool triste. Je crois qu'il est temps que je te ramène, mon ange.

Il se leva et me passa une main dans le dos.

— Et ta copine au comptoir ?

Je lui rentrai dedans en titubant et il me serra dans ses bras pour m'éviter la chute.

Après m'avoir embrassée sur le bout du nez, il se recula légèrement avant de m'étreindre à nouveau.

— Je peux tirer mon coup quand je veux. Mais pour l'heure, je vais d'abord m'assurer que tu rentres sans encombre.

— Comment tu fais ça, Nate ? demandai-je avec un soupir.

La fête n'était plus qu'une tache colorée et bruyante tout autour de moi.

— Fais quoi ?

— Pour coucher tout le temps ?

— Qu'est-ce que tu veux dire ?

— Tu n'as qu'à... (Je voulus lui montrer le comptoir, mais ne parvins qu'à lui heurter maladroitement le menton.) Oups, désolée. Tu n'as qu'à claquer des doigts pour obtenir un numéro. Je n'arrive même pas à aborder un mec, alors choper son numéro... Et encore moins baiser. Baiiiiser.

— Qui va baiser ?

Je fis brusquement volte-face et manquai assommer Jo en battant des bras, mais elle esquiva à temps.

— Waouh, bon réflexe ! m'exclamai-je avec un sourire de cinglée.

Joss éclata de rire, tout en formes et volutes chatoyantes.

— Nate, je crois qu'il est temps que tu ramènes ma demoiselle d'honneur, tu ne penses pas ?

— Je m'en charge.

— C'était vraiment un merveilleux mariage, Joss ! (Je lui passai les bras autour du cou pour l'étreindre affectueusement.) Mais je n'ai pas baisé !

Son corps fut secoué d'un rire tandis qu'elle se libérait difficilement de mon câlin de la mort qui tue.

— Nate, fais-lui boire de l'eau avant de la coucher.

Je sentis son corps chaud contre mon dos.

— Je vais bien m'occuper d'elle, ne t'en fais pas.

— Mon pote... (Je tordis le cou pour le regarder dans les yeux.) Tu vas d'abord devoir m'apprendre à baiser.

Neuf heures plus tôt

Un guitariste et un violoniste jouaient une version instrumentale du *You Do Something to Me* de Paul Weller alors que je descendais l'allée centrale. J'adressai au passage un sourire rassurant à Braden, qui était plus grand et séduisant que jamais dans son kilt. Lui, Adam, Clark et Declan portaient tous ce qui s'appelait une veste Prince Charlie grise avec un gilet assorti à trois boutons. Leur cravate en soie couleur champagne s'entremêlait de façon complexe avec leur chemise gris sombre, et comme les Carmichael étaient liés au clan des Stewart, ils portaient le tartan traditionnel de ceux-ci. Ils avaient vraiment fière allure.

Braden me sourit en retour, sans trahir une once de nervosité. Saluant joyeusement Adam, le témoin de Braden, j'allai me positionner de l'autre côté de l'autel, près de Jo, Hannah, Rhian et Ellie.

La musique sembla s'amplifier alors que Joss arrivait à la moitié du chemin, bras dessus bras dessous avec Clark, qui avait l'insigne honneur de la conduire. Elle n'avait d'yeux que pour Braden. Elle était époustouflante de beauté, et quand je laissai courir mon regard d'elle à son fiancé, je faillis défaillir en voyant la lueur dans les prunelles de celui-ci.

Waouh.

Existait-il un homme plus amoureux que Braden Carmichael ?

Il fixait Joss dans sa robe ivoire et blanc, comme si elle était seule au monde. Je pris une brusque inspiration, alors que mon nez commençait à me piquer sous l'effet d'un accès d'émotivité parfaitement stupide.

Je jetai un coup d'œil à Ellie, qui avait déjà les joues inondées de larmes, et je me sentis soudain un peu moins gourde. Je lui souris et l'observai renifler tandis que ses pommettes rosissaient.

Rhian, l'amie d'école de Joss, qui avait la langue bien pendue et était relativement castratrice, me surprit en lui pressant la main pour la réconforter.

Nous portions toutes une robe en soie couleur champagne qui tombait jusqu'au sol. Notre tenue était dépourvue de manches et avait une encolure en cœur qui plissait avec le tissu. Légèrement pincée à la taille, elle cascadait ensuite à la verticale sans trop épouser les formes. Une coupe classe qui nous allait à toutes très bien, y compris à Hannah, qui faisait vraiment adulte, d'autant plus qu'elle me dépassait de sept ou huit centimètres alors que nous portions toutes deux les mêmes talons.

La robe de Joss était aussi simple qu'élégante. Sans bretelles, avec un décolleté identique au nôtre, la moitié supérieure de son corsage était en dentelle ivoire parcourue d'une broderie parsemée de cristal. Une mousseline de soie blanche cintrait délicatement le bas du corsage, qui s'ajustait parfaitement à la taille minuscule de la mariée. À partir des hanches, la mousseline de soie rehaussée de fils argentés tombait vers le sol et flottait autour d'elle, ni trop droite ni trop bouffante. Parfaite. Ses cheveux étaient remontés en un mélange hellénique de boucles légères et de tresses françaises.

Quand Joss arriva à hauteur de Braden, son sourire était le plus tremblotant et vulnérable que je lui eusse jamais vu. Elle embrassa Clark sur la joue et lui glissa quelques mots à l'oreille avant de saisir la main de son futur mari.

Braden hocha la tête à l'intention de Clark, puis reporta le regard sur sa future épouse avant de l'attirer à lui, oublieux du reste de l'assistance.

Il lui chuchota quelque chose et elle lui répondit à voix basse. Sa repartie le fit glousser et il se pencha pour déposer un baiser sur ses lèvres. Pendant quelques secondes, il murmura des mots secrets tout contre sa bouche.

Le pasteur dut se racler la gorge pour obtenir leur attention afin de pouvoir commencer la cérémonie. Les invités rirent sottement sur les bancs en bois.

La musique s'arrêta et la célébration put débuter. Je n'arrivais pas à décoller les yeux des deux amoureux, et je doute que quiconque y soit parvenu. Bien sûr, c'était leur mariage, il était donc logique que tous les regards soient braqués sur eux, mais leur façon de se comporter ensemble avait quelque chose d'envoûtant.

Leur relation était remarquable.

Tout le monde devrait connaître ce bonheur.

— Tu t'es remise des discours ? demandai-je à Joss quand elle s'approcha de notre table.

Les interventions des convives s'étaient achevées, de même que le dîner. Adam, le témoin, nous avait tous fait éclater de rire avec ses vœux, parvenant à être drôle et juste sans tomber dans le sentimental. Clark fut tout aussi terre à terre en intervenant au nom du père de Joss, mais lui fut à la fois émouvant, délicat et plein de compassion, et quand la mariée avait baissé la tête pour réprimer ses larmes tandis que Braden lui caressait amoureusement la nuque pour la réconforter, je ne pense pas avoir été la seule femme à me tamponner les yeux.

Finalement, Braden s'était levé pour parler à son tour, et si chacune des invitées ne tomba pas alors un tout petit peu amoureuse de lui, je ne m'appelle pas Olivia Holloway.

Joss semblait radieuse et décontractée.

— Presque, me répondit-elle. J'ai l'impression que le discours de Braden était une sorte de carte « Vous êtes libéré de prison » valable pendant au moins toute notre première année de mariage.

— C'était vraiment top.

— Ne m'en parle pas.

Elle eut un sourire affecté et son regard dans le vague me fit soupçonner qu'elle caressait des pensées coquines concernant son époux.

— Alors, qu'est-ce que ça fait ? lui demanda Jo tout en frottant inconsciemment sa bague de fiançailles. De pouvoir appeler quelqu'un « mon mari » ?

— C'est bizarre, répliqua Joss abruptement.

Nate ricana et Cam éclata de rire.

— C'est tout ?

Elle haussa les épaules.

— C'est le premier mot qui me soit venu à l'esprit.

Je me joignis à leur hilarité.

— Pas « super », ni « génial », ni même « bien » ? Juste « bizarre ».

— Oui, « bizarre » l'emporte sur tous les autres.

— Être mariée avec moi te semble déjà bizarre. C'est bon à savoir.

Braden était venu se poster juste derrière sa femme, un sourire sardonique au coin des lèvres.

— Eh bien, c'est toujours mieux que « normal », répliqua Joss.

J'abondai dans son sens.

— Complètement d'accord. Normal, c'est chiant.

— Comment peux-tu le savoir ? me demanda Nate en souriant. Tu ne remarquerais pas la normalité même si elle venait te mordre le cul.

— Parce que toi, oui, peut-être ?

— Je n'ai pas dit que je n'étais pas bizarre. J'affirme juste que je le cache mieux que toi.

— Et pourquoi je le cacherais ? m'enquis-je d'un ton pince-sans-rire. Je suis exceptionnelle.

— Personne ne le nie.

Les yeux de Nate pétillaient d'amusement.

Joss gloussa.

— Si vous voulez bien nous excuser, il faut qu'on continue notre petit tour.

Dès qu'ils tournèrent les talons, nous repartîmes dans une conversation plus banale.

— Salut, les enfants, nous lança papa en approchant.

Il était tout fringant dans son costume gris sombre. Son bras entourait fermement la taille bien dessinée de Dee. Elle était splendide avec sa robe longue bleu clair et ses cheveux blonds ondulés qui lui cascadaient sur les épaules.

— Dee et moi allons danser. Vous voulez vous joindre à nous ?

— Peut-être plus tard, répondit Jo en observant avec tendresse ce couple plus âgé que nous.

Elle était heureuse que papa ait trouvé Dee et, en voyant comme il se sentait bien avec elle, je ne pouvais m'empêcher de partager ce sentiment.

— Amusez-vous bien, leur dis-je en souriant.

— Tu es magnifique, Olivia, me répondit Dee. (Elle regarda le reste de la tablée.) Vous l'êtes tous.

— Merci, toi aussi, répliquai-je.

Mon sourire s'épanouit quand je vis celui qui se dessina sur les lèvres de mon père.

Je les contemplai tandis qu'ils se rendaient sur la piste et sentis quelque chose remuer en moi.

Peu après, Cole, qui s'ennuyait un peu, alla tenir compagnie à Hannah et Dec, tandis que Jo et Cam allaient rejoindre Ellie et Adam.

— Tu veux boire autre chose ? me proposa Nate en désignant ma flûte presque vide.

— Oui. Une bière.

— C'est parti.

Il se faufila à travers la foule, parfaitement à l'aise avec son corps. Il s'était départi de sa veste, ne portant plus qu'un gilet sur sa chemise. Ses manches étaient retroussées et il avait desserré sa cravate. Je surpris plusieurs femmes loucher sur lui, je ne fus donc pas surprise quand une jeune beauté en robe bleue, courte et ajustée, se colla à lui au bar pour entamer la conversation.

Je dus attendre ma bière une bonne vingtaine de minutes.

Si j'avais eu la même confiance en moi que Nate, je n'aurais pas eu à patienter ainsi. Il m'aurait suffi d'aller flirter avec n'importe quel garçon et il m'en aurait aussitôt payé une. Si j'arrivais à croire suffisamment en moi, je me bougerais le cul pour aller draguer.

En fait, c'était précisément ce que j'allais faire.

Je parcourus la pièce du regard en quête d'un beau gosse, et fis mine de n'en trouver aucun.

Je m'avachis sur ma chaise et je me décochai un coup de pied imaginaire dans le tibia en me maudissant d'être aussi nouille.

Après que Nate eut fini son numéro de tombeur, il vint me rejoindre à la table et rapprocha sa chaise de la mienne en me tendant ma bière.

— Elle était canon, fis-je remarquer.

Le côté gauche de sa bouche s'ourla, creusant une unique fossette sur sa joue.

— Pardon d'avoir mis si longtemps.

— Tu as eu son numéro, au moins ? Ou juste obtenu le droit de la sauter vite fait en fin de soirée ?

« À ton avis ? » semblait dire son regard.

Nous restâmes dans un silence agréable pendant quelques minutes, observant les invités. Je ne connaissais quasiment personne.

— Tu préférerais quoi ? m'interrogea soudain Nate, sur le ton de la conversation. Être coincée éternellement au mariage de quelqu'un d'autre ou aux funérailles d'une personne que tu connais à peine ?

Je pris le temps d'y réfléchir.

— Est-ce que je connais bien les futurs mariés ?

— Non.
— Et est-ce que les noces et les funérailles se passent en intérieur, ou en extérieur ?
Nate avala une gorgée de bière.
— C'est une question de météo ?
— Oui.
— Alors mettons-les sur un pied d'égalité. En intérieur.
Je pivotai légèrement vers lui, prête à lui livrer ma réponse.
— Je crois que je vais opter pour les funérailles. À un mariage, il faut toujours faire semblant d'être heureux, ce qui est beaucoup plus fatigant que de feindre la tristesse. Et puis, comme je ne suis pas très proche des mariés, je ne risque pas de connaître beaucoup d'invités. C'est toujours gênant, dans une réception. En plus, ça implique d'écouter en boucle de la musique ringarde, ce qui signifie une migraine éternelle. Non merci. Au moins, aux funérailles de quelqu'un que je ne connais pas, je peux écouter les anecdotes de toute l'assistance. Qui sait, le défunt était peut-être un grand aventurier ayant vécu plus d'un siècle. Ça promet un tas d'histoires intéressantes. Le tout sans musique horrible. Je pourrais être triste à loisir, et si je n'arrivais pas à faire semblant de l'être, personne ne m'en voudrait réellement, puisque je ne connaissais pas très bien le mort. Et généralement, il y a toujours un buffet, ce qui laisse plus de choix qu'un menu préétabli. Enfin, la mort provoque toujours des réactions étranges, j'aurais donc une chance de tomber sur un bel homme endeuillé prêt à coucher avec moi dans la salle de bains à l'étage. Ça m'aiderait à passer le temps.
Nate resta assis, la bière au bord des lèvres durant toute mon explication, et ses yeux s'arrondirent de surprise à mesure que je déployais mes arguments. Il finit par me dire :
— Tu y as vraiment réfléchi, cette fois !

Je haussai les épaules.

— Il faut toujours bien peser le pour et le contre, quand on parle d'éternité.

— C'est pas faux.

— Et toi, tu choisirais quoi ?

— Le mariage.

Je plissai le nez.

— Pourquoi ?

Il scruta la pièce avec un sourire impudent, jusqu'à repérer la fille en robe bleue.

— Parce qu'il y a toujours des femmes tristes d'être célibataires et qu'elles sont plus que partantes pour soulager leur peine avec le premier garçon potable qui leur passe sous la main.

— Tu es cruel.

— Hé, ce n'est pas moi qui prévois de profiter d'un deuil pour m'envoyer en l'air dans une salle de bains.

— Ouais, eh bien au moins, j'ai une pièce à disposition. Où est-ce que tu comptes emmener ces femmes tristes si tu es coincée à une réception ?

— Je pourrais très bien aller aux toilettes.

— Dans des toilettes publiques ? (Je haussai les sourcils.) Ça t'est déjà arrivé ?

— Ne pose pas de questions auxquelles tu ne veux pas connaître les réponses.

— Oh, je meurs d'envie de savoir, répliquai-je en le dévisageant avec curiosité.

Nate ne releva pas, gardant les yeux rivés sur la piste.

— Tu veux danser ?

Réprimant un soupir de déception, je cessai mon interrogatoire et agitai ma bière sous son nez.

— Dans quelques verres, peut-être.

Il se leva, un immense sourire aux lèvres.

— Je reviens tout de suite.

Soudain, la pièce se mit à tourner et mon dos se retrouva à plat sur mon matelas, le plafond de ma chambre occupant toute ma vision. Un léger toucher sous mon pied me fit me redresser sur les coudes, et je vis Nate me retirer mes chaussures. Après que j'avais failli renverser Joss à cause d'un sérieux manque de coordination, Nate avait tenu parole et m'avait raccompagnée en taxi avant de me porter ou presque jusqu'à mon appartement.

— Je n'ai pas fait l'amour depuis sept ans, bredouillai-je, sans me soucier que Nate apprenne ce fait gênant.

Il redressa soudainement le menton en retirant ma chaussure droite.

— Tu plaisantes ?

Je secouai la tête avec une légère moue boudeuse.

— Sept ans ?

— Sept ans. J'ai couché avec un garçon, Nate, une seule fois. C'était affreux. J'ai été nulle. Je suis naze niveau sexe, je ne sais même pas flirter. Je suis une tocarde.

Je me laissai retomber sur mon oreiller en sentant les larmes me piquer les yeux.

Nate acheva de retirer mon autre chaussure. Je sentis le lit s'enfoncer près de moi quand il s'y assit.

— Viens ici.

Il me redressa et je m'effondrai dans ses bras, tandis que son menton reposait sur le sommet de mon crâne. Ses mains chaudes me frictionnèrent le dos de façon apaisante alors que mes larmes enivrées coulaient en silence.

— Tu n'es pas une tocarde, me morigéna-t-il. Tu es loin d'en être une, et je ne veux plus jamais t'entendre te traiter de la sorte.

— D'accord, bafouillai-je.

Nous restâmes assis en silence pendant quelques minutes ; maintenant que j'avais commencé, je décidai de tout lui dévoiler.

— Il y a un garçon, à la bibliothèque. Un étudiant. En troisième cycle. Il me plaît bien, mais j'ai l'impression d'être Raymond dans *Rain Man* chaque fois que j'essaie de lui parler.

Nate fit un léger bruit de gorge.

— Ça te fait rire ?

Il s'éclaircit la voix et répondit d'une voix tremblante :

— Pas du tout.

Il ricanait carrément.

— Ce n'est pas drôle, le rabrouai-je d'un ton sévère tout en m'arrachant à son étreinte pour me laisser retomber sur l'oreiller. (Mes yeux se fermèrent d'eux-mêmes.) Je vais mourir seule, Nate.

Puis, alors que le sommeil m'emportait pour de bon, je crus l'entendre me murmurer :

— Pas tant que je serai près de toi, mon ange.

6

Comment des boules de coton avaient-elles bien pu se loger dans ma gorge ?

Je me passai la langue sur les dents puis la pressai contre mes lèvres pour essayer de me départir de cette sécheresse. Dès que ma bouche s'entrouvrit, ma tête bascula sur l'oreiller et une violente douleur éclata sur mon front, autour de mes tempes et à l'intérieur de mon crâne.

J'avais une haleine fétide.

Tandis que je me forçais courageusement à me mettre en mouvement, la souffrance et la nausée irradiant de mon estomac fragile furent deux indices supplémentaires menant à une conclusion implacable :

Je n'avais pas seulement la gueule de bois.

J'avais une putain de gueule de bois de tous les diables.

Argghhhhh. Je me retournai en gémissant et ouvris très lentement les paupières. Je caressais l'espoir futile d'avoir laissé un verre d'eau près de mon lit avant de m'effondrer. Dès que j'aperçus le verre, je compris que j'aurais plutôt dû y déposer un pichet : j'avais déjà tout bu.

Pendant quelques minutes, je me contentai d'observer tour à tour le verre vide et la porte de ma chambre, espérant une sorte de miracle chaque fois que mon regard se posait de nouveau sur ma table de chevet.

Mais non. Apparemment, j'allais devoir bouger ma carcasse puante et alcoolisée pour aller me resservir moi-même. Je parvins tant bien que mal à m'asseoir, et ma chambre se mit subitement à tourner. Le vertige me provoqua un afflux de souvenirs, qui me poussa à replonger dans mon lit.

Nate m'avait ramenée chez moi et couchée.

Cette réminiscence sembla débloquer le reste, et tout ce que j'avais dit ou fait rejaillit subitement. J'en avais les joues rouges de honte. J'attrapai mon téléphone en espérant y trouver la preuve que mon cerveau inventait tous ces souvenirs, mais je n'y trouvai qu'un SMS de Jo et un autre d'Ellie me demandant si j'étais rentrée sans encombre.

Je reposai brusquement mon portable sur la table de chevet, et le bruit me fit tressaillir.

Putain. De. Merde.

J'avais avoué à Nate ne pas avoir fait l'amour depuis sept ans, n'avoir couché qu'une fois dans ma vie, avoir été nulle dans l'exercice et avoir un énorme coup de cœur pour un étudiant.

— Tu n'es qu'une conne, Olivia Holloway. Une bonne grosse conne.

Je levai les yeux au plafond et sentis des larmes brûlantes affluer. J'avais révélé à Nate un secret que j'avais jusqu'alors gardé pour moi seule. Ivre morte, j'avais vidé mon sac et tout dévoilé au plus grand coureur que je connaissais. Désormais, chaque fois que je le verrais, je me rappellerais m'être mise à nu devant lui.

J'étais une plaie ambulante et j'avais offert à Nate Sawyer la possibilité de me jeter dessus du sel ou tout ce qui lui plairait.

Je serrai fermement les paupières, tâchant d'oublier les larmes qui ruisselaient le long de mes joues, tentant de me convaincre de sa loyauté. Même si je m'étais ridiculisée de la sorte, il me suffirait de lui parler et de lui faire promettre de ne le répéter à personne ni de le mentionner. Jamais.

Nate était comme ça. C'était mon ami. Mon meilleur ami. Je pouvais compter sur lui pour oublier cet incident.

La sonnette de mon appartement me perfora les tympans et je gémis longuement en m'enfouissant la tête dans l'oreiller. Quelques instants plus tard, mon téléphone se mit à sonner.

Je le ramassai à tâtons et le plaquai à mon oreille.

— Quoi ? demandai-je sans me relever de mon coussin, si bien que ma question ressembla plus à un grognement qu'à un mot.

— Ouvre la porte, répondit simplement Nate avant de raccrocher.

Je m'empourprai de nouveau. J'avais espéré avoir au moins l'occasion de dessaouler et, euh, de me rafraîchir un peu avant de me retrouver face à lui. Toujours parée de ma tresse de demoiselle d'honneur, je roulai hors du lit, tombai par terre et luttai pour me remettre debout. Nate recommença à sonner et je craignis sincèrement que le bruit ne me fasse dégobiller le délicieux repas servi à la réception de Joss et Braden.

— C'est bon ! m'exclamai-je en décrochant l'interphone avant d'enfoncer violemment le bouton pour lui permettre d'accéder à l'immeuble.

Pour m'épargner un tambourinement intempestif, je repoussai les cheveux qui me tombaient sur le visage et déverrouillai maladroitement la porte d'entrée, que j'ouvris en entendant ses pas dans l'escalier. Je vis son visage se dessiner entre deux de mes mèches rebelles.

— Tu ne ressembles à rien, me fit-il joyeusement remarquer, l'air bien trop sobre et heureux pour quelqu'un qui avait bu la veille au soir.

Je l'accueillis en frémissant, embarrassée.

Il me tendit un sac.

— Je t'ai apporté de l'aspirine, une boisson énergisante et des beignets. (Je dus virer au vert car il soupira, me frôla pour se rendre dans la cuisine et conseilla :) Il faut que tu manges quelque chose.

Je grommelai et me tournai vers la salle de bains. En remarquant la dingue échevelée aux coulures de mascara, à la pâleur du plâtre et au rouge à lèvres étalé sur toute la bouche, je laissai échapper un petit cri.

— Ça va ? me demanda Nate, inquiet.

Mes doigts tremblaient quand je me penchai sur le lavabo.

— Je ressemble à la fiancée de Frankenstein avec une gueule de bois en prime.

— Moi aussi j'aurais la gueule de bois si je devais me le taper.

Je gloussai malgré moi, mais grognai une fois de plus quand mon rire me « ricocha douloureusement dans la caboche », comme disait mon père. Je pris deux longues inspirations puis réprimai mes tremblements et la nausée le temps de faire une toilette rapide, de me brosser les dents, de me coiffer en hâte et de me précipiter dans ma chambre pour enfiler un pantalon d'intérieur et un tee-shirt.

Nate me sourit depuis le comptoir de la cuisine en me voyant approcher.

— La voilà.

Incapable de soutenir son regard, je me concentrai sur le verre de jus d'orange, la bouteille de boisson énergisante, l'aspirine et les beignets qu'il avait disposés pour moi. Marmonnant des remerciements, j'avalai mes cachets et me juchai sur un tabouret pour grignoter une pâtisserie. Après cinq minutes d'un silence absolu, Nate finit par se pencher vers moi et me souleva le menton pour me forcer à l'affronter.

La soirée de la veille au soir défila entre nous.

— Pitié, chuchotai-je, les lèvres tremblantes et les larmes aux yeux. Je t'en prie, Nate, ne le dis à personne.

Ses yeux sombres s'écarquillèrent légèrement.

— Ça veut dire que c'est vrai ?

Au lieu de répondre, je plissai les paupières.

Il soupira.

— À qui veux-tu que je le raconte ?

— Nate.

Il leva les mains en signe de reddition.

— C'est promis, d'accord.

Je mordis de nouveau dans mon beignet, me sentant rougir sous l'attention soutenue de mon ami.

— Comment est-ce possible, Liv ? Une fille aussi belle et avenante que toi... Comment... ?

Il semblait sincèrement surpris. À vrai dire, c'était plutôt agréable. Flatteur.

Ce qui me permit sans doute d'oser le regarder en face pour répliquer :

— J'ai toujours été timide avec les garçons qui me plaisent, mais surtout, ça ne m'a jamais vraiment intéressée. Jamais. Ma mère est tombée malade alors que j'étais ado. Quand tous ceux de mon âge vivaient leurs premiers baisers, leurs premiers rencards et perdaient leur pucelage, je m'occupais de maman. Puis elle a fait une rechute alors que j'entrais à la fac. (Mon regard était brûlant.) Tu sais ce que c'est, Nate.

Et il le savait.

Notre sens de l'humour décalé et notre geek intérieur n'étaient pas les seules choses qui nous avaient rapprochés, lui et moi. Le cancer nous avait tous les deux endeuillés.

Si ma mère y avait succombé, Nate avait perdu son amour d'enfance à cause d'un lymphome. Elle n'avait alors que dix-huit ans.

Peu de gens savent cela à son sujet, et j'avais le sentiment de faire partie de quelques rares privilégiés. Cela expliquait beaucoup de choses à son sujet.

— Ça te ronge, chuchotai-je. Rien d'autre n'a d'importance. Tout ce qui comptait pour moi, c'était de passer chaque seconde avec elle.

Il déglutit douloureusement et baissa la tête.

— Je comprends, Liv.

— Quand je suis sortie de la fac, j'étais - je suis toujours - limitée par ma timidité. (Je me détournai.) Et mon manque d'expérience a... réduit en lambeaux le peu de confiance en moi que je pouvais avoir.

Nous restâmes assis en silence pendant que Nate réfléchissait à mon aveu. Il finit par me forcer de nouveau à le regarder dans les yeux. Son expression était à la fois songeuse et solennelle.

— Tu semblais vraiment triste hier soir, Liv. Je te connais depuis presque un an, et tu me connais sans doute mieux que la plupart des gens, et pourtant j'ai eu l'impression de découvrir une partie de toi dont j'ignorais l'existence. Et dont personne ne semble être au courant.

Ma gorge me brûlait tant je m'efforçais de réprimer mes larmes.

— Je ne veux pas être celle qui se regarde dans le miroir et déteste ce qu'elle y voit, ni celle qui se plaint toujours de ne pas pouvoir discuter assez longtemps avec un garçon pour décrocher un rendez-vous. Ce n'est vraiment pas agréable, Nate. J'aimerais être comme tout le monde. Sortir avec une personne du sexe opposé. Mais j'en suis incapable. C'est ridicule. Mais au moins, j'ai suffisamment d'amour-propre pour ne pas aggraver mon cas en pleurnichant sans arrêt sur mon sort.

— Ce n'est pas ridicule, rétorqua-t-il d'un ton cassant. Liv, tu as surmonté des tas d'épreuves. Tu ne peux pas espérer être tout à fait normale. Et on s'en cogne, de la normalité. C'est chiant, la normalité. Et toi, mon ange, tu es tout sauf chiante.

Je me fendis d'un faible sourire ; je lui étais reconnaissante d'essayer de me réconforter sans pour autant me sentir mieux.

— Et ce type ? reprit Nate d'un ton bourru. Celui de la bibliothèque. Il te plaît ?

J'acquiesçai et cachai ma tête dans mes mains pour pleurer sur la situation merdique dans laquelle je me trouvais.

— Ouais, il me plaît.

Nate y réfléchit, et quand il parut évident qu'il n'allait formuler aucun commentaire, je l'interrogeai du regard. Il arborait un petit sourire affecté.

— Quoi ?

— Tu n'as quasiment aucune expérience, et j'en ai à revendre.

J'eus une moue agacée.

— Ce n'est pas le moment de fanfaronner, Nathaniel.

Il me sourit.

— Je ne fanfaronne pas. Je veux juste aider.

— Aider ?

— T'aider, toi.

— M'aider comment ?

— T'aider à tirer un coup.

Je m'empourprai plus encore.

— Euh... quoi ?

Manifestement satisfait, il s'appuya contre le comptoir, puis croisa les chevilles et les bras.

— Je m'y connais en matière de sexe. Pas toi. Je vais t'apprendre.

Un afflux de... quelque chose... me fit rougir jusqu'à la racine des cheveux.

— Et comment comptes-tu... ? Et comment est-ce que... ?

— D'abord, on va travailler ta confiance en toi. Puis tes techniques d'approche. Grâce à moi, tu te sentiras bientôt assez sûre de toi pour aller voir ce mec et lui proposer un rencard.

À cette simple hypothèse, mon cœur s'emballa.

— Je ne pense pas que tu mesures l'ampleur de mon incompétence dans ce domaine.

— Voilà précisément un exemple d'attitude à ne pas adopter.

Il secoua la tête et apposa les paumes sur le plan de travail, se penchant si près de moi que nos visages ne se trouvaient plus qu'à quelques centimètres l'un de l'autre.

— Je ne suis peut-être pas du genre à offrir des fleurs ou à dessiner des cœurs, mais tu es mon amie, et j'estime être le type de personne vers qui les amis peuvent toujours se tourner. L'amitié est primordiale pour moi, Liv. Et la nuit dernière, une amie a pleuré dans mes bras en m'avouant être malheureuse. (Il me caressa la joue d'un geste affectueux.) Tu mérites d'être heureuse, mon ange. Quel mal y a-t-il à me laisser t'aider à y arriver ?

— Nate, murmurai-je d'une voix rauque, étranglée par l'émotion.

C'était même tellement gentil que j'étais à deux doigts de fondre en larmes.

— On va procéder étape par étape. D'abord, on va essayer de comprendre pourquoi tu n'oses pas parler aux hommes qui te plaisent.

Je hochai la tête, puis grimaçai tandis que ce mouvement provoquait en moi une violente flèche de douleur.

— Mais pas aujourd'hui, hein ? Parce que je risque de te gerber dessus.

Il sourit et se redressa.

— Charmant. Mais non. Prépare-toi, cela dit. (Il me décocha un clin d'œil, enfila sa veste et se tint prêt à partir.) La première leçon aura lieu demain.

Légèrement sonnée par le tour qu'avait pris la conversation, ce n'est qu'au moment où il allait franchir la porte que je me rendis compte d'avoir oublié de lui faire part de ma gratitude.

— Nate.

Il s'immobilisa, la main sur la poignée.

— Ouais ?

Mon sourire était hésitant mais sincère.

— Merci.

Il se fendit d'un sourire jusqu'aux oreilles et ouvrit la porte en grand.

— De rien du tout, mon ange.

J'avais passé ma journée de travail dans un état de nervosité indicible, subissant la maladresse due au deuxième jour d'une gueule de bois mémorable. Plein de compassion, Angus m'avait autorisée à rester presque toute la journée dans le bureau du fond pour gérer des tâches administratives, mais cela ne m'avait pas empêchée de m'emmêler les pinceaux et, bien vite, sa commisération s'était étiolée. En mettant à jour le site Internet de la bibliothèque, je me trompai dans le descriptif des nouveaux postes de travail destinés aux étudiants. Nous disposions déjà de plusieurs alcôves au premier étage où de gros groupes pouvaient se réunir autour d'un ordinateur pour travailler sur un projet commun ou pour des séances de tutorat. De nouveaux box avaient été installés au deuxième, de capacité moindre. Cela était parfaitement expliqué dans le document principal, mais sur la légende accompagnant la photo j'avais commis une coquille malheureuse en inscrivant non pas « six maximum », mais « sexe maximum ».

Nous ne nous en étions pas aperçus avant que Janey, l'une de mes jeunes collègues complètement obnubilée par la page Facebook « Vu à la bibliothèque de la fac d'Édimbourg » – une page avant tout destinée aux étudiants souhaitant demander conseil auprès de leurs camarades sur les ouvrages à disposition, mais dont la plupart se servaient pour critiquer autrui ou faire l'une des millions de choses dégueulasses que l'on peut faire en ligne –, le relève. Cela avait manifestement beaucoup amusé nos jeunes visiteurs. Mon chef ne partageait à l'évidence pas son sens de l'humour.

Il m'avait forcée à rentrer plus tôt chez moi, où j'avais avalé six tasses de thé dans l'espoir de découvrir les vertus que les Britanniques semblaient trouver dans ce breuvage. Mes recherches furent vaines.

Nate allait arriver pour notre première leçon, et je me sentais sur le point de lui vomir dessus le peu que j'avais pu avaler au cours de la journée.

Vingt minutes environ avant l'heure de notre rendez-vous, mon père me téléphona. Il était chez Dee et ils comptaient m'inviter à dîner.

— Ça me ferait très plaisir, papa, mais Nate va arriver.

— Nate passe son temps chez toi, répliqua-t-il d'un ton grognon.

— Nate est mon ami.

— Mouaif.

— Papa.

— C'est un coureur de jupons.

— On est juste amis, promis-je, même si mon corps était parcouru de fourmillements chaque fois que j'envisageais le tour que pouvait prendre la soirée.

Je me demandais sincèrement ce qu'il allait bien pouvoir m'apprendre. Et comment il s'y prendrait. J'allais mourir de honte. J'en étais sûre. Nate n'était que sexe et charisme. Et il parlait crûment. S'attendait-il à ce que je m'adresse aux garçons tout comme il le faisait avec les filles ?

Mes yeux sortirent de leurs orbites à cette idée.

— Liv, tu es là ?
— Ouais, papa.
— Dee demande si tu pourrais venir dîner mercredi, sinon ?
— Oui, ce serait parfait. Comptez sur moi.
— Comment tu te sens, aujourd'hui ? Toujours la gueule de bois ? Tu étais bien éméchée au mariage.
Je me passai nerveusement la main dans les cheveux, essayant de me rappeler la soirée.
— Est-ce que j'ai, euh, dit des choses gênantes ?
Papa éclata de rire.
— Non. Tu as l'alcool gai, ma chérie. Qui t'a ramenée, au fait ? Tu n'as pas répondu à mon SMS d'hier.
— Nate. C'est vraiment quelqu'un de bien, insistai-je.
— Si tu le dis.
Ma sonnette retentit, me faisant sursauter.
— Il faut que j'y aille, papa. Il est arrivé.
Nous nous dîmes au revoir et je raccrochai avant de me précipiter vers la porte pour aller ouvrir à mon professeur particulier. Je l'attendis dans l'embrasure en tapant impatiemment du pied. Le bruit de ses pas dans l'escalier en béton semblait en rythme avec les battements de mon cœur, et quand il apparut devant moi je me crus sur le point de défaillir.
Il écarquilla les yeux en m'apercevant.
— Merde, on dirait que tu vas tomber dans les pommes.
J'avalai ma salive. Bruyamment.
— Je suis un peu nerveuse.
Il entra et ferma la porte en grimaçant.
— Mais pourquoi ? Ce n'est que moi.
Je lui jetai un regard furieux.
— D'accord. Continue à être nerveuse.
Il me passa devant et se dépouilla de sa veste. Il la jeta négligemment sur le canapé et se dirigea droit vers la cuisine, pour aller chercher deux bières dans le frigo.

J'attrapai au vol celle qu'il me lança. Il décapsula la sienne et me désigna de sa bouteille.

— Pour te détendre.

Comme il n'ajouta rien pendant cinq minutes – cinq *interminables* minutes –, je finis par m'asseoir sur l'accoudoir du canapé et boire une gorgée.

— Vas-y, raconte-moi tout, déclara soudain Nate.

Je faillis recracher ma bière tant sa voix me paraissait forte pour mon petit appartement.

— Que se passe-t-il exactement quand un type qui te plaît t'adresse la parole ?

Tâchant de ne pas paraître plus abrutie que je ne l'étais déjà, je réprimai le rougissement qui semblait déterminé à envahir mes joues.

— Je perds ma voix.

— Pourquoi ?

— Je suis très tentée de te balancer une remarque sarcastique, mais je crois que je vais simplement hausser les épaules.

Ce que je fis.

— Ne me fais pas croire que tu n'en sais rien ou que, si tu le savais, tu n'aurais pas besoin de moi. Pourquoi tu n'arrives pas à parler ?

J'essayai sincèrement de ne pas m'énerver après lui. Ce ne serait pas le meilleur moyen de commencer nos leçons. Serrant les dents, je répondis, comme si c'était l'évidence – ça l'était, d'ailleurs :

— Parce que je manque de confiance en moi.

Nate me dévisagea quelques instants.

— À cause de quoi ? De ton physique ? De ton peu d'expérience ? Quoi ?

— Tu sais à quel point tout ceci est gênant ? lui demandai-je avec une moue.

Vraisemblablement irrité, Nate plissa les paupières.

— Je ne suis pas venu ici pour me moquer de toi, mais pour t'aider.

Nous replongeâmes dans le silence, le temps pour moi de rassembler le courage nécessaire à une réponse honnête. Après avoir avalé une nouvelle gorgée de bière, je contemplai le sol et déclarai doucement :

— Tu sais déjà que je manque de confiance à cause de mon expérience quasi absente, mais en plus... je ne me trouve pas... très attirante.

Son mutisme m'incita à lever les yeux vers lui. Il me considérait de nouveau d'un air incrédule.

— Quoi ?

Il posa sa bouteille et planta ses paumes sur le comptoir, comme s'il s'apprêtait à me parler on ne peut plus sérieusement.

— Commençons par ça.

Je déglutis.

— D'accord.

— Tu te fous de ma gueule, ou quoi ?

Le ton furieux de sa question me fit me ratatiner.

— Quoi ?

— Lève-toi, m'ordonna-t-il sèchement. Allez, lève-toi.

Il fit le tour de l'îlot et passa devant moi sans s'arrêter.

Je me mis lentement debout, me demandant ce que j'avais bien pu faire de mal.

— Suis-moi.

Le suivre... d'accord. Mes jambes se mirent à flageoler quand je me rendis compte qu'il me menait vers ma chambre. Sentant mon pouls jusque dans mon cou, je fus incapable de parler quand je m'arrêtai sur le pas de la porte pour le dévisager.

Posté devant mon miroir en pied, il me le désigna.

— Dis-moi ce que tu vois.

Je ravalai la boule qui m'obstruait la gorge.

— Nate...

Je reculai d'un pas. Vif comme l'éclair, il me saisit le bras pour me forcer à entrer et me positionner devant la glace. Il se tint debout derrière moi, observant par-dessus mon épaule.

— Dis-moi. Fais-moi confiance.

Prenant une profonde inspiration, je me concentrai sur mon reflet, examinant mon visage, puis le reste de mon corps, et de nouveau ma figure.

— Liv ?

— Je vois... une femme banale avec... (Je haussai les épaules, si embarrassée que ça n'était plus drôle.) Avec des bras flasques, du bide et un gros cul.

Comme il s'obstinait une fois encore à ne rien répondre, je rassemblai tout mon courage pour l'étudier dans le miroir. Il me fusillait du regard.

— Rien de positif ?

Je m'observai à nouveau. Comme d'habitude, mes yeux étaient la seule chose qui me plaisait. Des prunelles saisissantes, que j'avais héritées de mon père. D'un noisette pâle inhabituel, avec tant de paillettes d'or qu'elles semblaient presque jaunes sous une certaine lumière. Et nos longs cils noirs en amplifiaient la couleur. On nous avait fait remarquer à maintes occasions que notre regard était exotique, presque félin. Mon père s'en servait beaucoup. Ses yeux durs et perçants trouvaient parfaitement leur place au milieu de son visage acéré mais charmant. Et sur ma figure ordinaire, eux seuls permettaient d'égayer mes traits.

— Mes yeux, murmurai-je doucement.

— C'est un fait avéré, mon ange. Quoi d'autre ?

Tendue, je cherchai une réponse avant de dire avec précaution :

— Peut-être ma peau. J'ai une belle peau.

Nate m'adressa un sourire d'encouragement.

— Tu as une peau magnifique. (Il poussa un long soupir las.) Passons au reste. (J'étais à peu près sûre qu'il avait grommelé « sacrées bonnes femmes » avant de m'attraper par le biceps.) Parle-moi un peu de ces bras flasques, maintenant.

M'empourprant jusqu'à la racine des cheveux, je pinçai le gras sur mes triceps.

Ce qui me valut un regard désabusé de Nate.

— Ça n'a rien de flasque, c'est de la peau. Écoute, ce n'est pas parce que tu n'es pas musclée que tu es toute ramollo. Règle numéro un...

Je lui adressai un signe de tête pour l'encourager à poursuivre, avide d'en apprendre plus.

— ... n'utilise jamais le mot « flasque » avec un mec que tu veux te faire. Si le type est comme moi, il peut faire abstraction de la gêne, voire trouver ça mignon, mais la plupart des gens ne seront pas de cet avis. Ils veulent qu'une femme sûre d'elle les rejoigne au lit. Comme je ne connais pas le mec de la bibliothèque, mieux vaut faire preuve de prudence. Donc, on bannit « flasque » de ton vocabulaire.

Pour une raison ou pour une autre, cela me donna envie de glousser, mais voulant que Nate sache que je prenais ses conseils au sérieux, je pinçai les lèvres et opinai silencieusement.

— Bien. Prochaine étape.

Je cillai, confuse.

— Prochaine étape ?

— Le soi-disant gros cul.

Le contact de sa main sur mes fesses me fit sauter en l'air, mais il ne la retira pas, me caressant même brièvement avant de me pincer doucement.

Waouh, bon, d'accord.

Ma peau se mit à fourmiller, et je sentis un renflement suspect au niveau de mes seins et de mon bas-ventre, que j'essayai résolument d'oublier.

— Il n'est pas gros, me chuchota-t-il à l'oreille. (Sa voix basse et grave n'arrangea en rien les réactions de mon corps.) Rebondi. Et je vais te faire part d'un petit secret : il existe encore certains hommes qui aiment pouvoir palper, sentir des formes, des courbes, des hanches, des seins et des fesses. (Il me tapota gentiment le postérieur du plat de la main.) Tu as un cul magnifique, ma beauté. Et je ne veux plus jamais t'entendre dire le contraire.

J'en restai comme deux ronds de flan. Ce n'était pas uniquement dû à toutes ces choses gentilles qu'il disait, mais aussi et surtout aux fourmillements qui me parcoururent quand il glissa la main sous mon tee-shirt pour me caresser le ventre. Je pris une brusque inspiration.

Je ne pouvais pas nier qu'il m'excitait énormément.

Il me sauva involontairement. Sa main descendit légèrement, me tirant de la brume sensuelle dans laquelle il m'avait plongée. Je compris ce qu'il visait.

Mon bide !

Je lui saisis le poignet pour l'en empêcher, mais quand nos yeux se croisèrent dans le miroir, son expression était quasiment menaçante. Il secoua la tête presque imperceptiblement.

— Lâche-moi, mon ange.

Je secouai la tête à mon tour.

— Liv.

— Nate…

Il se radoucit en entendant la pointe de panique dans ma voix.

— Fais-moi confiance.

Toute tremblante, je le libérai et pris une nouvelle inspiration tandis qu'il se rapprochait encore de moi, si bien que je sentais dans mon dos la chaleur de son ventre. Et quand ses doigts poursuivirent leur exploration, mon souffle se bloqua. Je n'avais jamais été aussi heureuse de porter une brassière, car mes tétons s'étaient érigés à son contact.

Oh, merde.

Inutile qu'il apprenne que ses leçons provoquaient pareille réaction. Pour la première fois depuis que nous nous étions rencontrés, je regrettais sincèrement qu'il soit si foutrement attirant.

Il mit sa main à plat et la fit aller et venir sur ma peau, épousant mes formes ; bientôt, mes joues auraient pu guider un navigateur à la dérive tant elles étaient rouges.

— C'est ce bide-là, qui te perturbe ?

J'acquiesçai, incapable de parler, trop consciente que ma voix serait aussi langoureuse que celle de Greta Garbo. Ce qui trahirait immanquablement mon soudain afflux d'hormones.

La main de Nate glissa jusqu'à ma hanche, où elle s'immobilisa. Il me pinça de façon réconfortante.

— C'est agréable, me susurra-t-il de nouveau à l'oreille. Doux. Sexy. (Cette fois, j'échouai à ne pas frissonner.) Ta peau est comme de la soie.

Dans mon esprit, je haletais bruyamment ; dans la réalité, je n'étais pas loin de le faire. Quand il retira brusquement la main, j'eus l'impression de me prendre un seau d'eau glacée sur la tête.

Merci. J'en avais besoin. Je me giflai intérieurement. *Réveille-toi un peu !*

— Bon, reprit Nate d'une voix redevenue normale. Je suis un homme et, comme tu le sais, je ne dis que ce que je pense. Alors voici ce que je vois.

Oh, mon Dieu.

— Des cheveux superbes, des yeux époustouflants, une peau parfaite, un sourire à tomber, des seins magnifiques, un très joli cul et de longues jambes sexy. Baisable. Très largement baisable.

Un rire me fit trembler les lèvres, mais force était de reconnaître que son analyse m'avait procuré un véritable afflux de plaisir.

— C'est succinct.

Nate haussa les épaules en découvrant mes yeux pétillants.

— J'essaie simplement de te faire comprendre qu'il n'y a pas beaucoup d'hommes qui n'aimeraient pas coucher avec toi. Et ça vient d'un mec que de nombreuses femmes trouvent attirant.

Il eut un sourire arrogant.

Je levai les yeux au ciel. Il ne savait que trop bien combien il était beau. J'imagine que, quand on ressemble à une star de cinéma, il est difficile de ne pas en avoir conscience.

— Évidemment que tu es attirant.

— Ah bon ? (Il croisa les bras, s'appuyant contre le pied de mon lit tout en fronçant les sourcils.) Je croyais que tu perdais tes moyens, en présence d'un garçon attirant.

L'aurais-je blessé dans son orgueil ?

Cette idée me transportait d'hilarité. Je conservai néanmoins un masque de façade.

— Espèce de sale petit crâneur, tu sais pertinemment que n'importe quelle femme hétéro de cette planète te trouverait à son goût.

Il me gratifia d'un autre de ses sourires prétentieux, et ses adorables fossettes apparurent comme par enchantement.

— Tu n'es donc pas toujours muette ?

— Ce n'est pas pareil. Toi et moi, on est amis, alors j'essaie de ne pas te voir sous cet angle.

— Pareil pour moi, mon ange.

Mmm. Sympa. Mon trip se brisa subitement. Je ne savais clairement pas quoi répondre.

Nate semblait avoir envie de rire.

— Ce qui ne veut pas dire que ça n'arrive pas.

— Que quoi n'arrive pas ?

Ses yeux parcoururent mon corps d'une manière si éloquente que je croisai les jambes.

— Que je ne te vois jamais sous cet angle.

Mon cœur se mit à tambouriner contre ma poitrine.

— C'est vrai ?

Il ricana.

— Aux dernières nouvelles, je suis un homme et toi une femme très attirante. Ce n'est pas parce qu'on ne couche pas ensemble que je n'y ai jamais pensé. Les mecs sont comme ça.

Tentant en vain de réprimer un sourire, je hochai la tête avec désinvolture.

— Pareil pour moi. Mais, m'empressai-je d'ajouter, comme on est amis... je ne sais pas. Je me sens bien avec toi. Il n'y a pas de tension sexuelle insurmontable, je peux être moi-même.

Nate se redressa alors.

— Je travaille ces prochains jours, mais je reviendrai jeudi soir pour une deuxième leçon.

J'acquiesçai.

— J'espère que tu te sens déjà plus confiante.

Il m'adressa un nouveau sourire impudent.

Je soupirai et m'observai dans le miroir.

— C'est bon de se dire que d'autres garçons peuvent penser comme toi, Nate. Mais tous ne sont pas comme toi. Je te connais. (Je lui souris tristement.) Pour toi, toutes les femmes sont belles par nature. Ce n'est pas un défaut. Au contraire, c'est génial. Dommage que les hommes ne soient pas tous aussi faciles à satisfaire.

Nate secoua la tête d'un air légèrement impatient.

— Crois-moi, toutes les femmes ne me plaisent pas.

Il fit un pas vers moi, si bien que je dus dresser le menton pour le regarder dans les yeux. Des yeux qui brûlaient désormais si fort que mon souffle se raréfia.

— Si je te rencontrais dans un bar, c'est toi que je choisirais, que je ramènerais chez moi et que je baiserais si fort que tu aurais du mal à marcher droit le lendemain.

J'avalai bruyamment ma salive.

En réalité, je crois même avoir eu un mini-orgasme.

— Olivia ?

— J'ai compris, parvins-je à souffler. Tu me trouves séduisante.

Ses lèvres tressaillirent légèrement et il eut un air amusé.

— Et toi, qu'est-ce que tu en penses ?

J'écarquillai les prunelles et branlai rapidement du chef.

— Oh, je commence à y venir.

Nate se fendit d'un large sourire et me fessa affectueusement avant de se diriger vers la porte.

— Tant mieux. Alors à jeudi, mon ange.

7

« Des cheveux superbes, des yeux époustouflants, une peau parfaite, un sourire à tomber, des seins splendides, un très joli cul et de longues jambes sexy. Baisable. Très largement baisable. »

La voix de Nate n'arrêtait pas de résonner dans ma tête durant les moments calmes. Elle ne s'était plus tue depuis le lundi soir. Chaque fois que je me remémorais ces compliments, je rougissais de plaisir, souriais bêtement et me torturais l'esprit pour savoir si oui ou non il le pensait vraiment. Je ne doutais pas que cela le foutrait en rogne de découvrir ce point de détail. Mais je ne pouvais pas m'en empêcher. Ce n'était pas comme si mes complexes allaient se volatiliser du jour au lendemain, sous prétexte que le magnifique Nate Sawyer avait prétendu me trouver désirable.

En tout cas, je ne lui avais pas menti en lui affirmant que son cours m'avait aidée.

Ça m'avait beaucoup apporté.

Du moins, cela avait suffi à éclaircir mon humeur pendant plusieurs jours.

— Tu sais que Jude et Mari, du service des livres rares, se sont dit oui ? me demanda Ronan, l'un de mes collègues, tandis que nous déjeunions ensemble dans la salle du personnel.

En songeant à cette harpie de Mari, je répliquai sèchement :

— Tant mieux pour eux.

— Bon sang, tu es sacrément rancunière, pouffa-t-il en mâchonnant son sandwich tout en envoyant un SMS à sa femme.

Je savais que c'était à elle qu'il écrivait, car ils semblaient incapables de se passer l'un de l'autre pendant une journée de travail. Ils étaient mariés depuis cinq ans et se comportaient encore comme un jeune couple.

J'ouvris la bouche, indignée.

— Elle a été ignoble avec moi.

La section des livres rares se trouvait au sixième étage de la bibliothèque et on ne pouvait y accéder que sur rendez-vous. Elle était gérée par une équipe particulière composée de Jude, Mari et de quelques autres, formés spécialement pour s'occuper des livres précieux et anciens. C'était un boulot assez chouette dans un endroit assez chouette. Quand j'avais été recrutée à la bibliothèque, j'avais demandé à Mari de me faire visiter. Elle m'avait vertement répliqué que le personnel ordinaire ne pouvait y accéder que sur rendez-vous, et que ceux-ci ne pouvaient être sollicités sans une bonne raison.

— Nous ne sommes pas dans une bibliothèque de quartier, mademoiselle Holloway, avait-elle ricané pardessus ses lunettes. Et même si c'était le cas, qu'est-ce qu'une petite provinciale telle que vous pourrait-elle bien trouver aux livres rares ?

Ronan gloussa quand je lui rappelai l'événement.

— Il faut être douée pour employer le mot « provinciale » dans une vraie phrase.

— Tu sais comme moi qu'elle voulait dire « Américaine ». Sale élitiste, grommelai-je en replongeant le nez dans ma liseuse. Ma mère disait toujours qu'à défaut de dire quelque chose de gentil, mieux valait se taire.

— Et la mienne disait qu'à défaut de dire quelque chose de gentil, mieux valait dire quelque chose d'inoubliable.

— Celle-là, je vais la ressortir, m'esclaffai-je.

La porte de notre salle s'ouvrit en grand et notre collègue Wendy entra à grands pas. Elle avait un sourire jusqu'aux oreilles.

— On vient encore de me proposer un rencard. C'est l'endroit rêvé pour gonfler son ego. Je n'arrive pas à croire que je n'aie pas pensé à venir travailler ici plus tôt. (Elle haussa les épaules et se servit un verre d'eau fraîche au distributeur.) Bon, évidemment, le fait que ce soit la troisième étudiante à me faire du rentre-dedans me laisse un peu perplexe…

Un coup d'œil en coin vers Ronan m'apprit qu'il s'efforçait de ne pas rire, ce qui évidemment me fit pouffer. Et dès que l'hilarité me gagna, il ne parvint plus à se retenir. Wendy était une épouse de trente-trois ans, mère de deux enfants. Elle était belle, sympathique, drôle, bien sous tous rapports. Et apparemment, elle plaisait beaucoup aux dames.

Elle nous regarda nous gausser avec un sourire bienveillant.

— Quoi ? Vous pensez que je fais quelque chose pour l'encourager ?

Je secouai la tête.

— Je ne sais pas. Contente-toi du compliment et ne te prends pas la tête.

— Tu sais ce que c'est, me dit Ronan d'un ton amusé. Tu n'arrêtes pas de te faire draguer.

Je fronçai les sourcils.

— Par des gamins à peine sortis de l'adolescence prêts à sauter sur tout ce qui a un vagin et une paire de seins.

— Vous employez le mot « vagin » au boulot, maintenant ?

Je me retournai brusquement en entendant la voix d'Angus. Il était appuyé contre l'encadrement de la porte et nous considérait avec amusement.

J'eus un sourire timide.

— On parlait de revues médicales ?

Angus ne releva pas et s'approcha de la machine à café.

— C'est ici que j'ai rencontré Michael, vous savez, déclara-t-il soudain. (J'en conclus qu'il nous écoutait depuis un moment et savait pertinemment de quoi nous discutions.) Fraterniser avec les étudiants n'est pas encouragé, mais j'avais vingt-trois ans et lui vingt-cinq. (Il nous sourit par-dessus son épaule.) Quand on accroche avec quelqu'un, on ne choisit pas toujours. Ça t'est déjà arrivé, Liv ? Avec un étudiant, peut-être ?

Mon cœur s'emballa à la précision de sa question. Oh, mon Dieu... Angus se doutait-il que j'en pinçais pour Benjamin ? Je m'empressai de secouer la tête.

— Non.

— Mmm. (Il s'adossa au plan de travail avec un sourire entendu.) Pourtant, j'ai bien remarqué des troisièmes cycles qui te tournaient autour dans la réserve.

Y avait-il spécifiquement vu *Benjamin* ?

— Vraiment ? couinai-je.

— Tu dois être la personne la plus naïve que j'aie jamais rencontrée, repartit-il dans un éclat de rire.

— Tu es certain que c'est autour de moi qu'ils tournaient ? insistai-je.

— Oui. De toi. (Il me dévisagea d'un air surpris.) Pourquoi, ça te semble improbable ?

— Euh...

Oh, oh. Je ne voulais pas que mes collègues découvrent à quel point je manquais de confiance en moi.

Angus me considéra comme s'il me prenait pour une folle – il me considérait souvent de la sorte –, récupéra son gobelet de café et se dirigea vers la porte.

— Essayez de ne pas employer le terme « vagin » en dehors de la salle du personnel.

Ronan et Wendy pouffèrent, mais je l'écoutai à peine, plongée dans mes pensées.

« Si je te rencontrais dans un bar, c'est toi que je choisirais, que je ramènerais chez moi et que je baiserais si fort que tu aurais du mal à marcher droit le lendemain. »

La voix délicieuse de Nate retentissait de nouveau dans mon esprit, avec les commentaires d'Angus. Finalement, Nate avait peut-être été cent pour cent honnête avec moi. Il n'était pas impossible que des hommes – pas seulement des adolescents ou de jeunes étudiants – me trouvent désirable ; ce n'était peut-être pas si grave d'avoir un léger surpoids, des formes et des fesses charnues.

Jusqu'à présent, j'avais toujours pensé que le rappeur Sir Mix-A-Lot avait écrit *I Like Big Butts*[1] simplement parce que c'était accrocheur.

— Oh.

— Hein ? s'étonna Ronan.

— Rien, marmonnai-je. Je crois que je viens d'avoir une révélation qui pourrait changer ma vie.

— Tu veux nous en parler ?

Je secouai la tête avec un sourire et me relevai.

— Mieux vaut retourner bosser.

Je nettoyai mon petit bazar, rinçai mon mug et sortis en chantonnant distraitement.

Juste avant de refermer la porte, j'entendis Ronan soupirer lourdement.

— Génial, maintenant je vais avoir Sir Mix-A-Lot dans la tête tout l'après-midi.

---

1. « J'aime les grosses fesses » en français. (*N.d.T.*)

Alors que Nate buvait un soda, accoudé au comptoir de ma cuisine, je m'autorisai à l'examiner comme je ne l'avais jamais fait depuis que nous étions si bons amis. C'était le jeudi soir et il était de retour pour nos cours particuliers. Vêtu d'un tee-shirt noir uni, d'un jean sombre, de brodequins en cuir et d'une montre de sport, il était glamour sans même s'en rendre compte. Je savais qu'il détesterait que je lui associe cet adjectif, mais il lui seyait parfaitement. Il semblait sur le point d'arpenter un tapis rouge ou de poser pour un journaliste people. Dans le costume trois-pièces qu'il avait porté au mariage de Joss et Braden, il avait été absolument resplendissant. Les acteurs d'Hollywood pouvaient aller se rhabiller.

Et Nate n'était pas seulement beau de l'extérieur. Derrière ses allures de play-boy se cachait un type plus loyal que la plupart, truculent, compatissant et – disons-le tout net – généreux. Et voilà qu'il prenait sur son temps libre pour m'aider à me tirer d'une situation particulièrement embarrassante. Jusqu'à présent, il avait fait de son mieux pour que l'expérience ne soit pas une véritable torture pour moi. Combien de garçons savaient se montrer aussi gentils et patients ?

Il était donc également beau de l'intérieur, et je commençais à peine à prendre conscience qu'un homme aussi parfait avait affirmé me trouver désirable.

— Alors, tu as retenu quelque chose ? me demanda-t-il prudemment après avoir avalé sa première gorgée de Coca.

— Je n'ai pas arrêté de chanter *I Like Big Butts* ces dernières vingt-quatre heures.

Son rire emplit mon petit appartement et mon ventre se noua comme il ne l'avait plus fait depuis longtemps. Je m'évertuai obstinément à réprimer cette sensation et repris :

— Honnêtement, ça commence à rentrer. En tout cas, ça m'a mise de bonne humeur et je me dis que j'ai peut-être une vision légèrement biaisée de mon apparence physique. Cela dit, je n'ai pas non plus complètement repris confiance en moi durant la nuit. Le simple fait de m'imaginer flirter ou autre chose avec Benjamin me fait flipper.

Il haussa les épaules.

— Sois donc un peu patiente. Ça va venir. Je voulais juste m'assurer que tu avais au moins réfléchi à ce que j'avais dit. Je ne voudrais pas perdre complètement mon temps.

Je fis de mon mieux pour ne pas grimacer. Nate ne mâchait pas ses mots. Il ne se censurait jamais, et pour peu qu'on fût un tant soit peu sensible, il était aisé de les interpréter de travers.

— Tu ne perds pas ton temps, lui promis-je.

Un coin de sa bouche s'ourla et une fossette se creusa sur sa joue droite.

— Non, je ne perds pas mon temps.

Je soufflai longuement pour ne pas me laisser envoûter par ce demi-sourire et demandai :

— Bon, et maintenant ?

— D'abord, le flirt. Ensuite, les fringues.

Je cillai rapidement, tentant de comprendre le sens de ces paroles. Elles n'en avaient aucun.

— Euh… les fringues ?

Nate m'examina longuement de la tête aux pieds.

— Est-ce que tu possèdes une jupe ? Une robe ? Le moindre vêtement avec un décolleté ?

Soudain, je sus exactement où il voulait en venir. Ce n'était pas que je n'avais pas de goût – du moins, je l'espérais –, mais je me montrais légèrement conservatrice quant à ma façon de m'habiller. Toutefois, je devais bien avoir dans une penderie quelque chose d'affriolant…

Je dus y réfléchir trop longuement, car Nate finit par déclarer d'un ton suffisant :

— Exactement.
— Mes fringues ne sont pas si moches.
— Pas moches, non. Mais la seule fois que je t'ai vue en robe, c'était au mariage, dans ta tenue de demoiselle d'honneur. Et je ne t'ai jamais vue en jupe courte non plus.
Alors qu'il prenait une nouvelle gorgée, je fus hypnotisée par le mouvement de sa pomme d'Adam. Je haussai distraitement les épaules.
— Je n'ai jamais aimé montrer ma peau.
— Pourquoi ?
Je croisai son regard et fis la grimace.
— C'est une vraie question ?
Il me répondit d'un silence agacé. Car oui, un silence pouvait être agacé. Il se hérissait autour de Nate tandis que celui-ci attendait ma réponse avec impatience.
— D'accord, d'accord. (Je me penchai par-dessus le comptoir, jouant avec mon propre verre de soda.) Je n'aime pas qu'on me remarque, car cela implique qu'on me juge.
Nate y réfléchit avant de répondre.
— Est-ce que tu étais tyrannisée quand tu étais petite ?
— Un peu. Pas assez pour laisser des séquelles irréversibles. Pourquoi ?
— J'essaie juste de comprendre pour quelle raison tu as aussi peur de te mettre en avant.
Je roulai les yeux.
— Tu te prends pour mon psy, maintenant ?
— Tu aurais besoin d'en voir un ?
— Nate, dis-je d'une voix sévère pour lui faire comprendre que j'étais sérieuse, ça ne cache rien de spécial. En un sens, je préférerais. Franchement. Je me sentirais moins bête. On me taquinait à l'école, comme la plupart des gamins, mais rien de grave. Ma mère m'a toujours regardée comme quelqu'un d'unique, et dès que mon père est entré dans ma vie, il a fait son possible pour

que je me sente extraordinaire. (Je me fendis d'un léger sourire, sentant l'émotion me gagner peu à peu.) J'étais timide. C'est tout. Et avec le cancer de ma mère, je n'ai pas eu beaucoup d'occasions de flirter ou de coucher. Et plus je vieillissais, plus cela me complexait, et j'imagine que j'ai fini par perdre toute confiance en ma sexualité. Ça s'arrête là. Ça ne va pas plus loin.

Il soupira longuement et se passa la main dans les cheveux.

— Désolé, Liv. Je voulais être sûr de ne pas passer à côté de quelque chose. Franchement, j'aimerais que tu ouvres les yeux, que tu voies à quel point tu es magnifique.

Je lui souris.

— Continue de me débiter des conneries pareilles, et tu seras bientôt seul en tête de mes meilleurs amis.

Il fit le tour de l'îlot et alla s'installer sur le canapé. Puis il tapota la place vacante à côté de lui.

— Viens t'asseoir près de moi.

Curieuse, j'obtempérai.

Son sourire était désormais taquin.

— Plus près.

Je ne voulais pas me rapprocher davantage. Il sentait bon – j'en avais toujours eu vaguement conscience, mais j'étais désormais extrêmement lucide quant au fait que je humais vraiment son odeur.

— Pourquoi ? Je croyais que tu allais m'apprendre à flirter.

— C'est ce que je fais. Le langage corporel est très important pour faire du charme. Si tu t'assieds à un mètre du mec que tu veux draguer, il va croire que tu as pété ou que tu penses que lui l'a fait. (Mon éclat de rire ne l'empêcha pas de poursuivre :) Quand un type te plaît, commence par te rapprocher de lui. Mais n'en fais pas trop non plus, au cas où il ne serait pas intéressé.

Ma panique dut se lire sur mon visage quand je demandai, les yeux écarquillés :

— Comment savoir s'il est intéressé ou pas ?
— Tu t'en apercevras facilement.
— Mais je n'y connais rien. Et si j'interprète mal les signaux ? (En le voyant sur le point de ricaner, je poussai un grognement menaçant.) Ne t'avise pas de rigoler. Je suis sérieuse !
— D'accord. (Il rit néanmoins, levant les mains devant lui.) Calme-toi. Je vais te montrer comment ça se passe exactement. D'abord, tu vas essayer de me faire du charme, et je vais réagir de différentes manières. À toi de me dire si je suis intéressé ou non.
Mon pouls s'accéléra subitement tandis que mes mains devenaient moites.
— Si tu veux, mais comment fait-on du charme ?
Il dut percevoir le chevrotement dans ma voix, car il m'adressa un petit sourire rassurant.
— Mon ange, on va y aller étape par étape. Assieds-toi près de moi. Commence à me parler de façon à me faire comprendre que je te plais.
— Mais...
— Liv, fais-le.
Prenant une longue inspiration, je me glissai plus près de lui, décidant de m'arrêter peu avant que nos cuisses se touchent. J'analysai son air serein et...
J'éclatai de rire.
Nate secoua la tête et souffla d'amusement.
— Quoi qu'il arrive, ne fais jamais ça à un garçon que tu dragues.
J'agitai rapidement la main devant mon visage, espérant qu'un peu d'air frais m'aiderait à dissiper ce fou rire idiot.
— Je suis désolée, m'excusai-je en ravalant un gloussement. Je vais réessayer.
Je pris plusieurs inspirations pour recouvrer une contenance.
— Tu es prête ?

Je roulai des épaules avant d'acquiescer.

— Très bien, alors vas-y.

Je m'octroyai un instant de réflexion pour me mettre en situation. Je ne me trouvais plus chez moi avec Nate. J'étais dans un bar, en compagnie d'un garçon que je n'avais encore jamais rencontré et qui ressemblait énormément à Benjamin Livingston.

— Salut, je m'appelle Liv.

Il me jeta un rapide coup d'œil avant de parcourir le reste de la pièce.

— Nate.

Mmm, voilà qui était plutôt froid, mais peut-être qu'il me testait.

— C'est le diminutif de Nathaniel ?

Sérieux ? Tu n'as rien trouvé de mieux ?

Nate se contenta de hocher la tête sans me regarder.

— Ça veut dire que tu n'es pas intéressé, pas vrai ?

Je grimaçai, oubliant qu'il ne s'agissait que d'une leçon et le prenant un tout petit peu trop à cœur.

Semblant s'en rendre compte, Nate ricana.

— Je t'avais dit que tu t'en apercevrais. Les mecs ne se cachent pas.

— Putain, ça doit être horriblement gênant dans la vraie vie.

Il pencha la tête vers moi.

— Mon ange, si un type réagit comme ça avec toi, c'est qu'il n'en vaut pas la peine, d'accord ? Dans ce cas, tu prends tes cliques et tes claques, et tu recommences avec un qui ne soit pas un connard.

Je lui demandai avec un sourire reconnaissant :

— D'accord. Et maintenant ?

Il m'adressa une moue malicieuse et séductrice.

— Maintenant, je vais réagir de façon positive. Ça te fera un peu de répondant, ce sera plus facile pour toi.

— Tu es bien optimiste.

Il m'encouragea d'un petit coup de genou.

— Recommence.

Regrettant de n'avoir jamais appris à charmer d'un sourire – il devait bien exister un tuto sur YouTube –, je tentai d'improviser. Même si j'étais sûre d'avoir une tête bizarre, Nate ne réagit pas mal.

— Salut, je m'appelle Liv.

Le sourire qu'il m'adressa en retour manqua me faire tomber à la renverse. Derrière leurs cils abaissés les superbes prunelles sombres et envoûtantes de Nate remontèrent depuis mes jambes, s'attardant plusieurs secondes sur ma poitrine avant de se poser sur mon visage. Il me regarda droit dans les yeux, semblant sonder les moindres recoins de mon âme, et je fus à peu près sûre que s'il m'allongeait sur le canapé et me prenait sauvagement, il me trouverait étonnamment disposée à l'accueillir.

— Salut, Liv. Moi, c'est Nate.

Malgré les fourmillements et la brume de phéromones qu'il avait provoqués, je parvins à sourire. Je désignai son soda et demandai :

— Tu bois tout seul ?

— Prends un verre avec moi et ce ne sera plus le cas.

— Ooh, ça, c'était sympa.

— Ne sors pas du personnage.

Je me redressai telle une petite fille bien sage.

— Pardon.

— Ne t'excuse pas, continue.

Me creusant la cervelle en quête d'une réplique, je décidai qu'il était trop difficile d'imaginer Nate en Benjamin et laissai tomber l'idée, me rappelant qu'il ne s'agissait que d'un exercice entre amis. Je me détendis légèrement et repris :

— D'accord pour un verre, mais seulement si tu devines quelle est ma boisson préférée.

— Joueuse, c'est bien, me félicita-t-il avant de se replonger aussitôt dans son rôle. Laisse-moi réfléchir. (Son regard se balada à nouveau sur moi.) Tu es américaine. Décontractée. Pas du genre à te prendre la tête... Je dirais la bière.

Je secouai la tête, essayant de ne pas sourire : la bière était effectivement ce que je buvais habituellement, mais c'était trop facile pour lui.

— Le whisky ?

— Non plus.

Je vis dans son regard qu'il savait ce que je manigançais, mais acceptait de jouer le jeu.

— Quoi, alors ?

— Le Cuba libre, mentis-je.

— On dirait que mes facultés d'analyse ne sont pas aussi développées que je le pensais.

— Non, ça veut simplement dire que tu n'es pas télépathe. Par exemple...

Je lui adressai un léger sourire et me rapprochai de lui jusqu'à ce que nos cuisses se frôlent. Son parfum me retourna les sens et mon cœur se mit à battre la chamade tandis que je poursuivais :

— Que te disent tes facultés d'analyse à cet instant précis ?

Nate baissa les yeux vers nos jambes pressées l'une contre l'autre et, soudain, mes paumes se remirent à transpirer. Étais-je trop directe ? Est-ce que je m'y prenais de travers ?

Oh, merde, je ne serais jamais douée dans cet exercice.

Quand son regard croisa le mien à nouveau, je fus surprise de constater à quel point ses prunelles brûlaient de désir. Toutefois, quand il répondit « Que je devrais t'offrir un Cuba libre », je me rappelai que ce n'était qu'un jeu.

Je sentis mes yeux pétiller d'amusement quand je décidai d'y aller à fond.

— Il semblerait que tes facultés d'analyse soient intactes.

Le côté droit de sa bouche se souleva légèrement.

— J'ai d'autres qualités, tu sais. Il paraît que je sais faire des merveilles avec mes mains... et d'autres parties de mon corps.

Le sous-entendu ouvertement sexuel me fit monter le rose aux joues. Nate grogna son mécontentement et se laissa retomber sur le canapé.

— Tu t'en sortais si bien.

Je tâchai de faire disparaître mes rougeurs en me concentrant dessus.

— Pardon. Je ne m'attendais pas à ce que tu sois aussi direct.

— Je ne comprends pas. (Il pivota la tête dans ma direction.) On regarde les comédies les plus grossières ensemble, on n'arrête pas de faire des blagues de cul, et tu participes volontiers, tu en rajoutes, même. Et pourtant, tu ne rougis jamais.

— Parce que je ne suis pas concernée, expliquai-je.

— Donc la simple idée de troncher un type te met mal à l'aise ?

— D'une part, on en a déjà parlé. D'autre part, ne dis pas « troncher », Nate.

— Il faut bien que j'utilise des gros mots si tu veux t'y habituer.

— Et ne sois pas si condescendant. Je ne suis pas bégueule, je n'aime juste pas le mot « troncher ». Je préfère « baiser ».

Sitôt que j'eus dit ça, les yeux de Nate s'illuminèrent. Je voyais ses lèvres s'étirer en ce qui se transformerait bientôt en un immense sourire.

— Ne t'avise pas de... (Je lui balançai un coup de coussin quand il se mit à se moquer de moi.) Tu n'es vraiment qu'un gamin.

Après avoir passé peut-être cinq minutes à se plier en deux, Nate finit par recouvrer son calme et essuya les larmes qui perlaient au coin de ses yeux.

— Il faut qu'on aborde les mots cochons, déclara-t-il d'une voix enrouée à force de ricaner. Certains mecs sont subtils, d'autres te balanceront directement ce qu'ils attendent de toi.

Ne rougis pas, ne rougis pas.

— Comme toi.

— Je ne suis pas franchement du genre subtil.

— Et si ce langage ne me plaît pas ?

— Dans ce cas, ce n'est pas le bon. Échappe-toi gentiment de la conversation et trouves-en un qui soit subtil. (Nate braqua sur moi son regard inquisiteur.) Mais comment tu sais que tu n'aimes pas ça ? Après tout, ce ne sont que des préliminaires.

Ne rougis pas, ne rougis pas.

Merde, je rougis.

Nate eut un nouveau sourire en coin.

— Écoute, tu pourrais déjà m'apprendre à ne plus rougir aux sous-entendus, on verra après pour le reste.

Il y réfléchit quelques instants.

— Entendu, comme tu voudras.

J'opinai de façon déterminée, puis nous restâmes assis dans le plus grand silence.

Nate haussa alors un sourcil.

— On reprend quand tu disais que tu faisais des merveilles avec tes mains ?

Il recommença à se moquer de moi, mais cette fois seulement avec les yeux.

— C'est un bon début.

8

Après trois heures de sous-entendus, je finis par apprendre à ne plus rougir. Je fus même capable de reparties coquines. Je n'étais pas pour autant convaincue que j'arriverais à aborder Benjamin et à flirter avec lui, seulement que j'étais si à l'aise avec Nate que mes complexes faisaient les uns après les autres le saut de l'ange du haut de la Montagne de la Piètre Estime de Soi quand je me trouvais en sa compagnie. Toutefois, je ne m'étais plus sentie aussi bien depuis une éternité – non seulement parce que Nate avait réussi à changer l'image que je me faisais de moi, mais aussi parce que j'avais enfin l'impression d'attraper la vie à pleines mains pour essayer de corriger ce qui me déplaisait.

Nate était occupé toute la journée du vendredi, ayant trois séances photo prévues pour son magazine, dont une cérémonie de remise de prix l'accaparant jusqu'à minuit. Quant à moi, je participais à mon dîner familial hebdomadaire en compagnie de papa, Jo, Cam et Cole.

Pas de leçon, donc.

Le samedi était off également, Nate, Cam et Cole ayant pris l'habitude de passer l'après-midi ensemble après leur cours de judo. Néanmoins, j'eus tout de même l'occasion de voir mon professeur particulier.

Jo m'avait téléphoné pour me demander de passer dans la soirée, et j'avais été surprise en arrivant chez elle de constater que les garçons étaient déjà là, y compris Peetie. La fiancée de ce dernier, Lyn, ne l'accompagnait pas, ce qui n'avait rien de surprenant. Les rares fois où je l'avais rencontrée, je l'avais trouvée gentille, mais elle n'était pas du genre à aménager son emploi du temps pour traîner avec les amis de son homme. Elle avait son propre groupe de copines, et cela semblait leur convenir parfaitement à tous les deux.

Cole et Nate jouaient à un jeu de guerre que ce dernier devait chroniquer, tandis que Peetie et moi attendions patiemment notre tour. Cam était assis à son bureau dans un coin de la pièce, finissant du travail en retard, tandis que Jo somnolait à moitié sur le tapis devant la cheminée.

J'étais assise près de Nate, essayant de trouver normal de rester auprès de lui, alors que nous étions entourés de nos amis, après avoir passé toute la soirée du jeudi à flirter avec lui. Même si nos leçons étaient purement platoniques, il y avait quelque chose de coquin à ce que nos amis ignorent que Nate m'avait avoué avoir pensé à coucher avec moi, ou à ce que nous ayons passé quatre bonnes heures à nous tourner autour jusqu'à ce que mes parties intimes me démangent.

— Je ne suis plus certain de vouloir devenir tatoueur, annonça Cole en tirant à répétition sur l'ennemi qui venait de se matérialiser à l'écran.

Jo se tourna légèrement et cligna des paupières ensommeillées avant d'interroger son frère :

— Pourquoi ? Tu ne penses qu'à ça depuis des mois.

Cole mit le jeu en pause pour la considérer avec une sorte de moue boudeuse.

— Je ne pense pas « qu'à ça ».

Cam grommela depuis son coin de pièce et lança :

— Il t'a eue, ma belle.

— D'accord, admit Jo en bâillant. (Elle s'assit.) Mais tu en as parlé. Venant de toi, ça veut dire beaucoup.

Cole haussa les épaules.

— Maintenant, je veux faire le même boulot que Nate.

— Restes-en aux tatouages, mon pote, répliqua l'intéressé. D'une part, ce n'est qu'un job à temps partiel, et ça ne paie pas les factures. D'autre part, j'ai vu ce que tu avais dessiné pour Cam et, franchement, tu as un don.

— Tu crois ? (Cole s'efforçait de ne pas paraître trop ravi.) Je pourrais t'en dessiner un nouveau.

— Un nouveau ? s'étonna Jo.

Elle semblait désormais parfaitement réveillée et chassa les cheveux qui lui tombaient sur le visage. Ses yeux pétillaient de curiosité. Je savais qu'elle trouvait Nate particulièrement mystérieux, car elle avait à plusieurs reprises tenté de me tirer les vers du nez à son sujet. Mais même si je lui faisais une confiance aveugle, ce n'était pas à moi de lui révéler les choses que Nate préférait taire, elle ne savait donc rien ou presque de lui.

— Tu en as déjà un, Nate ?

Manifestement, j'ignorais, moi aussi, des choses sur lui. Je ne m'étais jamais imaginé qu'il puisse être tatoué.

La question de Jo provoqua un silence tendu dans la pièce, et la réponse de Nate fut abrupte et cassante.

— Ouais.

— C'est quoi ?

— Rien.

Il haussa les épaules et remit le jeu en route.

— Ça doit bien être quelque chose.

— Je t'ai dit que ce n'était rien.

— Quand l'as-tu fait faire ?

— Jo...

— Où est-ce qu'il...

— Putain, j'ai dit que c'était rien, d'accord ? l'interrompit brusquement Nate.

J'écarquillai les yeux de stupeur. Il n'était habituellement pas lunatique ni aussi impatient. Ce qui ne pouvait signifier qu'une seule chose. Le tatouage avait un lien avec *elle*.

Malheureusement, Jo n'en savait pas assez long sur *elle* pour le deviner et parut quelque peu blessée.

— Ma belle, tu veux bien m'aider à aller préparer de quoi grignoter ? intervint doucement Cam en se levant de son bureau.

Elle se tourna vers lui et ils partagèrent une conversation silencieuse.

— Bien sûr.

Elle saisit la main qu'il lui tendait et se mit debout. Même après qu'ils eurent quitté la pièce, la tension resta palpable.

Cole se racla la gorge.

— Je trouve que le temps de réaction est un peu lent sur ce jeu, déclara-t-il pour changer de sujet.

Nate opina avec reconnaissance.

— Tu as raison, petit mec.

Ils se mirent à discuter du jeu avec Peetie. Pendant tout ce temps, j'observai Nate, attendant de voir disparaître la crispation dans ses épaules. Cela n'arriva pas. J'en avais mal au cœur. J'avais besoin de lui faire savoir que s'il vivait un moment difficile, j'étais là pour lui, tout comme lui était là pour moi. Je me rapprochai de lui tandis que Peetie et Cole débattaient des graphiques.

— Tatouage ? lui murmurai-je doucement à l'oreille, redoutant malgré tout de me faire aboyer dessus.

Nate se tourna vers moi, les yeux pleins de tendresse, et secoua la tête.

— Plus tard, mon ange, chuchota-t-il. Je n'aurais pas dû parler à Jo sur ce ton.

— Elle s'en remettra, lui assurai-je.

Je lui pressai affectueusement le genou et me levai dans l'intention d'aller prêter main-forte à nos hôtes.

Alors que je quittais la pièce, je croisai Cam, tout renfrogné.

— Ça va ?

Il secoua brusquement le chef.

— Elle s'en veut d'avoir insisté.

— Et lui s'en veut de l'avoir engueulée, alors ne lui fais pas trop de reproches, répondis-je à mi-voix.

Cam jeta un coup d'œil vers son ami puis ajouta :

— Tu oublies que je suis au courant, Liv. Je ne comptais pas lui faire des reproches. Mais parfois, je me dis que quelqu'un devrait lui secouer un peu les puces.

Ne sachant que répliquer, je me contentai d'un sourire triste et repris mon chemin. Jo était dans la cuisine, à remplir des bols de chips. Je remarquai des sachets de cacahuètes et des ramequins vides et entrepris de l'aider.

— Alors, comment s'est passée ta semaine ? lui demandai-je doucement. Est-ce que papa t'a éreintée ?

Jo m'adressa un sourire par-dessus son épaule.

— On a effectivement eu beaucoup de travail, mais c'est tant mieux.

— Et les nouvelles recrues ?

— Ça va. Je crois que Cam s'inquiète un peu du traitement qu'ils risquent de me réserver, mais Mick les a choisis avec soin. J'ai l'impression d'avoir deux oncles Mick de plus, ce qui m'en fait trois à gérer…

— C'est ce que j'ai cru comprendre en en parlant à papa, admis-je.

— Et toi ? (Elle m'examina en fronçant les sourcils.) Tu vas bien ? Tu as l'air… je ne sais pas… Hier soir, au restaurant, tu étais très silencieuse. C'est à cause de Mick et Dee ? Ça t'ennuie qu'ils se fréquentent ? On n'en a jamais franchement discuté, et ça a l'air vraiment sérieux entre eux, maintenant.

Je ne m'étais effectivement pas montrée très bavarde lors du dîner, mais c'était surtout parce que je n'arrêtais pas de me répéter les compliments quelque peu osés que Nate m'avait adressés le jeudi soir.

— Honnêtement, je suis juste épuisée. Je trouve Dee super, ça ne me dérange absolument pas.

— Tu as quand même le droit de te sentir mal à l'aise… Tu en as conscience, pas vrai ?

Je secouai la tête, mais sentis ma poitrine se comprimer quand je répondis :

— Papa adorait maman, et il l'a soutenue jusqu'à la fin. Elle a été malade durant une bonne partie de leurs années de mariage. Trop malade. Si malade qu'ils étaient plus compagnons qu'amants, mais papa ne s'en est jamais plaint. Je pense même qu'il l'aimait tant que ça ne le perturbait pas. (Les yeux soudain tout embués, je parvins néanmoins à sourire.) Il mérite le bonheur. Dee est quelqu'un de bien et elle le rend heureux. C'est tout ce que je souhaite.

Je ne fus pas surprise de voir les larmes affluer aussi chez Jo. Elle était tellement pleine d'empathie qu'elle avait tendance à pleurer en même temps que ses amis.

— Tu sais que si quelque chose ne va pas, tu peux toujours venir me parler, Liv.

Je n'avais aucun doute là-dessus, et j'avais conscience qu'elle serait là pour moi si j'avais besoin d'une oreille attentive. Par exemple, quand ma mère me manquait trop. Sauf que, la dernière fois que ça m'était arrivé, à Thanksgiving l'année précédente, c'était vers Nate que je m'étais tournée.

Quant à mes problèmes actuels…

Je ne pouvais pas m'en ouvrir à Jo.

Notre installation en Écosse et ma rencontre avec elle avaient été synonymes de nouveau départ. Je n'avais pas d'amis proches aux États-Unis, mais les copains que je laissais derrière me connaissaient depuis assez longtemps pour tout savoir de mes relations – ou de mon absence de relations – avec les hommes. Ils n'en parlaient jamais directement, mais chaque fois que le sujet venait sur la table, ils l'abordaient avec un soupçon de pitié, voire un brin de condescendance, ce qui ne faisait qu'empirer mon état.

Mais Jo... Jo ne savait rien de tout cela.

Quand nous nous étions rencontrées, elle vivait des heures assez sombres avec son père et sa mère. Elle croyait depuis longtemps que les mauvais traitements qu'ils lui réservaient depuis des années étaient mérités. Le fait que nous nous soyons trouvées dans une période aussi difficile émotionnellement pour elle avait facilité notre amitié. J'étais devenue sa confidente, et j'avais d'une manière ou d'une autre réussi à trouver les mots justes pour la réconforter et la convaincre qu'elle n'était pas responsable du comportement de ses parents. Entre ça et mon sens de l'humour frôlant parfois l'insolence, elle me percevait comme une femme forte, confiante, pleine d'assurance et impertinente. Elle me le répétait sans arrêt. Elle me disait qu'elle m'admirait. Avec Jo, j'avais tendance à m'apprécier plus que d'habitude. Elle était le seul miroir dans lequel j'aimais me regarder.

Et je ne tenais pas à perdre ça quand je me sentais aussi misérable qu'alors. Lui révéler la vérité, lui faire part de ces doutes que Nate m'aidait à affronter y mettrait un terme. Je tenais à continuer à devenir celle que je voulais être avant de m'en ouvrir à elle. Mais ne pas me confier à elle ne faisait pas honneur à la bonne amie qu'elle était. La meilleure d'entre toutes.

— Je sais que je peux toujours venir te voir, lui dis-je en lui serrant affectueusement la main. Tu es la meilleure presque sœur que j'aie jamais eue.

Ses grands yeux verts s'écarquillèrent de surprise et de plaisir, et elle entrouvrit les lèvres pour me répondre quand nous entendîmes un grand boum venu de l'étage supérieur. Son sourire se volatilisa instantanément tandis qu'elle levait les yeux vers le plafond. Elle poussa un long soupir et murmura :

— Il faut que j'aille la voir.

L'année précédente, Jo avait quitté l'appartement du dessus, qu'elle partageait alors avec Cole et leur maman, Fiona. Quand elle avait découvert que leur alcoolique de mère frappait son petit frère, elle s'était efforcée de le tenir à l'écart autant que possible. Tous deux s'étaient donc mis à passer énormément de temps chez Cam, sur le palier du dessous, jusqu'à ce qu'il leur propose d'emménager pour de bon.

— Tu as besoin d'aide ? lui proposai-je, sachant que s'occuper de Fiona était souvent une tâche désagréable à accomplir.

Elle secoua la tête et m'adressa un sourire d'excuse.

— Tu sais ce qu'elle pense de toi.

En effet. La première fois que je l'avais rencontrée, elle s'était montrée particulièrement désagréable, car elle en avait toujours pincé pour mon père et était jalouse de ma mère. Par ricochet, elle ne me supportait pas. Elle m'avait craché que je ressemblais à ma mère, comme s'il s'agissait d'une insulte. Ça reste en réalité l'un des plus beaux compliments qu'on puisse me faire.

— Vas-y, lui dis-je. Je m'occupe de l'apéro.

Jo sortit de la cuisine avec un nouveau soupir, et je retournai au salon lestée d'une assiette de petits toasts qu'elle venait de confectionner.

— Je vais voir si maman va bien, annonça-t-elle aux garçons en gagnant l'entrée.

Cam faillit me rentrer dedans. Il s'effaça pour me laisser passer, puis lança à Jo :

— Je t'accompagne.

Dès que j'entrai dans le salon, mes yeux se posèrent sur Cole. Sans surprise, son joli visage enfantin était tout contracté tandis qu'il scrutait le plafond. Je détestais lui voir cette mine. Je m'inquiétais de savoir ce qui lui passait par la tête.

Cole n'en parlait jamais, mais je me doutais que ça n'avait pas été plus facile pour lui que pour Jo de grandir avec une mère comme Fiona. Pas facile non plus de vieillir sans père, ou de découvrir que son géniteur était un salopard violent. On peut d'ailleurs dire que sa véritable mère était Jo, pas Fiona. Pourtant, les abus de cette dernière avaient laissé des traces, et cette simple idée me retournait l'estomac. Il était le plus adorable des gamins. Je n'arrivais pas à comprendre que qui que ce soit ait pu vouloir lui faire du mal.

Sentant que je l'observais, il se tourna vers moi et je lui souris tendrement.

Ses lèvres s'étirèrent également, mais aucune lueur ne vint éclairer ses prunelles.

— Petit-four ? proposai-je en m'approchant de lui.

Sans lui laisser le temps de répondre, je m'assis près de lui et lui mis l'assiette sous le nez.

Il finit par accepter mon offre.

Je restai silencieuse.

Il leva les yeux vers moi, comme s'il s'attendait à ce que je dise quelque chose.

Au lieu de quoi, je me fendis lentement d'un sourire jusqu'aux oreilles. Il me considéra telle une nouvelle espèce de mammifère. Puis il secoua la tête et éclata d'un rire grave. Tout son corps se détendit et il mordit dans son pain à belles dents.

Je redressai la tête et croisai le regard de Nate ; mon sourire manqua disparaître quand je remarquai son expression. Il arborait un air si tendre que j'en eus le souffle coupé. Et voilà que je ressentis cette douleur désormais familière et agréable quand il me décocha un clin d'œil.

Je ne pensais pas possible de cligner de l'œil sans avoir l'air bête ou pervers.

Je me trompais.

Nate y parvenait.

Avec Nate, un simple clin d'œil me faisait mouiller ma petite culotte.

Oh, mince, tu as intérêt à faire attention, mon sucre.

— Tu n'es pas obligé de me raccompagner, Nate, lui dis-je en arrivant sur Leith Walk.

Après que Jo avait réglé le problème de sa mère, Cam et elle étaient redescendus et nous avions éteint la console pour regarder une comédie. Nate ne s'était pas caché pour déposer un baiser sur le front de Jo quand il s'était levé pour aller aux toilettes, et la tension entre eux s'était instantanément apaisée. Toutefois, je pensais encore à cette histoire de tatouage, car... eh bien... j'étais une petite curieuse. Mais surtout, la réaction de Nate m'inquiétait. J'avais laissé le film se dérouler jusqu'à son terme sans piper mot à ce sujet, et nous avions profité du départ de Peetie pour prendre congé à notre tour.

Nate habitait Marchmont, un quartier étudiant situé derrière les Meadows – le grand parc public qui jouxtait la fac d'Édimbourg. Il vivait donc au sud-ouest de London Road, où se trouvait l'appartement de Jo et Cam, tandis que j'étais seulement à l'ouest. Il y avait bien quarante minutes de marche entre chez Nate et chez moi.

— Il est minuit passé, répondit-il doucement. Hors de question que je te laisse rentrer seule.

— Je suis une grande fille. Je sais me défendre.

— Je te croirais peut-être si tu acceptais de t'inscrire au judo avec moi.

Je fronçai le nez et répliquai :

— J'aime bien regarder, mais ça ne m'intéresse pas de pratiquer.

— J'espère que tu n'as pas la même réaction avec le sexe. (Il eut une moue moqueuse.) D'un autre côté, le voyeurisme est super excitant.

Je lui décochai un coup de poing dans le bras.

— T'es vraiment gamin.

— Ce n'est pas ma faute si tu ne réfléchis pas avant de parler, rétorqua-t-il avec un haussement d'épaules.

— Mon pote, il n'y avait absolument rien de sexuel dans ma phrase. C'est toi qui as l'esprit mal tourné.

Il me sourit de toutes ses dents.

— Toi, une adulte de vingt-six ans, tu m'appelles « mon pote » et tu me traites de gamin ?

— Ce n'est pas la question, affirmai-je avec morgue.

Et non contente de ne pas m'esclaffer de concert avec lui, je décidai de lui pourrir sa fin de soirée. M'éclaircissant la voix, je lui donnai un petit coup d'épaule en disant :

— Alors, le euh... le, euh... tatouage ?

Nate resta silencieux tandis que nous traversions la large chaussée d'Union Street. Le temps que nous atteignions Forth Street, il n'avait toujours pas rouvert la bouche. Je n'allais pas insister. Ce n'étaient pas mes affaires. Pourtant, sa réaction par rapport à ce tatouage et sa signification n'arrêtait pas de me tracasser.

— C'est un petit « A » stylisé, déclara-t-il enfin. Tatoué sur mon cœur.

— « A », chuchotai-je en comprenant instantanément. L'initiale d'Alana.

Il confirma tout en m'observant en coin, comme pour jauger ma réaction.

— Quand l'as-tu fait faire ?

— Juste après sa mort. (Ses prunelles sombres m'étudiaient désormais plus intensément.) Tu as déjà pensé à te faire tatouer en souvenir de ta mère ?

Ma réponse fut accompagnée d'un habituel pincement au cœur.

— Je n'en ai pas besoin.

— Je suis content de l'avoir, répliqua Nate d'une voix étouffée. Parfois, il peut s'écouler une journée sans que je pense à elle. Puis j'aperçois le motif dans le miroir, et je me rappelle.

J'avais envie de lui dire qu'il avait le droit de vivre sa vie, que ce n'était pas grave de ne pas porter le deuil quotidiennement, mais cela aurait été hypocrite de ma part. Quand je ne pensais pas à maman de la journée, la culpabilité m'étouffait. Nate le savait pertinemment. Tout comme je connaissais son histoire. En me souvenant de tout ce qu'il m'avait raconté quand il m'avait trouvée dans mon appartement au mois de novembre précédent, je me dis que je serais mal placée pour lui conseiller de tourner la page.

Le Thanksgiving précédent, à Édimbourg

La dinde était dans le four, de même que les patates rôties. Mes pommes de terre destinées à la purée étaient dans l'eau bouillante et mes oignons hachés n'attendaient que d'être mixés en même temps que le reste, comme le faisait ma mère. La sauce à la canneberge était prête. Les légumes cuisaient à la vapeur.

N'ayant pas pu trouver dans tout Édimbourg un seul magasin qui vendît de la tarte à la citrouille, j'avais dû en confectionner une moi-même. J'essuyai la sueur qui me coulait sur le front tant mon appartement était désormais surchauffé. Malgré mes fenêtres grandes ouvertes, j'avais dû enfiler un débardeur en plein automne écossais.

Après avoir vécu une matinée chargée d'émotion en compagnie de mon père, je lui avais affirmé avoir besoin de passer un peu de temps toute seule. J'avais bien vu qu'il ne voulait pas me laisser, mais j'étais une adulte, désormais, et il le comprenait. Et je mettais à profit ce moment de solitude pour réaliser ce que maman aurait fait si la vie n'était pas si injuste.

Après en avoir terminé avec ma tarte, j'ouvris le four pour voir si je pouvais lui ménager une petite place. Un nuage noir en jaillit.

— Putain ! l'admonestai-je en agitant les mains pour dissiper la fumée.

Ma dinde était en train de cramer.

Comment était-ce possible ? L'avais-je laissée trop longtemps ? Un coup d'œil à l'horloge me fit tourner la tête. Dix-neuf heures. Comment pouvait-il être si tard ? C'était impossible.

Je sentis les larmes me monter aux yeux tandis que j'examinais la volaille massacrée en vain.

J'avais tout gâché.

— Bordel, elle est foutue ! m'écriai-je en attrapant une manique pour la sortir du four.

Le plat me brûla la main malgré tout et je poussai un hurlement de colère en lâchant mon fardeau dans l'évier.

La sonnerie de la porte retentit alors, et je pris une longue inspiration pour me calmer.

Et si c'était papa ?

Je m'empressai d'aller décrocher l'interphone.

— Qui est-ce ? demandai-je d'une voix hésitante.

— Nate. Ouvre-moi.

— Euh, ce n'est pas le bon moment.

— Je t'ai entendu brailler par la fenêtre ouverte. Si tu ne m'ouvres pas, je défonce la porte.

Je me passai la main dans les cheveux, grimaçant de les sentir si gras. J'étais en nage.

J'entrouvris ma porte avec un agacement non dissimulé, puis je retournai jusqu'à la cuisine en tapant des pieds pour aller surveiller mes patates au four.

— Putain, elles sont foutues aussi, pleurnichai-je.

— Liv ?

Je fis volte-face et me retrouvai devant Nate ; ce qu'il lut sur mon visage le poussa à s'arrêter net.

— Liv, est-ce que tout va bien ? me demanda-t-il tendrement en approchant d'un pas timide.

— J'ai tout gâché ! hurlai-je en agitant une main en direction de la dinde. Elle est foutue ! Quel intérêt de m'être

fait chier à préparer une putain de tarte si la volaille est imbouffable ? J'ai perdu mon temps à hacher des oignons pour la purée, mais c'est inutile car les patates rôties sont cramées également. On ne peut pas célébrer Thanksgiving avec une seule sorte de patates, Nate.

— Mon ange, viens ici.

Il approcha de moi comme d'un animal blessé. J'étais tellement surprise par son comportement que je le laissai passer un bras autour de ma taille pour me mener jusqu'au canapé. Quand je compris qu'il cherchait simplement à m'éloigner de la cuisine, une rage folle s'empara de moi.

— Non ! criai-je en essayant de lui échapper.

— Bon sang, Liv, calme-toi, m'ordonna-t-il à travers ses dents serrées, m'attrapant l'autre bras pour mieux me maîtriser. Calme-toi, et dis-moi ce qui se passe.

— Non !

Je tentai de me libérer et, n'y parvenant pas, je le repoussai dans le but de lui faire perdre l'équilibre.

— Lâche-moi ! Il faut que je rattrape ça. Je vais rattraper ça !

— Liv, chuchota-t-il, légèrement apeuré.

Il me secoua brusquement, si brusquement que je me figeai, les yeux écarquillés ; il me prit alors tendrement le visage en coupe. Je plongeai le regard dans ses yeux sombres, et ce que j'y vis me terrifia.

Je me comportais comme une dingue.

Mon visage se chiffonna tandis qu'une douleur que je ne connaissais que trop bien me lacérait la poitrine. Mon corps tout entier soubresauta quand je me mis à sangloter.

— Elle n'est pas là pour arranger les choses, dis-je en m'effondrant contre lui, tâchant de recouvrer mon souffle.

Il me serra dans ses bras, et j'eus l'impression que, sans eux, je me serais littéralement effondrée.

— Elle avait du mal, chuchotai-je en essayant de calmer mes pleurs, mais elle arrivait à le vaincre. Tous les Thanksgiving.

Je me détendis quand il me murmura des paroles réconfortantes. Ma tête remuait au rythme de son souffle régulier. Je me laissai bercer un moment et, bientôt, je pus de nouveau respirer normalement.

Quand je repris enfin conscience de ce qui m'entourait, je me rendis compte que j'étais allongée sur le canapé avec Nate. J'étais blottie contre lui, la joue sur son torse, ma main droite fermement serrée dans sa main gauche.

— Je suis désolée, croassai-je, les yeux bouffis, les joues rouges de honte.

En toute honnêteté, je me sentais sombrer dans la déprime depuis plusieurs semaines, à l'approche de Thanksgiving. Et la tension s'était accumulée à mesure que j'essayais de le cacher à mon père.

— Tu n'as pas à l'être, me rassura Nate. Pourquoi aujourd'hui, Liv ?

— C'est Thanksgiving, aux États-Unis, dis-je d'une voix étouffée, craignant de basculer de nouveau dans l'hystérie si je parlais plus fort. Malgré sa maladie, maman se mettait toujours en quatre pour Thanksgiving et s'efforçait de faire comme si tout était normal. (Mes lèvres se mirent à trembler et de nouvelles larmes coulèrent.) C'était ma meilleure amie. Mon âme sœur.

— Mon ange.

Son empathie évidente me réconforta un peu.

— Elle est morte il y a cinq ans aujourd'hui, le jour de Thanksgiving. C'est la première fois que je ne me rends pas sur sa tombe pour l'anniversaire de sa mort. (Je pleurais de plus en plus.) Je ne voudrais pas qu'elle pense que je l'ai oubliée.

Il m'étreignit plus fort tandis que je continuais de sangloter, inondant le tissu déjà humide de sa chemise.

— Liv… (Nate me tenait toujours dans ses bras.) Mon ange, elle ne penserait jamais une chose pareille.

— Je l'ai soutenue de bout en bout, Nate. (Je m'essuyai le nez du revers de la main.) J'ai sacrifié ma jeunesse et

quitté l'école pour l'aider à se battre. Mais on n'a pas gagné. Sa vie... s'est arrêtée. Mon adolescence... s'est envolée. Cela aurait dû avoir un sens. Cela devrait en avoir un.

— Ça a un sens. Elle t'a appris à te battre, si désespérée semble la cause. C'est une leçon que peu de gens peuvent inculquer à leurs enfants, mais elle l'a fait. Elle t'a appris à être courageuse, Liv, elle t'a appris que la vie est fragile. Certains le répètent sans arrêt, mais ils ne comprennent pas qu'ils peuvent rire avec un être aimé et se retrouver à pleurer sur sa tombe la minute d'après. Moi, je le sais. Je le sais parce que Alana me l'a enseigné. Je pense à elle chaque jour, et elle en a conscience. Je n'ai pas besoin de me rendre sur sa tombe pour qu'elle le sache.

Aussi troublée qu'inquiète, le cœur battant à tout rompre, je m'essuyai les joues avant de redresser la tête pour regarder Nate dans les yeux.

— Alana ?

Je ne l'avais encore jamais vu en proie à un tel chagrin, et sa détresse était si grande qu'elle exsudait de lui. Comment avait-il pu me la cacher tout ce temps ?

— Est-ce que Cam t'a dit qu'on vient de Longniddry ?

J'acquiesçai.

— C'est un trou paumé à la sortie d'Édimbourg. Un endroit assez joli, sur la côte. Cam, Peetie, Alana et moi avons grandi ensemble. Nous étions liés comme les doigts de la main jusqu'à nos treize ans, quand un garçon que je n'aimais pas lui a demandé de sortir avec lui. Je me suis alors fâché contre elle et on s'est disputés. (Ces souvenirs firent naître un léger sourire sur ses lèvres.) Je détestais me disputer avec elle. Elle était la fille la plus gentille qui soit. Quand on se fâchait contre elle, elle se mettait à pleurer et on se sentait comme un con. Et donc on s'est engueulés, elle s'est mise à pleurer et je l'ai embrassée pour m'excuser. (Il haussa les épaules puis partit d'un rire tonitruant.) Et voilà. Nous étions ensemble. De jeunes amoureux.

Je ravalai la grosse boule qui m'obstruait la gorge, me sentant de plus en plus peinée pour Nate.

— Tu l'aimais.

Les larmes qui lui montèrent aux yeux me coupèrent le souffle.

— Oui. C'était ma meilleure amie.

— Que s'est-il passé ?

Il resta un moment silencieux, me jaugeant du regard. Puis le lien invisible qui nous unissait s'intensifia et il répondit :

— Cancer. Un lymphome. Elle l'a appris juste avant ses dix-sept ans. (Il se détourna et me serra à nouveau contre lui.) Je suis resté à son côté tout le long. J'ai vécu avec elle le moindre espoir envolé, chaque traitement inefficace. Et j'ai vraiment cru qu'on allait gagner. Que si je continuais à respirer pour elle, elle vaincrait. (Je sentis sa voix s'étrangler et je me crispai contre lui.) Elle était extraordinaire, Liv. Pure. Au final, je me dis juste qu'elle était trop bien pour cette planète. Quand elle est décédée, deux jours après son dix-huitième anniversaire, c'est ça qui m'a fait tenir. Qu'elle était trop bien pour cette planète.

— Oh, mon Dieu, Nate. (J'apposai mon front contre son torse et me blottis au plus près.) Je suis navrée.

— Moi aussi, mon ange.

Nous restâmes ainsi silencieusement, jusqu'à ce que je trouve le courage de dire une chose que je n'avais aucune envie de dire.

— Je vais me lever. Te laisser rentrer.

Je sentis ses lèvres sur mes cheveux, puis il murmura :

— Si ça ne t'embête pas, j'aimerais passer la nuit ici.

Je me détendis instantanément.

— Ça ne me gêne pas du tout.

Nous étions passés devant l'appartement de papa sur Heriot Row et avions bifurqué sur Howe Street. Nous étions à moins d'une minute de chez moi et toute la promenade avait été bercée par l'agréable silence né de cette intense connexion que nous avions vécue lors du Thanksgiving précédent. Toutefois, il y avait dans le mutisme de Nate quelque chose de pesant.

Finalement, quand nous fûmes au pied de mon immeuble, il reprit la parole :

— J'ai deux dates de rendu, cette semaine, je risque donc de ne pas pouvoir passer avant mercredi soir, après mon cours de judo.

Repoussant un sentiment qui ressemblait très fort à de la déception, je répondis :

— Ce n'est pas grave. (Je lui adressai un sourire effronté pas complètement sincère.) Je m'entraînerai à flirter avec mon miroir.

Il me gratifia d'un gloussement sourd, et je fus emplie d'une soudaine vague de chaleur quand un peu de tristesse déserta son regard.

Il me déposa un baiser sur la joue.

— À bientôt, mon ange. Fais de jolis rêves.

— Bonne nuit.

J'entrai dans l'immeuble et lui adressai un dernier sourire par-dessus mon épaule avant de refermer la porte derrière moi et d'entamer l'ascension de l'escalier. Même si je comprenais parfaitement ce qu'il ressentait, une grande lassitude m'envahit tandis que j'enfilais mon pyjama. Je savais que, ce soir, Nate n'allait pas avoir besoin de regarder son tatouage dans la glace pour penser à Alana.

Non. Elle était avec lui ; elle hantait son regard, lui conférant une expression que je ne lui avais encore jamais vue. Quelque chose le tracassait, mais je craignais qu'en le poussant plus loin dans ses retranchements je devienne comme toutes les autres femmes de son existence et qu'il se renferme complètement.

9

Mon inquiétude pour Nate me rongea pendant des heures, jusqu'à ce que je m'assoupisse enfin, trop épuisée pour continuer à me faire du mouron. Il n'était jamais drôle de s'inquiéter, surtout quand aucune solution n'apparaissait évidente. Je fus donc plus que soulagée d'être invitée chez les Nichols le lendemain, pour le déjeuner du dimanche.

Joss et Braden, en lune de miel à Hawaï, étaient naturellement absents. Néanmoins, cette absence ne fut pas trop remarquée à cause du spectacle. Et par « spectacle », j'entends l'état dans lequel se trouvait Ellie, sous prétexte que Hannah avait eu un rencard la veille au soir.

Pendant que papa, Cam, Adam, Cole et Dee traînaient au salon et qu'Élodie et Clark s'affairaient en cuisine, je restais appuyée à la commode de Hannah à la regarder implorer Jo silencieusement et faire des grimaces en entendant Ellie pépier derrière elle.

— Je ne comprends pas. (Ellie leva les mains de stupéfaction.) Je me souviens d'avoir été dans tous mes états au moment de mon premier rendez-vous. Certes, Braden et Adam avaient tout gâché et j'étais rentrée à la maison en pleurant, mais le tien n'a pas pu se passer aussi mal.

J'étais si occupée à ricaner tout en me demandant ce que Braden et Adam avaient bien pu faire pour foutre en l'air le premier rencard d'Ellie que je ne remarquai même pas que Hannah semblait de plus en plus mal à l'aise.

— Ellie, tu veux bien laisser tomber ?

Son ton plaintif attira mon attention, et je fronçai les sourcils en découvrant son air morose.

Oh, mon Dieu. Qu'était-il arrivé ? Avait-il...

— Je ne sais pas pour toi, Els, mais ça commence à m'inquiéter.

En entendant le sérieux de mon ton, elle se crispa et reporta ses grands yeux bleus sur Hannah.

— Hannah, est-ce que ce garçon t'a fait quelque chose ?

— Oh, bon sang. (Jo croisa les bras et adressa à Hannah un regard impatient.) Mais dis-leur.

— Jo, rétorqua Hannah d'un air sévère. Non.

Jo se tourna vers Ellie, apparemment inconsciente de l'agacement de Hannah.

— Elle a le pressentiment que si trop de monde est au courant, ça va tout gâcher. Mais, ma chérie (elle se retourna vers Hannah), après ce qui s'est passé la nuit dernière, je ne pense pas que ce soit encore un problème.

Ellie croisa les bras à son tour et fronça les sourcils.

— De quoi elle parle ?

Nous attendîmes patiemment – du moins, Jo et moi – que Hannah finisse par nous révéler son secret.

— N'en parlez pas à maman, d'accord ?

— Pourquoi pas ? Tu as fait quelque chose d'illégal ? s'indigna Ellie. Tu commences à m'inquiéter sérieusement.

Je connaissais suffisamment bien Hannah pour savoir qu'elle s'était retenue *in extremis* de rouler les yeux.

— Non, pas du tout. C'est juste que je ne tiens pas à ce que tout le monde le sache. C'est trop déprimant.

— D'accord, je ne dirai rien à maman. Maintenant, crache le morceau.

Hannah poussa un lourd soupir, s'adossa à sa pile d'oreillers et contempla le poster punaisé au plafond. Une photo en noir et blanc du leader ultrasexy d'un groupe de rock mondialement célèbre.

— Il y a deux ans, j'ai rencontré ce type. Marco. Il est un peu plus vieux que moi. Il m'est venu en aide alors que deux garçons m'embêtaient à l'école chaque fois que je loupais le bus. Bref, un jour, je l'ai embrassé. (Elle leva les yeux au ciel.) J'ai cru qu'il allait m'embrasser en retour, mais il m'a repoussée et m'a ensuite évitée pendant un certain temps. Puis il a recommencé à me parler, comme s'il ne s'était rien passé. Il a eu son diplôme l'année dernière. (Elle tourna légèrement la tête pour fixer un point situé entre Ellie et moi.) On est restés en contact. Par SMS, par Facebook. Parfois, on se voyait juste pour traîner ensemble et discuter. Il ne s'est jamais rien passé d'autre, même si je lui ai clairement fait comprendre qu'il me plaisait.

Une expression chagrinée, une douleur profonde qui me prit par surprise vint voiler le regard de Hannah. Je sus soudain que ce n'était pas un simple coup de cœur de lycéenne. Elle aimait ce garçon. Beaucoup.

— Je sais qu'il a eu d'autres copines, je ne suis pas débile. Mais ce n'est pas pareil de le voir de ses yeux.

— Qu'est-ce qui s'est passé ?

Ellie lui prit la main.

La lèvre de Hannah se mit à trembler, et elle déglutit comme pour recouvrer la maîtrise de ses émotions.

— Il y a quelques semaines, je l'ai vu embrasser une fille devant le cinéma. Genre, l'embrasser pour de vrai.

Ellie poussa un soupir et arbora un air extrêmement compatissant. D'après ce qu'elle m'avait raconté de son passé avec Adam, elle comprenait vraiment ce que ressentait sa petite sœur.

— Et donc, tu as finalement décidé de tourner la page et d'accepter un rendez-vous. Ça me rappelle quelque chose, marmonna-t-elle.

— Scott. (Hannah se tourna vers moi.) C'est mon rencard d'hier soir. Un garçon gentil. Il a un an de plus que moi. Des tas de filles le trouvent super. Alors j'ai dit oui.

— Que s'est-il passé ?

— Tu vas voir, murmura Jo avec une moue agacée. C'est typique des mecs.

— Marco habitait à Chicago. Il vit avec son oncle et sa tante, qui possède le *D'Alessandro's*.

— C'est pas vrai, j'adore cet endroit !

— Liv, me lança Ellie d'un ton sévère. Laisse-la continuer.

— Oh, pardon, grimaçai-je. Vas-y.

— Marco travaille pour son oncle au resto, ce qu'il ne m'avait jamais dit. (Cela semblait la rendre perplexe.) Il est inscrit à la fac de Telford, il veut devenir menuisier. J'ignorais qu'il avait un job à côté.

Elle resta un moment silencieuse, perdue dans ses pensées.

— Hannah. (Ellie lui secoua doucement la jambe.) Et la fin de l'histoire ?

— Scott m'a emmenée au *D'Alessandro's*.

Nous retînmes toutes notre souffle, anticipant la suite.

— Marco desservait les tables. Quand il nous a vus ensemble, il a eu l'air... (elle haussa les épaules, songeuse)... furieux. Et quand Scott est allé aux toilettes, j'ai essayé de lui parler, mais il a... il m'a à peine regardée avant de disparaître. Comme ça.

Après un moment de silence, je dis maladroitement :

— Ça m'a l'air bien compliqué.

— Au contraire, c'est génial, répliqua Ellie en souriant à sa sœur.

— Tu vois pourquoi je ne voulais pas en parler ? lança Hannah à Jo.

— Hé, s'offusqua Ellie. (Ce n'était pourtant pas dans son caractère de s'emporter.) Arrête de me considérer comme une incorrigible romantique. Je peux t'aider, tu sais. En fait, je suis experte en hommes qui te repoussent pour une raison inexplicable alors qu'il ne fait aucun doute qu'ils en pincent pour toi.

— C'est pas faux, admit sa sœur en la lorgnant.

— Si tu veux mon avis, laisse-le poireauter, décréta Ellie en haussant les épaules. C'est quand j'ai repoussé Adam qu'il est enfin passé à l'acte.

— Ce n'était pas à cause de ta tumeur ?

Els la toisa d'un œil torve.

— La tumeur a été un catalyseur, mais crois-moi, je l'usais par mon absence avant ça.

Hannah se mordit la lèvre en entendant le ton employé par sa sœur.

— Pardon. Je ne voulais pas parler de ta tumeur à la légère.

— Excuses acceptées. (Ellie souffla longuement.) Bon ? Qu'est-ce qu'on va faire ? Au sujet de Marco ?

Nous débattîmes alors de la meilleure stratégie à suivre, réfléchissant toutes à la question avec beaucoup de sérieux, puisqu'il était évident que ce n'était pas qu'une lubie de la part de Hannah. Ce mystérieux Marco, quel qu'il fût réellement, comptait beaucoup pour elle, et je voulais en entendre une description afin d'aller juger sur pièces au *D'Alessandro's*. Hannah ne semblait pas vouloir jouer avec ses sentiments, et était plutôt de l'avis de Jo, qui lui conseillait de le forcer à lui parler. Tandis que les filles commençaient à quitter la pièce après qu'Élodie nous avait appelées pour aller manger, j'eus une révélation soudaine.

Hannah, une jeune femme de pas encore dix-sept ans, avait une vie sentimentale plus remplie que la mienne.

— N'est-ce pas déprimant, maugréai-je en empruntant l'escalier.

— Quoi donc ?

Je tournai la tête et vis Cole sortir des toilettes, les sourcils haussés.

— Les tortues, répondis-je du tac au tac, trouvant la vérité trop gênante et complexe à expliquer à un adolescent de quinze ans. Elles ont toujours l'air de bouder.

Cole me dévisagea comme si j'étais dingue, ce qui était peut-être le cas.

— Tu es bizarre, Liv. Tu en as conscience, pas vrai ?

J'opinai, résignée, et repartis vers la salle à manger.

— Mais tu te trompes au sujet des tortues.

Une soudaine vague d'affection m'emplit, et je me tournai vers lui avec un sourire interrogateur.

— Ah bon ?

— Elles ne boudent pas. Elles réfléchissent. C'est pour ça qu'elles se déplacent si lentement. Elles passent leur temps à peser le pour et le contre.

Mon sourire s'élargit et son visage s'illumina.

— C'est officiel, tu es tout aussi taré que moi, Cole Walker.

Il grommela.

— Mouais, on dirait que tu confonds cool et taré.

Dans un éclat de rire, nous entrâmes dans la salle à manger.

— Tu passes trop de temps avec Nate. Son insolence déteint sur toi.

— Vous n'êtes pas en train de ranger des livres d'histoire, par hasard ?

La douceur familière de cette voix me surprit, et quand je redressai brusquement la tête et découvris Benjamin, je sentis ma langue se nouer.

On était lundi après-midi, et je m'étais momentanément éloignée du bureau d'accueil pour remettre de l'ordre dans les livres rendus. Benjamin m'avait surprise accroupie, en train de ranger des ouvrages sur le rayonnage du bas.

Ses yeux verts étaient amicaux et curieux.

— Je cherche un bouquin dans cette section.

Prenant une longue inspiration, j'essayai de me souvenir de tout ce dont Nate et moi avions parlé ; pourtant, être installée dans cette position aux pieds de ce garçon me fit perdre mes moyens. C'était censé être mon heure. Je devais commencer à flirter et entamer une nouvelle vie.

Je parvins néanmoins à me relever en m'aidant du chariot et à articuler :

— Qu'est-ce que tu cherches ?

Il jeta un coup d'œil au papier qu'il tenait à la main, puis me regarda bien en face.

— *Crimes sexuels, honneur et loi dans l'Espagne de l'époque moderne*, lut-il.

Dès que le mot « sexuels » franchit ses lèvres, mes joues me cuisirent.

Sa bouche s'étira légèrement quand il perçut ma réaction pudibonde, et je me penchai, humiliée, sur les livres de mon chariot, entreprenant de les passer en revue.

— Euh... (Mes mains tremblaient tant que je me sentais toujours aussi inadaptée que deux semaines auparavant.) Le voici.

Je saisis l'ouvrage par sa reliure de cuir et m'empressai de le lui tendre, incapable de croiser son regard.

— Merci. (Il souffla.) J'ai bien cru que je ne le trouverais jamais.

Je ne répondis rien, me contentant de hocher la tête.

— Bon. Eh bien, merci.

J'opinai de nouveau et attendis de voir son ombre s'éloigner. Dès que ses pas eurent disparu, j'osai me relever et contemplai l'espace vacant où il s'était trouvé.

C'était officiel. J'étais une tocarde.

Et Nate perdait carrément son temps avec moi.

Pendant les quelques jours qui suivirent, j'évitai d'écouter mes propres pensées. C'était plus facile au travail, où j'arrivais à m'occuper l'esprit et où j'allais sans arrêt trouver Angus pour réclamer de nouvelles tâches à accomplir. Je n'aurais pas été surprise qu'il me soupçonne de suivre un régime exclusivement à base de Red Bull... ou de crack. Étant donné qu'il n'avait pas organisé de fouille de casiers, je supposais toutefois qu'il penchait du côté du Red Bull. Ou... de la folie pure.

Ce soir-là, je dînai avec papa et Dee et rentrai si fatiguée que je m'effondrai sur mon lit dès que j'eus franchi la porte de mon appartement. Le mardi, j'allai faire quelques courses après le travail et m'achetai un tas de comédies en DVD. Je n'avais pas envie de quelque chose de déprimant, de larmoyant ou de flippant. Je ne voulais rien qui puisse me rappeler cet horrible moment de solitude subi avec Benjamin.

Quand Nate arriva chez moi le mercredi peu après vingt heures, j'étais prête à laisser tomber les leçons.

Tant pis pour mes velléités d'attraper la vie à pleines mains.

Sachant que Nate avait un appétit d'ogre après ses cours de judo, j'avais préparé un assortiment de biscuits à apéritif sur la table basse, tandis qu'un film avec Steve Carell passait en fond sonore. Quand il entra, les cheveux encore humides de la douche qu'il avait manifestement prise avant de venir, j'examinai sa démarche assurée. Nate ne se contentait pas de se déplacer : il paradait. Cet homme faisait confiance à son corps et savait l'utiliser.

Dieu que je l'enviais.

— Mon ange.

Il sourit en découvrant la nourriture que je lui avais préparée et s'empressa de s'asseoir sur le canapé pour s'en approcher.

— Une bière ?

— S'il te plaît.

Je lui en apportais une avant de m'avachir à côté de lui.

Il haussa immédiatement des sourcils interrogateurs, tout en tendant la main vers un mini-beignet au chocolat. Cela ne me surprenait pas : il avait un faible pour les sucreries.

— Qu'est-ce qui ne va pas ?

Je l'observai mastiquer sa pâtisserie, hésitant à lui répondre. Avant de le voir arriver, j'avais été prête à baisser les bras, à m'excuser platement et à lui expliquer que je ne voulais plus lui faire perdre son temps. Toutefois, maintenant qu'il était là, j'avais peur de le décevoir. Cela en dirait long sur moi si je capitulais si vite alors que Nate se donnait du mal pour me faire changer.

— Benjamin est passé à la bibliothèque lundi.

Il me fit signe de poursuivre tout en buvant une gorgée de bière.

— C'était un carnage, Nate. Il m'a demandé un ouvrage intitulé *Crimes sexuels, honneur et loi dans l'Espagne de l'époque moderne*, et j'ai rougi jusqu'à la racine des cheveux.

Il fit la grimace.

— Il a essayé de me parler, mais j'étais si mortifiée que je suis restée à contempler mes pieds comme une gamine de cinq ans ayant le béguin pour son voisin de dix.

— Putain, qu'est-ce qu'il a de si spécial ? me demanda Nate en s'adossant.

— Je ne sais pas. (Je haussai les épaules.) Je crois que je fais un blocage.

— Un blocage ?

Oui, un vrai blocage mental. Ce n'était pas très compliqué de comprendre pourquoi je ne parvenais pas à flirter avec Benjamin. La raison qui m'en empêchait était précisément celle à laquelle je m'étais efforcée d'éviter de penser durant ces derniers jours. C'était bien trop déprimant.

— Un blocage, répétai-je. C'est ce qui vient après le flirt qui me bloque. (Je baissai les yeux, jouant nerveusement avec mes doigts.) Si par miracle j'arrivais à le séduire et à décrocher un rendez-vous... je serais terrifiée.

— Terrifiée ?

— À cause du manque d'expérience, Nate. J'ai l'impression d'être une incapable, je suis trop mal à l'aise. Tu as beau me dire que je suis attirante ou me faire travailler mes phrases d'accroche, mon manque d'expérience est toujours là, à me tarabuster. Ça m'empêche d'avancer. (Me sentant rougir, je me préparai à lui expliquer l'étendue de ma détresse.) Je n'ai embrassé que deux garçons, Nate. Une fois chacun. C'est tout. Et l'une de ces deux fois, j'étais particulièrement bourrée, et j'en ai profité pour perdre mon pucelage. Deux garçons en vingt-six ans passés sur cette planète. Je ne sais même pas si j'embrasse bien ou pas.

Seul le murmure du film venait rompre le silence de mon appartement. J'avais baissé le son quand Nate avait sonné à la porte, mais dans cet instant de tension il était aussi dérangeant qu'un vrombissement de moustique à l'oreille.

— Nate ?

Il se rapprocha légèrement pour m'observer de très près.

— C'est facile à découvrir.

— Comment ça ?

— Embrasse-moi.

Je reculai brusquement.

— Quoi ? Non !

Il eut un sourire en coin.

— Je vais essayer de ne pas le prendre personnellement.

— Non, non, m'empressai-je de le rassurer. Ce n'est pas que tu me déplaises, tu sais que ce n'est pas le cas, tu es beau comme un dieu. C'est juste que tu es Nate. On est amis. Ça serait trop bizarre.

Ma réponse le fit ricaner.

— Liv, on est adultes. Je crois qu'on peut survivre à une telle expérience sans flipper complètement ni en parler à tous nos potes.

Je fis la moue.

— Très marrant.

— Bon. (Il m'adressa un regard signifiant clairement « Qu'est-ce que tu attends ? ») Embrasse-moi.

Je sentis mon pouls s'accélérer.

— Tu es sérieux ?

— Parfaitement.

Mon regard glissa jusqu'à sa bouche. Une bouche splendide. Une bouche parfaite, à vrai dire.

— Maintenant ?

— Maintenant.

Toute tremblante, je me laissai glisser sur le canapé jusqu'à ce que nos genoux se touchent.

Je vis une fossette se creuser sur sa joue, mais ne fis aucun cas du fait qu'il se moquait de moi. J'étais trop inquiète de savoir si j'allais offrir à Nate Sawyer le pire baiser de son existence.

Ma poitrine se mit à se gonfler et à se vider de plus en plus vite tant je peinais à respirer convenablement.

— Calme-toi, murmura Nate.

Suivant son conseil, je pris une longue inspiration et inhalai avec elle l'odeur fruitée de son shampooing. Il ne portait pas son parfum entêtant, mais il sentait le propre.

Pour une raison ou pour une autre, cela me poussa à l'imaginer nu.

Oh, mince, Nate à poil.

Me sentant soudain fiévreuse, je perçus la lueur d'interrogation dans ses prunelles – comme s'il savait que j'avais eu des pensées indécentes et mourait d'envie de les connaître.

Pour m'éviter de répondre, je tendis la bouche vers lui et plaquai mes lèvres tremblantes aux siennes.

Il se crispa un instant, me laissant prendre les commandes.

Ses lèvres étaient douces et chaudes. Comprenant qu'il n'allait rien faire jusqu'à ce que je l'embrasse pour de bon, je m'approchai encore, frôlant son torse de ma poitrine, et appuyai plus fort avant de laisser courir ma langue le long de sa bouche scellée.

Il entrouvrit les lèvres pour m'autoriser le passage. Je lui léchai doucement la langue et, bientôt, je ne fus plus seule à agir. Il bougea délicieusement les lèvres et enroula sa langue autour de la mienne. Je perçus son haleine de sucre, de bière et de Nate. Notre baiser se fit plus pressant.

Mes bras furent soudain parcourus de chair de poule et mes seins durcirent contre lui.

Il émit un grognement qui se répercuta dans ma bouche.

Je resserrai les doigts autour de ses cheveux. Je ne me rappelais même pas les avoir posés sur son crâne.

Nous étions désormais corps contre corps. Je ne me rappelais pas non plus qu'il ait passé ses bras autour de moi.

Dieu qu'il embrassait bien !

Et sa langue. Waouh. Il savait s'en servir. Le simple fait de l'imaginer l'utiliser sur d'autres parties de mon anatomie attisa le feu déjà incontrôlable qui me consumait intérieurement. Ma peau était brûlante. Je me sentais sur le point d'exploser d'une seconde à l'autre, mais je m'en fichais. Tout ce qui comptait, c'était le goût qu'il avait.

La pression s'accentua entre mes jambes, et avec elle naquit un sentiment de frustration. Il m'en fallait plus. Beaucoup plus. L'attrapant par la nuque, je plaquai mon genou contre le sien pour le forcer à combler un peu de cet espace qui nous séparait. Et voulant le goûter davantage, j'aspirai sa langue.

Un grondement s'éleva du fond de sa gorge, et il me repoussa subitement. La disparition de sa bouche fut presque douloureuse. Il me fallut une bonne minute pour sortir de ma torpeur et constater que Nate me dévisageait, les yeux écarquillés, le souffle court.

Le monde réel émergea de la brume dans laquelle il avait été plongé.

L'espace d'un instant, j'avais oublié pourquoi nous nous étions embrassés.

Je serrai les poings pour endiguer les tremblements de mes doigts.

— Est-ce que c'était... acceptable ? demandai-je d'une voix rauque.

L'expression de Nate se modula, et il haussa des sourcils incrédules. À cause de ma question ? Sans un mot, il me saisit la main, déplia mes doigts, puis apposa ma paume sur sa cuisse. Perdu dans ses prunelles sombres, le cœur battant encore la chamade, je le laissai faire obligeamment. Je me figeai de surprise quand il la fit passer sur l'érection qui déformait sa braguette.

— À ton avis ? me demanda-t-il d'un timbre rendu râpeux par l'excitation.

J'en restai comme deux ronds de flan.

Le sentir si dur en sachant que j'étais responsable de cet état me provoqua des frissons dans tout le corps. Non seulement j'étais excitée comme jamais, mais j'étais également soulagée de *savoir* embrasser. Suffisamment pour faire bander un type aussi merveilleux et expérimenté que Nate Sawyer.

Je refermai la main sur lui et il ferma à moitié les paupières tandis que son souffle se bloquait. Je sentis mon estomac se nouer. J'avais envie qu'il me touche. Envie qu'il me...

I BELONG WITH YOU, YOU BELONG WITH ME...

— Merde ! haletai-je quand les Lumineers se mirent à chanter sur mon téléphone, me ramenant brutalement à la réalité.

Ôtant ma main du giron de Nate, je me trouvai incapable de croiser son regard et renversai la boîte de biscuits en voulant attraper mon portable.

— C'est mon père, murmurai-je en portant l'appareil à mon oreille.

Bien sûr, je n'étais pas obligée de décrocher, mais il se faisait toujours un sang d'encre quand je ne lui répondais pas – et, en toute honnêteté, j'avais besoin d'une échappatoire.

— Salut, dis-je, le souffle court.

Je m'empourprai un peu plus en songeant que je parlais à mon père juste après avoir palpé Nate.

— Ça va ? On dirait que tu viens de courir un marathon, me demanda-t-il avec inquiétude.

Je me creusai la tête en quête d'un mensonge acceptable.

— J'étais en pleine séance de Pilates.

Une tape sur le genou me força à relever la tête. Nate me désigna la porte et se leva.

— Je vais y aller, articula-t-il.

Je cherchai sur son visage la moindre trace de réaction par rapport à ce qui venait de se passer, mais il dissimulait ses pensées à la perfection. Je lui adressai un petit salut de la main et le regardai partir, n'écoutant qu'à peine mon père me parler de la télévision qu'il avait vue en solde et qui valait toujours mieux que celle d'occasion qui meublait mon appartement.

Après ça, je fus incapable de me concentrer sur quoi que ce soit. J'essayai de regarder un autre film en grignotant les biscuits que Nate avait laissés, mais mon corps était encore à vif d'avoir été excité et abandonné de la sorte. J'étais en outre submergée d'émotions contradictoires. Mais surtout, je m'inquiétais d'avoir foutu en l'air mon amitié avec Nate.

N'y tenant plus, je finis par lui envoyer un SMS en allant me coucher.

Est-ce que ça a tourné bizarrement ?

Je contemplai le plafond enténébré quand les Lumineers me chantèrent leur refrain à l'oreille. C'était Nate. Un mélange de soulagement et de crainte m'envahit quand je décrochai.

Il riait à l'autre bout du fil.

— Un peu, répondit-il sans préambule. Mais rien de grave. J'espère que ça t'a aidée ?

Je me détendis tout entière sur mon matelas. Même si tout cela continuait de me stresser, je décrétai qu'il avait raison. Les choses ne sont bizarres que lorsqu'on les estime comme telles, je choisis donc d'en rire.

— Je ne me pense plus incapable d'embrasser, si c'est le sens de ta question.

— Oh, mon ange.

J'étais à peu près certaine que le simple fait d'entendre sa voix rauque suffisait à me dilater les pupilles. En tout cas, des fourmillements m'envahirent de nouveau entre les cuisses.

— Crois-moi, tu sais embrasser.

— Je ne sais pas si je peux me fier à toi, mais je crois ta queue.

Il éclata d'un rire choqué, ce qui n'empêcha nullement mes joues de me brûler. Avais-je réellement dit ça à voix haute ?

Mon sucre, tu n'es plus au Kansas.

— Est-ce que tu es devenue toute rouge ? me demanda Nate.

J'entendis son sourire à travers le téléphone.

— Peut-être, maugréai-je en plaquant ma main gelée sur mon visage.

Il répondit d'un nouveau bruit de gorge qui me remua les entrailles. Je restai allongée à l'écouter respirer, n'arrivant pas à croire que mon humeur ait pu autant varier depuis plus tôt dans la journée. Je m'étais sentie complètement déconnectée de la réalité, une pauvre fille solitaire, misérable et inexpérimentée. J'avais été sur le point de m'avouer vaincue.

Désormais, en revanche, je me sentais surexcitée, vivante et puissante, et je ne voulais pas que ces sensations me désertent. La seule façon de les éprouver encore... était de demander à Nate de m'aider. Mais ç'aurait été franchir une limite supplémentaire, et je doutais qu'il l'accepte ; de surcroît, je ne savais pas moi-même si j'étais prête à mettre notre amitié en péril afin de découvrir ma sexualité.

— Liv ?

— Ouais ?

— À quoi tu penses ? Je t'entends presque réfléchir.

Je fermai les paupières et les battements de mon cœur s'accélérèrent alors que je cherchais les mots pour lui répondre.

— Liv ?

— Euh... (Mon téléphone trembla dans ma main.) Euh... Je me demandais...

— Ouais ?

— Je me demandais... (Mon courage m'abandonna.) Que se passe-t-il ensuite ?

— Eh bien, je me disais que tu pourrais t'entraîner à flirter en conditions réelles.

J'étais dès lors totalement à l'écoute.

— À savoir ?

— On va boire un coup avec tout le monde, samedi, pas vrai ?

— Ouais. Et alors ?

Je n'aimais pas du tout ce qui se profilait.

— Alors samedi matin, avant mon cours de judo, on va aller t'acheter une robe. Tu vas t'habiller sexy de façon à te sentir sexy et, le soir venu, tu te prouveras à toi-même que tu *es* sexy en flirtant avec un garçon jusqu'à obtenir son numéro.

Je restai silencieuse en réfléchissant à sa proposition, sentant déjà les papillons se réveiller au creux de mon ventre.

— Olivia ?

— Mmm ?

— Mon ange, tu n'as rien à craindre. C'est promis.

Rassemblant ce qui me restait de courage, je décidai d'avoir foi en lui.

— D'accord. Je te fais confiance.

10

Je secouai la tête en bâillant quand Nate tendit devant moi un modèle rouge moulant.

Il serra les dents en raccrochant le cintre.

— Il n'y a vraiment rien qui te plaise ? Et tu ne veux pas te réveiller un peu ?

Nous nous trouvions dans un magasin de créateur non loin de Princes Street, tentant de me trouver une tenue sexy pour le soir. Cela faisait deux heures et demie que nous étions en recherche, et même si je retardais les choses pour le torturer un peu, je me torturais malheureusement en même temps. Je posai les mains sur mes hanches.

— Tu m'as réveillée à sept heures trente ce matin. Un samedi ! Je suis épuisée. Je m'ennuie. Je déteste faire les boutiques. Je suis de ces femmes qui ne supportent pas les cabines d'essayage et que les mannequins effraient. J'ai même un tee-shirt qui dit LES COURSES EN LIGNE M'ONT SAUVÉ LA VIE. *Capisci ?*

Nate croisa les bras et se campa sur ses jambes. Il portait un jean bleu sombre, des brodequins noirs, un tee-shirt blanc ajusté, un blazer noir et un bonnet en laine. Il était magnifique, parfaitement réveillé, et partout où nous allions, des femmes louchaient discrètement sur lui... jusqu'à m'apercevoir – alors, le désir faisait place à la jalousie, car elles nous imaginaient ensemble.

Force était de reconnaître que cet aspect-là de notre séance shopping était assez marrant.

— Tu crois que j'ai envie d'être ici ? me demanda-t-il d'une voix teintée d'agacement. Je déteste le lèche-vitrines.

Je lui adressai un sourire provocant en lui décochant un coup de poing dans le bras.

— Alors foutons le camp, mecton !

Une fossette apparut et je compris qu'il s'efforçait de ne pas rire pour ne pas perdre son sérieux. Il y parvint.

— Liv, on doit le faire.

Je fis la moue et joignis les mains.

— S'il te plaît, on s'en va.

Il considéra ma bouche un instant, puis étudia le reste de mon visage.

— Tu veux te sentir séduisante ce soir ?

Mes épaules s'affaissèrent alors ; je poussai un long soupir et observai alentour avant d'acquiescer.

— Et as-tu la moindre fringue qui te fasse te sentir un tant soit peu sexy ?

— Juste de la lingerie, admis-je à contrecœur.

Ma réponse le laissa coi, je relevai donc les yeux sur lui. Il souriait.

— C'est bon à savoir. Cela dit, je ne pense pas que tu comptes aller jusque-là dès ce soir, alors aide-moi à te trouver une tenue. J'ai cours dans deux heures.

— Excusez-moi, dit une jeune vendeuse. (Elle dévorait littéralement Nate du regard, qui était pourtant plus âgé qu'elle d'au moins une décennie.) Je peux vous aider ?

Nate arqua un sourcil dans ma direction et je poussai un soupir excédé avant de répondre à la fille :

— Je cherche une robe. Rien de trop moulant, m'empressai-je d'ajouter. Mon bide, rappelai-je à Nate avant de me retourner vers la vendeuse. Vous auriez des robes à basques ?

— Euh... (Elle secoua la tête.) Seulement des hauts.

— Et une jupe entravée assortie ?

— Oh, oui. Par ici.

Elle tourna les talons et s'éloigna.

Nate me dévisagea d'un air suspicieux.

— Des hauts à basques ? Des jupes entravées ?

— Quoi ? J'ai dit que je détestais faire les boutiques, pas que je ne savais pas m'habiller.

— Je vais te tuer, me souffla-t-il à l'oreille tandis que nous suivions la vendeuse. Tu traînes les pieds depuis deux heures et demie.

Je le retins par le bras et m'arrêtai.

— Mon cher, tu m'as réveillée à sept heures et demie. Un samedi.

— Tu as donc fait ça pour te venger ?

Je haussai nonchalamment les épaules.

— Je n'ai rien dit de tel.

— Et voilà, fit la vendeuse.

Je m'empressai de la rejoindre pour échapper au grognement d'agacement de Nate. Je sentais le poids de son regard dans mon dos quand je m'arrêtai devant les vêtements qu'elle me présentait.

— Nous avons trois différents styles de hauts à basques, et plusieurs jupes entravées qui pourraient aller avec chacun.

— C'est parfait.

Nate me fessa joyeusement. Si fort, en réalité, que la claque résonna dans tout le magasin. Et que cela piqua. Beaucoup.

— Ma chérie sera magnifique là-dedans.

La vendeuse cilla de surprise, avant de nous faire ses excuses et de s'éloigner. Dès qu'elle ne put plus nous entendre, je me tournai vers Nate pour régler mes comptes.

— Putain, à quoi tu joues ?

Il tapota de façon apaisante mon derrière endolori.

— Je me venge de ta vengeance, murmura-t-il avec un sourire. (Sans rien ajouter, il saisit plusieurs hauts, qu'il me fourra dans les bras avec quelques jupes.) Essaie ça.

Tout en me massant le popotin, je sifflai :

— Tu vas le regretter.

Je passai les vingt minutes suivantes à essayer froidement diverses tenues. Nous optâmes finalement pour un haut à basques noir avec un décolleté en cœur et une ceinture bleu saphir, avec une jupe noire moulante qui me descendait juste en dessous des genoux et était légèrement plissée sur l'arrière. Des talons en daim bleu et une sacoche assortie vinrent compléter l'ensemble. Nate semblait ravi. Quant à moi, j'étais trop focalisée sur ma revanche à venir pour m'en soucier vraiment.

Une fois à la caisse, quand la vendeuse m'annonça le montant total, je me tournai vers lui et demandai d'un ton doucereux :

— Chéri ?

Il haussa les sourcils.

— Quoi ?

— J'ai oublié mon portefeuille.

Il plissa les paupières.

— Pas du tout. (Il désigna le sac à main qui me pendait à l'épaule.) Il est là-dedans.

— C'est juste un sac. Je ne mets pas mon portefeuille dedans, mentis-je.

— Je t'ai vue l'y ranger ce matin, mon amour, me rappela-t-il entre ses dents serrées.

— Et bien, maintenant, je ne l'ai plus, mon amour, répliquai-je sur le même ton.

Nous nous défiâmes du regard pendant plusieurs secondes. Je finis par l'emporter.

Il sortit sa carte bleue en me fusillant des yeux. Alors que la vendeuse rangeait mes emplettes dans un sac, je posai une main sur le torse de Nate et l'embrassai sur la joue avant de lui susurrer à l'oreille :

— Vengeance.

Ses prunelles brillaient si fort que j'en eus le souffle coupé. Oubliant l'excitation que son regard avait fait naître entre mes cuisses, j'ajoutai dans un murmure :

— Mon cul palpite encore.

Un sourire se dessina sur son visage fermé.

— C'est de bonne guerre. Disons que c'est ton cadeau d'anniversaire en avance.

Il récupéra les sacs et me les mit dans les mains.

— Non, protestai-je en secouant la tête. C'est juste une vengeance.

— Un cadeau d'anniversaire, lança-t-il par-dessus son épaule en sortant du magasin.

— Une vengeance, insistai-je, manquant m'emmêler les pinceaux en essayant de le rattraper. Mon pote, c'est l'un des trucs les plus cool que j'aie jamais faits. Tu ne t'en tireras pas avec une histoire de cadeau d'anniversaire. C'est une vengeance, un point c'est tout.

Je soulevai les sacs pour bien enfoncer le clou.

Nate secoua la tête en souriant.

— Mon ange, c'était le truc le plus cool que tu avais jamais fait avant d'annoncer que c'était le truc le plus cool que tu aies jamais fait. (Ma moue boudeuse le fit éclater de rire.) D'accord, céda-t-il. C'était une vengeance.

Tandis que nous remontions lentement Princes Street parmi la foule de plus en plus dense, je fus rattrapée par la culpabilité et ma bonne éducation, et déclarai doucement :

— Merci pour ce cadeau d'anniversaire en avance.

Nombre de femmes se retournèrent en entendant Nate Sawyer partir d'un rire bruyant avant de me passer un bras autour des épaules pour me serrer contre lui.

Et force était de reconnaître… que c'était très agréable.

Le videur du *Club 39* m'examina de la tête aux pieds, avant de marmonner sur un ton charmeur :

— Bonsoir, poupée.

Puis il s'effaça pour me laisser entrer. Je fis de mon mieux pour ne pas rougir en le voyant me lorgner de la sorte. Néanmoins, mes jambes flageolaient quand mes talons hauts claquèrent sur le sol. J'étais tellement nerveuse à l'idée de cette soirée que j'avais fini par me mettre en retard et avais dû envoyer un SMS à Jo pour lui faire savoir que je les retrouverais directement au bar. Jo et Joss avaient toutes deux travaillé là, et nous y retournions fréquemment car nous connaissions encore l'essentiel du personnel, ce qui nous permettait presque chaque fois d'obtenir une table.

En toute honnêteté, ce n'était pas là que je préférais sortir. La salle était toujours sombre et bondée, et comme elle se situait en sous-sol, l'air y était souvent irrespirable. Les quelques meubles étaient d'un modernisme inconfortable, et la piste de danse n'était guère plus grande que ma cuisine minuscule. L'ambiance était en outre légèrement prétentieuse, et je doutais franchement de trouver quelqu'un de suffisamment à mon goût pour l'aborder et essayer de décrocher le numéro de téléphone – objectifs imposés par Nate.

Si le but avoué de cette soirée ne suffisait pas à me donner envie de dégueuler, la tenue que je portais et les regards admirateurs qu'elle m'attirait s'en chargeaient.

Nate avait raison. Je me sentais bel et bien sexy. J'avais un décolleté généreux à faire valoir, ma taille semblait fine et mes hanches bien marquées. Mon haut et ma jupe accentuaient tous les aspects positifs de ma silhouette, tout en gommant les côtés négatifs. J'avais également consacré plus de temps qu'à l'habitude à me maquiller, soulignant mes yeux clairs d'un fard sombre et me passant du gloss sur les lèvres. Je n'avais en revanche eu aucun mal à me coiffer, car mes cheveux étaient parfaits au naturel et me retombaient dans le dos en vagues sombres et sensuelles.

Ainsi parée, j'avais l'impression d'être Marilyn Monroe. Ce qui ne signifiait pas pour autant que je saurais me comporter autrement que comme une vieille mégère conservatrice.

Je m'efforçai d'oublier l'attention que provoquait ma tenue – ce qui aurait sans doute énervé Nate, étant donné que j'étais censée dispenser des sourires charmeurs à droite à gauche – et resserrai mon emprise sur ma nouvelle sacoche tout en cherchant mes amis du regard.

Je les aperçus dans un coin, déjà assis sur l'étrange parallélépipède en cuir faisant office de canapé. Ellie était une nouvelle fois chic et sophistiquée, dans un ensemble rose pâle rehaussé de talons argentés, et Jo était plus séduisante que jamais dans une robe moulante bleu électrique avec sandales à talons assorties. Elles étaient installées avec leurs fiancés respectifs et riaient à une blague de Nate, qui tenait une bière entre ses mains, les coudes sur les genoux. Adam portait un costume de grand couturier parfaitement taillé, tandis que Cam arborait un jean sombre et un tee-shirt des Ramones. Pour sa part, Nate avait enfilé une chemise de soirée bleue et un pantalon noir.

Les trois garçons étaient à baver d'envie.

Tandis que je m'approchais de leur table, je m'attendais à ce qu'ils lèvent la tête, me remarquent et me fassent de grands signes de bienvenue. Au lieu de quoi, Ellie, Jo et Cam levèrent effectivement la tête, regardèrent dans ma direction sans me voir vraiment, puis braquèrent brusquement leurs yeux sur moi en me reconnaissant soudain. Adam et Nate les imitèrent bientôt.

Le visage radieux de Jo se fendit d'un sourire incroyable.

— Oh, mon Dieu, Olivia, tu es… ravissante.

Je m'agitai, mal à l'aise de me savoir ainsi examinée.

— Euh, merci. On passe à autre chose.

J'eus un sourire maladroit et m'apprêtais à prendre place près d'Ellie quand Nate me saisit la main et me força à m'approcher de lui. Je frémis en le voyant me considérer de la sorte. J'osai enfin soutenir son regard.

— Tu es incroyablement baisable.

J'éclatai de rire, tentant de ne pas rougir.

— Toujours aussi charmeur, Nathaniel.

— Un vrai poète, renchérit Ellie d'un ton pince-sans-rire.

— Il est pire que Braden, grommela Adam.

Nate haussa les épaules et avala une gorgée de bière avant de répliquer avec indolence :

— Je le dis comme je le pense.

Tâchant de trouver un peu de courage dans le compliment de Nate, je me mis à scruter la salle en quête de ma victime.

De ma cible ?

Bof, ce n'était pas beaucoup mieux.

J'ai besoin d'un verre.

Je désignai les leurs.

— Une autre tournée ?

Adam se leva immédiatement et fit le tour de la petite table autour de laquelle nous étions agglutinés.

— C'est moi qui régale. Corona citron ?

C'était ce que je buvais généralement, mais pour ce soir il me fallait quelque chose de plus fort.

— Plutôt un Talisker *on the rocks* et une bière au gingembre.

Il se dirigea vers le bar et je sentis le regard de Jo posé sur moi.

— Tout va bien ? m'enquis-je.

— Ouais. Et toi ? Du whisky ?

— J'avais juste envie de changer un peu, pour une fois.

Je recommençai à examiner la salle. Il devait bien y avoir un garçon susceptible de provoquer quelque réaction en moi. Au moins de quoi me pousser à lui faire un peu de rentre-dedans.

L'odeur du parfum de Nate m'envahit les narines quand il se pencha pour me murmurer à l'oreille :

— Tu vois quelque chose qui te plaît ?

Il me fallut une grande maîtrise de mes nerfs pour ne pas me retourner vers lui, le dévisager avec insistance et lui susurrer : « Ouais, carrément. »

De toute façon, je n'avais ni le cran ni la confiance pour le faire. Ce qui changerait peut-être avec quelques grammes d'alcool dans le sang.

— Je cherche, lui répliquai-je sobrement. J'ai l'impression que je vais gerber sur mes chaussures toutes neuves.

— Par pitié, retiens-toi. Je sais combien elles coûtent.

Je me fendis d'un large sourire.

— Alors je vais faire un effort, mais c'est bien parce que c'est toi.

— Merci.

J'étais absolument incapable de repérer qui que ce soit, mais je n'étais pas vraiment concentrée. Avec la cuisse de Nate pressée contre la mienne, et son parfum flottant dans l'air, j'étais trop distraite par sa présence. Bien évidemment, il ne m'avait jamais laissée indifférente, mais à présent je le percevais comme quelqu'un qui m'attirait.

Et cette prise de conscience me tétanisa.

Oh, merde.

— Quoi ?

Les doigts de Nate se refermèrent autour de mon poignet, m'encourageant à le regarder. Il était si près de moi que j'aurais pu compter chacun de ses longs cils.

Je me creusai la tête pour trouver une façon d'expliquer ma soudaine crispation, reportant mes yeux sur le comptoir. Ils se posèrent sur un grand blond ressemblant vaguement à Benjamin.

— Je l'ai trouvé, déclarai-je en le désignant du menton.

Il buvait une pinte de bière avec deux amis, tout en dévisageant les filles alentour en riant. Il n'était pas particulièrement beau, mais il avait un joli sourire et des épaules carrées.

— Bon. Maintenant, approche-toi du bar, récupère ton verre et commence à flirter.

Je vis du coin de l'œil que Jo nous épiait avec curiosité, tandis qu'Ellie et Adam discutaient bruyamment pour couvrir la musique. Sentant le rouge me monter aux joues à l'idée que qui que ce soit puisse découvrir ce qui se tramait, j'acquiesçai silencieusement et me levai, sans même demander à Nate davantage de conseils pour aborder ce garçon.

Je souris aux filles en leur passant devant, ne répondant pas à leurs questions silencieuses. Je me faufilai à travers la foule, m'efforçant d'onduler des hanches comme le faisait Jo quand elle portait des talons. Mon cœur battait si fort que je l'entendais me cogner aux tempes, et j'étais à peu près sûre que mon premier mot ne serait qu'un gargouillis chevrotant. Les jambes tremblantes, je m'approchai d'Adam qui se tenait au bout du comptoir, non loin de ma cible.

— Salut, lui dis-je en me glissant près de lui. (J'avisai un verre de whisky.) C'est le mien ?

— Ouais, j'allais te l'apporter.

— Pas la peine.

Je m'en saisis et l'engloutis d'une traite, sentant aussitôt mes yeux s'embrumer. Je me tapotai la poitrine et toussai légèrement.

— Waouh !

La brûlure commença à se dissiper, remplacée par une agréable chaleur intérieure. Sans me soucier d'Adam, qui me dévisageait comme s'il ne m'avait jamais vue, je me penchai en avant pour taper sur l'épaule d'Alister, l'ancien collègue de Jo et Joss. Il se tourna alors et sourit en me reconnaissant.

— Olivia, qu'est-ce que je te sers ?
— Un autre Talisker. (Je déposai un billet sur le comptoir.) Garde la monnaie.
Il s'en saisit d'une main, tout en poussant de l'autre une pinte vers un client.
— Eh, tu es sûre que ça va ? s'inquiéta Adam en fronçant les sourcils.
J'opinai rapidement.
— Mieux que jamais.
Je louchai vers ma cible pour m'assurer qu'elle n'était pas partie.
Toujours là.
OK.
Je pris une longue inspiration, m'efforçant de réprimer l'agitation qui me remuait les tripes.
Je tournai la tête comme pour observer nonchalamment la salle, laissai mon regard le dépasser avant de revenir se poser sur lui. Cela attira son attention et il me dévisagea, une lueur d'intérêt dans les prunelles.
C'était un bon début.
Je lui souris, et il m'imita.
Encore mieux.
En me penchant légèrement pour rendre mon décolleté encore plus intéressant, je lui demandai :
— Je t'ai déjà vu à la bibliothèque, non ?
Le blond se rapprocha de moi sans cesser de sourire. Ses yeux plongèrent vers mes seins pendant quelques instants, plus que ne l'autorisait la bienséance, puis remontèrent vers mon visage.
— À la bibliothèque ?
— De la fac. J'y travaille. Tu es en troisième cycle, non ?
Son sourire s'élargit.
— Non, mais j'aimerais bien. Je ne me rappelle pas avoir eu des bibliothécaires comme toi pendant mes études.

Il avait un adorable accent anglais et semblait clairement intéressé.

Peut-être allais-je réussir mon examen de passage.

— Et voilà, Olivia, me dit Alistair en me tendant mon verre.

En le récupérant, je croisai le regard d'Adam. Ce dernier nous observa tour à tour, ma cible et moi, semblant penser que le grand blond m'importunait. Pour le rassurer, je lui adressai un sourire, haussai les épaules et me retournai vers ma proie.

— Donc, tu t'appelles Olivia ?

Il posa un coude sur le comptoir ; il était désormais si proche que, malgré mes talons, je devais pencher la tête en arrière pour le regarder dans les yeux.

— Ouais. Et toi ?

— Will.

Je serrai la main qu'il me tendit, appréciant sa poigne ferme.

Hmm, je pouvais carrément arriver à mes fins.

— J'aime bien ton accent. Tu es américaine ?

Il m'étudiait avec un intérêt non dissimulé.

— Ouais, j'ai grandi aux États-Unis, mais mon père est écossais, alors on a emménagé ici récemment.

— Ça te plaît ?

Je souris et répondis en toute honnêteté :

— Jusqu'à présent, je trouve ça génial.

Will inclina la tête ; ses yeux bleus luisaient d'un désir qui me surprenait. Cela n'aurait pas dû m'étonner, étant donné que c'était précisément ce que je recherchais, mais… franchement, ça me mettait un peu mal à l'aise. Je ne connaissais pas ce type et j'ignorais comment il réagirait à un petit flirt innocent. Pour certains, la limite était ténue entre la séduction et un appel à coucher. Surtout quand on était le fruit d'une expérience dont le but était clairement de se faire allumer.

— Ça va te sembler cliché et à l'eau de rose, mais on t'a déjà dit que tu avais des yeux incroyables ?

Oui. Nate Sawyer s'en est chargé. Et c'était mille fois plus agréable de l'entendre de sa bouche.

Je baissai timidement le front, puis l'observai par en dessous.

— Merci, murmurai-je avant de me retourner nonchalamment vers mes amis.

Nate était debout près de notre table, mais une petite blonde bien roulée était pratiquement collée à lui ; il lui parlait à l'oreille pour se faire entendre malgré la musique, effleurant sa peau de ses lèvres.

Un frisson glacial me parcourut et mon estomac se noua.

Nate ne se rendait même pas compte que j'étais en train de réussir son test. Une magnifique jeune femme aux hanches fines et au visage d'ange se frottait à lui, pourquoi donc aurait-il pensé à autre chose ? Une chaleur soudaine se mit à me consumer intérieurement, et j'étais à peu près sûre qu'il s'agissait de tristesse mêlée de colère. Me détournant, je croisai le regard de Jo. Elle m'observa pendant une seconde avant de dévisager Nate. Quand elle reporta son attention sur moi, je lui vis un air inquiet et lui souris donc, comme si je n'étais pas le moins du monde affectée. Je pivotai vers Will.

Il fronçait les sourcils.

Génial.

— C'est ton petit ami ? me demanda-t-il en désignant Nate d'un geste du menton.

— Non, m'empressai-je de le rassurer. C'est un groupe de copains.

Se détendant légèrement, il passa à l'offensive :

— Tu es célibataire ?

— Oui. (*Depuis si longtemps que ça n'a rien de drôle.*) Toi aussi ?

— Si incroyable que cela puisse paraître, oui.

Il eut un petit rire d'autodénigrement ; je me sentis un peu mieux, sa réponse m'ayant plu.

— Alors, qu'est-ce que tu fais dans la vie, Will ?

— Je suis ingénieur.

Intriguée, je sirotai mon whisky, le savourant enfin, maintenant que j'étais plus calme.

— Plus précisément ?

Et il s'avéra que c'était à peu près tout ce qu'il fallait pour gagner la confiance d'un garçon. Du moins, celle de Will. Durant la demi-heure qui suivit, je lui posai des questions sur lui, sur ses centres d'intérêt, son travail, ses loisirs, tout en souriant et en lui donnant l'impression de trouver tout ce qu'il me racontait fascinant.

Bientôt, il me mangeait dans la main.

Toutefois, s'il ne s'était pas agi d'un test, j'aurais laissé tomber dix minutes plus tôt. J'espérais que Will allait me rendre la pareille, mais il semblait ravi de se dévoiler à moi.

Commençant à me lasser, je fis mine de hausser les épaules à regret.

— Bon, il faut vraiment que je retourne avec mes amis, mais... (*Sois forte, mon sucre.*) Est-ce que... est-ce que je pourrais avoir ton numéro ?

Il sourit à pleines dents et me tendit la main.

— Passe-moi ton téléphone.

Je fouillai dans ma sacoche et en sortis mon portable, prise d'une vague de soulagement en le voyant y entrer son numéro. Quand il me le rendit, il referma ses doigts autour des miens et m'attira doucement à lui tout en penchant la tête.

Je restai plantée là quand il posa ses lèvres contre les miennes.

Puis Nate et sa blonde m'apparurent en pensée et la colère me les fit entrouvrir.

Will m'embrassa, faisant lentement courir sa langue à l'intérieur de ma bouche.

Ça n'était pas désagréable ; techniquement, il embrassait même plutôt bien.

Mais je n'éprouvais rien.

Me redressant légèrement, je lui adressai un sourire timide qui sembla lui plaire et lui dis :

— Je t'appelle.

Quand il me lâcha, je fis mine de ne pas remarquer les mimiques amusées de ses amis et tournai les talons pour aller rejoindre ma table.

Nate, qui n'était plus avec sa blonde, me considérait avec un air indescriptible. Je m'empressai de regarder les autres. Cam et Adam me souriaient tels deux gamins, Ellie se mordait les lèvres pour dissimuler son propre sourire puéril et Jo semblait perplexe.

— Qu'est-ce qui s'est passé ? me demanda-t-elle en lorgnant mon téléphone.

Je répliquai d'une voix amusée et nonchalante :

— J'ai chopé un numéro.

Je me tournai alors vers Nate et il m'adressa un discret signe du menton pour m'indiquer de me rapprocher.

Je m'assis près de lui et attendis, mais il ne pipa mot avant que les autres replongent dans leurs conversations.

— Ça t'a plu ? me demanda-t-il doucement.

Je haussai les épaules.

— J'ai réussi mon examen.

Les prunelles noires de Nate obliquèrent vers le bar, où Will était toujours posté en compagnie de ses amis. Je m'attendais à une réaction quelconque, mais son expression était neutre quand il se retourna vers moi.

— Je ne t'ai pas dit d'embrasser le premier venu.

— Non. Et pourtant…

— Apparemment, j'ai une élève perfectionniste.

Je haussai les épaules.

Nous n'échangeâmes plus une parole jusqu'à la fin de la soirée, surtout parce que j'étais perdue dans mes pensées. Quand il fut l'heure de rentrer, Nate insista, comme à son habitude, pour me raccompagner. Je dis au revoir à tout le monde puis suivis Nate sur George Street, juchée sur mes talons magnifiques qui commençaient à me faire souffrir.

— Alors... lançai-je d'un ton que je voulais enjoué. J'ai eu l'impression que tu avais toi aussi décroché un numéro ce soir.

— La blonde.

Je ricanai.

— C'est comme ça qu'elle s'appelle ?

Il me lança un coup d'œil en coin.

— Je n'ai pas besoin d'en savoir plus.

À cet instant, je dus fournir un gros effort pour me rappeler pourquoi je ne le considérais pas comme un gros con. Ce soir, il allait me laisser devant chez moi, téléphoner à sa blondasse, la retrouver je ne sais où, la baiser, rentrer chez lui, puis effacer son numéro.

Ce n'était pas une bonne façon de faire, mais c'était *sa* façon de faire, et je me devais de respecter ses décisions. S'il s'était agi de n'importe quel coureur de jupons, je lui aurais rebattu les oreilles jusqu'à les faire saigner ; mais maintenant que j'étais au courant pour le tatouage qu'il s'était fait faire sur le torse, je ne pensais plus qu'à ça.

Toutefois, plus nous nous rapprochions de mon appartement, plus je me sentais mal à l'aise en me rappelant le chagrin et la colère qui m'avaient traversée quand je l'avais vu flirter avec elle, et je me dis que ce n'était peut-être pas son mode de vie qui me déplaisait, mais le fait qu'il aille s'en taper une autre que moi.

Je n'avais même pas envie d'y penser.

Pourtant, quand nous nous arrêtâmes devant chez moi, je me surpris à prononcer son nom à mi-voix.

— Ouais ? demanda-t-il en fourrant les mains dans les poches de son pantalon.

Scrutant son visage si parfait, je puisai dans mon courage pour lui poser la question qui me brûlait les lèvres depuis que nous nous étions embrassés.

— Notre baiser m'a aidée, commençai-je.

Il me contempla à son tour, attendant que je termine mon explication.

Je me raclai la gorge, chassant mentalement l'essaim de papillons qui s'était envolé dans mon ventre.

— Je me suis sentie mieux, tentai-je de poursuivre. Plus... confiante.

— Qu'essaies-tu de me dire, Liv ?

Je n'aurais pas été contre un autre whisky.

— Euh. (J'humectai mes lèvres soudain desséchées.) Je voudrais que... Je voudrais que tu m'apprennes à... être bonne au lit.

Nate plissa les paupières et me demanda avec un calme étonnant :

— En théorie, ou en pratique ?

— En pratique.

Le silence qui s'installa entre nous se prolongea si longtemps que mes papillons croissaient et se multipliaient à une allure incroyable. Un mélange de honte et de remords m'envahit ; je regrettais déjà d'avoir ouvert la bouche et de l'avoir mis dans pareille situation.

— Nate...

— Combien de verres as-tu bus ?

Me sentant légèrement insultée, je m'empressai de secouer la tête.

— Seulement quelques whiskys. Je suis loin d'être saoule. Écoute, je suis désolée de t'avoir mis mal à l'aise. Ce n'était pas mon intention. On n'a qu'à...

Nate posa un doigt sur mes lèvres pour me faire taire.

— Tu es l'une de mes plus proches amies. Et je ne voudrais rien faire qui risquerait de gâcher cela.

Réprimant certaines sensations – en les enfouissant au plus profond de moi-même –, je me concentrai uniquement sur ma propre chrysalide et lui assurai :

— Et si je te promettais que ça ne changerait rien, tu accepterais d'y réfléchir ? J'ai juste... J'ai simplement envie de savoir ce que je fais. Après ça, je me sentirais capable d'aborder Benjamin en toute confiance, sachant que s'il acceptait un rendez-vous, et que tout se passe bien, je ne subirais pas une nouvelle épreuve insurmontable. Je te fais confiance, Nate. Et ce ne serait pas non plus le bagne, ajoutai-je avec un petit sourire, qu'il me rendit aussitôt.

— Que les choses soient bien claires : tu veux que je te baise pour que tu puisses apprendre à baiser d'autres mecs ?

— Tu rends ça bien sordide...

Il soupira et se pencha pour m'embrasser sur le front.

— Va te coucher, mon ange. Si tu trouves encore que c'est une bonne idée demain, repose-moi la question.

— J'ai déjà eu du mal à te la poser une première fois, marmonnai-je en me retournant pour déverrouiller la porte.

Nate m'entendit malgré tout et je sentis sa main puissante se poser sur ma hanche, sa chaleur dans mon dos et son souffle sur mon oreille.

— C'était très courageux, Liv. (Je lui souris pardessus mon épaule.) On verra demain si tu l'es autant à jeun.

Puis il partit, et le vent froid me caressa la peau maintenant qu'il n'était plus là pour m'en protéger. Je me dépêchai de rentrer, le cœur battant à tout rompre, comme si les papillons s'étaient échappés de mon ventre pour aller semer le chaos jusque dans ma poitrine.

Des papillons qui me tinrent compagnie durant les longues heures que je passai à chercher le sommeil.

11

Je finis néanmoins par m'assoupir, me réveillant peu après midi, juste à temps pour prendre une douche, m'habiller et attendre que papa passe me chercher pour que nous nous rendions ensemble chez Élodie et Clark pour le repas dominical.

Mais durant mes heures d'insomnie, j'eus le temps de réfléchir très sérieusement, ainsi que me l'avait suggéré Nate.

J'avais abouti à une conclusion : je voulais que ça arrive. Cela me semblait même presque indispensable. Mais… ce à quoi je n'avais pas réfléchi en faisant cette proposition à Nate était nos autres amis. Nous formions un clan assez soudé, et même si j'étais à peu près certaine que nous saurions garder le secret, je craignais que cela n'influe sur notre dynamique de groupe. J'étais en outre plus inquiète que confiante quant au fait que, si toutefois nous allions au bout de l'idée, nous parviendrions à tourner la page comme si rien ne s'était passé.

Pourtant, j'avais *vraiment* envie que cela se concrétise. En vérité, je pensais ne pas devoir complexer autant, surtout que, dans l'ensemble, je m'appréciais plutôt. J'avais foi en mon intelligence, en mon bon sens, en ma personnalité – si excentrique fût-elle –, en mes facultés ;

je croyais dur comme fer être capable d'accomplir tout ce que j'entreprenais. Et j'étais convaincue que si quelqu'un ne m'aimait pas, c'est qu'il ne méritait pas que je perde mon temps avec lui.

En bref : je croyais en moi.

J'avais foi en toutes les choses écrites en moi, je cessais simplement parfois de croire en la couverture de mon livre. J'ignore pourquoi. Et je pense que cela n'aurait jamais dû se produire. Que je n'aurais jamais dû douter de mes capacités, ni me laisser persuader que je manquais d'une chose ou l'autre.

Et pourtant, c'était précisément ce que je ressentais.

Et j'en avais marre de gémir, de pleurnicher et de m'apitoyer sur mon sort. J'avais vu ma magnifique jeune mère lutter contre son cancer et perdre son combat. La vie était courte. Trop courte pour gaspiller du temps à se détester, pour ne pas faire le nécessaire afin de recouvrer confiance en soi. Trop courte pour ne pas être vécue pleinement.

Et le sexe était une part importante de la vie. Je me sentais nulle dans l'exercice, mais je connaissais une personne susceptible de me faire profiter de son expérience et de faire de moi la femme confiante que j'étais supposée devenir.

Ainsi donc, après le repas, j'avais la ferme intention de téléphoner à Nate pour lui poser de nouveau la question. Je n'aurais pas besoin de whisky pour me motiver. Ma détermination à devenir une femme qui s'aime suffirait.

Au final, je n'eus pas à attendre de rentrer chez moi pour lui redemander.

Non seulement Élodie recevait-elle une convive supplémentaire en la personne de Dee, mais Nate était passé chez Cam plus tôt dans la journée et avait fini par se faire lui aussi inviter pour le poulet rôti. Cela ne dérangeait pas le moins du monde la maîtresse de maison. Chez les Nichols, le mot d'ordre était « plus on est de fous, plus on rit ».

Jo et moi nous trouvions dehors, sur la minuscule terrasse à l'arrière de la maison d'Élodie et Clark, à profiter de l'agréable soleil printanier, pendant que tous les autres étaient à l'intérieur.

J'attendais Nate, les nerfs à fleur de peau. J'avalai fébrilement un grand verre d'eau en pensant au moment où j'allais devoir lui répéter ma requête.

— Est-ce que ça va, Liv ?

Je contemplai Jo, les yeux écarquillés. Elle me dévisageait, manifestement inquiète.

— Tu as l'air tendue.

À la voir dans cet état, j'eus soudain envie de tout lui révéler. Les mots s'agglutinèrent dans ma gorge mais s'y coincèrent, tant mon cœur battait fort.

— Liv ?

Malgré ma détermination, je commençais à douter. Et si nous lancer là-dedans avec Nate mettait en péril notre petite bande ?

— J'ai un ami, finis-je par dire, au boulot. Il m'a fait part d'un dilemme, et tu me connais, j'aime avoir réponse à tout.

Jo se fit pensive.

— D'accord. Et quel est son dilemme ?

— Il a un groupe d'amis. Ils sont tous très proches, mais il y a une fille dans le lot qui lui plaît, et ils ont tous les deux envie l'un de l'autre. Or, vu leurs passés respectifs, ils ne savent pas trop à quoi cela pourrait les mener. Et ils ont peur que ça n'ait des conséquences sur les autres.

Je me raidis en finissant ma phrase, faisant comme si Jo ne semblait pas ne pas croire une seconde qu'il s'agissait de la situation d'un collègue. Je m'attendais à ce qu'elle me le fasse remarquer.

— Eh bien... (Elle poussa un long soupir.) Je pense que si ton ami aime cette fille, il ne doit pas se poser de questions.

Une vague de soulagement m'envahit et je me détendis légèrement. Jo n'allait pas me jeter mon mensonge en pleine face.

Super.

— Tu crois ?

Un petit sourire rassurant lui étira les lèvres.

— Si c'est vraiment ce qu'il veut et ce qui lui semble bien, alors qu'il fonce. On ne peut jamais savoir où une relation va aboutir. On y entre les yeux fermés et, au fil du temps, quand on apprend à se connaître, la lumière commence à jaillir. Quant à son groupe d'amis... eh bien, s'ils sont aussi proches que je l'imagine, alors ils comprendront. Ils l'accepteront et ils vivront avec, peu importe la suite des événements.

J'inspirai profondément tandis qu'elle me prenait la main. Ses yeux me disaient qu'elle n'était pas dupe, et la pression réconfortante qu'elle exerça sur mes doigts m'assura qu'elle ne me laisserait pas tomber.

Je l'aimai plus que jamais à cet instant.

— Vous voilà, dit Cam en faisant coulisser la porte-fenêtre pour venir nous rejoindre.

Nate le suivait de près.

Je souris, angoissée de nouveau en le voyant arriver, puis je les laissai tous trois mener la conversation en sirotant leur verre de Coca.

— Peetie et moi envisageons de rentrer pour un long week-end d'ici à quelques semaines, dit Cam à Nate. On se disait qu'on pourrait y aller tous ensemble, ajouta-t-il en englobant tout le monde d'un vaste geste. On pourrait louer une baraque et diviser en six.

— En six ? s'étonna Nate.

— Eh bien, Jo, Liv, Peetie, Lyn, toi et moi. Bien sûr, Cole serait également de la partie.

Nate se tourna vers moi.

— Qu'est-ce que tu en penses ? Ça te dit de rencontrer mes parents ?

Je m'imaginai bondir partout de joie et d'excitation à l'idée d'être présentée à la famille de Nate, de découvrir où il avait grandi et de m'immerger plus profondément dans l'histoire qui avait façonné cet homme. Extérieurement, je me contentai d'un hochement de tête nonchalant et d'un sourire poli.

— Super.

— Parfait. (Jo regagna les portes coulissantes.) Je vais essayer de nous trouver une location.

Cam et elle retournèrent dans la salle à manger encore déserte, et attendirent près de la porte que nous les rejoignions. Nate secoua la tête.

— On arrive dans une seconde.

Ce qui signifiait qu'il voulait me parler seul à seule.

Je m'y préparai quand Jo et Cam disparurent.

Nate resta muet.

Une minute s'écoula.

Puis deux.

Je finis par m'en offusquer.

— Tu vas vraiment me forcer à le dire ?

— Ça dépend. (Il m'adressa un sourire moqueur, mais je vis comme une pointe d'appréhension dans ses prunelles.) Qu'est-ce que tu comptes dire ?

Je m'assurai que nous étions complètement seuls avant de reprendre la parole :

— Je n'étais pas bourrée, hier soir.

Nate me répondit sans la moindre trace de moquerie :

— Tu me fais confiance en me demandant de faire ça avec toi, mais je dois m'assurer que tu n'essaieras pas, ensuite, de transformer ça en autre chose qu'un simple coup de main.

Au fond de moi naquit de nouveau cette petite chose nommée jalousie que j'avais difficilement réprimée la veille au soir, quand Nate avait pris le numéro de la blonde. Mais ce n'était qu'une petite crise passagère, rien d'insurmontable. Oui, j'étais attirée par Nate, et oui, je tenais à lui, mais c'est pour Benjamin que j'avais un véritable coup de cœur, pas pour mon ami, et Benjamin était le seul but de toutes ces leçons.

Tentant d'apporter un peu de légèreté à la conversation, je rétorquai :

— Je suis sûre que je trouverai le moyen de *ne pas* tomber amoureuse de toi.

Une fossette apparut sur sa joue gauche pour disparaître aussitôt.

— Ça ne devrait pas être trop compliqué.

— J'aimerais toutefois souligner une chose.

— Souligne.

— Je sais que tu as l'habitude de coucher à droite à gauche. Mais je t'offre l'opportunité de baiser sans aucun inconvénient derrière. Ça ne doit quand même pas être une épreuve insurmontable.

— Non. (Il eut un sourire suggestif.) Ce n'est pas du tout une épreuve. (Il resta silencieux un instant, réfléchissant à ma proposition. Puis il se retourna vers la porte-fenêtre pour s'assurer de ne pas être surpris.) Bon, si on veut faire ça, je dois d'abord passer un dépistage. Et je te promets de ne coucher avec personne d'autre durant nos... leçons. (Je dus mal dissimuler ma surprise, car il se rembrunit.) Mon ange, si tu veux avoir une vie sexuelle, autant le faire intelligemment. Je fais des tests tous les trois mois, et quand l'heure sera venue de conclure avec ton Benjamin, assure-toi d'abord qu'il n'ait pas une saloperie qui traîne. Je ne comptais pas me faire faire de prise de sang avant plusieurs semaines, mais je vais accélérer le processus pour toi. Et tu devrais peut-être penser à prendre la pilule.

À présent que l'on discutait des détails, mon cœur avait décidé de se joindre à la conversation en battant bruyamment. Il tambourinait, tambourinait et tambourinait inlassablement contre ma cage thoracique, résolu à me faire savoir que je flippais à fond. Je lui enjoignis de se calmer.

— Je la prends déjà. Ça régule mes... tu vois, quoi.

Je ne pus m'empêcher de rougir.

Nate combla l'espace qui nous séparait et vint plaquer sa poitrine contre la mienne.

— Tu ne regrettes pas déjà ta proposition, tout de même ?

Euh...

— Non ! me forçai-je à répondre. Je veux juste m'assurer que tu comprends bien dans quoi tu t'embarques. Enfin, je sais que je faisais la maligne en disant que tu couchais régulièrement et que ce ne serait pas une épreuve, mais ce n'est pas un simple plan cul. C'est toi... qui dois m'apprendre... des *trucs*.

Les yeux de Nate s'illuminèrent soudain, et il répéta avec amusement :

— Des *trucs* ?

Mes joues me cuisaient.

— Des trucs.

— Des trucs ?

Je lançai un coup d'œil circulaire, traquant les oreilles indiscrètes. N'en débusquant aucune, je plongeai mon regard dans le sien, ignorant les frissons qui me parcouraient tandis que nos poitrines se frottaient.

— Comment... comment te faire du bien, marmonnai-je.

Ses yeux s'embrasèrent quand il les posa sur ma bouche. L'atmosphère sembla se densifier. Je sentis mes seins enfler et une excitation de plus en plus familière entre mes cuisses.

Mon souffle se bloqua.

Celui de Nate aussi.

Je sentis sa main sur ma hanche, qu'il pinça fort avant de reculer d'un pas, autorisant l'oxygène à circuler de nouveau dans mes poumons.

— Ce n'est pas le bon moment pour t'allumer.

Sa voix était basse, rendue rauque par... la tension sexuelle ?

Il était tout aussi excité que moi.

Surprise, j'opinai et repoussai les cheveux qui me tombaient sur le visage.

— Ouais. On devrait... on devrait rentrer.

— Toi d'abord, répondit-il en désignant la porte. J'arrive dans une seconde.

Je posai la main sur la poignée et m'apprêtai à retourner à l'intérieur quand il prononça mon nom. Je me figeai.

— Ouais ? lui demandai-je en me retournant.

— On commence ce soir.

Son air lubrique me provoqua un long frisson dans tout le dos, comme s'il avait fait courir un doigt sur ma colonne vertébrale.

— Je passerai chez toi vers neuf heures, ajouta-t-il.

Je fus incapable d'avaler quoi que ce soit au dîner.

Il était vingt heures cinquante et Nate devait arriver d'ici à dix minutes. J'espérais que, dès qu'il franchirait la porte, je ressentirais autre chose que de l'angoisse car, pour l'instant, j'avais les nerfs à vif. Par chance, j'étais encore loin d'éprouver ce que j'aurais ressenti si j'avais été en train d'attendre Benjamin. Je connaissais si bien Nate que j'étais tout de même un peu plus sûre de moi. Je savais qu'il ne me ferait jamais de mal, et qu'il ne me ferait jamais me sentir idiote, laide ou quoi que ce soit de négatif. Il était le professeur idéal pour ce genre d'expérience, car je pouvais complètement me fier à lui.

Je m'étais douchée en rentrant à la maison, avant de me passer une très légère couche de maquillage. Sous mon pantalon et mon chemisier, j'avais enfilé mon ensemble de lingerie préféré. Des sous-vêtements en satin blanc ornés de dentelle, qui ressortaient parfaitement sur ma peau olivâtre. J'espérais que cela détournerait son attention de mon bide et de mes cuisses flasques.

— N'utilise pas le mot « flasque », me morigénai-je en me rappelant les consignes de Nate.

Ne sachant que faire, je rangeai les piles de livres et les exemplaires du magazine de Nate qui traînaient un peu partout. Songeant qu'il nous faudrait peut-être un peu de musique d'ambiance, je mis la radio. Puis je décrétai que c'était une mauvaise idée, parce que cela ne me ressemblait pas et que Nate le savait pertinemment, et qu'il comprendrait donc sans mal à quel point la situation me faisait flipper. J'allumai donc plutôt la télévision. Cinq minutes plus tard, je me dis que cela donnerait l'impression que la situation me laissait indifférente, ce que je tenais également à éviter.

J'étais si occupée à m'agiter comme une idiote que, quand Nate sonna à la porte, je trébuchai sur une pile de livres et, peinant à recouvrer l'équilibre, glissai sur le parquet avec mes chaussettes et m'écrasai contre la sonnette. Au moins, je parvins à déverrouiller l'entrée. J'ouvris la porte de mon appartement et pris une profonde inspiration.

Me sentant moite, poisseuse et pas du tout désirable, je fronçai les sourcils en contemplant mes chaussettes et me demandai même pourquoi je les avais enfilées. Elles n'avaient rien de sexy. Je me penchai pour les retirer, mais la droite resta coincée. Je tirai et tirai sans cesser de jurer tout en sautant à cloche-pied. J'arrachai enfin cette horreur quand ma cheville gauche percuta la table basse, en plein sur la malléole, et je m'affalai de tout mon long, atterrissant miraculeusement sur le coussin du canapé.

— Putain, ça va ?

Je repoussai mes cheveux et observai Nate, qui se tenait sur le seuil.

— Tout va bien, lui assurai-je, à court de souffle.

Il ferma la porte derrière lui et m'examina de la tête aux pieds – sans doute en quête de quelque blessure.

— Tu en es sûre ?

— Oui, oui, répondis-je gaiement, avant de me rendre compte que je tenais à la main une paire de chaussettes moites de sueur. Antisexy au possible. Je m'empressai de les glisser sous le canapé puis me remis debout, titubant légèrement de m'être levée si brusquement.

Un rictus se dessina sur ses lèvres tandis qu'il se dépouillait de sa veste en cuir.

— Tu es sûre que tu as envie de faire ça ? Tu n'es pas obligée.

Je me passai une main tremblante dans les cheveux.

— Ça va. Sérieusement.

Nate croisa les bras, se campa sur ses jambes et m'étudia avec soin. Aboutissant finalement à une conclusion connue de lui seul, il m'adressa un petit hochement de tête.

— D'accord. Tu sais par quoi tu veux commencer ?

— Eh bien... (Je me rapprochai légèrement de lui, recouvrant un peu de calme en sa présence.) Je me disais qu'on pourrait procéder par étapes, comme au baseball. On a déjà atteint la première, et plus ou moins la seconde...

Nate me sourit et se gratta pensivement les mâchoires.

— C'est un truc américain. Il faut que tu m'expliques.

Que je le dise à voix haute ? Euh...

Tentant désespérément de ne pas avoir l'air trop gênée – nom d'un chien, ce n'était que Nate ! –, je m'approchai d'un pas supplémentaire.

— La première étape, c'est quand on s'embrasse. Avec la langue. La seconde, c'est quand on se pelote, la trois...

Je désignai son entrejambe.

Il faisait de gros efforts pour ne pas se moquer de moi. Je lui en savais gré.

— Liv, on va coucher ensemble. Je crois que tu devrais t'habituer à en parler.

Je tendis obstinément le menton.

— D'accord. (*Tu peux le faire. Ce ne sont que des mots.*) La deuxième étape consiste à me tripoter les seins, par-dessus ou par-dessous les vêtements. Et la troisième revient à me toucher… entre les jambes. (*Oh, mon Dieu, oh, mon Dieu.*) Ou à ce que je te touche.

Nate abaissa légèrement les paupières et laissa retomber ses bras le long de son corps. Il s'avança vers moi, de sorte que nous n'étions plus qu'à quelques centimètres l'un de l'autre.

— À ce que tu me touches quoi ?

Ce n'est qu'un mot.

Rougissant jusqu'à la racine des cheveux, je m'humectai les lèvres et répondis :

— La queue.

Ses prunelles s'embrasèrent et je remarquai qu'il avait le souffle court en me demandant :

— Avec les mains ?

— Ou la bouche, répondis-je instantanément.

Je serrai les jambes en imaginant la tête de Nate entre mes cuisses. Je n'avais jamais pratiqué de rapports bucco-génitaux, ni dans un sens ni dans l'autre. Je fus immédiatement intriguée et angoissée à l'idée d'en savoir plus. D'après ce que j'avais pu lire ou voir dans des films, c'était un vrai délice.

— Du coup, je peux imaginer ce qu'est un *home run*, compléta-t-il. (Il inclina la tête, se mordant la lèvre en y réfléchissant.) Mmm, pourquoi pas. Dans tous les cas, tu dois commencer par te déshabiller.

Mes doigts se mirent à trembler à l'idée de me retrouver nue comme un ver devant Nate.

— Maintenant ? couinai-je.

Il m'adressa un sourire plein de bon sens.

— Tu vas bien devoir te foutre à poil devant lui. Comment comptes-tu y parvenir si tu n'y arrives pas avec moi ?

— Complètement à poil ?

Après un instant de silence, il me considéra d'un air tendre et patient.

— D'accord, on va procéder par étapes. Mets-toi en sous-vêtements.

Un frisson me parcourut, et je me surpris à répliquer :

— Tu sais, tu pourrais le demander gentiment.

Ses lèvres tressaillirent.

— Olivia, ma douce, veux-tu bien te mettre en sous-vêtements pour moi ?

— Tu vois, ce n'était pas très compliqué, marmonnai-je à mi-voix tout en déboutonnant rapidement mon chemisier.

— Tu fais la course ?

Mes doigts s'immobilisèrent sur le troisième et dernier bouton.

— Hein ?

Nate gloussa.

— Tu te déshabilles pour moi. Si tu vas trop vite, ça ressemble à un désagrément plutôt qu'à une stimulation.

Je laissai retomber mes mains et désignai d'un coup d'épaule le reste de l'appartement.

— On devrait peut-être aller dans ma chambre.

— Si tu t'y sens plus à l'aise.

Soupirant, je tournai les talons et tâchai d'oublier les soubresauts dans mon estomac en gagnant ma chambre. Je me postai au pied du lit, attendant que Nate franchisse le palier ; puis, dans un accès d'audace, je plantai mon regard dans le sien et achevai de déboutonner mon chemisier. Nate s'immobilisa quand je le fis glisser le long de mes bras et le laissai choir, me retrouvant en pantalon et soutien-gorge. Cette partie-là ne me dérangeait pas tant que ça. C'était la suite, que je redoutais surtout. Cependant, les compliments que Nate m'avait faits résonnaient en boucle dans mon esprit. Avec un peu de chance, il les penserait encore quand je me retrouverais en culotte.

Je manipulai gauchement le bouton de mon pantalon, mais il ne fit pas le moindre commentaire. Le bruit de ma braguette sembla exagérément fort dans ma chambre autrement silencieuse, et je sentis la tension croître d'un cran. Avec une profonde inspiration, je posai les mains sur mes hanches et enlevai mon futal, baissant honteusement les yeux.

Je ne savais plus quoi faire de mes bras.

— Mon ange. (Les paupières mi-closes, Nate fit un pas vers moi.) Liv, regarde-moi.

Les bras ballant gauchement, je dressai lentement le menton.

Son expression me coupa le souffle.

Je le sus sincère quand il déclara d'une voix grave :

— Tu es magnifique.

Je me cachai machinalement le ventre de la main, puis me figeai en pensant à mes cuisses désormais exposées. Nate fit trois pas supplémentaires dans ma direction, si bien que je dus lever un peu plus la tête pour le regarder en face. Il retira délicatement la main qui dissimulait mon bide.

— Ne te cache pas devant moi, chuchota-t-il, ses lèvres contre les miennes. Jamais.

Je considérai son tee-shirt avec un sourire nerveux.

— Si tu te déshabillais aussi, je me sentirais sans doute un peu moins seule.

Il recula avec un grand sourire et passa nonchalamment son tee-shirt par-dessus sa tête.

J'inspirai brusquement.

C'était la première fois que je le voyais torse nu, et je me détestai subitement de ne pas suivre ces cours de judo ainsi qu'il me le proposait régulièrement. Il n'était pas particulièrement grand ni carré ; en réalité, il était même presque ramassé, mais chaque centimètre de son buste était fait de muscles. Entre les arts martiaux et ses séances hebdomadaires au club de sport, Nate était de ceux qui prennent soin de leur corps, et je n'allais certainement pas m'en plaindre.

Jusqu'à ce que mes yeux dérivent sur le « A » tatoué sous son pectoral gauche.

Alana.

Un fantôme dans la pièce.

Je baissai la tête, feignant de n'avoir pas été attirée par cette lettre, puis le considérai par en dessous avec un sourire faussement impertinent.

— J'ai déjà vu pire.

Nate éclata de rire et jeta son tee-shirt de côté.

— Tu sais trouver les mots qu'il faut.

— Oh, allons, tu sais pertinemment que tu es canon.

— En tout cas, ça fait plaisir de te l'entendre dire.

Dissimulant ma surprise, je partis d'un rire léger et répliquai :

— Dans ce cas, compte sur moi pour te le répéter.

Sa bouche se rapprocha de nouveau de la mienne.

— C'est gentil.

Tandis que mes seins se couvraient de chair de poule, je désignai la chambre d'un geste du bras.

— Et maintenant ?

— Tu veux qu'on commence par moi ou par toi ?

Je fronçai les sourcils, confuse.

— Pourquoi commencer par moi ? Je sais ce que je veux. Ce qui m'importe, c'est de savoir ce que veulent les mecs, d'apprendre à vous donner du plaisir.

Nate secoua alors la tête, le front plissé.

— Comment peux-tu connaître tes désirs si tu n'as couché qu'une seule fois, Liv ? Tu ne dois pas seulement savoir le faire jouir, mais aussi avoir confiance en ton propre plaisir.

Il porta les doigts à son jean et continua de se dévêtir. Je le regardai faire, le sang me battant aux tempes.

— C'est ce qui te fait vibrer, et fais-le-lui savoir. Si cela ne l'intéresse pas, alors débarrasse-toi de lui.

Je gloussai alors et me détendis légèrement.

— Je tâcherai d'y penser.

— Ne t'avise pas de l'oublier. Le sexe marche dans les deux sens.

— D'accord.

— Alors... toi ou moi ?

— Euh...

— Commençons par toi, décida-t-il en écartant son jean du pied.

J'étais en admiration devant son corps musculeux. Il était de loin le plus bel homme que j'aie vu de toute mon existence, et je m'apprêtais à coucher avec lui.

— Ça me semble un peu surréaliste, murmurai-je sans réfléchir.

— Ça va bientôt te paraître tout ce qu'il y a de plus réel, répliqua-t-il d'une voix basse et séductrice.

— Oh, merde.

Il rit de nouveau et me caressa la taille du revers de la main, ce qui me provoqua un nouveau frisson le long de la colonne vertébrale.

— Je vais retirer tes sous-vêtements, annonça-t-il, son souffle chaud dansant contre ma bouche. Est-ce que tu es prête ?

J'avais réussi à me tenir devant lui dans ma lingerie affriolante sans avoir l'impression d'être une génisse. En réalité, et à mon grand étonnement, Nate m'avait donné le sentiment d'être presque... bonne. J'acquiesçai en silence et vis aussitôt ses doigts disparaître derrière mon dos pour dégrafer mon soutien-gorge.

— Tu as vraiment des yeux incroyables, murmura-t-il en achevant son ouvrage.

Je manquai ronronner. Ma poitrine se soulevait et s'abaissait rapidement, maintenant que ses mains glissaient le long de mes omoplates pour repousser les bretelles de mon soutif par-dessus mes épaules.

Il les fit descendre le long de mes bras, tout en traçant de petits cercles sur ma peau.

— Comme de la soie, souffla-t-il.

Dès que mes seins furent libérés, Nate les observa fixement. L'air frais et le poids de son regard firent instantanément pointer mes tétons.

— Mon ange, dit-il, admiratif.

Je frémis quand sa main chaude prit mon sein droit en coupe et que son pouce se mit à en masser le mamelon.

— Putain, tu es vraiment splendide.

J'avais l'impression d'irradier de l'intérieur, et je sus que Nate s'en rendit compte car, quand nos yeux se recroisèrent, il demeura parfaitement immobile.

— Merci, parvins-je à articuler.

De me faire me sentir belle.

Je n'eus pas à prononcer ces mots : Nate avait compris.

En réponse, il m'embrassa profondément et saisit mon autre sein, qu'il malaxa de la même manière. Je suffoquai contre sa bouche quand une vague de chaleur dévala mon ventre en direction de mon sexe. Désirant le toucher mais hésitant encore, je promenai lentement mes doigts sur son torse, dessinant ses contours du bout des ongles. Il était chaud, sa peau parfaitement lisse, ses muscles saillants et fermes. Je palpitais rien que de le sentir sous mes mains.

Il interrompit notre baiser et j'eus une moue déçue.

Il se colla à moi avec un sourire retors et insista jusqu'à ce que je sois contrainte de reculer. L'arrière de mon mollet heurta le pied du lit.

— Grimpe là-dessus, ordonna-t-il d'une voix rauque. Allonge-toi.

J'obtempérai, m'appuyant sur les coudes, attendant son prochain geste avec excitation. Je jetai un coup d'œil à son boxer noir et mon souffle se bloqua quand j'avisai son érection.

C'est moi qui ai provoqué ça.

Un sourire triomphant m'ourla les lèvres, et son ricanement me retourna le ventre. Ce fut encore pire quand il glissa les pouces sous la dentelle de ma culotte.

Je me figeai alors, ne le quittant plus des yeux.

— Liv... dit-il d'un ton rassurant.

Opinant, je levai légèrement les fesses pour l'aider à la retirer ; je ne pus m'empêcher de rougir quand le satin glissa le long de mes jambes avant d'atterrir au sol.

Il me dévora longuement du regard.

— J'aime beaucoup ta lingerie, mais je dois avouer que tu es encore mieux sans.

Oh, waouh. C'est tellement gentil ! Toutefois, je redoutais que cette confession ne vienne briser la magie du moment, je la gardai donc pour moi. Rouge comme une pivoine, je croassai alors :

— Et maintenant ?

— Allonge-toi et fais-moi confiance. Je veux que tu me dises si ce que je te fais ne te plaît pas, ou au contraire quand ça te plaît.

Tout mon oxygène sembla déserter mes poumons lorsque je reposai mon dos sur le matelas. Il monta alors sur le lit et positionna ses genoux de part et d'autre de ma taille. La chaleur de son corps caressa le mien alors qu'il ne me touchait pas encore. Son parfum m'enivrait, ses effluves entêtants n'affectant pas seulement mon odorat, mais aussi mes glandes salivaires. Je voulais découvrir sur son corps l'origine de cet arôme et lécher, suçoter et embrasser sa peau à l'en faire gémir de plaisir.

Nate avait, semblait-il, eu une idée similaire.

Les mains plantées de chaque côté de ma tête, il se pencha pour frotter ses lèvres aux miennes, de gauche à droite, puis de droite à gauche. Provoquant. Picotant. Agaçant. Juste alors que je m'apprêtais à lui faire part de mon impatience, il m'embrassa plus voracement. Nos langues se caressèrent et s'unirent, et je compris pour la première fois toutes les promesses qu'un baiser pouvait sous-entendre. Jusqu'à présent, tous les baisers que j'avais reçus avaient été mécaniques – un peu comme celui de Will au *Club 39* – et n'avaient rien provoqué chez moi ; mais le fait d'embrasser de façon sensuelle une personne qui me plaisait laissait augurer de grandes choses pour la suite.

Je l'attrapai par les hanches tandis que notre baiser se faisait de plus en plus fougueux. Je soupirai de plaisir dans sa bouche quand son érection m'effleura le ventre. Il grogna, déportant ses lèvres vers mon menton, mon cou. Il dévora ainsi chaque parcelle de mon corps, tandis que je m'accrochais à lui, caressant son dos musclé, me rapprochant de ses omoplates à mesure qu'il descendait.

Quand sa bouche chaude se referma sur mon téton gauche, mon bas-ventre se colla à lui en réaction.

— Oh, mon Dieu.

Je l'écrasai entre mes cuisses pour l'attirer plus près, arquant le dos alors qu'il alternait coups de dents et de langue, tout en me pinçant l'autre mamelon entre le pouce et l'index.

Je sentis mon entrejambe s'humidifier.

— Nate. (J'enfonçai mes doigts dans ses épaules.) Oh, putain…

Il redressa la tête, me scrutant de ses yeux sombres sans cesser d'onduler, son sexe pointant désormais entre mes cuisses ; seul le tissu de son boxer me privait encore de sa chaleur turgescente.

— Ça te plaît, Liv ? Tu aimes que je te suce les tétons ?

La crudité de sa question me fit rougir, mais je hochai rapidement la tête.

— Oui, j'adore ça.

Il grogna avant de replonger vers mon autre sein, qu'il lapa avidement. J'ignorais totalement que ma poitrine était aussi sensible. Tandis qu'il continuait à me tourmenter de la sorte, je sentis la tension croître dans le creux de mon ventre.

— Nate... (Je pantelais désormais, lui tenant la tête à deux mains tandis qu'il parcourait mon aréole du bout de la langue.) Je ne peux... Je n'ai...

Soudain, il glissait le long de mon corps tout en pétrissant mes seins, déposant une série de baisers humides sur mon ventre. Je frémis au contact de sa langue sur mon nombril, puis me contractai en prenant conscience qu'il se dirigeait vers le sommet de mes cuisses.

Nate me caressa le ventre de façon apaisante et plongea son regard dans le mien.

— Détends-toi, mon ange.

Je me mordis la lèvre, le contemplant avec un mélange d'émerveillement et d'angoisse, tout en écartant les jambes. Nate s'installa entre elles. Il fit courir sa main à l'intérieur de ma cuisse et me demanda :

— Tu n'as encore jamais fait ça ?

Je secouai la tête, trop excitée pour parler.

Une lueur espiègle scintilla dans ses prunelles.

— C'est exactement le genre de réaction que je recherche.

Il m'embrassa.

Je frissonnai. C'était agréable.

Puis il introduisit ses doigts en moi et un gémissement de surprise m'échappa, le poussant à me dévisager de nouveau. Son regard était intense, toute trace de malice désormais remplacée par du désir. Ses doigts ressortirent avant de plonger de nouveau en moi. Je me cambrais, tentant de m'adapter à son rythme.

— Tu es mouillée, Liv, grogna-t-il. Tu es déjà prête à m'accueillir.

— Oui, confirmai-je d'une voix étranglée en offrant mon bassin. Bon Dieu, oui.

Avec un grognement de satisfaction, Nate baissa encore la tête. Cette fois, ses doigts me quittèrent pour de bon, mais avant que je puisse m'en plaindre, il écarta mes lèvres et je faillis tomber du lit quand sa langue caressa ma féminité.

Elle tourna autour de mon clitoris, le titillant, l'écrasant… puis Nate l'aspira de sa bouche.

Je laissai échapper un cri, sentant l'orgasme arriver tandis qu'il continuait à me laper, me précipitant vers la jouissance.

Quand il me pénétra à nouveau de ses doigts, j'éclatai complètement, hurlant son nom tel un mantra tout en fermant les paupières. Je me contorsionnai contre sa bouche experte, les poings serrés sur les draps. L'orgasme me parcourut par vagues et je vibrai à n'en plus finir contre ses lèvres jusqu'à être aussi molle qu'une poupée de chiffon.

Il remonta alors le long de mon corps et, quand je finis par rouvrir les yeux, il avait les mains de part et d'autre de ma tête, et le bas du corps plaqué contre le mien. Il arborait un petit sourire prétentieux et satisfait. Il me caressa affectueusement les mâchoires, le regard inquisiteur.

— J'en déduis que c'était bien ?

Ce n'était rien de le dire.

La seule et unique fois où j'avais fait l'amour, je n'avais pas joui. Néanmoins, je me donnais régulièrement du plaisir depuis mes dix-huit ans, quand j'avais gagné un vibromasseur à une tombola étudiante. Ces orgasmes étaient agréables. Certains avaient même été géniaux.

Mais aucun d'entre eux n'avait jamais été *sensationnel*.

Jusqu'à ce jour.

Je levai paresseusement les mains pour les croiser derrière le cou de Nate, le caressant tendrement des deux pouces.

— Je vais t'autoriser à conserver cet air arrogant. Tu l'as mérité.

Nate m'embrassa en ricanant, et son rire fit vibrer ma bouche d'une façon incroyablement sensuelle. Je lui souris mais, quand son baiser se fit plus profond et que je sentis mon goût sur sa langue, les rires et les sourires s'évaporèrent, et j'enroulai mes doigts dans ses cheveux.

Ce fut, cette fois, moi qui interrompis notre baiser et déclarai :

— À ton tour.

Un éclat indescriptible naquit dans ses prunelles, une lueur que je ne comprenais pas tout à fait mais qui signifiait clairement son désir. Il se souleva alors et roula sur le dos, les bras nonchalamment croisés derrière la tête.

— Je suis tout à toi.

Les papillons revinrent se loger dans mon ventre, moins nombreux qu'auparavant mais tout aussi enjoués alors que je m'apprêtais à sucer un garçon pour la première fois.

— Je n'ai jamais...

Nate s'adoucit et me lissa les cheveux derrière l'oreille en répliquant :

— Je sais, Liv. Et tu n'es pas obligée. Jamais. Ne fais que ce avec quoi tu te sens à l'aise.

Je baissai les yeux sur sa taille et son membre érigé.

— Je veux au moins essayer.

— Dans ce cas, je vais te guider, répondit-il.

Il se débarrassa de son boxer en un clin d'œil.

Je le contemplai, bouche bée.

Quand j'avais perdu ma virginité, je n'avais pas vraiment pris le temps d'observer les attributs de mon ahuri de partenaire. Il s'était contenté de baisser sa braguette et de me pénétrer.

Celle de Nate s'élevait vers son ventre. Elle était longue et épaisse, palpitante. Sans doute impressionnante. Le simple fait de l'imaginer en moi me déclencha un nouvel afflux de désir, mais à l'idée de le prendre en bouche j'éprouvai une certaine appréhension.

— Comment... ? (Je l'interrogeai avec des yeux ronds.) Je...

— Liv ? (Il plissa le front.) Dis-le.

Je partis alors dans un monologue débile :

— Sa taille me semble problématique, car malgré ma tendance à parler pour ne rien dire, j'ai une toute petite bouche et ça ne va jamais rentrer, et je crains d'avoir un haut-le-cœur si ça va trop loin, et je ne sais pas comment...

— Liv... (Nate s'étranglait de rire.) Respire.

Il ferma les paupières et secoua la tête, gardant pour lui le reste de ses réflexions. Je me mis alors à craindre que mon inexpérience soit un véritable tue-l'amour. Mais lorsque ses paupières se soulevèrent, il me sourit, et le fait qu'il bande encore me sembla positif.

— Mets-le dans ta bouche, et pendant que tu me suceras, caresse la base avec la main. L'astuce consiste à serrer fort, mais pas trop. Suce bien. Sans mettre les dents.

J'acquiesçai, espérant me montrer à la hauteur.

— Liv, sérieux, tu n'es pas obligée de faire... ahh, siffla-t-il quand je l'interrompis en refermant ma bouche sur lui.

Je fus d'abord tétanisée par cette sensation, ce goût, cette présence envahissante ; j'avais l'impression qu'il me submergeait complètement, comme s'il n'existait rien d'autre au monde que lui. C'était étrange. Malvenu. Et je redoutais de ne pas être faite pour ce genre d'intimité.

Puis je le regardai par en dessous.

C'était Nate.

Je rassemblai tout mon courage.

J'entrepris de suivre chacune de ses recommandations, tout en surveillant ses réactions. Je vis ses joues se colorer, son souffle s'accélérer, ses poings se refermer sur les draps, sa bouche s'entrouvrir, sa peau se couvrir de sueur, ses abdominaux se contracter. Puis je commençai à prendre mon pied. Je ne pensais pas que j'aimerais pratiquer une fellation, mais j'adorais le pouvoir sensuel que cela me conférait, le fait de me savoir capable d'exciter Nate au point de l'entendre souffler mon nom d'un air extatique.

— Je vais jouir, dit-il d'une voix haletante en me passant une main dans les cheveux.

Je me reculai juste à temps pour le voir parcouru d'un frisson de plaisir.

Quand son corps se détendit, il se frotta la figure et ferma les yeux, inexpressif.

J'attendis, incertaine.

Lentement, il rouvrit les paupières pour m'examiner.

Alors ?

— Est-ce que ça t'a plu ? s'enquit-il d'un ton brusque.

— Oui, chuchotai-je en retour.

— Tant mieux, parce que j'aimerais beaucoup que tu recommences un jour. (Il souffla longuement puis secoua la tête, souriant, avant de reposer les yeux sur moi.) Putain, mon ange.

Je partis d'un petit rire soulagé, retournai m'allonger sur le lit et contemplai le plafond.

— On dirait que j'ai eu une bonne note à ma première leçon de séduction.

— Je te l'ai déjà dit : tu es une élève perfectionniste.

Le matelas remua et je tournai la tête pour le voir s'asseoir au bord du lit.

— Où est-ce que tu vas ?

Il me contempla par-dessus son épaule.

— Je pense que tu as fait assez de devoirs pour la soirée. Je ne voudrais pas te surcharger de travail.

Je fronçai les sourcils, déçue par la tournure que prenaient les événements.

— N'est-ce pas à moi de le décider ?

Nate tendait la main vers son boxer, mais je voyais très distinctement ses épaules secouées par le rire. En guise de réponse, il quitta la chambre à grands pas. Je vis donc s'éloigner ses fesses à croquer et dus fournir un gros effort pour me retenir de m'élancer à sa suite. J'entendis l'eau couler dans la salle de bains et, quelques minutes plus tard, Nate reparut, tout propre dans son boxer. Il récupéra son jean et l'enfila. Une fois rhabillé, il lorgna langoureusement ma nudité éclatante.

Bizarrement, je ne ressentis pas le besoin de me cacher.

J'attendis, me demandant ce qui pouvait lui passer par la tête. Je crevais d'envie de le savoir, à vrai dire. Jusqu'à présent, je lui aurais sans doute posé la question, mais, curieusement, l'intimité que nous venions de partager avait changé la donne. Désormais, si je lui demandais ce qu'il pensait, je risquais de passer pour une « presque petite amie » collante. À cet instant, je regrettai pour la première fois d'avoir sollicité son aide.

Comme s'il lisait dans mes sombres pensées, il traversa la pièce et vint m'embrasser délicatement sur la bouche. Je sentis ses doigts dans mes cheveux quand il se redressa et murmura sa promesse carnassière :

— Demain, on baise.

12

Le lundi aurait aussi bien pu être dévoré par le brouillard. Je marchais, parlais, travaillais, tout en étant nimbée de cette brume euphorique qui m'empêchait de me concentrer vraiment sur ces activités. J'étais au contraire obnubilée par mes souvenirs de la nuit précédente, par ce que Nate m'avait fait et par ce que je lui avais fait.

J'étais également consumée d'impatience quant à la soirée à venir.

Lorsqu'il passa chez moi ce soir-là, je ne m'encombrai pas de vêtements. J'avais enfilé un autre ensemble de lingerie – vert émeraude, cette fois – et un simple peignoir par-dessus.

J'ouvris la porte pour l'accueillir, et il plissa les paupières en m'examinant de pied en cap. Il referma derrière lui et retira sa veste, qu'il jeta sur mon tabouret de cuisine.

— J'aime bien te déshabiller, déclara-t-il sans même un bonsoir. Ton Benjamin s'en fout peut-être, mais puisque c'est moi que tu vas baiser dans un avenir proche… sache que j'aime bien te mettre nue.

Heureuse de l'entendre le dire, mais ignorant quelle réaction adopter, je me contentai de répliquer :

— D'accord, je m'habillerai plus la prochaine fois.

Nate se mordit la lèvre inférieure sans cesser de m'étudier.

— La leçon de ce soir va consister à découvrir ce qui t'excite. Est-ce que tu préfères le second rôle et me laisser diriger ou bien tu préfères être maîtresse de la situation ? être complètement soumise ou dans une relation d'échange ?

J'espérais avoir bien compris le sens de sa phrase et qu'il n'allait pas me révéler qu'il aimait les martinets et les croix de Saint-André. Mieux valait le découvrir tout de suite, tant que je pouvais encore m'enfuir.

— Euh... Et toi, qu'est-ce que tu préfères ?

— Tout me plaît, répondit-il avec un haussement d'épaules. Ça dépend de l'humeur du moment.

Il avança vers moi d'un pas félin et, toujours incertaine de ses intentions, je reculai jusqu'à me retrouver plaquée contre le mur. Nate se colla à moi et défit la ceinture de mon peignoir.

— Quand tu parles de domination... tu ne parles pas de fouet et de chaînes, hein ?

Il éclata de rire et secoua la tête.

— Non, mon ange, juste de bonne baise à l'ancienne. (Ma ceinture dénouée, les deux pans de mon déshabillé s'ouvrirent, révélant ma lingerie.) Je t'ai déjà dit que tu avais des goûts déments pour les sous-vêtements ?

— Ça fait plaisir de l'entendre dire enfin.

Après avoir fait glisser le peignoir sur mes épaules, les doigts de Nate s'y attardèrent, tandis que l'étoffe légère tombait à mes pieds. Sans quitter ses mains des yeux, il me caressa l'omoplate jusqu'à me faire frissonner d'impatience.

Il descendit alors vers mon sternum, passa sous le renflement de mes seins. Ma peau se couvrit de chair de poule et mes tétons s'érigèrent d'excitation. Mais au lieu de céder à leur appel, Nate continua son exploration en remontant jusqu'à mon cou, jusqu'à atteindre un point juste sous mon oreille qui me fit frémir de plus belle.

Ma réaction le fit sourire et il se pencha immédiatement pour m'embrasser là. Je perçus le toucher humide de sa langue et un nouveau tremblement m'assaillit.

— Point névralgique, me chuchota-t-il à l'oreille avant de déposer une série de baisers le long de ma mâchoire. (Quand il s'arrêta, taquin, au-dessus de ma bouche, il plongea son regard dans le mien.) Dis-moi ce qui te fait envie ce soir.

Je cillai, me demandant à quoi il pouvait bien s'attendre.

— Ne réfléchis pas, insista-t-il. Dis-moi juste ce que tu veux.

Je contemplai sa bouche, si proche mais trop loin encore. D'une voix éraillée par l'excitation, je dis la première chose qui me passa par la tête :

— Je veux te sentir en moi.

Mes mots ne le laissèrent pas de marbre. Je le sus quand il plaqua ses mains au mur et pressa son érection contre mon bas-ventre.

— Tu veux sentir ma queue, mon ange ? murmura-t-il avant de me mordiller brièvement la lèvre inférieure.

Je hochai la tête ; il ferma les paupières à moitié.

— Je veux te l'entendre dire.

De toute évidence, Nate aimait les propos salaces. Il l'avait déjà suggéré lors de l'une de nos leçons précédentes, mais je n'y avais guère prêté attention. Pourtant, parler de ce qu'on aimerait que l'autre nous fasse semblait l'émoustiller.

J'apprenais. Et pas seulement sur lui, sur moi-même également.

Car le fait de parler de ce qu'on aimerait se faire mutuellement m'émoustillait aussi.

J'approchai ma bouche de la sienne, l'embrassant très légèrement avant de répondre :

— Je veux te sentir en moi.

— Normalement (il m'embrassa doucement, effleurant à peine de sa langue la pointe de la mienne), c'est là (il m'embrassa de nouveau) que je te demande (encore une fois) si tu veux y aller vite ou doucement, tendrement ou brutalement (un baiser), mais pour ce soir, on va y aller doucement.

— Ça fait un bail, acquiesçai-je en soupirant d'allégresse quand sa bouche replongea le long de mon cou.

Ses lèvres s'attaquèrent ensuite à mes seins, à mon ventre, et ses mains suivirent, me pétrissant doucement la poitrine avant de me caresser la taille. Il se mit à genoux et je l'observai d'en haut, le souffle court, tandis qu'il déposait de nouveaux baisers jusqu'au bord de ma culotte. Quand il plaqua sa bouche sur le sous-vêtement en soie, je poussai un gémissement et apposai mes paumes contre le mur, écartant les jambes. Nate continua de me provoquer à travers le tissu, les mains désormais autour de mes cuisses. C'était une torture, une vraie tourmente ; mon corps tout entier tremblait de désir.

Mon souffle tressauta quand sa langue plaqua ma culotte contre mon clitoris.

— Nate, gémis-je, passant ma main droite dans ses cheveux soyeux. S'il te plaît...

Il céda à ma supplique et entreprit de retirer mon slip. J'essayai de l'aider, mais mes jambes tremblaient trop. Après me l'avoir descendu jusqu'aux chevilles, Nate me saisit les mollets, puis fit remonter ses doigts.

— Tu as des jambes incroyables, m'annonça-t-il à mi-voix. Je me souviens d'un soir où tu portais un legging alors qu'on regardait un film. C'était la première fois que je te voyais porter quelque chose qui les mettait en valeur. (Il m'embrassa l'intérieur du genou et me dévisagea avec une intensité qui me fit palpiter.) Tu les avais étendues sur la table basse, et je ne pouvais pas m'empêcher de loucher dessus. Je n'arrivais pas à croire que tu puisses cacher des guiboles aussi belles et longues. J'ai rêvé de tes jambes cette nuit-là, Liv. J'ai rêvé que tu les enroulais autour de mon dos pendant que je te baisais à mort.

Cet aveu me chamboula complètement.

— Nate... Mon Dieu...

— C'est ça, mon ange, murmura-t-il en me passant la cuisse droite par-dessus son épaule. Je vais t'envoyer droit au paradis.

— Au paradis, en enfer, haletai-je en griffant le mur. Rien à foutre, tant que je prends du plaisir.

C'était étrange, mais pas désagréable, de le sentir ainsi rire contre mon sexe.

Je souris.

Puis je poussai un cri de délivrance quand sa langue s'insinua en moi à l'instant même ou son pouce venait me masser le clitoris.

Il me fit jouir avec expertise. Ce fut rapide et puissant. À peine consciente, je m'appuyai de tout mon poids contre le mur tandis qu'il se remettait debout.

— Merde, finis-je par murmurer tandis qu'il se déshabillait. Ta bouche devrait être interdite.

Il me répondit par un long baiser qui me fit tituber contre lui. Quand il s'écarta de moi, mon soutien-gorge l'accompagna et il le balança par-dessus son épaule.

— En temps normal, je te prendrais ici, contre ce mur, mais je crois qu'on va commencer par le lit.

— Le mur m'irait bien, dis-je en le tapotant paresseusement, pas encore tout à fait remise de mon orgasme.

Nate secoua la tête, les lèvres frémissantes.

— Ça risque de ne pas être très confortable pour toi, Liv. J'aime mieux y aller doucement.

Il me prit alors tendrement par la main, et je me surpris à sourire distraitement pendant que nous traversions, nus, mon appartement. Nate me jeta un coup d'œil par-dessus son épaule et remarqua mon expression.

— Quoi ?

— On est à poil.

Il aboya un rire et se retourna avant de m'attirer à lui si brusquement que nous nous rentrâmes dedans. Il me passa un bras autour de la taille et je lui agrippai fermement les épaules pour m'empêcher de tomber. Nate réduisit mes efforts à néant en nous faisant tournoyer avant de me pousser vers le lit, y basculant avec moi mais se retenant *in extremis* pour ne pas m'écraser.

— Merde, marmonna-t-il en se remettant à genoux.

— Quoi ? Où est-ce que tu vas ?

— Les préservatifs sont dans mon portefeuille. Je n'ai pas encore fait mon dépistage.

Il se leva avant que je puisse dire un mot et un courant d'air frais me caressa le corps tandis qu'il quittait la pièce.

Je restai allongée à contempler le plafond, me rappelant la sensation de sa bouche sous mon oreille quand il m'avait murmuré si tendrement : « Point névralgique. »

Nous avions décidé de ces leçons à cause de mon manque d'expérience mais, même pour moi, l'inexpérimentée, cela ressemblait plus à de la séduction qu'à de l'éducation. Je me mordis la lèvre et fixai la porte du regard en attendant son retour. Peut-être que je me trompais. Peut-être que ça n'allait pas plus loin que ça, que cela faisait partie d'une stratégie globale visant à me faire gagner en confiance et en expérience.

« J'ai rêvé de tes jambes cette nuit-là, Liv. J'ai rêvé que tu les enroulais autour de mon dos pendant que je te baisais à mort. »

À moins que ce ne soit qu'une excuse pour céder à l'attirance qui avait toujours existé entre nous ? Une attirance que nous avions jusqu'alors niée pour épargner notre amitié.

Nate revint dans la pièce, me dévorant des yeux en avançant vers moi d'un pas assuré.

Peut-être. Peut-être. Peut-être.

Tandis qu'il me grimpait dessus, il déchira l'emballage du préservatif avec ses dents et déroula la capote sur son impressionnante érection. Je me forçai à reléguer aux oubliettes tous mes peut-être. Dans l'immédiat, peu m'importait *pourquoi* nous faisions ça. Seul le fait de le faire comptait réellement.

Sa main remonta sur mon torse et j'arquai le dos à ce contact ; une vague de chaleur m'emporta tandis qu'il passait son pouce sur mon téton tout en glissant son autre main entre mes cuisses. Alors qu'il éveillait mon clitoris de ses caresses expertes, sa verge se tendit encore et je ne pus m'empêcher de l'observer.

— Maintenant, dis-je en ondulant des hanches. Nate, prends-moi maintenant. S'il te plaît.

Il grogna de contentement, puis m'écarta un peu plus les jambes avant de se mettre en position.

Il m'embrassa longuement et profondément.

Il se frotta contre mon sexe et je me crispai malgré moi. La dernière fois qu'un homme m'avait pénétrée, il m'avait fait mal.

— Chut, me souffla-t-il sur les lèvres. (Il glissa à nouveau la main entre nos corps et recommença à me masser le clitoris.) Mon ange, tout va bien. Regarde-moi dans les yeux.

Je me détendis en obtempérant. Puis il me pénétra, les bras tendus autour de ma tête pour ne pas m'écraser. Son regard s'assombrit quand il s'enfonça malgré mon étroitesse. Tous mes muscles se contractèrent autour de lui. Je réprimai un gémissement. C'était un peu désagréable. Pas douloureux comme la fois précédente, mais pas vraiment plaisant non plus.

Nate ferma les paupières un instant, le souffle court. Ses bras tremblaient légèrement.

— Nate ?

Je posai mes mains sur ses hanches.

— C'est juste... (Quand il rouvrit les yeux, mes muscles internes se contractèrent derechef en réaction à la passion que je lus dans ses prunelles.) C'est une sensation...

incroyable, murmura-t-il. Tu es tellement étroite... J'essaie d'y aller doucement, mais putain, c'est incroyable.

Ravie, je lui frottai le dos avec tendresse et me rendis compte que ma gêne commençait à se dissiper. Soudain, j'étais de nouveau impatiente d'en apprendre plus. Je levai automatiquement le bassin, cherchant à provoquer son mouvement, et Nate grogna en se retirant. Mais au lieu de sortir complètement comme je le redoutais, il s'enfonça brusquement. Je poussai un petit cri en éprouvant une agréable tension.

J'avais les yeux rivés sur son visage, hypnotisée que j'étais par son expression, par le mélange de désir et de tendresse dans son regard, par la crispation de ses mâchoires qui m'indiquait qu'il luttait pour ne pas perdre la maîtrise de lui-même.

Et il le faisait pour moi.

Lentement et tendrement, les mains posées sur mes cuisses, il allait et venait en moi, m'emmenant progressivement vers l'orgasme.

Il me dévorait du regard, m'observait haleter sous lui, voyait mes seins tressauter à chacun de ses coups de boutoir ; soudain, il accéléra imperceptiblement la cadence.

— Liv, jouis pour moi, mon ange, m'ordonna-t-il d'une voix gutturale. Il faut que tu jouisses pour moi.

— Ça vient, promis-je en soulevant les hanches pour le laisser me pilonner plus profondément.

Nate posa le pouce sur mon clitoris.

J'éclatai. Bruyamment. Mes yeux s'ouvrirent en grand tandis que mon bas-ventre frémissait de façon incontrôlable, remuant contre celui de Nate qui m'attrapa par les fesses pour me rapprocher de lui et me suivre dans la jouissance.

Quand mon orgasme prit fin, mes muscles se liquéfièrent. J'avais l'impression de me fondre à mon matelas, parvenant à peine à passer un bras autour de la nuque de Nate quand il s'effondra sur moi, enfouissant la tête dans mon cou.

Je savourai la sensation de sa poitrine se gonflant et se vidant contre la mienne, de son haleine chaude me caressant la peau. Nous étions tous deux moites de sueur, mais peu m'importait. J'étais au paradis.

— C'est donc à ça qu'est censé ressembler le sexe, commentai-je, admirative.

Je n'arrivais pas à croire qu'il ait pu prendre autant de plaisir avec quelqu'un d'aussi peu aguerri.

Il m'embrassa sous la mâchoire avant de se redresser. Nos regards se croisèrent, et je me figeai. Une lueur nouvelle brûlait dans le sien, un sentiment important, peut-être profond. Je ne lui avais jamais vu cet air, en dehors des fois où il parlait d'Alana. Il paraissait si grave… Il me considéra un long moment, puis… sa tête se souleva brusquement, comme si j'avais dit quelque chose.

— Nate ?

Il déglutit difficilement, puis me déposa un rapide baiser avant de sortir du lit.

J'étais incapable de parler. Je ne savais pas quoi dire.

Je restai donc allongée, en le regardant quitter la pièce. Je tendis l'oreille et entendis la chasse d'eau, puis la douche. Il y eut ensuite du mouvement au salon, suivi d'un bruit sourd, comme une semelle sur le parquet.

Je me levai, m'enroulant dans le drap.

Allant rejoindre mon ami, je le vis enfiler sa veste.

— Nate ?

— Je, euh… Je t'enverrai un SMS quand j'aurai un moment de libre.

Quelque chose d'étrange, de solide et de froid se logea dans mon ventre, mais je tâchai de n'en rien montrer en resserrant le drap autour de moi. J'allai chercher mes doubles de clés dans le vide-poches en verre où je les gardais, et je les lui tendis.

— Ça sera plus facile. Pour les prochaines leçons, explicitai-je.

Il les considéra longuement puis, alors que ma main commençait à trembler, il s'en saisit. Il me déposa un baiser léger sur la joue, comme s'il risquait de se brûler les lèvres en les y apposant trop longtemps.

— Bonne nuit, mon ange.

Le regardant sortir en hâte de chez moi, je ne parvins pas tout à fait à ravaler la boule d'appréhension qui m'obstruait la gorge.

Je me fis du souci toute la journée. Ce qui s'était passé dans ma chambre avait-il contraint Nate à repenser la pertinence de ses leçons ? Ou pis, à repenser notre amitié ? Sans nouvelles de sa part durant la matinée, j'avais commencé à me ronger les sangs. Sans message l'après-midi non plus, j'avais répondu sèchement à un étudiant grossier qui m'avait plus ou moins reproché son amende de cinquante livres. Et comme il ne m'avait toujours pas écrit le soir, tandis que je rentrais du boulot, je me mis à désespérer, convaincue d'avoir sérieusement altéré notre relation.

La joie que j'aurais dû éprouver après notre première véritable leçon et le soulagement de me rendre compte que je n'avais finalement aucune raison de me faire du mouron au sujet des rapports sexuels, tant c'était simple et naturel, furent submergés par le regret provoqué par l'absence prolongée de Nate.

Je ne répondis ni au SMS d'Ellie ni à l'appel de Jo tandis que je picorais dans mon assiette ce soir-là, vêtue d'un tee-shirt XXL que je portais pour dormir quand le temps se radoucissait. Je restai simplement assise devant la télé, sans comprendre un seul mot du film qui défilait.

Je fus donc plus que surprise d'entendre une clé tourner dans la serrure et de voir la porte s'ouvrir sur Nate, venu avec un DVD, un carnet et un stylo.

Je ne sus que penser.
Il m'adressa un sourire – un sourire véritable, cette fois –, comme si rien ne s'était passé la nuit précédente, et il avança d'un pas assuré, posant ses affaires sur la table basse.
J'avais les pieds sur le canapé, les bras resserrés autour de mes genoux pliés.
Nate jeta un coup d'œil à mes jambes nues en retirant sa veste. Nos regards se croisèrent. Et se soutinrent.
Il se racla la gorge.
— On commence par la leçon, puis j'aurai un film à chroniquer.
Une partie de moi avait une envie profonde de l'interroger sur son comportement étrange et changeant. Mais une partie plus grande encore était terrifiée à l'idée d'entendre ses réponses. Ou d'en affronter les conséquences.
— La leçon de ce soir ?
Il ôta ses chaussures.
— Ce soir, on va aborder la confiance. La prise de contrôle.
Et subitement, je compris que je lui en voulais d'être parti ainsi la veille. J'étais même furieuse.
Ce sentiment m'envahit, me transformant en une tout autre personne.
Posant mes pieds au sol, je le saisis par la ceinture pour le forcer à se rapprocher.
— Assieds-toi, exigeai-je d'une voix glaciale.
Mon ton fit naître une lueur de doute dans ses prunelles. Mais il s'exécuta, s'installant près de moi sur le canapé.
Je ne perdis pas un instant.
Me plaçant à califourchon sur lui, je l'attrapai par les cheveux et l'embrassai brusquement. Il referma les bras autour de mon dos et, sans effort, prit le contrôle de notre baiser.

D'accord, pas de baiser.

Rompant le contact, je le repoussai doucement d'une main sur le torse.

— Bon ? s'étonna-t-il. Et maintenant ?

J'entrepris de déboucler sa ceinture et de déboutonner son jean afin de pouvoir glisser la main à l'intérieur. Nate émit un sifflement quand je la refermai autour de lui.

— Ça te plaît ? ronronnai-je contre sa bouche.

J'avais l'impression de me regarder agir, et une partie de moi se demandait pour qui je me prenais.

— À ton avis ?

Nate plissa les paupières et fit remonter ses mains le long de mes cuisses, retroussant au passage le bas de mon tee-shirt.

Je le lâchai et lui attrapai les poignets pour les écarter de moi. Je secouai la tête et le rabrouai :

— On ne touche pas.

Un voile de mécontentement assombrit son visage. Cela ne lui plaisait pas.

Tant mieux.

Je tirai sur son jean et il souleva les fesses, m'aidant ainsi à libérer son érection. Je ne me donnai pas la peine de l'enlever complètement. Au lieu de quoi, je me débarrassai de ma culotte et lui laissai le temps de finir de se déshabiller avant de le chevaucher à nouveau.

— Retire ta chemise de nuit, insista Nate. (Comme je ne réagis pas, il me frotta la cuisse d'un air radouci.) Liv, j'ai envie de te voir.

J'inclinai la tête et l'étudiai avec soin.

— Vraiment ?

Il y avait plus dans ma question que je ne voulais bien l'admettre.

Et Nate le comprit parfaitement.

— C'est toi que je veux. Je veux que tu me chevauches, vite et fort. Et ensuite, je veux m'asseoir avec mon amie, manger un bout et regarder un film avec elle. Je n'irai nulle part. (Il raffermit son étreinte.) Maintenant, déshabille-toi.

Son assurance dissipa peu à peu ma colère, me faisant redevenir moi-même. Je rougis de m'être comportée de la sorte, d'avoir formulé pareilles exigences, de m'être sentie aussi confiante. Nate se détendit à son tour et eut un petit air suffisant en remarquant ma gêne.

Tentant paradoxalement de dissimuler le fait que j'avais repris mes esprits, j'ôtai mon tee-shirt et le balançai derrière moi. Je n'eus même pas l'occasion de dire ou faire quoi que ce soit que je sentis la main de Nate entre mes omoplates ; il attira mon buste vers sa bouche et entreprit de sucer mon téton.

Je m'arc-boutai, incapable de retenir un soupir de plaisir.

Il joua avec moi quelques instants, le temps de me détendre, mais je gardai en tête l'objectif de la leçon du soir. Il voulait que j'apprenne à prendre confiance, et même si je n'avais nullement l'intention de me laisser envahir de nouveau par la colère, j'étais déterminée à goûter une fois encore aux eaux troubles vers lesquelles elle m'avait menée.

Comme Nate l'avait fait remarquer, j'étais une élève perfectionniste.

Je le repoussai contre le dossier du canapé.

— Mets-la-moi.

Il eut un rictus narquois.

— Mets-la-toi toi-même.

Je m'exécutai donc.

Je gémis contre sa bouche quand il prit une brusque inspiration.

Puis je commençai à remuer.

J'essayai d'y aller lentement, de faire monter peu à peu la tension, mais j'étais trop impatiente pour me retenir.

Trop avide.

Trop inexpérimentée.

Pourtant, Nate me laissa diriger.

Et ce faisant, nous jouîmes tous deux puissamment, mais bien trop rapidement.

Je m'appuyai contre lui, l'étreignant par le cou tandis qu'il me serrait par la taille.

— Je suis encore en phase d'apprentissage, dis-je, le souffle court.

Percevant le doute dans ma voix, Nate m'écarta gentiment de lui et avoua avec sincérité :

— Aucune femme ne m'avait jamais baisé si fort. Crois-moi, mon ange, je ne m'en plains pas.

Ricanant malgré ma gêne, je demandai :

— C'est vrai ?

Nate sourit en me rabattant une mèche de cheveux derrière l'oreille.

— Promis.

Ce ne fut que lorsque je me relevai que l'atmosphère changea radicalement. Un unique juron échappa à Nate.

— Quoi ? m'inquiétai-je, les yeux écarquillés, en observant son giron pour m'assurer de ne pas l'avoir blessé.

— Pas de préservatif, cracha-t-il.

— Ce n'est pas grave. Je prends la pilule.

Il fronça les sourcils avant de remonter boxer et pantalon.

— Liv, je ne suis allé à la clinique qu'hier, je n'ai pas encore eu les résultats.

Je remontai alors ma culotte en hâte et me précipitai à la salle de bains pour me laver.

— Je sais que tu n'as rien, lançai-je par-dessus mon épaule, le cœur battant.

Je l'espérais en tout cas très sincèrement. *Merde.* Je fermai la porte et m'appuyai au lavabo, me contemplant dans le miroir. Mes joues étaient écarlates et mes yeux presque dorés. J'avais l'air bien baisée. Et je l'étais. J'avais d'ailleurs été si pressée d'assouvir ce qui semblait sur le point de devenir ma nouvelle dépendance que j'avais négligé de me protéger.

À compter de ce jour, si j'avais des enfants, je ne pourrais m'empêcher de me sentir hypocrite en les sermonnant à ce sujet.

Je me maudis de nombreuses fois, avant de prendre conscience que je n'étais pas la seule fautive. Nate avait oublié, lui aussi. Je lançai un regard furieux en direction de la porte, puis fis la grimace. Je pouvais mettre en avant le fait que c'était lui qui avait le plus d'expérience, mais ça ne justifiait pas tout quand on avait vingt-six ans et que l'on avait reçu un minimum d'éducation.

Entendant le bruit de la télévision, je sortis de la salle de bains et découvris que Nate avait mis le DVD en route et préparait des bagels à la cuisine. Mon estomac se mit soudain à gargouiller.

Nate leva les yeux vers moi.

— Je suis vraiment navré d'avoir oublié la capote.

— J'ai oublié aussi. Mais tu n'as rien, pas vrai ?

— C'est la première fois que ça m'arrive, je ne pense pas qu'on risque grand-chose. Mais il faudra vraiment faire plus attention à l'avenir.

Il lécha le fromage crémeux qui lui dégoulinait sur le pouce et se tourna vers le frigo pour se servir à boire.

Comme je ne voulais pas que notre soirée se termine une fois encore en eau de boudin, je préférai changer de sujet.

— Qu'est-ce qu'on regarde ?

Nate me tendit un bagel, et je le remerciai avant de le suivre jusqu'au canapé. À ma grande surprise, il s'installa plus près de moi que d'habitude et posa les pieds sur la table.

— Une comédie musicale.

Je m'étranglai sur ma bouchée et m'empressai de l'avaler pour m'enquérir d'un ton incrédule :

— Tu te fiches de moi ?

Il secoua la tête avec un sourire en coin.

— Une comédie musicale parodique.

— C'est censé être mieux ?

— Croisons les doigts.

Au final, le film se révéla d'abord très rigolo, mais perdit bien vite en intérêt. En proie à l'ennui, Nate prit une longue gorgée de Coca avant de me demander, sans décoller les yeux de l'écran :

— Tu préférerais vivre dans une comédie musicale ou dans un monde postapocalyptique ?

Je souris aussitôt, incroyablement soulagée de retrouver mon vieux copain et ses questions tordues.

— Quel genre de monde postapocalyptique ?

— Genre *Le Livre d'Eli*.

— Pas facile.

— Je sais.

— Et quel genre de comédie musicale ?

Il pivota vers moi et déclara, radieux :

— *Grease 2*.

Je recrachai ma gorgée et toussai pendant deux bonnes minutes avant de parvenir à dire :

— Tu as déjà vu *Grease 2* ?

Il haussa les épaules, légèrement rembruni, et se retourna vers la télé.

— Alana m'y a forcé.

Oh. Le fantôme était parmi nous.

Je lui décochai un léger coup de coude, laissai un ange passer puis tentai d'égayer son humeur.

— Je vais plutôt choisir le monde postapocalyptique. Surtout s'il est peuplé d'hommes comme Denzel.

Sa fossette se creusa sur sa joue.

— Moi aussi, alors.

— Parce qu'il y a Mila Kunis, c'est ça ?

— En partie, oui, mais surtout parce que je suis contre toute forme de violence.

Je plissai le nez, perplexe.

— Je ne comprends pas. Malheureusement, les mondes postapocalyptiques sont généralement ravagés par la violence.

— Je sais, mais j'ai plus de chances de faire partie des victimes. Alors que, dans *Grease 2*, il y a quatre-vingt-quinze pour cent de chances que je finisse par tirer sur le premier qui se met à chanter. (Il me gratifia de son air pince-sans-rire.) Ce n'est pas une existence de rêve pour un pacifiste.

J'opinai en gloussant.

— Va pour la dystopie, alors.

Il acquiesça puis me demanda, les sourcils légèrement froncés :

— Et toi, qu'est-ce qui te gênerait dans le fait de vivre dans une comédie musicale ?

Je secouai la tête en observant le couple à l'écran s'essayer à une reprise de chanson célèbre.

— Je ne suis pas foncièrement contre. C'est juste que je préférerais un monde postapocalyptique. Je crois que je serais une vraie dure.

Même si je ne le regardais pas, je sentis ses épaules secouées par le rire.

Je lui décochai un coup d'œil faussement outré.

— Arrête de te moquer. Je pourrais carrément être une vraie dure.

— En faisant quoi ?

— Je... je... euh... Eh bien, je suis intelligente. Et maligne. Je pourrais être ton acolyte excentrique et pleine d'esprit qui t'aide pendant que tu vas cumuler les *ippons*[1] face aux méchants.

Nate éclata de rire.

1. Terme japonais propre aux arts martiaux et notamment au judo. Il s'agit d'une action décisive qui permet au combattant de donner le coup fatal à son adversaire. (*N.d.T.*)

— D'accord, ça pourrait marcher. (Il me lorgna avec intérêt avant de se retourner vers le poste.) Mais tu risques de me distraire.

Essayant de ne pas montrer à quel point ce compliment me touchait, je répliquai :

— Ça pourrait être un avantage.

— Ouais, à condition qu'on te couvre les jambes.

Je le cognai du genou et il posa nonchalamment la main sur ma cuisse, la serrant contre lui.

— J'ai bien l'impression que tu ne pourrais plus te passer de mes gambettes.

Il me caressa la peau, presque distraitement.

— Elles sont superbes, mon ange. (Il ramassa le carnet posé à côté de lui.) C'est vraiment de pire en pire.

— Le film ?

— Ben oui, quoi d'autre ? marmonna-t-il en griffonnant quelque chose. Des commentaires à formuler, mon acolyte ?

Je considérai longuement l'écran.

— Il y a une blague récurrente sur la dysfonction érectile.

Il pouffa.

— Où est-ce que tu es allée chercher ça ?

— Eh bien, la trame et les chansons démarrent bien, de mieux en mieux, même, mais on finit toujours par se rendre compte qu'elles foirent en plein milieu. Et le scénario s'aggrave, on a les oreilles qui saignent, et toute l'excitation initiale…

Je levai la main et la laissai brusquement retomber en guise de conclusion.

— Dys-fonc-tion é-rec-tile, répéta lentement Nate en prenant des notes. (Il releva la tête vers moi, un sourire aux lèvres.) Autre chose ?

13

Nous passâmes le reste de la soirée à plaisanter comme au bon vieux temps, et je me sentais bien plus sereine quand Nate partit. Cette fois, au moins, je ne me torturais plus l'esprit. Nate avait l'air bien. Je savais que j'étais bien. Tout allait bien.

Mes problèmes de conscience étaient soigneusement cachés dans ma boîte à déni.

Le lendemain, au travail, mes collègues firent nombre de commentaires sur ma bonne humeur, pas parce que j'étais maussade en temps normal, mais parce que j'étais d'une exceptionnelle *booonne* humeur.

— Si je ne la connaissais pas autant, je dirais qu'elle a baisé, ricana Ronan, qui se tenait à côté de moi au bureau d'accueil.

Par chance, il attribua mes grands yeux ronds au fait qu'il avait sorti sa vanne devant un étudiant, désormais plié en deux.

— Très marrant, sifflai-je à Ronan, quand l'étudiant fut parti.

— Oui, j'ai trouvé aussi, gloussa Angus en arrivant derrière nous.

— Tu es vraiment un… méchant chef, dis-je en le pointant du doigt.

Il rit de plus belle.

— Oh, allez, Liv. Tu te promènes comme si tout le monde chiait des roses et pissait du champagne. Qu'est-ce qui se passe ?

Je cillai rapidement face à ce commentaire, arborant une expression censée signifier clairement : « Mais qu'est-ce que tu racontes ? »

— Chiait quoi et pissait quoi ? (Je me tournai vers ma collègue Jill.) Tu l'as entendu ?

Elle haussa les épaules en souriant.

— Il n'a pas tort. Depuis ce matin, tu dis à tous les étudiants de passer une « super méga journée ».

— Et alors ? Je suis polie, c'est tout.

— Le truc, c'est que... (Ronan m'examina avec prudence.) Hier, tu broyais du noir, et aujourd'hui tu sembles complètement défoncée.

Pour les faire taire, je me détournai et posai mon menton dans ma paume.

— J'ai eu un petit accrochage avec un ami lundi soir, mentis-je. (Je m'efforçai néanmoins de rester aussi près de la vérité que possible.) Mais on a fini par régler notre différend. Du coup, je suis de meilleure humeur.

— C'est vraiment chiant, comme explication, me taquina Angus. Tu es bibliothécaire, Liv. Tu es entourée de livres recelant des histoires palpitantes. Et pourtant, tu te contentes de la vérité ? (Il eut un petit claquement de langue réprobateur.) Ne t'ai-je donc rien appris ?

J'eus un sourire angélique.

— Pour l'instant, j'apprends à devenir une grande comédienne.

— C'est déjà ça. Sur ce, je vais dans mon bureau, où d'ici quelques minutes un bel inconnu ressemblant furieusement à Ryan Gosling va m'enchaîner à mon bureau et me faire des choses indicibles pendant les deux prochaines heures. (Angus haussa un sourcil à mon intention.) Ça sonne quand même mieux que : « Je vais préparer le tableau de service de ce mois-ci », non ?

J'éclatai de rire.

— Un point pour toi. (Je poussai un petit soupir contrit.) Bon, si vous voulez tout savoir, lundi soir j'ai eu une partie de jambes en l'air d'enfer avec un garçon canon, mais c'est devenu bizarre et ça s'est mal terminé, j'étais donc de très mauvaise humeur quand il m'a surprise en se pointant chez moi hier, et on a baisé comme des sauvages avant de finir la soirée dans les bras l'un de l'autre à regarder un film. D'où ma bonne humeur d'aujourd'hui.

Tous trois me considérèrent, incrédules, jusqu'à ce qu'Angus fasse la grimace.

— Mon histoire de Ryan Gosling est mille fois meilleure.

Je me fendis d'un large sourire et accueillis l'étudiant qui s'approchait de mon bureau. Nate et mon petit secret étaient bien évidemment... jalousement gardés.

Plus tard dans la journée, j'étais toujours d'excellente humeur et plus qu'heureuse de voir mon père se tenir devant chez moi avec un sac de courses à la main. Dès que j'arrivai à lui, il se plia en deux pour déposer un baiser sur ma joue.

— Salut, ma puce. J'espère que ça ne te dérange pas (il me montra son sac), j'ai apporté de quoi manger. Je me disais que je pourrais te préparer à dîner.

J'ouvris la porte de l'immeuble et entrai devant lui.

— Bien sûr que ça ne me dérange pas. Je suis super contente de te voir.

Une fois à l'intérieur, papa se mit aussitôt aux fourneaux et, bientôt, mon deux-pièces sentait comme à la maison. Fidèles à nos bonnes habitudes, nous hachâmes les légumes côte à côte, et je remuai la sauce pendant qu'il faisait cuire les pâtes. Je n'aurais jamais pensé que faire bouillir de l'eau était tout un art, mais en fait, si. Apparemment. Demandez donc à mon père.

Nous discutâmes sur un ton léger tout en préparant le repas. Il me parla du nouveau contrat qu'il venait de signer avec l'entreprise de Braden, et je lui narrai l'épisode de la chaussette que j'avais retrouvée dans la pile des livres rendus à la bibliothèque la semaine précédente, avant d'en trouver la jumelle dans la réserve ce lundi-là. Des chaussettes sales. Je n'avais rien contre le bizarre. Mais il y avait bizarre et *bizarre*. Angus avait une théorie selon laquelle un fan d'Harry Potter se trouvait parmi nous ; il soupçonnait que cette personne confonde assistants-bibliothécaires avec elfes domestiques et nous offre ainsi ses vieux vêtements par pur humanisme.

Je trouvais cette hypothèse séduisante.

Ça valait toujours mieux que la mienne, selon laquelle un bizut immature larguait ses chaussettes sales partout et se tordait de rire en me filmant les ramasser avant de poster les vidéos sur YouTube.

Nous mangeâmes sur les tabourets autour du plan de travail, et je prenais vraiment beaucoup de plaisir à discuter avec lui quand la conversation prit un tour plus sérieux.

— Tu n'as pas beaucoup donné de nouvelles, ces derniers temps.

Il me dévisagea, l'air scrutateur.

Je haussai les épaules, m'en voulant de lui cacher tant de choses.

— J'étais occupée.

— Tu sais que Joss et Braden sont rentrés de leur lune de miel ?

Un autre accès de culpabilité. Génial.

— Ah, non, je ne savais pas.

J'enroulai quelques spaghettis autour de ma fourchette. Si je l'ignorais, c'était uniquement parce que j'étais trop prise par mes petites activités sexuelles avec Nate Sawyer pour m'intéresser au reste du monde. Il fallait que ça cesse.

— Je vais appeler Joss.

— Ce… silence radio… Est-ce à cause de Dee ? (Papa sondait mon âme en quête d'une réponse.) Car je crois qu'on devrait en parler. De Dee et moi.

Son air malheureux et ses paroles me coupèrent le souffle, et mon cœur s'accéléra. De la sueur me couvrit les paumes. Je soufflai d'un ton tremblant :

— Tu comptes… la demander en mariage ?

Papa fronça les sourcils et secoua légèrement la tête.

— Non, ma puce. Non. Et à te voir blêmir de la sorte, j'en déduis que ce ne serait pas une bonne idée.

— Ce n'est pas ça, m'empressai-je de le rassurer. Papa, j'aime bien Dee. Je ne la connais pas aussi bien que toi, mais je l'apprécie quand même.

Il me détailla, guère convaincu.

— Alors pourquoi dirait-on que l'idée que je puisse l'épouser te donne la nausée ?

Je jouai avec mes pâtes du bout de ma fourchette avant de hausser les épaules.

— C'est idiot. Immature. C'est juste que… je pense à maman.

Papa lâcha subitement ses couverts et prit ma main dans la sienne. Ses yeux brillaient d'émotion quand il déclara d'une voix grave et étranglée :

— Quelque part, je resterai toujours avec elle. Je l'ai aimée dès que je l'ai rencontrée. Et ce que je pourrai vivre avec Dee n'y changera rien.

— Est-ce vraiment juste pour elle ? demandai-je, m'efforçant désespérément de ne pas pleurer.

Il me pressa la main.

— Je suis un autre homme, Olivia. Nous évoluons petit à petit, à chaque instant qui passe. Celui que j'étais avant le décès d'Yvonne était le bon. Et j'espère que l'homme que je suis devenu est celui qu'il faut à Dee. Mais la personne la plus importante dans ma vie est et restera toi. J'ai besoin de savoir que tu es d'accord pour que ma relation avec Dee progresse. Et j'aimerais sincèrement que tu apprennes à mieux la connaître.

Je lui adressai un sourire taquin à travers mes larmes.

— Papa, je suis une grande fille. Tu n'as plus à t'inquiéter de ce que je pense.

— Tu sais… (Il secoua la tête avec un sourire.) Aux yeux du monde, tu es une adulte, mais aux miens, tu seras toujours ma petite fille. Tu le comprendras mieux quand tu auras des enfants.

— Alors, si ça peut te rassurer, sache que je suis ravie pour toi. Dee te fait rire. Elle te rend heureux. C'est tout ce qui m'importe.

— Tu veux bien la voir ? Passer du temps seule avec elle ? Je sais que ça lui plairait beaucoup.

Honnêtement, j'aurais dû y penser sans qu'il me le demande, et je pris conscience que j'étais trop longtemps restée enfermée dans mes petits problèmes de confiance en moi. Je n'avais été ni une bonne amie ni une bonne fille.

— Mais bien sûr, papa.

Satisfait, il changea de nouveau de sujet, m'apprenant que Jo et lui pensaient offrir un chien à Cole s'il réussissait ses examens de fin d'année. Cole avait récemment fait savoir qu'il avait toujours voulu avoir un chiot, et Jo s'était reprochée de ne pas l'avoir su plus tôt ; et à présent, Cam et elle essayaient d'obtenir l'autorisation du propriétaire de leur appartement.

Bizarrement, l'attitude de Jo envers Cole me faisait penser au comportement de papa avec moi. Adressant à mon père un sourire plein d'amour, je me sentis soudain submergée de bonheur à l'idée que Cole ait la chance d'avoir Johanna Walker comme mère de substitution.

Ce fut à cet instant de parfait contentement que Nate entra chez moi, à l'aide de son double des clés.

Son sourire charmeur mourut quand mon père pivota lentement vers lui et haussa un sourcil. Ils se dévisagèrent un instant, puis papa me fit face. Il semblait mécontent.

— Il a la clé ?

Quand je refermai la porte derrière mon père, je pus enfin reprendre mon souffle. Je me tournai alors vers Nate, les yeux exorbités, tant d'horreur que d'amusement. Il était assis sur mon canapé à siroter une bière fraîche, hilare.

— Ça n'était pas drôle.

Bon, d'accord, ça l'était un peu. Mais pas trop. Nous venions de passer la demi-heure la plus gênante qui soit en compagnie de mon père, qui nous avait sondés sans grande subtilité sur l'étendue de notre amitié. Le plus amusant était de le regarder essayer de mettre Nate mal à l'aise. Cela avait en revanche été moins drôle quand j'avais dû mentir à papa sur la véritable nature de notre relation.

Nate posa sa bouteille sur la table basse et se leva pour se déchausser.

— Ton père est terrifiant, commenta-t-il avec une moue amusée. (Je l'interrogeai du regard tandis qu'il entreprenait de se déshabiller.) Tu es sûre que ce n'est pas à cause de lui si tu n'es sortie avec personne depuis sept ans ?

J'éclatai de rire quand il vint se poster devant moi, seulement vêtu d'un boxer qui dissimulait mal son érection.

— Pourquoi ? Tu n'as pas l'air terrorisé.

— Je suis plus dur que la plupart des hommes, dit-il en m'entraînant vers la salle de bains.

— La leçon du soir ? m'enquis-je.

Nate ferma la porte et attrapa le bas de mon tee-shirt pour me le retirer.

— La spontanéité. Rien n'est plus excitant qu'une femme ayant envie de te baiser en permanence, où que tu sois et quoi que tu fasses.

Je dégrafai mon soutien-gorge tandis que Nate s'occupait de mon jean.

— Je commence à croire que ces cours ont pour vocation première de m'apprendre à satisfaire Nate Sawyer.

— Tu ne te rends pas compte que tous les mecs pensent comme moi ? me taquina-t-il en baissant simultanément mon pantalon et ma culotte.

— Je ne sais pas.

Mon cœur battait désormais à tout rompre. Il fit couler l'eau de la douche.

— Eh bien, disons la plupart des mecs. Et donc... ce soir ? Coït sous la douche. Je n'ai pas eu l'occasion d'en prendre une après le judo, je me disais qu'on pourrait la partager.

Il sourit en faisant glisser son boxer.

Je m'humectai les lèvres et le suivis volontiers dans le bac.

— Tu sais, j'ai l'impression que la plupart des femmes aiment aussi les garçons qui veulent coucher avec elles dans n'importe quelles circonstances.

Le sourire de Nate s'étira tandis qu'il me plaquait contre le carrelage qui recouvrait les murs.

— Je suis content d'apprendre que la douche te met dans cet état, mon ange. Parce que dans la liste des lieux les plus excitants, elle ne figure pas en très bonne position. J'ai hâte de voir ta réaction quand je te prendrai dans la bibliothèque de la fac.

J'écarquillai les yeux.

— Tu ne peux pas faire ça, soufflai-je, me sentant soudain chaude et humide. Je n'arrête pas de mettre dehors des gamins qui le font.

— Mais l'idée te plaît... (Il écrasa ses lèvres contre les miennes et me souleva la jambe.) Reconnais-le.

Sans me laisser le temps de répliquer, il me pénétra brusquement, et je me serais cogné la tête contre le mur s'il n'avait pas posé sa main derrière ma nuque en anticipant le fait que je me cabrerais de plaisir.

— Et voilà, me susurra-t-il à l'oreille. Tu es tellement trempée que j'ai ma réponse.

— Tu es sûre que ça ne t'embête pas que je dorme ici ? me demanda Nate en parcourant du doigt ma colonne vertébrale dénudée, tandis que j'étais allongée à côté de lui sur le lit.

Après notre douche délicieuse, je m'étais séché les cheveux tandis qu'il se réchauffait des pâtes. Quand j'étais sortie de la salle de bains, il avait fini de manger et était prêt à poursuivre la leçon. Je l'avais compris car dès que j'avais émergé de la chambre, il m'avait immédiatement forcée à y retourner. Trois orgasmes plus tard, j'étais parfaitement comblée, il était tard, et je ne voyais pas l'intérêt de lui demander de partir alors que je possédais un lit assez grand pour nous accueillir tous deux confortablement.

Allongée sur le ventre, le menton posé sur mes bras croisés, je contemplais ma tête de lit, si détendue que j'aurais pu ronronner de plaisir. Je me tournai vers lui, mes cheveux bruissant sur l'oreiller.

— Ce soir, tu peux me demander tout ce que tu veux.

Je vis apparaître ses fossettes et décidai qu'un jour j'allais vraiment devoir embrasser ces charmantes petites cavités.

— Tu tiens vraiment à me faire prendre encore plus la grosse tête ?

— Non, tu as raison.

Nous nous sourîmes. Mes paupières se fermèrent.

Je commençais déjà à somnoler quand je sentis le contact de ses lèvres sur mon épaule.

— Liv ?

Son ton solennel me réveilla subitement. Ouvrant les yeux, je scrutai son visage et découvris son air grave. Mon ventre se noua d'inquiétude et le sang me battit aux tempes.

— Ouais ?

Nate roula sur le dos et croisa les mains derrière la nuque, observant le plafond.

— Tu fais vraiment partie de mes meilleurs amis, tu sais ?

Mon pouls ralentit légèrement et une onde de chaleur m'emplit le thorax. Émue, je tendis la main pour lui caresser le ventre.

— Toi aussi, mon trésor.

— Alors promets-moi un truc.

Je me figeai.

— D'accord.

— Promets-moi que quoi qu'il arrive, ce... ce que nous faisons... ne viendra pas tout gâcher.

Je ne compris pas la douleur suraiguë qui vint dissiper la douceur qui m'emplissait, mais je sus immédiatement pourquoi il me demandait ça. Posant ma main à plat sur sa peau, je la fis remonter jusqu'au « A » tatoué sur son torse.

— C'est promis.

Son corps tout entier se détendit alors ; quand il se retourna vers moi, il semblait plein de tendresse et de gratitude. Nous nous sourîmes une fois encore, et je m'efforçai de réprimer ma douleur.

Après quelques secondes, il recommença à étudier mon plafond.

J'étais pour ma part incapable de me détourner, cherchant à mémoriser ses mâchoires bien dessinées, son profil parfait, son nez bien droit, ses longs cils noirs, ses lèvres magnifiques. Je n'étais plus surprise d'éprouver des fourmillements à la simple apparition de ce visage magnifique. Toutefois, je laissai ces sentiments de côté, sachant qu'il était subitement ailleurs, dans un endroit légèrement plus sombre qu'à l'habitude.

Je traçai de petits ronds autour de son « A ».

— Nate ?

— Mmm ?

— Tu sais que tu peux me parler, quand tu as du chagrin ?

Il secoua légèrement la tête.

— Tout va bien, Liv.

— C'est vrai ? Parce que après que Cole a parlé de ton tatouage, tu n'as pas semblé dans ton assiette pendant quelques jours.

Nate me regarda en coin, avant de pousser un long soupir tremblant.

— Je ne suis pas sûr d'être capable de le dire à voix haute.

— Eh, comme si j'allais porter un jugement, le taquinai-je, tentant de le mettre à l'aise en lui rappelant qu'il ne risquait rien avec moi.

Je voulus dessiner la forme de ses lèvres boudeuses du bout des doigts, mais je me retins.

Puis j'attendis.

Jusqu'à ce qu'il déclare :

— Je me suis fait faire ce tatouage pour m'obliger à penser à Alana au moins une fois par jour.

— Ouais, c'est ce que tu m'as dit, répondis-je doucement.

— Parfois, je le regrette. (Il me considéra d'un air légèrement honteux ; j'étais malheureuse qu'il puisse s'en vouloir ainsi.) Parfois, je me dis que ce serait plus facile si je pouvais l'oublier un moment.

— C'est tout à fait compréhensible, mon beau.

Il secoua la tête.

— Je lui ai promis.

— Promis quoi ?

Il avoua d'une voix rauque :

— Que je ne la laisserais jamais partir. (Il se racla la gorge, essayant vainement de dissimuler son émotion. Mon ami portait encore le deuil, j'en eus confirmation quand il ajouta :) Quand on était petits, je la protégeais toujours de tout. De son horrible beau-père, des gamins qui la charriaient parce qu'elle était pauvre, des cauchemars qu'elle faisait, même des histoires tristes qu'elle entendait. Mais je n'ai pas su la protéger de son cancer. Et comme je l'ai trahie, le moins que je puisse faire est de ne jamais la quitter.

Un nouvel accès de peine m'envahit, et je me penchai vers lui pour l'embrasser sur la poitrine.

— Nate, poursuivre ta vie ne signifie pas l'oublier ou la quitter.

Il plissa les yeux, visiblement peu convaincu par mon assertion.

— Comment peux-tu dire ça ? Tu es mieux placée que quiconque pour savoir que ça ne fonctionne pas ainsi. Je devrais avoir envie de voir ce tatouage dans la glace tous les jours, Olivia. Je ne devrais pas regretter de l'avoir.

Les mains invisibles qui me serraient les côtes raffermirent leur étreinte tandis qu'une petite voix intérieure me dictait de répondre, d'avouer mon sombre secret, la véritable raison à tout cela. Je devais le faire. Pour le bien de mon ami, il me fallait parler. Je posai la joue sur son ventre et m'efforçai de recouvrer la maîtrise de ma respiration. Des larmes me brûlaient les yeux alors que je me forçais à être courageuse pour lui.

— Tu veux savoir pourquoi je t'ai demandé ton aide ?

J'étouffai un sanglot sur ces dernières paroles ; mes larmes ruisselaient. Nate se contracta en les sentant rouler sur sa peau.

Il remua légèrement, mais seulement pour passer un bras autour de moi.

— Liv ?

Je levai les yeux vers lui et me confessai à mi-voix :

— J'avais peur d'en vouloir à ma mère ; en mon for intérieur, je craignais de lui reprocher de m'avoir privée de ce que tous les autres avaient : des premiers émois, le temps d'en profiter... Je me disais... (J'essuyai mes larmes.) Je me disais que si je trouvais le moyen de rattraper le temps perdu, une partie de cette amertume disparaîtrait. Parce que le fait de lui en vouloir faisait de moi la pire des garces, et je n'étais pas sûre de supporter longtemps cette facette sombre de ma personnalité qui parvenait à faire des reproches à une femme restée gentille et généreuse jusqu'à son dernier souffle. (Séchant à nouveau mes larmes, je me positionnai au-dessus de lui et lui passai les mains dans les cheveux.) Tu n'es pas tout seul, Nate.

J'apposai sur ses lèvres un baiser mouillé de larmes.

Et, subitement, je me retrouvai sur le dos, les mains clouées au-dessus de ma tête ; à califourchon sur moi, il me considérait férocement.

— Nate ? haletai-je de surprise.

Il m'embrassa profondément en réponse, brusquement, presque avec l'énergie du désespoir, et il m'écarta les cuisses. Il me lâcha un poignet pour attraper un préservatif sur la table de chevet et, dès qu'il fut prêt, il me cloua de nouveau au matelas.

Incapable de bouger, je me surpris à être particulièrement excitée à l'idée de me trouver complètement à sa merci.

Il pouvait disposer de moi comme bon lui semblait.

Il s'enfonça en moi avec un grognement, et je ne pus que subir. Je me mis à crier de plus en plus fort tandis qu'il me pilonnait, jusqu'à ce qu'un orgasme déchirant me pousse à hurler son nom en pleine jouissance.

Nate éjacula alors, à court de souffle, épuisé. Il se retira mais, au lieu d'aller à la salle de bains, il retira la capote et la jeta dans la poubelle près du lit avant de me prendre dans ses bras et de poser la tête dans le creux de mon cou, entremêlant ses jambes aux miennes.

Nous restâmes dans cette position pendant un long moment, sans dire un mot, jusqu'à ce que le sommeil commence à me bercer. Se sentant lui aussi sur le point de sombrer, Nate me fit pivoter de côté, mon dos contre son torse, le bras autour de ma taille, les jambes unies ; et, ensemble, nous profitâmes d'un bref instant de paix absolue.

14

Il y avait beaucoup d'enseignements à tirer de ce qui se passait entre Nate et moi, mais j'étais malheureusement déterminée à ne retenir que les moins importants. En me réveillant à son côté le lendemain matin, ses bras autour de moi, me sentant à la fois incroyablement vivante et parfaitement en sécurité, je ne m'autorisai pas à prendre le temps de décrypter les signaux.

Au lieu de quoi, à notre réveil, Nate s'empressa de se préparer en se rappelant qu'il avait une séance de photos à réaliser tôt ce matin-là dans un lycée du coin. Je découvris alors que ce personnage si charmant et détendu détestait être en retard. Il me répondit par monosyllabes tout en rassemblant ses affaires. C'était d'ailleurs plutôt mignon.

Avant de partir, il m'annonça qu'il travaillait ce soir-là et qu'il me téléphonerait pour planifier notre prochain cours ; toutefois, il ne se comportait pas aussi bizarrement que le mardi, j'en déduisis donc qu'il avait réellement quelque chose de prévu et qu'il m'appellerait effectivement.

Je reçus par la suite deux SMS de sa part, de simples plaisanteries au sujet du boulot, rien à voir avec nos leçons. Ce qui me convenait parfaitement. Rien ne pressait, et je n'avais pas particulièrement besoin de le revoir tout de suite, ni rien de ce genre.

Pas du tout.
Oh, oh.
Malgré tout, j'attendais avec impatience le dîner du vendredi avec mon père et les autres. Jo avait décidé d'aller au *D'Alessandro's*, car nous étions deux de plus que d'habitude : Dee et Hannah. Celle-ci avait un peu de mal à convaincre Marco de lui parler, nous avions donc décidé que le seul moyen d'y voir un peu plus clair était de provoquer une situation au cours de laquelle elle pourrait le croiser sans passer pour une vraie harceleuse.
Nous ignorions s'il travaillait ou non ce soir-là, mais cela valait la peine d'essayer.
Je m'installai donc à table avec papa, Dee, Jo, Cam, Cole et Hannah, faisant de mon mieux pour me montrer présente ; néanmoins, de temps à autre, un souvenir de la semaine écoulée me traversait l'esprit et je me perdais dans un petit fantasme jusqu'à ce que l'un de mes compagnons m'en arrache.
Jo me parlait des photos de lune de miel de Joss et Braden quand je sentis Hannah se crisper près de moi. Jo et moi nous tournâmes vers elle, puis suivîmes son regard ahuri. Elle observait fixement le jeune homme qui desservait une table dans le coin.
Cette petite avait bon goût.
Bien sûr, il était un peu jeune pour moi, mais je comprenais qu'il lui plaise.
— C'est lui ? demandai-je dans un souffle.
Elle opina rapidement, s'humectant nerveusement les lèvres. Cela me surprit, car je l'avais toujours vue communicative et confiante. Apparemment, elle avait été une petite fille timide, mais je n'avais jamais réussi à me la figurer ainsi. Non qu'elle fût particulièrement expansive ou tapageuse ; au contraire, elle était plutôt calme et réservée. Pour autant, elle n'hésitait pas à dire ce qu'elle pensait, et ses réflexions valaient souvent leur pesant d'or.
— Va lui parler.

Hannah serra les dents avec détermination et se leva aussitôt. Elle portait un jean skinny et un tee-shirt moulant épousant parfaitement ses courbes. Sa tenue était informelle, mais époustouflante. Ce gamin n'avait pas l'ombre d'une chance.

Ressentant un picotement dans la vessie, je compris que j'allais manquer le spectacle.

— Je reviens tout de suite, murmurai-je en me précipitant aux toilettes, m'efforçant de ne pas observer de façon trop indiscrète le garçon écarquiller les yeux de surprise en voyant Hannah s'approcher de lui.

Je me précipitai dans une cabine et, en en ressortant, je me retrouvai cachée par une fausse plante, juste derrière Hannah et Marco. Je louchai vers ma table, sachant que je devais y retourner et leur laisser un peu d'intimité. D'un autre côté, cette fille comptait énormément pour moi, et si ce petit imbécile était méchant avec elle, je tenais à l'entendre pour pouvoir lui botter le cul.

— Je t'ai dit que j'étais occupé, lui dit-il avec un haussement d'épaules.

Son accent américain me surprit tout d'abord, puis je me rappelai que Hannah nous avait dit qu'il venait de Chicago.

Elle le dévisagea d'un air suspicieux, son adorable petit menton levé avec obstination.

— Tu ne m'évites pas, donc ?

Il se gratta la joue, se fendant d'un léger sourire.

— Non. Pourquoi je le ferais ? (Il jeta un coup d'œil pardessus son épaule, puis ajouta d'un ton possessif :) De toute façon, on dirait que tu étais bien occupée. Tu as déjà un autre mec ?

Elle le dévisagea un instant, et je fus impressionnée par son sang-froid. Elle était bien plus calme que je ne l'aurais été. Surtout si je m'étais retrouvée confrontée à un garçon aussi attirant que Marco à son âge. Il dépassait allègrement le mètre quatre-vingts et était large d'épaules. Ses origines afro-américaines et italiennes se voyaient à sa peau caramel, à ses pommettes hautes, à la forme de ses mâchoires et à sa bouche sensuelle. Ses yeux bleu-vert contrastaient de façon impressionnante avec sa carnation brune et ses cils noirs. Tout ceci n'était que renforcé par sa présence discrète mais intense. J'avais la nette impression que Hannah s'était éprise d'un garçon ténébreux.

— C'est Cole, finit-elle par répliquer en lui adressant un sourire narquois indiquant qu'elle avait bien compris qu'il était jaloux. Un ami de la famille. Pourquoi ? Ça t'ennuierait qu'il sorte avec moi ?

Marco fronça les sourcils.

— Non, Hannah, tu peux faire ce que tu veux.

Elle était douée pour cacher sa déception, il fallait le reconnaître.

— Eh bien, tout ce que je veux, c'est traîner avec mon pote Marco, mais j'ai eu du mal à le trouver ces derniers temps.

Ce fut à son tour de la considérer fixement, et je le vis fondre sous la chaleur de ses grands yeux de velours. Il secoua la tête, comme s'il n'arrivait pas à croire qu'il venait de perdre cette bataille.

— Je suis de repos mardi soir. On pourrait faire un truc.

— D'accord. Tu...

— Vous savez, ce n'est pas bien d'écouter aux portes, me lança doucement une voix familière.

La surprise – bonne ou mauvaise ? – me fit me retourner ; je devais avoir l'air un peu abruti.

— Benjamin, soufflai-je, sentant mon cœur bondir dans ma gorge avant de redescendre lentement à sa place habituelle.

Ses yeux magnifiques s'illuminèrent, comme s'il était ravi que je connaisse son prénom.

— Rebonjour, dit-il avec un sourire, en fourrant les mains dans ses poches.

— Euh, bonjour.

Je jetai un coup d'œil vers Hannah et constatai qu'elle repartait vers notre table, les sourcils froncés. Apparemment, un grand et bel Italien réprimandait doucement Marco.

— Euh... (Je me retournai vers Benjamin.) Je la connais, expliquai-je en désignant Hannah. Je voulais juste m'assurer qu'elle allait bien. (Je haussai honteusement les épaules.) Bon, d'accord, peut-être que je l'espionnais un peu.

À mon grand soulagement, il éclata de rire, et je me rendis soudain compte que j'avais réussi à lui parler sans bredouiller. Cela me fit sourire, ce qui attira le regard de Benjamin.

Je déglutis bruyamment en constatant l'intérêt que suscitait ma bouche pour lui, puis repris avec ironie :

— J'en déduis que tu aimes bien le *D'Alessandro's* ?

— C'est mon resto italien préféré.

— Le mien aussi, admis-je en fouillant du regard l'autre salle. Tu es avec ta famille ?

Soudain, il parut mal à l'aise.

— Euh, non. Un premier rendez-vous. Je vous ai vue, et je me suis dit que j'allais venir vous dire bonjour.

Je dois bien reconnaître que je fus légèrement déçue d'entendre les mots « premier rendez-vous », mais savoir qu'il avait laissé sa cavalière pour venir me parler dissipa en bonne partie ma déconvenue.

— J'espère que ça se passe bien, dis-je.

Il se pencha vers moi et me chuchota, faussement horrifié :

— Elle a commandé une salade !

J'ouvris grand la bouche, *réellement* horrifiée.

— Au *D'Alessandro's* ?

— Une salade et de l'eau. Ça m'a fait mal au cœur.

Je ne pus réprimer un gloussement.

— Je veux bien le croire.

Benjamin riait à son tour, examinant mon visage d'une façon agréable qui laissait également supposer que je le surprenais. Cela n'avait rien d'étonnant : c'était la première fois que nous avions une véritable conversation.

— Eh bien, dit-il à contrecœur, je ferais mieux d'y retourner. Je lui ai dit que j'allais aux toilettes.

— D'accord. (Je souris.) On se revoit à la bibliothèque un de ces jours ?

— Évidemment, murmura-t-il d'un ton sexy.

Mon sourire s'élargit tandis qu'il s'éloignait.

Dès qu'il disparut, je fis volte-face et retournai à ma table, des papillons plein le ventre. Cela s'était bien passé. Très bien, même. Les enseignements de Nate portaient leurs fruits !

Nate.

Je fronçai subitement les sourcils. Mes papillons s'étaient envolés. Je me laissai tomber lourdement sur ma chaise.

— C'était qui ? me demanda Jo.

Tous me contemplaient, impatients d'en savoir plus.

Même papa.

— Un mec de la bibliothèque.

Papa bascula la tête de côté, une lueur de curiosité dans les prunelles.

— Un collègue ?

— Non, un troisième cycle. Il est sympa.

— Un troisième cycle, répéta papa, songeur. Un gars brillant, donc. (Il m'adressa un large sourire.) Tu lui plais, ma puce, ça se voit tout de suite. Il t'intéresse ?

Une sensation désagréable me noua l'estomac tandis que je réfléchissais aux remarques de mon père. Benjamin avait en effet paru séduit. Il avait fait patienter son rencard pour venir me parler. Est-ce que cela signifiait que… Et si je le revoyais… que se passerait-il ?

Et… Bon sang de bon…

… de quoi avais-je envie, réellement ?

Nate.

Je haussai de nouveau les épaules, peinant à respirer tant ma poitrine semblait comprimée.

— Je ne le connais pas très bien.

Je gravis d'un pas pesant l'escalier de béton menant à mon appartement. Par chance, j'avais survécu au dîner en harcelant Hannah de questions et en m'esclaffant chaque fois qu'elle réagissait aux taquineries de Cole.

En revanche, dès que je me retrouvai toute seule, le mal de crâne qui m'avait menacée une bonne partie de la soirée s'éveilla brusquement. Je me massai les sinus, regrettant d'avoir l'esprit si embrouillé.

Certaines limites avaient été franchies, et ce qui me paraissait clair hier ne l'était plus du tout. Je ne savais plus à quoi me fier.

Saloperies de cours particuliers !

Je franchis le seuil avec un long soupir et m'arrêtai net en découvrant Nate dans mon canapé, les jambes et les bras croisés.

Dieu qu'il était beau…

Il n'avait pas ouvert la bouche que, déjà, mon cœur tambourinait.

Je refermai la porte derrière moi, m'y adossai et tournai le verrou. Nos regards se croisèrent et se rivèrent l'un à l'autre.

— Encore un cours ?

Mon timbre de voix trahissait mon envie.

Nate se releva.

— Leçon du soir : faire preuve d'initiative.

Sans un mot, j'ôtai ma veste et entrepris de me déshabiller.

Les yeux de Nate s'embrasèrent et il approcha de moi de son pas félin.

— Bonne initiative.

15

Les Lumineers chantaient pour moi. Généralement, c'était bon signe, mais la nuit précédente avait été assez physique et je tenais à ma grasse matinée du samedi.

Le corps chaud de Nate était pressé contre mon flanc, tandis que j'étais allongée sur le ventre, la tête dans l'oreiller. Je le sentis remuer dès que ma sonnerie retentit.

— Mon ange, dit-il en me massant doucement le dos, téléphone.

Je marmonnai quelques paroles incohérentes.

Sa chaleur délicieuse s'évanouit et je grommelai de plus belle. Il revint contre moi, m'embrassa sur l'épaule et déposa mon portable à côté de mon oreille. Grimaçant de l'entendre si fort, je le récupérai à tâtons.

— Allô, dis-je d'une voix endormie, sans même prendre la peine de consulter l'écran.

La voix étouffée de Joss répliqua :

— Salut, toi. Comment ça va ?

Un peu plus alerte, je me redressai sur un coude, tout en savourant les doigts de Nate posés sur ma colonne vertébrale.

— Joss, je suis contente de t'entendre. Comment vastu ? Comment s'est passée ta lune de miel ?

— C'était génial. Tu connais Braden. (Elle partit d'un petit rire entendu.) C'était marrant.

Je lançai un coup d'œil à Nate, qui m'observait, mal rasé et sexy. Je compris enfin ce que le rire de mon amie impliquait.

— C'était beau ?

— Époustouflant. Je recommande Hawaï à tout le monde. Sans tous les tarés auxquels je tiens plus ou moins, je ne serais jamais rentrée. À propos, Ellie et Adam cherchent une maison et ont visité un bien dans ma rue. Els veut faire une contre-visite, je lui ai promis de l'accompagner cet après-midi. On se disait qu'on pourrait se retrouver chez moi ensuite, pour boire un verre. Je sais que Jo est au travail, mais je me demandais si ça pourrait te tenter de nous accompagner ?

— Avec plaisir. À quelle heure ?

— Midi ?

Je fronçai les sourcils.

— Euh, quelle heure il est, là ?

— Dix heures moins... commença Nate.

Je l'interrompis immédiatement en lui plaquant la main sur la bouche. Je sentis un sourire se dessiner sous ma paume. Ses prunelles pétillaient.

— C'était quoi ? s'étonna Joss.

Je ne tenais surtout pas à ce que mes amis découvrent la situation dans laquelle je me trouvais avec Nate – je n'avais sûrement pas besoin d'un sermon.

— La radio. Mon réveil.

— Eh bien, dans ce cas, j'imagine que tu sais qu'il est neuf heures quarante-cinq. C'est bizarre, de programmer son réveil à cette heure-là.

— On est samedi, m'empressai-je de rétorquer, troublée. J'aime bien me reposer un peu le week-end, et neuf heures trente, ça fait un peu tôt, mais dix heures, ça fait trop tard, alors...

Je plaquai la main plus fort sur la bouche de Nate tandis qu'il se moquait de plus en plus bruyamment de mes bredouillements.

— Alors, tu es bizarre, compléta Joss. Mais je le savais déjà. On se voit tout à l'heure.

Elle raccrocha, et je serrai immédiatement le poing pour balancer un coup dans l'épaule de Nate.

— Eh, tu veux qu'on se fasse choper, ou quoi ?

Son rire mourut tandis qu'il massait son bras endolori.

— Ça ne me gênerait pas.

— Menteur. (Je le bousculai par jeu.) Si tu ne tiens pas à subir tous les « Oh, tu es sûr que c'est une bonne idée ? », mieux vaut éviter.

Nate s'assit alors, m'attrapa par les mains et me força à m'allonger sur le dos. Un air arrogant étira ses lèvres quand il m'écarta les cuisses du genou.

— Qu'est-ce que tu...

Je fus interrompue par sa bouche experte et me retrouvai bientôt à me fondre dans le matelas tandis qu'il me soumettait d'un baiser. Quand il fit courir ses lèvres jusqu'à mon menton, me déposa de délicieuses caresses partout dans le cou, je parvins à retrouver ma voix.

— Qu'est-ce que tu fais ? J'ai à peine plus de deux heures pour me doucher, m'habiller et ramener mon cul chez Joss.

— Mmm.

Il poursuivit son exploration, libérant l'un de mes poignets pour me prendre un sein en coupe avant de le porter à sa bouche. Je laissai échapper un soupir, arquant malgré moi le dos tandis qu'il me léchait le téton.

— J'ai judo dans quelques heures, répondit-il. Je vais faire vite. (Il m'observa par en dessous, espiègle et séducteur, tout en glissant une main entre mes jambes.) C'est promis.

De délicieuses sensations me parcoururent.

— Euh…

Il se leva soudain, m'abandonnant là, le dos tordu sur le lit.

— Putain, où tu vas ? aboyai-je.

Son rire chaleureux me résonna dans le ventre alors qu'il fouillait dans ma commode.

— Ne t'en fais pas, je reviens. Je cherche juste des collants.

Surprise, je répliquai :

— Je n'en ai pas. J'ai seulement des bas dans le fond de mon tiroir à culottes.

— C'est encore mieux.

— Est-ce la peine de te demander pourquoi tu cherches des collants ?

Sans se donner la peine de me répondre, il vint me rejoindre, mes bas à la main. Avec une expertise et une efficacité qui me laissèrent bouche bée, il en attacha un bout à mes poignets et l'autre à la tête de lit.

Des menottes de fortune.

Je tirai dessus, sentant le tissu s'étirer sans se dénouer.

— Mais putain ?

Nate ne souriait plus en revenant se positionner au-dessus de moi.

— Quand je t'ai plaquée au matelas l'autre jour… tu étais si humide, mon ange, que je bande rien que d'y penser. (Sa voix se fit plus basse, son regard plus sombre.) Tu as pris ton pied.

Je m'empourprai, me rappelant combien j'avais aimé me retrouver à la merci de Nate. Une sensation surprenante, que je n'aurais certainement pas éprouvée avec n'importe quel garçon. Je me laissai entraver par Nate, m'autorisai à m'imaginer être son jouet, car… je lui faisais confiance. Et au-delà du fantasme, je savais qu'il ne ferait que des choses qui me plairaient, que j'adorais, et qu'il ne me ferait jamais de mal.

Cependant, je ne soupçonnais pas qu'il m'aurait percée à jour si facilement.

Je tirai sur les bas, le souffle de plus en plus erratique.

— Et maintenant ? murmurai-je.

Il me caressa l'arrière des cuisses puis les prit dans ses mains, positionnant mes jambes autour de ses hanches avant de plaquer son érection contre mon sexe.

— Maintenant que tu ne peux plus rien faire... je vais te baiser à t'en faire perdre la tête.

En contemplant la cuisine éventrée, je me demandai si Ellie et Adam n'avaient pas perdu la tête.

— Les gars, il y a un boulot de dingue, ici, murmurai-je en avisant les câbles qui pendouillaient et une trace d'humidité dans un coin de la pièce.

Ellie se retourna vers Joss et moi avec un air de regret.

— C'est aussi ce que m'a dit Adam, mais je voulais le revoir. (Elle caressa le mur.) J'adore ces bâtiments.

— Ellie, tu sais que si tu veux récupérer l'appart, Braden et moi chercherons volontiers autre chose, proposa Joss.

Elle aurait aussi bien pu lui proposer de noyer un chaton.

— Joss, non ! Cet appartement compte beaucoup pour vous.

— Pour toi aussi.

— Pas autant. (Elle secoua la tête avec un long soupir.) Allons-y. Ça me déprime, de rester ici.

Nous quittâmes l'appartement de Dublin Street, et Ellie se retourna régulièrement vers l'immeuble tandis que nous gravissions la colline en direction de chez Joss.

— C'est un sacré travail de rénovation. Dommage qu'on n'ait pas le temps.

— Et puis c'est un gouffre financier, renchérit Joss. Entre le problème d'humidité et l'électricité à refaire... Els, vous ne vous en sortiriez pas.

— Vous avez raison, vous avez raison, je sais que vous avez raison, grommela Ellie en nous faisant la moue.

Je lui frottai le bras pour la rasséréner.

— Vous allez trouver quelque chose.

Braden travaillait au *Fire*, sa boîte de nuit, nous avions donc l'appartement pour nous toutes seules. Joss avait déjà préparé de petits biscuits apéritif et acheté une bouteille de mojito. Les plaisanteries allaient bon train dans la cuisine, tandis que nous sirotions nos cocktails en dégustant nos canapés.

— Bon, tu vas nous raconter ta lune de miel, ou quoi ? demandai-je à Joss en souriant à pleines dents.

Elle pouffa.

— Alors que la petite sœur de Braden est dans la pièce ? Sûrement pas ! Tout ce que je peux dire, c'est qu'on a passé des moments géniaux. Et Braden n'a grogné qu'après un seul type.

— Grogné ? m'esclaffai-je.

— Il regardait mes seins fixement alors que Braden était juste à côté de moi. (Elle fronça le nez et secoua la tête.) J'ai cru qu'il allait péter une durite.

Nous éclatâmes de rire, mais mon amusement céda le pas à l'inquiétude quand Joss me décocha soudain un sourire espiègle.

— Au fait, Ellie m'a dit que tu t'étais transformée en allumeuse pour une soirée au *Club 39* pendant mon absence. Il paraît qu'un mec t'a laissé son numéro ?

Je ricanai, tâchant de masquer le fait que mon cœur battait la chamade et que je me mettais à transpirer. Je détestais mentir, cela me faisait me sentir tellement mal... Et le fait de ressasser l'idée que je ne mentais que par omission ne changeait rien à l'affaire. Je n'étais pas complètement honnête avec mes amies, et cela ne me plaisait pas du tout.

— En allumeuse ? J'ai juste chopé un numéro.

— Je ne t'avais encore jamais vue aussi intéressée. (Ellie braqua ses grands yeux sur Joss.) Tu aurais dû la voir le chauffer à mort. D'ailleurs (elle m'interrogea du regard), que dirais-tu de sortir avec un copain d'Adam ?

Les battements de mon cœur étaient de plus en plus irréguliers.

— Vous avez parlé de moi ?

— Seulement depuis cette soirée au bar. On se disait que tu attendais peut-être d'être bien installée avant de commencer à sortir, donc on s'est tus jusqu'alors. Mais samedi, tu semblais enfin bien disposée. Et Dougie est adorable.

— Dougie ?

— Douglas, si tu préfères.

Je ricanai.

— Il a l'air charmant.

Joss éclata de rire.

— Du coup, je m'imagine Doogie Howser.

— Exactement, gloussai-je.

Ellie fronça les sourcils.

— Euh, qui ça ?

— C'est une vieille série américaine.

— Qui parle de quoi ?

— D'un gamin super intelligent qui devient docteur.

Ellie nous adressa un regard d'une patience à toute épreuve.

— Dougie n'est pas un gamin. C'est un architecte très gentil et très beau.

— Ne répète jamais ça devant Adam.

— Liv, je suis sérieuse. Tu veux bien envisager de sortir avec lui ?

— Je déteste les rendez-vous arrangés.

Elle me scruta attentivement.

— Tu as appelé le type qui t'a filé son numéro ?

Oh, oh. Comment lui dire que je ne voulais pas rencontrer ce Dougie parce que j'étais trop occupée à baiser avec Nate ? Je me creusai la cervelle en quête d'une excuse plausible, devenant de plus en plus nerveuse à mesure que le silence s'épaississait entre nous. Je me tournai vers Joss pour implorer son aide, étant donné qu'elle n'avait pas son pareil pour n'en faire qu'à sa tête et se fichait éperdument que ça nous plaise ou non. Mais au lieu de me porter secours, je la vis blêmir.

— Joss, tout va bien ?

Je me penchai vers elle pour lui tapoter le bras.

Elle pinça les lèvres et se précipita vers le lavabo. Ellie considérait sa belle-sœur avec inquiétude.

Après quelques secondes, Joss parvint à prendre une grande inspiration.

— Vous ne trouvez pas que ce mojito a un goût bizarre ? nous demanda-t-elle d'une voix faiblarde.

— Non.

Joss trembla et prit une nouvelle inspiration.

— Euh… (Je reculai, inquiète.) Tu vas dégueuler ?

Elle me fit la grimace.

— Non, je ne vais pas gerber.

— Tiens. (Ellie lui tendit les canapés.) Tu n'as rien mangé depuis ce matin.

— Ellie, si tu n'enlèves pas cette assiette de sous mon nez, c'est toi que je vais bouffer.

— Je crois qu'elle va vraiment dégueuler, murmurai-je en attirant Ellie à ma suite.

— Arrête de dire ce mot ! aboya Joss.

J'arquai un sourcil interrogateur.

— Ce qu'elle peut être grincheuse, quand elle est malade, lançai-je à Els.

— Ouaip, renchérit celle-ci. Quand elle a eu sa gastro l'année dernière, elle se mettait à cracher comme un chat dès que quelqu'un l'approchait.

— Je suis juste là, s'offusqua Joss en dardant vers nous un regard assassin.

Avec ses yeux gris légèrement inclinés, elle était également la reine des regards assassins.

— Et on aimerait que tu y restes, si tu risques d'être malade.

Ellie gloussa. Pas Joss.

— Tu as de la chance que je t'aime bien, Olivia Holloway.

Je lui souris et répliquai d'un ton qui en disait long :

— C'est tellement vrai.

Elle se radoucit immédiatement.

— Je n'arrive pas à rester désagréable quand tu es si mignonne.

— Et mon plan génial a encore fonctionné.

Cette fois, Joss pouffa avant de plaquer aussitôt sa main sur sa bouche.

Nous attendîmes qu'elle inspire et expire plusieurs fois avant de se retourner finalement vers nous.

— Ça va. (Elle se rapprocha de la table et se laissa tomber sur une chaise.) Ces mojitos ne me réussissent vraiment pas.

Ellie lui servit un verre d'eau et nous allâmes la rejoindre à la table. À mon grand désarroi, la première chose qu'Els dit alors fut :

— Alors ? Dougie ? C'est d'accord ?

— Non, je... (Je haussai les épaules, avant de leur offrir une semi-vérité :) Il y a un garçon à la bibliothèque qui me plaît bien.

Ellie sourit ; la curiosité illumina ses yeux pâles.

— Dans ce cas... C'est un de tes collègues ?

— Un étudiant. En troisième cycle.

Mon ton laissait entendre que je n'avais vraiment pas envie d'en parler et, curieusement, Ellie lâcha l'affaire. Au lieu de me torturer pour m'arracher des détails, elle me demanda :

— Et comment se passe le boulot ?

— Ça va. Il n'y a pas beaucoup de perspectives d'évolution, mais l'ambiance est sympa et j'aime bien mes collègues. Je ne pense pas démissionner de sitôt. Et toi ?

— J'ai presque fini mon doctorat et l'université envisage de me proposer un contrat de chargée de TD. Ils sont impressionnés par ma thèse, et ils m'ont fait savoir hier qu'ils pensaient à moi pour la suite.

Ellie étudiait l'histoire de l'art. Je n'y connaissais pas grand-chose, mais je savais qu'elle rêvait de marcher sur les pas de son père, Clark, qui enseignait à la fac. C'était donc une super nouvelle.

— Tu ne me l'avais pas dit, intervint Joss en picorant un canapé.

Ellie haussa les épaules avec modestie.

— Je n'étais pas certaine de vouloir en parler au cas où ça capoterait.

— Ça n'arrivera pas, Els, répliqua Joss avec fermeté. Je suis fière de toi.

— Moi aussi.

Elle nous sourit d'un air reconnaissant.

— Merci.

— Ça veut dire que tu vas sans doute avoir besoin de moi pour que je te fournisse certains ouvrages à la bibliothèque.

— Ouaip. Tu en profiteras peut-être pour me présenter l'homme mystère ?

J'acquiesçai avant d'avaler une grande lampée de mojito. Pourquoi, quand je pensais à Benjamin, ne ressentais-je plus de papillons et de frémissements d'impatience ?

16

J'étais heureuse.

Profondément, paisiblement heureuse.

Je n'avais nullement l'intention d'analyser ce sentiment.

En l'étudiant, j'étais sûre de tuer dans l'œuf mon bonheur.

Allongée, la tête sur un coussin, les jambes étendues sur les cuisses de Nate, je l'observais du coin de l'œil tandis qu'il regardait le film en me caressant distraitement la cheville.

Nos ébats n'avaient cessé de s'intensifier au cours des quinze derniers jours, si bien que pratiquement toutes mes inhibitions s'étaient désormais envolées. Coucher avec Nate était facile. Je ne ressentais aucune gêne. Je ne m'inquiétais pas sans arrêt de savoir si je faisais ou non quelque chose de travers.

Malgré ma confiance décuplée, je persistais à éviter Benjamin. Au lieu de l'aborder, je me complaisais dans un monde de luxure et de rire avec Nate. Nous traînions toujours ensemble, sauf que nos activités étaient désormais entremêlées d'instants coquins.

D'instants coquins et géniaux.

Nous n'allions jamais chez Nate – je n'avais toujours pas vu son appartement – car il préférait venir chez moi ; il utilisait donc fréquemment la clé que je lui avais confiée. Ce jour-là, j'avais été particulièrement heureuse de le trouver sur mon canapé en rentrant, à piocher dans un sachet de chips, scotché devant la télé. Je rentrais du dîner avec papa et Dee dont mon père me parlait depuis plusieurs semaines, et avant de découvrir Nate chez moi, je me sentais légèrement maussade.

Je l'avais embrassé sur la tempe pour lui faire savoir que j'étais contente de le voir, puis j'étais allée passer la chemise de nuit en soie qu'il m'avait achetée. Quand j'étais retournée dans la pièce principale, il m'avait jeté un coup d'œil et avait tapoté le canapé à côté de lui. Je m'étais assise et l'avais laissé me prendre dans ses bras.

— Ça va ? m'avait-il demandé en m'embrassant sur le sommet du crâne.

— C'était... Ça va. On n'a fait que parler de maman. Ça me met toujours dans tous mes états.

Il m'avait alors longuement câlinée pour me réconforter. C'était tellement agréable...

Son téléphone vibra sur la table, et je retirai mes jambes de ses genoux pour le laisser l'atteindre. Il fronça les sourcils en lisant le SMS qui venait d'arriver.

— Il y a un problème ?

— C'est Cam, murmura-t-il. Je crois qu'il soupçonne quelque chose. Il se demande pourquoi je suis tout le temps occupé.

— Dis-lui que tu papillonnes. Il n'a pas à savoir avec qui.

— Je papillonne beaucoup trop ces derniers temps, il va forcément se douter que c'est avec la même fille, et il va vouloir savoir qui. Même moi, je ne peux pas trouver une nouvelle partenaire chaque jour.

— On ne couche pas ensemble tous les jours.

— Presque.

Je haussai les épaules.

— C'est vrai. Mais on essaie de combler des années de manque d'expérience en quelques semaines.

Nate sourit de toutes ses dents et m'attrapa soudain par les chevilles, m'allongeant sur toute la longueur du canapé avant de venir se positionner sur moi.

— Je sais, c'est tellement fatigant, me taquina-t-il. J'en suis malade.

Il en était tellement malade qu'il m'arracha ma chemise de nuit et se redressa pour ôter son tee-shirt et déboucler la ceinture de son jean. Mes cuisses tremblaient déjà d'excitation quand il me retira ma culotte et la balança par-dessus son épaule.

Bientôt, il plongea la tête entre mes jambes et mes gémissements envahirent l'appartement tandis qu'il m'emmenait vers l'orgasme avec sa langue. J'étais à moitié ivre de plaisir quand il me saisit les mollets pour les passer sur ses épaules.

C'était nouveau.

Ses lèvres vinrent écraser les miennes.

— Tu vas me sentir encore plus profond, comme ça. Accroche-toi.

— Nate ! m'écriai-je tandis qu'il faisait aller et venir en moi toute la longueur de son membre.

Il avait raison. Son sexe me pénétrait sous un angle merveilleux et inédit, et la pression crût en moi, encore et encore…

— Ahh ! hurlai-je en portant la main à ma cuisse avant de serrer les dents de douleur.

— Qu'est-ce qu'il y a ? Qu'est-ce qu'il y a ? (Nate s'interrompit, paniqué.) Liv ?

— J'ai une crampe, couinai-je.

Il se retira immédiatement, son souffle paraissant trop fort pour la petite pièce.

— Où ça ?

— La jambe gauche, parvins-je à articuler.

Nate trouva ledit muscle à l'arrière de ma cuisse. J'enfouis les doigts dans le canapé tandis qu'il entreprenait de me masser.

La crampe finit par se dissiper, et dès lors que Nate me sentit me détendre, il se mit à glousser.

Une honte indicible m'envahit tout entière.

J'avais eu une crampe en pleine action.

Pas génial, ni sexy.

Rougissant furieusement, je me cachai derrière mes mains.

— Oh, mon Dieu.

Nate rit de plus belle.

J'étais tellement gênée que j'étais au bord des larmes. Je m'assis, baissai la tête et le repoussai.

— Liv.

Nate avait recouvré son sérieux. Il voulut m'attraper par les épaules, mais je le bousculai et tentai de me lever.

— Olivia.

— Lâche-moi.

Je lui balançai un coup de coude dans l'estomac, qui ne le découragea pas. Et il était plus fort que moi. Dans un méli-mélo de membres, je finis par atterrir sur le ventre, la joue gauche écrasée contre le coussin du canapé, les mains bloquées au-dessus de la tête.

Nate m'embrassa sur l'autre joue.

— Tu veux bien te calmer, s'il te plaît ?

— J'ai tellement honte, murmurai-je en fermant les paupières.

Nate plaqua son torse contre mon dos et posa le menton sur mon épaule, ses lèvres tout près des miennes.

— Pourquoi tu as honte ? Putain, Liv, ce n'est que moi.

Je tentai vainement de hausser les épaules.

— J'ai eu une crampe. J'ai interrompu une partie de baise.

— Mon ange, reprit-il d'un ton amusé, essaie de ne pas me faire rire, car j'ai l'impression que ce n'est pas le bon moment.

Je fusillai sa bouche du regard.

— Ce n'est pas qu'une impression.

— Pourtant, c'était marrant. (Il me déposa un nouveau baiser sur la joue.) Pas marrant dans le sens gênant. Juste marrant. La Liv que je connais sait rire d'elle-même.

J'aurais aimé disparaître dans le coussin.

— J'imagine que je ne suis pas encore assez sûre de moi.

— Quoi ? Tu crois qu'une crampe à la jambe te rend moins désirable ?

J'échouai une fois de plus à hausser les épaules.

Le poids de Nate cessa de m'écraser, mais tout en s'asseyant il m'attrapa par les hanches. Il me redressa brusquement, de sorte que je dus ployer les genoux pour ne pas perdre l'équilibre. Je reposai sur les coudes, le souffle court, et jetai un coup d'œil par-dessus mon épaule.

— À quoi tu joues ?

Il caressa mes fesses volumineuses, le regard sombre et intense, tout en m'écartant les genoux à l'aide des siens. Et, sans un mot, il me pénétra.

Je hoquetai, le voyant fermer les paupières comme s'il savourait le bonheur d'être en moi. Il se retira presque entièrement avant de s'enfoncer jusqu'à la garde. Je réprimai un cri, sans cesser de l'observer. Il rouvrit les yeux, me broyant presque les hanches.

Il me demanda entre ses dents serrées :

— Tu as toujours l'impression d'être moins désirable ?

Je tendis la croupe vers lui, l'encourageant silencieusement à continuer.

— Non.

Je secouai la tête et cambrai brusquement le dos quand il donna un nouveau coup de reins. En me baisant, il tentait de dissiper ma honte.

Mon front plongea en avant et mes cheveux tombèrent en corolle sur le canapé. Mes cris se mêlèrent aux grognements de Nate qui me pilonnait plus vigoureusement. Quand ses mouvements ralentirent soudain, retardant mon orgasme, je me retournai vers lui.

— Pourquoi ? gémis-je.

— J'ai envie de te sentir, répondit-il d'une voix rauque tout en faisant glisser sa main sur la peau moite de mon ventre.

Il me força à remonter mon dos contre son torse, changeant l'angle d'attaque.

— Nate, soupirai-je de plaisir en reposant la nuque sur son épaule.

Il prit mon sein en coupe dans sa main droite, tout en poursuivant son exploration de la gauche. Je tressaillis quand ses doigts m'appuyèrent sur le clitoris. Il entreprit alors de me masturber et recommença ses mouvements de va-et-vient.

Je bougeai en rythme avec lui, profitant de cette torture sensuelle, glissant de haut en bas sur sa colonne de chair, ne pensant à rien d'autre qu'à ce que j'éprouvais. J'enroulai un bras pour lui agripper l'épaule, m'accrochant à lui comme si ma vie en dépendait.

— Il n'y a que toi et moi, haleta-t-il en me pilonnant plus vite et plus fort. Ne me fuis jamais.

— D'accord. (Je secouai la tête contre lui.) D'accord.

Ses doigts s'immobilisèrent sur mon clitoris.

— Promets-le-moi.

— Nate, ne t'arrête pas, ne t'arrête pas, le suppliai-je. Pitié, j'y suis presque.

Il s'enfonça au plus profond de moi et s'arrêta encore.

— Nate ! gémis-je en lui saisissant les hanches. S'il te plaît !

— Promets-le-moi, insista-t-il en me mordant l'oreille presque douloureusement. Promets-moi de ne jamais me fuir. Puis supplie-moi de te baiser.

J'étais trop excitée pour lui résister.

— Je ne te fuirai jamais, jurai-je en écrasant mes fesses contre lui. Maintenant, par pitié, baise-moi. Fais-moi jouir.

Soudain, je me retrouvai sur le ventre, Nate allongé sur mon dos, ses grondements animaux m'emplissant les oreilles. Il s'enfonça, encore et encore, m'écrasant dans le canapé, me propulsant vers un orgasme qui me chamboula.

Mon cri de plaisir résonna autour de nous, à peine étouffé par le propre râle de Nate, qui se répandit à la première vague de mon orgasme.

17

Le samedi suivant, je me serrais contre Jo sous un parapluie en attendant qu'Ellie et Joss sortent de la maison sur Scotland Street. L'agent immobilier, Ryan, un ancien collègue de Jo remontant à l'époque où elle travaillait pour la société de Braden, Carmichael & Co., s'était mis à discuter avec Ellie quand Jo avait glissé son bras sous le mien.

Adam et Ellie avaient trouvé un endroit qui leur plaisait. Le vaste appartement géorgien était doté de parquets massifs, de hauts plafonds et d'autres détails spécifiques de l'époque. Les seuls travaux qu'il restait à faire étaient purement esthétiques. Ellie était sous le charme, et Adam l'aimait vraiment beaucoup, mais Els souhaitait recueillir notre avis.

Elle obtint un « oui » collégial et retentissant.

Une fois Ryan parti, Ellie nous sourit, tout excitée.

— Je suis tellement contente qu'il vous plaise. Ça me fait vraiment plaisir que vous soyez venues le visiter.

Elle commença à descendre l'escalier, et Joss se précipita pour profiter de son parapluie. Nous leur emboîtâmes le pas.

— Surtout toi, Liv. (Elle m'observa avec curiosité pardessus son épaule.) Tu es tellement occupée, depuis quelque temps.

Je lui répondis d'un sourire, espérant ne pas paraître surprise ou paniquée.

Jo serra mon bras contre ses côtes.

— C'est drôle, me murmura-t-elle à l'oreille afin que moi seule puisse l'entendre, mais Nate aussi est très occupé, ces temps-ci.

Me forçant à ne pas réagir, je restai muette. Je ne voulais pas mentir ouvertement, il ne me restait donc plus que le silence. En vérité, nos cours particuliers avaient commencé depuis cinq semaines – mais pouvions-nous encore parler de leçons ? – et je crevais d'envie d'en parler à quelqu'un. Jo avait plus d'expérience que moi, qu'il s'agisse de relations ou d'hommes en général, et j'en étais arrivée à un point où j'avais tellement besoin de conseils que je me demandais si cela ne surpassait pas toutes les raisons que j'avais de *ne pas* me confier à elle.

Nous nous arrêtâmes brusquement au milieu du trottoir quand le téléphone de Joss se mit à sonner. Elle farfouilla dans son sac et nous adressa un sourire d'excuse en décrochant.

La regarder fut déconcertant. Déconcertant, car une lueur que je ne reconnus pas mais qui ne me plut pas du tout s'invita dans ses prunelles. Elle blêmit, marmonna quelques remerciements et contempla le vide, le téléphone toujours à la main.

— Joss ?

Ellie la secoua légèrement, ressentant la même chose que Jo et moi.

Un truc clochait sérieusement.

— Joss, qu'y a-t-il ?

Elle cilla soudain et se tourna vers nous, les yeux rendus vitreux par la peur.

— Il faut que j'y aille.

— Joss ? (Ellie fit un pas vers elle, mais elle recula.) Jocelyn ?

— Il faut que j'y aille.
— Que tu ailles où ?
— Je dois juste... (elle porta la main à son front, de plus en plus pâle)... je dois y aller.
— Joss, sérieux, tu me fous les jetons. Qu'est-ce qui se passe ?
— Ellie, rétorqua-t-elle sèchement. (Mais dès qu'elle croisa le regard de sa belle-sœur, elle se radoucit.) Écoute... J'ai besoin de rester seule un moment.
Après un instant d'intense réflexion, Ellie finit par hocher la tête. Nous regardâmes silencieusement Joss tourner les talons et s'éloigner lentement de nous, les bras croisés, le menton rentré.
Ellie, Jo et moi échangeâmes des coups d'œil inquiets.
— Que s'est-il passé ? demandai-je, sentant mon estomac se tordre.
Ellie ne répondit pas et sortit son téléphone, les mains tremblantes. Elle fit défiler plusieurs fois son écran, puis se mit à taper rapidement.
— Qu'est-ce que tu fais ? l'interrogea Jo avant de se retourner dans la direction que notre amie avait prise.
— J'envoie un SMS à Braden pour le tenir au courant.
Je serrai Jo contre moi pour la réconforter.
— Vous savez qui a bien pu l'appeler ?
— Aucune idée.
Ellie se frictionna les épaules, manquant donner un coup de parapluie à un piéton qui passait. Or, Ellie n'avait plus conscience de quoi que ce soit, et sa panique ne faisait qu'accroître mon malaise.
— Mais je n'avais plus vu Joss si préoccupée depuis longtemps, compléta-t-elle. Ce n'est pas bon signe.

— Elle va s'en remettre, me rassura papa en me prenant dans ses bras.

Après qu'Ellie avait envoyé son message à Braden, elle avait sauté dans un taxi pour retourner voir Adam, tandis que Jo et moi prenions la route de chez elle. Les garçons, rentrés de leur cours de judo, étaient déjà là, et nous leur avions expliqué la situation. Personne ne comprenait.

Plus tard seulement, alors que nous étions assis tous ensemble dans le salon, je m'étais rendu compte que, pour la première fois depuis deux semaines, Nate et moi nous trouvions dans la même pièce en compagnie de nos amis. Et cela m'avait paru alors étrange. Étrange, parce que, après avoir observé quatre couples amoureux au cours des quelques derniers mois, je prenais conscience que Nate et moi n'étions pas si différents. Non seulement nous avions ces parties de jambes en l'air torrides, mais nous faisions des activités ensemble, partagions nos problèmes, riions... nous blottissions l'un contre l'autre. Nate me taquinait sans arrêt, me piquait mon téléphone pour prendre des photos idiotes...

Nous tenions l'un à l'autre.

Beaucoup.

Le fait de nous abriter derrière nos leçons, de nous voiler la face et d'en faire un secret commençait à me ronger de l'intérieur. Surtout parce que je connaissais Nate.

Il avait encore besoin de voir tous les jours dans le miroir ce « A » tatoué sur sa poitrine, et je doutais que cette nécessité se dissipe un jour. Il m'apparaissait de plus en plus évident que je risquais d'avoir bientôt le cœur en miettes.

Pourtant, sans explication rationnelle, je n'arrivais pas à m'extirper de cette situation.

Plusieurs fois durant l'après-midi j'avais senti son regard sur moi et m'étais tortillée, comme s'il pouvait sonder mon âme et savoir précisément ce que j'avais en tête.

Mon sucre, s'il savait à quoi tu pensais, il déguerpirait plus vite qu'un fugitif.

Ainsi donc, quand mon père m'avait appelée pour me proposer de dîner chez lui, j'avais sauté sur l'occasion et quitté l'appartement de Jo et Cam en adressant à peine un au revoir à Nate.

Papa avait préparé du poulet mariné, des pommes de terre et de la salade ; j'étais assise sur le tabouret voisin du sien et picorais dans mon assiette pendant qu'il me remontait le moral au sujet de l'incident avec Joss.

Je secouai la tête en entendant ses propos rassurants.

— Tu n'as pas vu sa tête. Elle avait l'air… hagard.

— Mais Braden l'a rejointe, pas vrai ?

— Ouais. Els m'a dit qu'il l'avait retrouvée au château, comme il le supposait.

— Dans ce cas, nous n'avons plus qu'à attendre de ses nouvelles.

J'opinai mais continuai à triturer ma nourriture du bout de ma fourchette, assaillie par des pensées où se bousculaient Joss et Nate.

— Tu as perdu du poids, déclara papa. Mange un peu.

Encore un avantage à avoir une vie sexuelle soutenue. J'avais effectivement perdu quelques kilos, en plus de m'être musclée. Je ne pouvais néanmoins pas expliquer tout cela à mon père. Le simple fait d'y penser me fit rougir.

— J'ai été très occupée. Je n'ai guère eu le temps de manger.

Papa haussa un sourcil circonspect.

— Je te trouve un peu distante, depuis quelques semaines. C'est le travail, qui t'accapare ?

— Ouais, ça et… Tu sais, j'aide aussi parfois Nate à rédiger ses critiques.

J'avisai du coin de l'œil sa moue réprobatrice.

— Il doit pourtant être payé pour le faire lui-même.
— C'est mon ami, papa, lui rappelai-je.
— Je ne peux pas m'en empêcher. Il a vingt-huit ans et il n'a toujours pas grandi. Il se balade, prend des photos, joue à des jeux vidéo et regarde des films, en plus de coucher avec tout ce qui bouge. Ce n'est pas un homme, Olivia. C'est un gamin. Un gamin à problèmes. Et je n'aime pas savoir qu'il te tourne autour.
— Eh, ça suffit ! m'emportai-je, lâchant avec fracas ma fourchette.
Papa contempla, surpris, mon visage rougi par la colère.
— Tu ne le connais pas, crachai-je sans lui laisser le temps d'ajouter quelque chose. Tu ne sais rien de lui.
— Alors éclaire ma lanterne. Qu'a-t-il de si spécial pour mériter ton respect et ton temps ?
— C'est un bon ami. Un ami loyal, attentionné et compatissant.
— Comment ? Pourquoi ? Qu'est-ce qu'il a fait ?
Croisant les bras d'un air de défi, je me penchai en arrière et rivai les yeux sur la magnifique baie vitrée qui dominait Heriot Row. Je fus incapable de soutenir le regard de papa en déclarant :
— Je t'ai menti, à Thanksgiving dernier. Je t'ai dit que tout allait bien, mais ce n'était pas vrai. (Je le sentis se crisper.) Quand je suis rentrée chez moi, je me suis complètement effondrée. J'ai voulu préparer une dinde, des patates, tout bien comme il faut, mais j'ai fait cramer les plats et ça m'a fait flipper. Du genre… *vraiment* flipper. Par chance, Nate est passé juste à ce moment-là, et il m'a réconfortée pendant que je lui déballais toute mon histoire avec maman. (Un coup d'œil vers mon père me suffit à lui voir les mâchoires serrées et les yeux emplis de tristesse.) Nate a vraiment été là pour moi, papa. Et il a compris. Il m'a comprise. Il a perdu l'amour de sa vie alors qu'il avait dix-huit ans. (Ma voix

se brisa sur « l'amour de sa vie ».) Elle est morte d'un cancer.

— Bon Dieu.

Papa baissa la tête et se passa la main sur le visage, comme dévasté par cette nouvelle.

— Ils s'aimaient depuis tout petits et, au dire de tous, elle était vraiment formidable. Depuis, il n'est plus comme avant. Tu ne dois en parler à personne, papa. Il ne veut pas que ça se sache.

Mon père braqua sur moi son regard acéré.

— Est-ce que vous sortez ensemble ?

Mon pouls s'emballa soudain et je baissai les yeux, tremblant de tous mes membres. Je ne pouvais pas lui mentir. J'en étais incapable.

— Nous ne sommes pas en couple, si c'est ce que tu veux savoir.

— Oh, ma puce. (Il poussa un grognement, comme en proie à une atroce souffrance.) J'espère que tu sais ce que tu fais.

Sentant des larmes me piquer inexplicablement les yeux, je ramassai ma fourchette et me remis à jouer avec ma nourriture.

— Tu ne dois pas en parler non plus. Personne n'est au courant.

— Et à qui veux-tu que je le dise ?

Je souris tristement à mon assiette.

— Est-ce que je te déçois ?

— Non. (Il me prit la main, interrompant mes mouvements nerveux.) Mais ma petite fille vaut mieux que ça. Tu mérites d'avoir une vie avec quelqu'un de bien. Tu mérites d'être le grand amour d'un homme.

Je parvins miraculeusement à ne pas pleurer. Au lieu de quoi, je lui adressai un sourire lumineux, repoussant au plus profond de moi toutes mes pensées négatives.

— Crois-le ou non, Nate m'a fait faire beaucoup de progrès en ce sens-là.

— Je ne comprends pas.

— Ce n'est pas grave, papa. Sache simplement que je me sens mieux aujourd'hui que depuis très, très longtemps.

Il m'étudia un instant.

— D'accord. Alors je suis heureux, ma puce.

Mon téléphone se mit à sonner, interrompant notre conversation. En voyant le visage de Jo apparaître à l'écran, je m'empressai de décrocher, impatiente d'avoir des nouvelles de Joss.

— Salut.

— Ellie vient d'appeler, me dit-elle sans préambule.

— Et alors ?

— Joss est enceinte.

Je me figeai, fronçant les sourcils en contemplant mon père.

— Ce n'est pas une bonne nouvelle ?

Jo poussa un lourd soupir.

— Je crois que ça a réveillé des vieux démons, Liv.

Comprenant à quoi elle faisait allusion, je fermais les paupières, compatissante.

— Sa famille...

— Ouais. (Sa respiration était tremblante.) Ellie m'a dit que Braden était particulièrement contrarié par la réaction de Joss. C'était censé être l'un des plus beaux jours de sa vie.

Je me sentis mal pour eux deux.

— Ils viennent de se marier. Ils devraient vivre une période formidable.

— Ouais. Bref, je sais que tu étais inquiète, alors j'ai préféré t'appeler tout de suite.

— Merci, Jo. On en rediscutera plus tard.

Après avoir raccroché, j'expliquai la situation à mon père.

— Joss est enceinte.

Il sembla tout aussi surpris que je l'avais été.

— Ce n'est pas une bonne chose ?

— Apparemment, ça a rouvert une douleur très ancienne... au sujet de sa famille.

— Ça arrive. Il suffit d'un événement pour... déclencher quelque chose. Et on se remet à souffrir.

Je supposais qu'il était bien placé pour le savoir.

— J'espère seulement que ça lui passera.

— J'en suis sûr. (Papa semblait convaincu.) Braden est sa famille, à présent. Elle se relèvera. Pour lui.

Je ne pouvais qu'espérer que mon éternel optimiste de père ne se trompait pas, car si certains méritaient d'être heureux, c'étaient bien Joss et Braden Carmichael.

18

Le séjour à Longniddry n'aurait pu tomber à un meilleur moment. Joss disposait d'une excuse toute faite pour se montrer asociale, plus de la moitié de ses amis proches ayant quitté la ville pour le week-end ; quant à moi, j'entraperçus l'espoir d'un éclaircissement plus que nécessaire.

Passer du temps avec la famille de Nate dans un tout autre environnement me permettrait de le découvrir sous un autre jour. Nous ne pourrions en outre pas nous adonner à notre nouveau loisir préféré et, très honnêtement, j'avais grand besoin d'une coupure. Pas parce que j'étais épuisée par trop de galipettes, mais parce que j'espérais que ce répit me permettrait de trouver le courage de mettre un terme à ce que nous avions commencé.

J'avais réellement besoin d'arrêter.

Peetie ayant une voiture, Lyn et lui partirent ensemble, tandis que Cole, Jo, Cam et moi montâmes dans la location de Nate. Nous avions tous pris notre vendredi, y compris Cole, qui avait été autorisé à sécher l'école. Nous partîmes peu après midi. Nate était au volant, Cam sur le siège passager, tandis que Jo, Cole et moi nous serrions sur la banquette arrière. Lorsque nous arrivâmes sur la rue principale de Longniddry, bordée de ses villas, de ses parterres de fleurs et de ses pubs traditionnels, j'avais grand besoin de me dégourdir les jambes. J'avais également baissé ma vitre afin de pouvoir humer l'air marin.

Nous pénétrâmes dans un lotissement fort bien entretenu, et Nate roula jusqu'à une maison blanchie à la chaux avec un toit rouge. Peetie était déjà garé devant. Selon Nate, notre gîte ne se trouvait qu'à quelques rues de la maison des parents de Cam.

— Nate n'a manifestement pas pris en compte la taille de mon cul en louant ce... tas de ferraille.

Je grimaçai en m'en extirpant. Le côté droit de ma cuisse et ma fesse étaient tout endoloris de s'être trouvés si longtemps écrasés contre la portière.

Nate fit le tour de la bagnole et m'adressa un large sourire.

— C'est une Nissan, parce qu'on a un budget à respecter.

J'arquai un sourcil.

— Un budget ? Mon cul te signale qu'il y a une différence entre être économe et radin.

Je massai mon derrière martyrisé.

— Ce n'était pas ton cul le problème, grommela Cole en se frottant le flanc gauche. C'était le sac qui ne tenait pas dans le coffre.

Nous nous tournâmes tous vers Jo, qui tira de la banquette arrière son énorme paquetage. Elle nous adressa un coup d'œil fugace.

— Quoi ? Je ne savais pas quel temps il allait faire, j'ai donc dû parer à toute éventualité.

— Dis ça à mon cul.

Nate ricana et m'attira vers l'arrière de la voiture.

— Je t'ai déjà dit que j'appréciais que tu te sois si peu chargée ?

Il sortit sans mal mon sac à dos du coffre.

— On ne reste que deux nuits. (Je vis Cam aider Jo à porter son barda.) Tu m'entends ? Deux nuits !

Elle se rembrunit.

— Écoute, oncle Mick m'a augmentée, et j'ai peut-être exagéré en faisant les boutiques. J'ai voulu tout apporter... (Elle adressa à son fiancé un regard navré.) Pardon...

Il l'embrassa sur la bouche.

— Ne t'excuse pas, ma belle. Je n'en ai rien à foutre. Tu peux bien prendre ce qui te plaît. (Il me décocha un sourire provocateur.) Ce n'est pas moi qui me suis tassé à l'arrière avec toi.

— Prem's ! m'exclamai-je, sans doute un peu plus fort que nécessaire.

Tous me dévisagèrent comme si j'étais devenue folle.

— Prem's, répétai-je. Au retour, je dis prem's. (Comme je n'obtenais aucune réponse, j'insistai :) C'est celui qui dit prem's qui monte à l'avant.

Cam fronça les sourcils.

— Ah non, ce jeu n'existe pas en Écosse, désolé.

Je plissai les paupières.

— Mais apparemment, il existe une loi tacite et misogyne stipulant que l'homme le plus âgé du groupe a le droit de s'installer où il veut ?

Cam se tourna vers Jo avec une moue amusée.

— Tu étais obligée de te lier à une féministe ?

Jo grogna en retour.

— C'est toi qui es allée la chercher sur Facebook.

— Super. On sent l'amour, les gars, on sent l'amour. (Je leur passai devant, bousculant Cam au passage.) Je suis prioritaire pour aller à l'avant.

— Non. Pas question.

— Ah ouais ?

Je m'immobilisai et me tournai vers Nate, qui avait sorti le reste des affaires de la malle et verrouillait la voiture.

— Nate ?

Il se crispa légèrement en apercevant mon rictus entendu.

— Oui ? demanda-t-il avec un soupçon d'inquiétude.

— Qui passera à l'avant pour la route du retour ? Cam... ou moi ?

Si tu ne me choisis pas, compte sur moi pour oublier que tu as un pénis.

Il comprit mon message silencieux et lança à l'adresse de Cam tout en se dirigeant vers la maison :

— Désolé, copain. Elle a dit « prem's ».

Je le suivis, triomphante, jusqu'à la porte d'entrée. En ouvrant celle-ci, il me glissa à l'oreille :

— Manipulation sexuelle... tu as appris ça toute seule, pas vrai ?

Je feignis l'innocence.

— Je ne vois pas du tout de quoi tu parles.

Il m'administra une tape sur les fesses et je me retournai vers lui, hilare. Nos nez se touchaient presque. Un raclement de gorge nous rappela à l'ordre et nous découvrîmes Peetie et Lyn, debout dans l'embrasure de la porte du salon. Le regard intrigué de Lyn allait de Nate à moi, tandis que Peetie considérait son meilleur ami avec une expression indéchiffrable.

Me maudissant de ne pas avoir fait preuve de plus de discrétion, je fis comme si rien ne s'était passé et m'empressai d'aller embrasser nos amis.

Cole, Jo et Cam nous rejoignirent alors, et l'incident fut heureusement oublié le temps que nous fassions le tour du propriétaire et nous répartissions les chambres. Il y en avait quatre en tout ; Jo et Cam ainsi que Lyn et Peetie investirent les chambres avec lit double, Nate et Cole se partagèrent une chambre avec deux lits une place, et je m'installai dans la plus petite, également dotée de deux lits. Cole alla poser ses affaires tandis que Nate observait avec insistance ma chambre, arborant une moue comique.

— Pas de sexe pour toi, articulai-je.

— Aïe, ça veut dire pas de sexe pour toi non plus.

Sauf qu'il ne se priva pas de le dire à voix haute. Mes yeux sortirent de leurs orbites et il éclata de rire en allant s'enfermer dans sa chambre pour échapper à mon courroux.

Voulait-il qu'on se fasse prendre ?

Le pub sur la rue principale de Longniddry était typique : des briques apparentes, une imposante cheminée centrale à foyer ouvert, des tables en bois brut qui avaient vu bien des années avec chaises assorties et des bancs en bois couverts de tissu rouge qui traçaient le périmètre de la salle. Installée à l'une des plus grandes tables, juste devant une fenêtre d'inspiration Tudor, j'avais trouvé place entre Nate et Cole. Nathan, le père de Nate, se trouvait en bout de table. Nathan était une version plus âgée de Nate : la même tignasse épaisse et en bataille – bien que grisonnante –, les mêmes prunelles sombres et pétillantes, la même complexion olivâtre, les mêmes fossettes, la même carrure. Et, plus globalement, le même charme et la même beauté virile. Sylvie, la mère de Nate, était assise en face de son fils. Elle avait dû être vraiment magnifique dans ses jeunes années, car elle restait superbe. Ses longs cheveux bruns encadraient un visage très doux aux yeux bleus étincelants. Elle était petite et fine.

Le comportement de Nate avec ses parents me surprit quelque peu. Quand nous étions entrés dans le pub et qu'ils s'étaient levés pour nous accueillir, il avait pris Sylvie dans ses bras et l'avait fait décoller du sol. Puis son père et lui s'étaient donné une franche accolade en souriant gaiement. Nate nous présenta à ses parents et Cam aux siens, Helena et Anderson, avant que Peetie nous présente à son grand-oncle et sa grand-tante, Rose et Jim, qui l'avaient élevé quand leur nièce trop jeune avait décidé de l'abandonner.

Dès que nous nous étions installés, j'avais tout de suite compris que Nate était très proche de ses parents. Je l'ignorais jusqu'alors. Je savais qu'il les aimait, qu'il n'avait pas de problème particulier avec eux, mais à en juger par la rareté de ses visites... En fait, je ne savais pas trop quoi penser. Je ne les imaginais simplement pas si proches. Je me trompais.

Tous deux se montrèrent particulièrement gentils avec moi, me posant des tas de questions. Son père était même peut-être encore plus charmant que Nate. Nous étions si nombreux à table qu'il était difficile de ne s'en tenir qu'à une seule conversation, les discussions allaient donc bon train. Pour ma part, j'étais heureuse d'en apprendre plus sur Nate.

— Il avait une brosse à dents qu'il trimballait partout, révéla Nathan tandis que Sylvie éclatait de rire.

— Une brosse à dents ?

Nate grogna.

— Je n'arrive pas à croire que vous lui parliez de ma brosse à dents.

Nathan fit mine de ne pas l'avoir entendu. Son sourire malicieux était si semblable à celui de son fils que j'en étais fascinée.

— La plupart des bambins ont une couverture ou un nounours, mais Nate avait sa brosse à dents. Mais pas celle qu'il utilisait. Juste une brosse à dents que sa mère lui avait achetée suite à un caprice dans un supermarché.

Je m'étranglais de rire, à présent.

— Une brosse à dents ? répétai-je, incrédule.

Je coulai un regard vers Nate, qui faisait semblant de ne pas écouter. Je me demandais vraiment comment un homme pouvait être à la fois aussi sexy et aussi adorable.

— Elle avait un manche jaune avec un petit smiley dessus, poursuivit Nathan. Il l'emportait partout avec lui. Jusque dans son lit. Il s'endormait en la serrant dans son petit poing. On a des preuves.

Comme je m'esclaffais, Nate se tourna vers moi en secouant la tête.

— Il *pense* avoir des preuves.

Sylvie hoqueta.

— Nathaniel Sawyer, gare à toi si tu as fait disparaître ces photos.

Nathan vint à la rescousse de son fils en changeant de sujet :

— Nate m'a dit que ton père est écossais ?

— Ouais. Il est originaire de Paisley.

— Est-ce qu'il t'a fait visiter notre beau pays ?

— Un peu. Il m'a emmenée dans le Nord il y a quelques années, autour d'Iverness si mes souvenirs sont bons. Et depuis qu'on a emménagé ici, on a voyagé un peu. Dans les Highlands de l'Ouest. Oh, et je voulais voir d'où venait Robert Burns, nous sommes donc descendus jusqu'à Alloway, puis jusqu'à la frontière, à Gretna Green. Comme je lis beaucoup, je savais que c'était là que les riches héritières enlevées et les jeunes couples anglais interdits de mariage se réfugiaient, parce que les lois écossaises n'exigeaient pas le consentement parental. Ça avait l'air chouette, j'avais envie de voir ça.

— Tu es bibliothécaire, c'est ça ? me demanda Sylvie avec un sourire.

Notre commande arriva alors, et j'attendis que mon copieux *fish and chips* me soit servi – ça ne risquait pas de me faire perdre du bide, mais bon – pour lui répondre :

— Ouais, à la fac.

— Est-ce que tu as un petit ami, Olivia ? s'enquit alors Nathan avec une lueur espiègle dans le regard.

M'efforçant de ne pas me tortiller de gêne en sentant la jambe de Nate se crisper contre la mienne, je m'empressai de secouer la tête et d'enfourner une nouvelle bouchée pour ne pas avoir à répondre.

— Tu es pourtant une très jolie fille, commenta Nathan, complètement démonté. Tu n'as personne ?

— Elle est difficile, intervint Nate. Et elle a bien raison.

— Eh bien, la perfection n'existe pas. Parfois, il faut savoir se contenter de ce qui se présente. Pas vrai, mon amour ?

Sylvie adressa un clin d'œil moqueur à son mari, et je sus dès lors d'où Nate tenait sa faculté à le faire sans avoir l'air bête.

Nathan lui lança un drôle de regard avant de se retourner vers moi.

— Sylvie a raison. Tu risques de finir seule si tu cherches la perfection.

Ils me connaissaient depuis une demi-heure, et déjà ils s'intéressaient de façon bienveillante, bien qu'un peu trop intime, à ma vie amoureuse. Je ne savais plus trop où me mettre, quand Nate déclara :

— Liv est parfaite, elle mérite la perfection. Rien de moins.

Cela aurait pu être drôle. Tendre. Taquin. Mais il avait dit cela avec un tel aplomb que nous restâmes tous les trois muets. Nathan et Sylvie considérèrent leur fils avec curiosité avant de braquer leurs yeux sur moi. Je baissai le front, les joues en feu, en me demandant si nous survivrions à ce week-end sans que Nate nous trahisse.

Je lui en voulais. Et pas à cause de ses petits dérapages occasionnels.

Je lui en voulais parce qu'il venait de dire une chose magnifique. Et le regarder en face me provoquait des décharges d'un plaisir douloureux dans la poitrine. Mon sang s'échauffa, mes doigts se crispèrent. J'étais en train de tomber amoureuse.

Ça n'était pas censé arriver.

Afin de recouvrer mon calme, je me tournai vers Cole pour discuter avec lui. Je me retrouvai ainsi à parler avec le père de Cam, Andy. C'était un homme calme et réservé, qui s'entendait très bien avec le petit frère de Jo. Dès que je lui fis part de mon intérêt pour l'histoire régionale, Andy s'ouvrit et devint une véritable mine d'informations. J'en étais ravie... d'autant que cela détourna on ne peut plus efficacement l'attention.

Le repas se poursuivit, et à mesure que les conversations s'animaient et que les bières se vidaient, nous étions tous de plus en plus bruyants. Bientôt, il m'apparut évident que Nate, Cam, Peetie et leurs familles étaient très proches. J'avais eu un aperçu des liens qui les unissaient en passant du temps avec les garçons, mais les voir avec leurs parents me permit d'évaluer leur solidité. J'ignorais si le fait qu'ils soient tous enfants uniques y était pour quelque chose. Cela avait sans doute contribué à façonner leur amitié.

Je n'avais jamais rien connu de tel. Je n'avais eu que ma mère, qui n'avait elle-même que très peu d'amis proches. Puis papa était arrivé, et le fait d'avoir mes deux parents réunis me suffisait. Pour une raison ou pour une autre, je n'avais jamais eu de « meilleur ami ». Nous n'organisions jamais de réunions de famille, même s'il y avait sans arrêt du passage chez nous, car mes parents rendaient sans arrêt des services.

Quoi qu'il en soit, je n'avais jamais imaginé que cela avait pu me manquer avant de m'installer à Édimbourg et de me retrouver intégrée dans les existences de ces gens chaleureux et pragmatiques. Ils avaient été tout aussi accueillants avec Joss, qui en avait fait autant avec moi, allant jusqu'à me choisir pour demoiselle d'honneur à son mariage.

Alors que Nathan, Andy et Jim se partageaient l'addition, je me promis d'aller lui rendre visite dès notre retour de Longniddry. Elle avait été là pour moi. Je me devais de lui rendre la pareille.

Finalement, le repas m'avait rendue légèrement mélancolique, j'étais donc soulagée de voir les garçons de si bonne humeur. Chacun avait sifflé plusieurs pintes, et après avoir dit au revoir à leurs parents, nous rentrâmes au gîte, où ils sortirent immédiatement des bières du frigo.

Deux heures plus tard, profitant du fait d'être libérés de leurs responsabilités habituelles, ils étaient un peu pompettes. Après que Peetie eut déclaré impossible que Cam ou Nate parvienne à le mettre à terre grâce à une prise de judo, ils avaient considéré sa carcasse de rugbyman avant de relever le défi. J'aurais dû les en empêcher. Quelqu'un allait être blessé, mais puisque Jo et Lyn ricanaient dans leur coin sans essayer de préserver la santé de leurs mecs, je préférai ne pas intervenir pour le compte de Nate.

J'allai dans la cuisine, où je retrouvai Cole, qui préparait de quoi grignoter.

— Hé. (Je lui adressai un petit coup de coude en me glissant à son côté.) Ils t'ont mis derrière les fourneaux, maintenant ?

Cole ricana.

— Je trouvais plus prudent de m'éloigner du champ de bataille.

— Tu as bien raison. (Je piochai dans les cacahuètes.) Je suis surprise que tu ne nous aies pas encore demandé de te refiler de la bière en douce.

Son visage se crispa dès que mes mots eurent franchi mes lèvres, et je m'en voulus d'être aussi bête.

— Pour être honnête, ça ne me tente pas plus que ça.

Évidemment. Il avait une mère alcoolique.

C'est bien, Olivia, continue comme ça.

— Pard...

— En attendant que Cam ait fini d'écraser le nez de Peetie dans le tapis, je mangerais bien quelque chose, déclara Nate en venant nous rejoindre.

Ses yeux brillaient à cause de l'alcool, ses joues étaient toutes rouges. Son regard navigua de moi aux biscuits apéritif, et il contourna la table en me frôlant pour attraper le bol de chips. Il en profita pour me caresser les fesses de l'autre main.

Je me raidis, me tournant immédiatement vers Cole, qui reluquait lui aussi mon cul. Il redressa alors la tête vers moi, me surprit à le regarder et se rembrunit.

Merde.

Nate nous sourit à tous deux, sans se douter que son geste avait été surpris. Il ressortit de la cuisine comme si de rien n'était, nous laissant, Cole et moi, nous affronter du regard.

Soudain, j'avais l'impression d'être l'adolescente de la pièce.

Épuisée, je baissai la tête et poussai un long soupir.

— Je vais me coucher.

Allongée dans mon lit cette nuit-là, je restai à contempler le plafond tandis que des éclats de rire s'élevaient encore du rez-de-chaussée. Le bruit et le stress étaient deux obstacles au sommeil, qui mit longtemps à me gagner. Je finis par me rassurer en me disant que Cole ne répéterait à personne ce qu'il avait vu. La caresse de Nate ne prouvait rien d'autre que son incapacité à ne pas flirter avec n'importe quelle célibataire.

Non ?

19

Le soleil brillait puissamment le lendemain, du pain bénit pour Cam, Jo et Cole, qui avaient décidé d'aller pique-niquer sur la plage avec les parents de Cam et leur chien. Pour moi, c'était l'activité rêvée. Pourtant, comme Peetie et Lyn passaient la journée avec le grand-oncle et la grand-tante du premier, Nate voulait que je reste avec lui, Nathan et Sylvie.

Le choix était rude. Passer la journée à gambader sur la plage ou en apprendre plus sur Nate.

Bon, d'accord, le choix n'était pas si rude que ça, mais, par fierté, je vais dire que j'y ai réfléchi plus de dix secondes.

Et puis, j'avais vraiment besoin de m'éloigner de l'œil scrutateur de Cole. Durant toute la matinée, et notamment lors du petit déjeuner, il n'avait cessé de nous épier, Nate et moi, cherchant sans doute la moindre occasion de nous prendre en défaut.

Je fus donc intensément soulagée de me retrouver bientôt sous le porche arrière de la maison des parents de Nate. La journée avait bien commencé. Nate m'avait complimentée sur ma robe longue moulante, que je n'aurais jamais osé porter avant nos leçons, et alors que nous étions arrêtés à un feu il m'avait embrassée pour la première fois depuis ce qui me semblait être une éternité. En réalité, cela ne faisait que quelques jours que nos lèvres ne s'étaient pas touchées. Les parents de Nate habitant à l'autre bout du village, nous avions pris la voiture, et Sylvie et Nathan étaient venus nous accueillir tandis que nous nous garions devant leur magnifique cottage. Nate avait grandi dans un endroit délicieux.

Tout en sirotant ma citronnade, je riais en entendant Nate et son père s'envoyer des vannes. En échangeant un sourire avec Sylvie, je me sentis comme chez moi.

— J'ai vu une photo de toi avec un chien, annonçai-je à Nate avec un sourire interrogateur. (Il y avait un cliché de lui avec un adorable bébé labrador dans le hall d'entrée.) Tu ne m'as jamais dit que tu avais eu un chien.

Nathan ricana alors que son fils grognait.

Mon sourire s'étendit.

— Qu'est-ce qu'il y a à savoir ?

— Le chien… (Nathan s'esclaffa et dut recouvrer son calme avant de reprendre :) Il s'appelait Duke, et nous ne l'avons gardé qu'environ quatorze mois, jusqu'à ce que mon cher fils décide qu'il avait plus de valeur en tant que monnaie d'échange qu'en tant qu'animal de compagnie.

— Oh, mon Dieu, gronda de nouveau Nate en m'adressant un regard mauvais. Pourquoi a-t-il fallu que tu mettes ça sur le tapis ?

Sylvie pleurait presque de rire.

J'étais de plus en plus intriguée.

— Et qu'est-ce que tu as fait ? gloussai-je.

— Ce qu'il a fait ? (Nathan s'adossa confortablement et secoua la tête en considérant son fils.) Eh bien, il nous tannait depuis des mois pour qu'on lui achète une planche de surf, et on n'arrêtait pas de lui dire non, car on ne voulait pas le savoir dans l'eau sans une personne expérimentée pour l'accompagner. Un jour qu'il est allé à la plage avec Cam et ses parents, nous l'avons laissé emmener Duke. Lena et Andy ont tourné le dos quelques instants, et il en a profité pour réaliser son rêve.

Nate semblait profondément blessé.

— Il a croisé des surfeurs et a commencé à les baratiner. Finalement, il leur a demandé s'ils accepteraient d'échanger une de leurs planches contre Duke.

J'écarquillai des yeux horrifiés.

— Non, tu n'as pas fait ça ?

Il fit la grimace.

— J'avais onze ans.

— Exactement, tu étais donc parfaitement conscient de tes actes.

Sylvie se tamponna les yeux.

— Tu t'en doutes, reprit Nathan, l'un des surfeurs a accepté.

— Et tu lui as donné Duke ? Vous avez pu le récupérer ?

— Non, déclara Nathan en secouant la tête. Dès qu'Andy a compris ce qui s'était passé, il est allé à leur recherche, mais ils étaient déjà partis. J'y suis retourné chaque week-end pendant plusieurs semaines, mais je n'ai jamais recroisé ce groupe de surfeurs.

— C'est horrible, Nate, le réprimandai-je.

— Hé... (Il me pointa du doigt.) Je ne suis pas non plus le roi des enfoirés. Je me suis rendu compte dès le soir même que c'était une grosse connerie, et je m'en suis voulu à mort.

— Tu t'en es voulu ? s'exclama Nathan. Tu as pleuré toutes les larmes de ton corps, oui.

Je pinçai les lèvres pour m'empêcher d'éclater de rire.

Nate se rembrunit.

— C'étaient des larmes viriles. Des larmes viriles de regret.

— J'imagine qu'il n'a jamais été question de reprendre un chien ? m'enquis-je, narquoise.

Sylvie pouffa.

— On avait trop peur de ce qu'il risquait de nous rapporter en échange.

Nate abattit ses mains sur ses cuisses, las de nous entendre nous gausser, et se leva.

— Bon, si vous avez fini de me torturer, je vais faire visiter à Liv la prison dans laquelle vous m'avez gardé enfermé pendant dix-huit ans.

Il me tira par la main et j'adressai un sourire complice à ses parents avant de le suivre.

La prison en question était donc sa chambre. Et ça n'avait rien d'une prison, mais tout d'une chambre d'ado traditionnelle. Des posters de groupes de rock indépendant aux murs, des livres et des BD encore éparpillés ici et là. Mon regard ne s'attarda ni sur les parois bleu sombre, ni sur l'édredon assorti recouvrant le lit double, mais se dirigea droit vers les photos. Il était évident que Nate avait aimé en prendre depuis son plus jeune âge. Il y avait certains clichés magnifiques de Longniddry ou de la plage, mais surtout de ses parents ou amis. Je souris en voyant Nate, Cam et Peetie jeunes, faisant les fous... surtout à la plage.

Au fur et à mesure de mon exploration, une fille apparaissait de plus en plus souvent devant moi ; mon cœur s'accéléra tandis que Nate restait appuyé contre l'embrasure de la porte pour me laisser découvrir ses images de jeunesse. Finalement, je tombai sur la seule photo encadrée. Elle reposait sur la table de chevet. Je m'assis sur le lit et tendis le bras pour m'en saisir. Une violente douleur me traversa la poitrine.

C'était la même fille.

Elle était assise sur un muret en brique ; le vent soufflait derrière elle ses longs cheveux blond vénitien, et elle souriait en regardant l'objectif, plissant les paupières pour lutter contre le soleil. Elle était petite, pâle et fine ; ses traits étaient délicats, son sourire magnifique. Ainsi vêtue d'une robe d'été blanche, elle avait tout de l'ange que Nate m'avait décrit.

Après de longues secondes, je recouvrai enfin l'usage de la parole.

— Alana ?

Nate ne répondant pas, je levai les yeux vers lui et il hocha la tête, avant de faire un pas vers moi.

— Alana.

Je reposai le cadre à sa place et chuchotai avec sincérité :

— Elle était magnifique, Nate.

— J'ai pris cette photo quelques semaines à peine avant que l'on découvre son lymphome.

Ne sachant trop quoi dire, je demandai d'une voix étouffée :

— Est-ce que sa famille habite toujours ici ?

— Oui.

Il vint s'asseoir près de moi, les yeux rivés sur les photos épinglées au mur. Je tombai sur un portrait de Nate adolescent, un grand échalas non moins mignon, debout derrière la jeune Alana, les bras noués autour de sa taille. Elle était adossée contre lui, lui étreignant fermement les poignets, comme pour l'empêcher de s'en aller. Tous deux souriaient. Ils semblaient si heureux, si innocents...

Ils ignoraient encore ce qui les attendait.

Ravalant mes larmes, je me détournai rapidement, incapable d'éteindre le feu qui brûlait dans ma poitrine.

— Ouais, sa famille habite toujours ici. Mais je n'ai rien à voir avec eux.

— Pourquoi ?

Il haussa les épaules d'un air maussade et plissa les yeux, songeur.

— J'ai passé l'essentiel de l'enfance d'Alana à essayer de la préserver de son beau-père.

— Est-ce qu'il la frappait ?

— Non. Mais au moins, on aurait pu y faire quelque chose. Il se contentait de harcèlement moral et verbal. En permanence. Il en faisait autant avec sa mère, qui le laissait agir. Quand le cancer d'Alana a été diagnostiqué, ça s'est brusquement arrêté. Il a pris ses distances. Mais le mal était fait. Alana était réservée et peu sûre d'elle, incapable de se défendre. J'allais toujours au front pour elle. Il lui faisait vivre l'enfer, et sa mère fermait les yeux. Alana était quelqu'un de doux, mais quand je vois le courage dont elle a fait preuve pour affronter sa maladie... Elle était courageuse dans le sens le plus noble du terme. Et quand elle est morte, je n'ai plus voulu avoir affaire avec ses parents.

Je lui massai l'épaule pour le réconforter.

— Alana avait beaucoup de chance de t'avoir.

Il sourit faiblement, l'air distant.

— Il y avait un endroit sur la plage, près du club de golf, où on se retrouvait quand elle passait une sale journée à cause de lui. On s'asseyait. (Il haussa les épaules.) On restait juste assis dans un silence parfait. Elle n'avait pas besoin que je lui parle, seulement de savoir que j'étais là. Cela me donnait l'impression de servir à quelque chose.

Comme les larmes m'étranglaient de nouveau, je choisis de ne rien dire.

Quand il me regarda, il se radoucit en découvrant mes yeux humides.

— Je n'ai jamais couché avec elle, me lança-t-il d'un ton bourru.

La surprise dut se lire sur mon visage, car il partit d'un rire sans humour.

— On était tous les deux puceaux. Tu y crois ?

— Toi ? Non, répondis-je le plus sincèrement du monde.

— La mère d'Alana était une fervente catholique. Alana ne voulait pas faire l'amour avant le mariage.

— C'est tellement rare, de nos jours.

Il eut une légère moue.

— Les filles comme elle sont extrêmement rares.

— Un ange.

— Ouais, un ange. (Il eut un sourire effronté.) Enfin, pas toujours. On se tripotait souvent, mais je n'ai jamais insisté pour aller plus loin. Je ne désirais rien de plus que ce qu'elle était prête à m'offrir. Puis elle est tombée malade. Trois mois après sa mort, Peetie et Cam ont décrété que je m'étais assez morfondu. Ils m'ont emmené en ville, m'ont bourré la gueule et je suis rentré chez je ne sais qui avec une Erasmus française avec qui j'ai tiré mon coup. C'était tellement simple. Sans affect. Sans le moindre sentiment. (Son regard se fit plus intense, scrutateur.) Et ça me convient parfaitement, Liv.

Je compris qu'il cherchait à me faire passer un message, ce qui me déchira le cœur. M'efforçant de dissimuler ce chagrin incommensurable qu'il avait involontairement causé en moi, je répliquai en ricanant :

— Comme d'avoir des amies paumées qui te recrutent pour les aider à se dévergonder.

Le sexe n'est jamais gratuit, mon sucre.

Je tressaillis intérieurement.

Nate eut un air énigmatique. Qui se mua bientôt en une moue moqueuse.

— À ce propos… (Je me mordis nerveusement la lèvre.) Je crois que Cole sait à quoi nous jouons, grâce à la main au cul que tu m'as passée hier.

Il parut perplexe.

— Quand ça ?

— Dans la cuisine, quand tu es venu manger un bout. Cole a tout vu.

Nate se détendit.

— Oh, je suis sûr qu'il a déjà oublié. Il sait que je suis un coureur.

C'était également ce que je m'étais dit, mais l'entendre le verbaliser, l'entendre suggérer que je ne comptais pas plus que n'importe quelle greluche rencontrée dans un bar, revenait à remuer le couteau dans la plaie béante qu'il m'avait infligée juste avant. La douleur sourde que cela provoqua me poussa à parler sans réfléchir. Ou plutôt à adopter un certain ton sans réfléchir.

— Il te voit souvent draguer d'autres filles ?

Il me gratifia d'un regard vide.

— Cela ressemble énormément à un reproche de petite amie jalouse.

Il se leva du lit et se dirigea vers la porte.

Son regard et sa façon de m'envoyer bouler décuplèrent ma rage.

— Arrête de te faire des films, aboyai-je en lui passant devant.

Je dévalai l'escalier deux à deux.

Sylvie me vit me précipiter vers la salle de bains, où j'espérais pouvoir prendre une minute pour recouvrer mes esprits. Manifestement inquiète de me voir cette mine furieuse, elle me demanda si tout allait bien. Je la rassurai rapidement, entendant les pas de Nate se rapprocher derrière moi.

La tension entre nous resta palpable jusqu'en fin de journée. Même si je riais et plaisantais avec ses parents, je m'efforçais de fuir son regard et ne lui adressais la parole que lorsque la conversation m'y obligeait.

Après le dîner, nous continuâmes à discuter durant des heures, jusqu'à ce que les événements prennent un tour encore plus gênant.

Nathan me sourit, détendu et apparemment satisfait.

— C'est agréable de voir Nate avec une fille aussi adorable que toi, Olivia.

— Papa, Liv n'est qu'une amie, intervint Nate.

Son ton presque menaçant me blessa un peu plus et mit ses parents mal à l'aise.

Son père le toisa d'un œil torve. Je crus qu'il allait lui reprocher son impolitesse, mais il se radoucit et tendit la main vers sa bière. Alors que je pensais le sujet clos, il en but une gorgée et déclara calmement :

— Je ne suis pas aveugle.

Bizarre.

Nate nous fit quitter les lieux sur-le-champ.

J'embrassai ses parents pour leur dire au revoir, regrettant de ne pas pouvoir rester chez eux pendant que Nate regagnait le gîte en solitaire. Sa famille était si agréable et épanouie... Malheureusement, je le comprenais de moins en moins. Alors qu'il avait la chance d'avoir deux parents qui s'aimaient et qui l'aimaient, alors qu'il avait sous les yeux le meilleur modèle qui soit... pourquoi refusait-il de s'imaginer un tel avenir ? Alana le hantait, l'empêchait d'avancer, mais c'était lui qui refusait de l'oublier. Il se servait de son spectre pour se protéger de...

Eh bien...

Moi.

Nous nous éloignions de chez Nathan et Sylvie, et je mettais un point d'honneur à garder les yeux rivés vers l'extérieur, la joue collée au verre frais de la fenêtre. J'observais le tapis de nuages au firmament tout en m'efforçant de contrôler ma respiration pour ne pas laisser transparaître ma nervosité. Nate et moi ne nous étions encore jamais disputés. Du moins, jamais sérieusement.

À ma grande surprise, il n'emprunta pas la route de notre gîte. Au lieu de quoi, il suivit un chemin que je ne connaissais pas, jusqu'à se garer dans un parking désert entouré des hautes herbes jaunes recouvrant les dunes. J'entendais les vagues s'écraser sur le sable juste au-delà.

Je me tournai vers lui à contrecœur quand il coupa le contact.

— Qu'est-ce que tu fais ?

Il m'observa avec méfiance.

— Tu m'as dit tout à l'heure que tu voulais aller à la plage.

— Mais ce n'est pas marée haute ?

— Elle est basse, à cette heure de la nuit.

Il sortit soudain de la voiture, sans attendre ma réponse.

Je l'imitai, frissonnant dans l'air frais chargé d'embruns. Je le regardai se diriger vers les dunes, sans pour autant le suivre. Ses épaules voûtées me touchèrent, et quand il se retourna, la lune projeta dans ses prunelles une lueur d'échec. Et je détestais l'idée qu'il puisse éprouver cela. Même si j'étais furieuse contre lui.

— Nate, qu'est-ce qu'il y a ?

Il prit une longue inspiration, secoua la tête, fourra les mains dans ses poches et contempla l'horizon.

— Nate ?

Mon cœur battait à tout rompre.

— J'ai l'impression de le décevoir.

Je me crispai.

— Qui ça ?

— Mon père.

— Pourquoi ?

— Il n'est pas du genre à faire des coups en douce, Liv. Il a toujours été droit dans ses bottes. Loyal. Il sait comment je traite les femmes, et cela ne lui plaît pas.

— Comment tu traites les femmes ? Nate, ce n'est pas comme si tu étais horrible avec elles. C'est juste que tu multiplies les conquêtes. Et que… (Je serrai les poings pour endiguer la douleur.) Tu ne leur fais jamais de promesses.

— Non, chuchota-t-il d'un ton rauque. J'ai blessé pas mal de filles en me foutant éperdument de ce qui pouvait se passer après que je les avais sautées. Ne faisons pas comme si ça n'arrivait pas.

Mon sang ne fit qu'un tour.

— Si tu t'en veux de le faire, alors arrête. Ton père n'est pas déçu, Nate. Il t'aime et il est très fier de toi. Il suffit de passer un peu de temps en votre compagnie à tous les deux pour s'en rendre compte. Il voudrait simplement que tu tournes la page. Et tu sais quoi ? (Je levai les mains.) Il a peut-être raison. Il est sans doute temps d'oublier Alana. De trouver une fille bien. De te poser.

Ce n'était pas la chose à dire.

Nate retroussa les lèvres et me rétorqua avec dédain :

— Et alors quoi ? Je me trouve une chouette fille et tu couches enfin avec ce pauvre Benjamin ? Le « mec de la bibliothèque » ?

N'aimant pas du tout cette facette de sa personnalité, je lui lançai un regard noir et croisai les bras, avant de m'appuyer contre le capot de la voiture.

— Je dirais que je suis prête. Tu m'as bien formée. J'ai appris toutes mes leçons. Je suis plutôt baisable, maintenant, hein ? Je crois que ça lui plairait.

Je n'eus qu'un instant pour voir ses yeux pleins de rage avant qu'il se rue sur moi. Il m'attrapa aussitôt par la nuque pour m'embrasser à pleine bouche. Un baiser brutal, douloureux, auquel se joignirent quelques mordillements que je rendis du mieux que je pus.

Le souffle court, Nate me fit basculer sur la tôle et prit position entre mes jambes. Il retroussa ma robe, se pencha sur moi, les prunelles aussi sombres que la nuit qui nous entourait. Je me cambrai quand il fit glisser les bretelles de ma robe, puis celles de mon soutien-gorge, et offris mes seins nus à ses lèvres. Sa main glissa à l'intérieur de ma cuisse, ses doigts s'introduisirent sous ma culotte et me pénétrèrent.

Je poussai un petit cri quand il jura doucement en me sentant déjà humide et prête à l'accueillir.

Puis tout s'emballa.

Ma culotte disparut, sa braguette fut abaissée, mes hanches se retrouvèrent prisonnières de ses mains puissantes tandis qu'il m'attirait vers son sexe. Il s'enfouit en moi, comblant mon désir, et soudain rien d'autre ne comptait. Peu m'importait que nous soyons dehors. Peu m'importait que je me trouve sur le capot d'une voiture. Tout ce qui comptait était qu'il me désirait. Je contractai les muscles de mon périnée à chacune de ses saillies, précipitant sa jouissance.

Il se détendit alors contre moi et nous restâmes tous deux allongés sur le capot, mes jambes autour de sa taille, son haleine me réchauffant le cou. Je sentais son cœur battre contre le mien. La peau de son dos était tout humide de sueur. Je savourai cet instant.

Je le savourai et m'y accrochai un instant.

Et il me laissa faire.

Il devait savoir qu'il ne tarderait pas à me l'arracher de nouveau.

20

Nate se montra tendre, presque contrit, après m'avoir prise sauvagement. Je ne me rendis compte que plus tard qu'il n'avait pas prononcé un mot pendant l'acte. Généralement, il se fendait de quelques exclamations salaces pour nous encourager. Le fait qu'il soit resté muet me fit penser qu'il était aussi perdu et en colère que moi. Trop occupé à essayer de dissiper ses incertitudes – ayant simplement besoin de s'unir, pas de penser, encore moins de parler. Du moins, c'était ce que je m'autorisais à croire.

Nous roulâmes silencieusement jusqu'au gîte, mais je sentais son regard se poser sur moi de temps à autre. Inquisiteur. Une fois à la maison, je le laissai aller retrouver nos amis et allai directement me coucher. Jo me rejoignit à l'étage, inquiète. Je parvins à la convaincre que tout allait bien. Je crois que ce furent les larmes qui inondèrent mon oreiller durant la nuit qui me trahirent.

Le lendemain matin, je faillis céder ma place à l'avant pour le retour, mais je savais que cela éveillerait des soupçons, puisque j'avais tant insisté pour l'obtenir. Cependant, Jo remarqua que j'étais inhabituellement calme. Elle m'envoya un SMS depuis la banquette arrière pour me dire qu'elle se faisait du souci pour moi.

J'étais au bord du gouffre.
Je mourais d'envie de tout lui révéler.
Mais je parvins à garder le silence et fus on ne peut plus soulagée quand Nate me déposa devant ma porte, de sorte que je pus courir m'enfermer chez moi, loin de leurs regards inquisiteurs.
Nate ne me donna pas de nouvelles de la journée, ni le lendemain. Je quittai le travail en réfléchissant aux événements, tentant d'y comprendre quelque chose. De comprendre comment j'avais pu me laisser chuter de la sorte.
Échouant à trouver une explication satisfaisante, j'allai chercher quelque distraction...

— Liv ?
Joss parut surprise de me trouver dans l'embrasure de la porte.
Je fronçai les sourcils en la voyant. Ses yeux étaient cernés de noir, sa peau avait un aspect maladif, et elle n'avait franchement pas l'air d'une femme enceinte radieuse.
Sans lui laisser le temps de trouver une excuse pour me claquer la porte au nez, je pénétrai dans son appartement.
— Est-ce que Braden est là ? lui lançai-je par-dessus mon épaule tout en me dirigeant vers la cuisine.
— Non, il est au boulot.
Elle vint me rejoindre tandis que je m'affairais à préparer le café. Je l'examinai de près.
— Tu devrais prendre mieux soin de toi.
Joss resserra sa queue-de-cheval.
— J'ai été très occupée. J'ai trouvé un agent littéraire à New York pour me représenter.
Ma cuillère à café s'immobilisa au-dessus de ma tasse.
— Elle a aimé ton livre ?
— Elle l'a adoré.

J'eus un sourire d'excitation.
— Joss, c'est génial.
Son sourire était lumineux quoique faible.
— Ouais.
J'observai alors son ventre.
— Et qu'est-ce que...
— Elle pense que je devrais me mettre à travailler sur le deuxième, m'interrompit-elle avec fougue.

Je savais qu'elle avait volontairement changé de sujet, mais je ne l'embêtai pas avec ça. Pour l'instant. Une fois le café prêt et les biscuits servis dans une assiette, j'apportai le tout dans son salon. Je m'installai sur son canapé tandis qu'elle se lovait dans un fauteuil. Elle parlait de façon précipitée, sans reprendre son souffle. Son absence inhabituelle de sang-froid me mit mal à l'aise. Il était évident qu'elle était décidée à me parler de ses livres jusqu'à en perdre haleine si cela pouvait m'éviter de l'interroger sur sa grossesse.

Finalement, alors que je m'apprêtais à l'interrompre pour en venir droit au but, nous entendîmes la porte d'entrée s'ouvrir. Je vis Joss se raidir, et elle me fit l'impression d'un panneau de verre sans structure menacé par le vent.

Mon cœur se mit à palpiter à l'unisson du sien quand elle se mordilla la lèvre inférieure, les yeux rivés sur la porte du salon tandis que des pas lourds s'en approchaient. La silhouette imposante de Braden nous apparut. Il semblait fatigué et arborait une moue un peu triste.
— Liv.
Il me salua d'un bref signe du menton avant de se tourner vers sa femme. Il plissa les paupières en la découvrant.
— Tu as un peu dormi, aujourd'hui ?
Joss secoua la tête.
— Je n'ai pas réussi.

Agacé, il répliqua :

— Il faut que tu dormes.

Et sans rien ajouter, il tourna les talons et disparut en desserrant sa cravate.

La tension régnant entre eux était évidente. L'appartement en était saturé.

— Joss, murmurai-je. Ma belle, à quoi tu joues ?

— Ne parlons pas de ça.

Je me tus donc, ne sachant que dire ni comment l'aider. Quelques instants plus tard, Braden repassa devant le salon en disant :

— Adam et moi avons une réunion ce soir.

Puis la porte d'entrée claqua derrière lui.

Joss tressaillit et je vis sa gorge se contracter, comme si elle s'efforçait de ne pas éclater en sanglots.

— Oh, ma chérie.

Je m'approchai pour la prendre dans mes bras, mais elle leva la main pour m'en défendre.

Elle avait des larmes plein les yeux.

— Si tu me prends dans tes bras, je ne pourrai plus m'arrêter de pleurer. Et j'ai plus que tout besoin de ne pas pleurer.

Je restai clouée sur place.

— Ce n'est pas moi, promit-elle. Je ne l'ai pas rejeté. Je vis juste une période très difficile, et j'ai tout foutu en l'air. Je lui ai gâché son bonheur.

— C'est lui qui ne te parle plus ?

— Il me parle, répliqua-t-elle avec flegme, mais... C'est comme s'il avait du mal à supporter ma présence. Il ne m'a pas demandé comment je me sentais maintenant que le choc initial est passé. Ça ne l'intéresse pas. Et il ne veut pas que je le touche.

— Oh, Joss, je suis désolée.

— Il n'avait encore jamais été comme ça. Je crois que j'ai merdé.

Elle partit d'un rire hystérique avant finalement de laisser couler ses larmes, secouée de sanglots puissants.

Il était hors de question que je la laisse gérer cela toute seule.

Je la pris donc dans mes bras et l'étreignis jusqu'à ce qu'elle s'épuise.

Quand son corps s'arrêta de trembler, j'entendis le léger sifflement de sa respiration et compris qu'elle s'était endormie contre moi. Je ne pouvais plus bouger. Je n'osais plus.

Un quart d'heure plus tard, la porte d'entrée se rouvrit et Braden déboula dans le salon, l'air de vouloir en découdre. À l'évidence, il avait décidé d'annuler sa réunion. J'ignorais pourquoi il était revenu – si c'était pour crier sur Joss ou essayer de combler le gouffre qui les séparait –, mais je le fusillai du regard.

— Elle a pleuré jusqu'à s'endormir, chuchotai-je.

Les muscles de ses mâchoires se contractèrent quand il se pencha sur elle.

— Elle ne pleure pas souvent, me répondit-il doucement.

Pour une raison ou pour une autre, cela me donna envie de pleurer à mon tour. La douleur que ressentait mon amie semblait contagieuse.

— Tu dois lui pardonner.

— Ce n'est pas ça, répliqua-t-il d'une voix rauque, sans cesser d'observer le visage endormi de son épouse. Je ne suis pas fâché. Juste déçu.

— C'est encore pire.

Il se passa la main dans les cheveux.

— C'est notre enfant, Liv. Qu'il y ait des problèmes entre nous, je peux le gérer. Mais on parle de notre gamin. Elle devrait être heureuse.

— Tu sais que ce n'est pas si simple. Et tu ne peux pas savoir ce qu'elle a en tête exactement, car tu ne lui adresses plus la parole, sifflai-je.

Je savais que je n'avais aucun droit de me mettre en colère après lui, mais j'étais encore secouée par l'effondrement de Joss.

Braden me gratifia d'un regard qui en aurait intimidé plus d'une. Bon, inutile de faire la fière : j'étais moi-même intimidée.

— Tu as fini ?

Je ne répondis pas, estimant qu'une repartie bien sentie n'arrangerait guère la situation.

Sans un mot, Braden s'approcha de moi. Je me crispai, me demandant ce qu'il allait faire. Il se pencha précautionneusement et prit Joss dans ses bras, comme si elle était aussi légère qu'une plume. Elle s'éveilla assez longtemps pour joindre les mains derrière son cou et se blottir contre son torse.

Ma gorge se noua tandis que je les observais. Ils allaient arranger ça. C'était ce genre de couple. Si eux ne parvenaient pas à régler leurs problèmes, personne n'y arriverait.

Je m'empressai de me mettre debout, serrant affectueusement le bras de Braden avant de partir. J'espérais sincèrement que, quand Joss se réveillerait, ils parviendraient à communiquer.

Les voir dans cet état n'avait nullement apaisé mon chagrin et, ne voulant pas rester seule, je me rendis chez mon père. Comme au bon vieux temps, il me prépara à manger et nous passâmes un petit moment ensemble à regarder la télé, histoire de nous tenir compagnie. Il savait que quelque chose n'allait pas mais, pour une fois, il ne me posa pas de questions. Il était simplement là pour moi, comme toujours.

Je ne rentrai pas chez moi. Je n'avais donc aucun moyen de savoir si Nate utiliserait sa clé pour m'y rejoindre.

Éviter Benjamin était devenu un véritable défi ces dernières semaines. La première fois, je m'étais enfermée dans les toilettes du personnel ; la deuxième, je m'étais cachée derrière des piles de livres, me déplaçant de l'une à l'autre tandis qu'il les contournait ; la troisième, je m'étais tapie près d'un portemanteau. C'était la seule cachette qui m'était apparue quand il avait franchi l'entrée de la bibliothèque.

Croisant les doigts pour qu'il soit enfin reparti, j'étais sortie des manteaux, cernée par quatre paires d'yeux curieux.

— Putain, c'était quoi, ça ? m'avait demandé Angus.

J'avais cligné les paupières, sans trop savoir quelle explication pourrait me tirer d'affaire.

— Une abeille ?

Il m'avait contemplée un moment de plus avant de retourner à grands pas dans le bureau du fond.

Le lendemain de ma visite chez Joss et Braden, je changeai de tactique. Sans savoir si je le faisais à cause des circonstances ou de l'étrangeté de la situation entre Nate et moi.

J'étais debout au bureau d'accueil à compulser un livre quand une ombre en ternit les pages. Je dressai la tête et découvris Ellie, tout sourire.

— Tu as passé un bon week-end ? me demanda-t-elle gaiement.

— Hé, salut ! (Je me tournai alors vers Jill.) Je peux prendre cinq minutes de pause ?

— Bien sûr. (Elle nous sourit à toutes deux.) Bonjour, mademoiselle Carmichael. Il paraît qu'on va bientôt vous appeler docteur ?

Ellie rougit pendant que je faisais le tour du comptoir pour aller la rejoindre.

— Oui, bientôt. Mais ça va faire bizarre.

— C'est génial. (Je la serrai contre moi avant de l'emmener vers une banquette libre, près de l'escalier principal.) Qu'est-ce que tu fais ici ?

— Je suis venue te remercier. (Elle se tourna vers moi, les yeux brillants.) Il paraît que tu es allée chez Joss et Braden hier soir.

— Ouais ?

Ellie secoua la tête.

— Ces derniers jours ont été atroces. Je ne supportais pas de me trouver dans la même pièce qu'eux, et je ne savais pas à qui en vouloir, j'ai donc pris le parti d'être triste pour tous les deux, ce qui n'a rien arrangé. (Elle eut un sourire penaud.) Pardon, je vais aller droit au but. Je ne sais pas ce que tu as dit ou fait, mais ça a aidé. Adam vient de m'appeler pour me dire que Braden était de bien meilleure humeur. J'ai téléphoné à Joss, et ça a l'air d'aller aussi. Je comptais aller la voir après, d'ailleurs.

— Tant mieux. (Une vague de soulagement m'envahit.) Mais je n'ai rien fait de spécial.

Ellie haussa les épaules.

— Braden a parlé de toi à Adam, alors je crois bien que si.

— Je pense qu'ils étaient sur le point de régler les choses d'eux-mêmes. J'y suis juste allée au bon moment. Ces deux-là sont incapables de rester fâchés longtemps.

Apparemment, je me trompais, car Ellie éclata de rire.

— Bon sang, tu aurais dû les voir quand ils ont rompu. C'est au contraire un couple qui sait très bien rester fâché, et fâché très fort. C'est ce qui m'inquiétait le plus. Bref, de toute façon, ça n'a plus d'importance. Ils ont pu discuter, et Joss semble être provisoirement excitée par sa grossesse, je vais donc me raccrocher à ça. Je vais devenir tata ! glapit-elle comme si elle venait d'en prendre conscience.

J'éclatai de rire et, en tournant la tête, remarquai nombre d'étudiants qui nous observaient en rigolant. Quand mon regard croisa celui de l'un d'eux, qui traversait le hall pour venir vers moi, mon hilarité s'envola.

— Liv ? me demanda Ellie.

— Olivia ?

Benjamin s'arrêta juste devant nous. Il arbora son plus beau sourire amical et se désintéressa bientôt complètement d'Ellie pour se consacrer à moi.

— Je ne vous avais pas vue depuis longtemps.

Cette fois, je n'avais aucun moyen de l'éviter.

Et pour la première fois depuis des semaines, je n'étais plus certaine de devoir le faire. Je me levai, et Ellie en fit autant.

— Hello. Benjamin, voici mon amie Ellie. Ellie, je te présente Benjamin.

— Appelez-moi Ben.

Il me sourit de nouveau avant de serrer la main à Ellie. Je sentis croître la curiosité de mon amie.

— Vous étiez en vacances ? me demanda-t-il comme si nous n'étions que tous les deux, ce qui était plutôt agréable car Ellie était une grande blonde magnifique.

— Non, on a simplement dû se manquer, mentis-je.

— C'est dommage, murmura-t-il. Mais je suis content de vous revoir.

— Moi aussi, affirmai-je avec un sourire.

Nous nous regardâmes un instant de trop.

Ben se racla la gorge.

— Bon, je vais y aller, dit-il à contrecœur.

— Au fait, intervint Ellie, on va tous au *Club 39* samedi soir, on se croisera sans doute là-bas.

Les prunelles de Benjamin s'illuminèrent et son sourire s'élargit.

— Ouais, peut-être.

Dès qu'il fut parti, je me tournai vers Els.

— À quoi tu joues ?

— J'essaie juste d'accélérer une approche presque aussi lente qu'entre Adam et moi. Je ne voudrais pas que tu aies à attendre cinq ans, Liv. (Elle me tapota l'épaule.) Ce n'est vraiment pas drôle.

L'annonce de la réconciliation de Joss et Braden et le fait que Ben s'intéressât clairement à moi égayèrent un peu ma journée, m'aidant à enfouir la douleur de plus en plus insupportable et les nombreux doutes qui m'accaparaient au sujet de ma relation avec Nate.

Ainsi donc, il était tout à fait compréhensible que je ne sache pas comment réagir en rentrant chez moi ce soir-là, quand je trouvai ledit Nate assis sur mon canapé, à boire *mon* café et à regarder *ma* télé.

Mon corps ne se posa pas tant de questions.

Il apprécia immédiatement la vue de cette silhouette mince et musclée. Il fantasma sur ce magnifique visage couvert d'une barbe de trois jours et sur l'éclat de ces yeux merveilleusement sombres.

Mon cœur ne s'interrogea pas non plus.

Il s'emballa de le voir m'attendre ainsi dans mon salon.

— Salut ?

Il se pencha en avant pour atteindre la télécommande et éteindre le téléviseur.

— Je suis passé hier soir. Tu n'es pas rentrée.

— J'étais chez papa.

Il sembla se détendre légèrement.

— Est-ce que ça va ?

— Oui, oui.

Il se gratta la joue, dubitatif.

— Est-ce qu'on a déconné, ce week-end ?

Je m'approchai de lui et poussai un lourd soupir.

— Je ne sais pas. Qu'est-ce que tu en penses ?

Nate se leva pour venir me rejoindre. Il posa les mains sur ma taille et m'attira contre lui. J'étais foutue.

— J'en pense que c'était un week-end étrange. Et qu'on devrait l'oublier au plus vite.

Putain, qu'est-ce que ça veut dire ? Pose-lui la question !

— D'accord, acquiesçai-je.

Je me maudis d'être aussi lâche, tout en adorant sentir la chaleur de son souffle dans mon oreille. Ses mains se refermèrent autour de mon haut.

— J'ai l'impression de ne pas avoir été en toi depuis une éternité.

Je me penchai vers lui.

— Pourtant, ça ne fait que quelques nuits.

— C'est ce que je dis. (Il posa ses lèvres sur mon point névralgique.) Une éternité.

Il fut d'abord brutal, sauvage, fiévreux. Je le laissai m'embrasser. Me déshabiller. Me conduire dans ma chambre. Caresser chaque parcelle de ma peau.

Et quelque part en route, il devint tendre.

Je le laissai s'introduire en moi et me prendre lentement, magnifiquement. Je fermai les paupières.

— Non, dit-il d'une voix bourrue en me soulevant les cuisses pour changer son angle d'attaque. Regarde-moi. Laisse-moi voir tes yeux.

Je le laissai donc me regarder dans les yeux pendant qu'il me faisait l'amour, jusqu'à ce que mes larmes affluent en pleine extase.

Je le laissai chasser mes doutes.

Je le laissai prendre leur place.

Nate jouit puissamment ; son étreinte se fit presque douloureuse quand il bascula la tête en arrière et grogna tout en éjaculant. Une fois que ses coups de bassin cessèrent, une immobilité étrange s'empara de lui ; une sorte de vigilance. Quand il replongea son regard dans le mien, Nate dut y voir quelque chose de spécial, car il se retira en hâte, comme par crainte de se brûler.

Il ôta précipitamment le préservatif usagé et le balança dans la poubelle. Il entreprit immédiatement de remettre son jean.

Quelque chose ne tournait pas rond.

— Tu ne restes pas ?

Il ne répondit pas ; la tension était revenue dans ses épaules. J'attendis qu'il remette son tee-shirt. Il refusa longtemps de se tourner vers moi, puis il se passa la main sur le visage et osa enfin affronter mon regard.

Je m'assis, le cœur battant la chamade. Je ravalai un haut-le-cœur.

— C'est fini, Liv. Je n'en peux plus.

J'eus l'impression que ma cage thoracique me broyait les poumons.

— Tu... (Je secouai la tête.) Tu me fais l'amour et puis... tu décides que c'est fini ?

— C'est justement pour ça. (Il serra les dents.) Te faire l'amour ? Il n'avait jamais été question de ça.

Un accès de colère me propulsa hors du lit. J'enfilai ma chemise de nuit pour me sentir moins vulnérable, puis me retournai, les poings sur les hanches.

— Je peux savoir pourquoi tu es venu ce soir ? Si tu comptais tout arrêter ?

— Parce que je n'étais pas certain que ce soit indispensable... mais après ce qui vient de se passer...

Sa voix dérailla quand il désigna le lit d'un geste désespéré. Je regardai les draps, où il s'était montré si tendre, quelques instants auparavant.

— Je n'ai fait que te suivre.

— Non, aboya-t-il. Ne me fais pas ces yeux de chien battu. On était d'accord pour que ce ne soit que du cul. Et tu m'avais promis. (Il se radoucit, m'implorant presque.) Tu m'avais promis que ça ne gâcherait pas tout.

— Tu veux que je tienne parole ? Nate, cesse de te mentir ! Voilà six semaines que nous sommes ensemble, et j'en ai marre de faire comme si notre relation n'en était pas une. Tu viens ici presque tous les soirs, et ce n'est pas que pour le cul. Il y a aussi de l'amitié, de l'affection et de la tendresse. (Je n'avais pas envie de pleurer, mais je sentais les larmes affluer.) Nous nous faisons rire et nous nous *comprenons*. Qu'est-ce que ça a de si gênant ?

— Je n'y crois pas, gronda Nate, qui se sentait trahi. (Un frisson glacé me dévala l'échine, et je fus soudain prise de sueurs froides.) Je t'ai dit et répété que je ne cherchais rien de plus, et tu m'as toujours affirmé que tu comprenais et que ça n'arriverait pas, mais tu m'as manipulé tout du long !

Il termina sur un cri qui me fit tressaillir.

Il tremblait.

Je ne l'avais encore jamais vu dans cet état.

Comme je ne répondais pas, il tourna les talons pour partir.

Alors seulement je retrouvai ma voix.

— Ce n'est pas moi qui t'ai demandé de rester dormir après qu'on a couché. C'est *toi*. Ce n'est pas moi qui t'ai demandé de venir chaque soir ou presque. *Tu* as pris cette décision. Ce n'est pas moi qui t'ai câliné dans le canapé, mais encore *toi*. Je ne t'ai pas non plus invité chez moi pour te présenter mes parents. *Toi*, oui.

Nate s'immobilisa, les mâchoires serrées, les yeux rivés sur la moquette.

Je compris alors que j'étais sur le point de le perdre pour de bon.

J'en eus le souffle coupé, comme si des mains invisibles venaient de m'arracher les poumons.

Aveuglée par les larmes, je parvins à articuler entre deux hoquets :

— Avec du recul, je pense que tu as toujours su que ça allait plus loin. À certains moments, je t'ai senti t'éloigner et j'ai cru que ça y était, que ce qui existait entre nous venait de disparaître. Mais tu es revenu. Pourquoi ?

Cette fois, quand il croisa mon regard, je lus de la peur dans ses prunelles.

— Liv, ne fais pas ça, s'il te plaît.

— Ne fais pas ça ? Mais pourquoi ?

— Parce que... cracha-t-il d'un ton mauvais. Si tu continues, je vais être obligé de dire des paroles que je n'ai pas envie de prononcer.

J'eus une moue dédaigneuse.

— Eh bien vas-y, dis-les ! Je suis une grande fille, je peux encaisser.

— D'accord. Je ne t'aime pas. Je ne peux pas t'aimer, et je ne le pourrai jamais, et tu le savais depuis le début, alors ne te pose pas en victime.

Je parvins à rire de la violence de ses mots, le détestant de tout mon cœur à cet instant.

— La semaine dernière, j'ai cru que tu étais la meilleure chose qui me soit jamais arrivée. La semaine dernière, je t'ai aimé comme je n'avais jamais aimé. (Je ressentis un soulagement amer à nous l'avouer enfin à tous les deux.) Tu m'as appris à redevenir courageuse, Nate. (J'essuyai mes larmes, tandis que mon cœur tambourinait douloureusement contre ma poitrine.) Comment un froussard tel que toi peut-il enseigner le courage à qui que ce soit ?

Il tressaillit.

Tant mieux.

— Tu sais ce que tu m'as appris d'autre ?

Il resta muet.

— Tu m'as appris à croire en moi, jusqu'au bout. Tu m'as appris que je valais mieux que ce que je voyais dans le miroir. Et donc, aujourd'hui, alors que tu essaies de me faire croire l'inverse, je te dis d'aller te faire foutre. (Je me fendis d'un sourire sans humour et léchai les larmes salées qui me mouillaient les lèvres.) Je mérite d'être aimée. C'est tout ou rien.

Semblant comprendre alors où je voulais en venir, il eut une expression de malaise. Il fit un pas vers moi.

— Liv, je ne t'ai jamais fait la moindre promesse, tu le sais pertinemment.

— Ne fais pas l'imbécile. Tu t'es embarqué là-dedans avec moi il y a déjà six semaines ! Ce n'était pas simplement du cul, Nate. C'est moi !

— Tu m'avais promis...

Épuisée, je reculai en chancelant.

— Tu as raison, je t'avais promis. Mais je ne m'attendais pas à ce que tu m'envoies des signaux contradictoires. Nous l'avons fait tous les deux. Au moins, moi, je l'admets. Et si tu as suffisamment de bonne foi pour l'admettre également, tu te rendras compte que tu t'es comporté comme un salopard d'égoïste. Je doute donc que tu le reconnaisses un jour.

— Tu te trompes, gronda-t-il. Je le reconnais. Je pensais qu'on pourrait coucher ensemble et rester meilleurs amis. Ça n'a pas fonctionné. Et je n'arrêtais pas de revenir et d'empirer les choses parce que je ne voulais pas perdre ton amitié. Je suis désolé. Mais tu me connais. Tu sais que je ne veux pas d'une relation sérieuse. Tu le sais. Tu ne peux pas me le reprocher, pas si tu es... mon amie.

Je le considérai, incrédule.

— Je viens de te dire que j'étais tombée amoureuse de toi. (Il broncha de nouveau, ce qui me fit pleurer de plus belle.) Et maintenant, tu t'attends à ce que j'arrive encore à traîner avec toi ?

— Liv, s'il te plaît, ne fais pas ça.

— Navrée, je n'ai pas le choix. J'y suis obligée, si je ne veux pas devenir complètement folle. Si tu franchis cette porte, Nate... si tu franchis cette porte... ne t'avise jamais de revenir.

Il grinça des dents.

— Tu ne le penses pas vraiment.

— Oh, allons, répliquai-je tristement. Tu viens de me dire que tu ne m'aimais pas et que tu ne m'aimerais jamais. Je ne devrais pas trop te manquer.

— Olivia, non, plaida-t-il d'une voix saturée de chagrin.

Cette douleur évidente me redonna espoir. L'espoir que, derrière la confusion, la colère et le doute, Nate tienne vraiment à moi. L'espoir qu'il ait simplement peur. Je lui offris donc une dernière chance de se montrer courageux.

— Je t'aime, Nate. Est-ce que tu m'aimes aussi ?

Je sus que tout était terminé quand ses yeux s'humectèrent de larmes.

— Je n'ai jamais voulu te faire de mal, mon ange, articula-t-il d'une voix étranglée d'émotion.

Mes propres larmes redoublèrent.

— Je prends ça pour un adieu.

21

Je me retrouvais à défier du regard l'oiseau juché sur mon rebord de fenêtre. Je ne savais pas de quelle espèce il s'agissait, mais il était minuscule. Sans doute une sorte de mésange. En tout cas, il avait des plumes marron, le cou tout blanc et une crête noire vraiment cool. Nous n'avions cessé de nous regarder depuis plusieurs jours. J'avais décrété que c'était un mâle et l'avais prénommé Bob.

— Salut, Bob, chuchotai-je, le menton posé sur le dossier de mon canapé.

Son cou pivotait de façon saccadée de moi vers le monde extérieur.

— Ça me fait encore mal, aujourd'hui.

Il inclina alors la tête vers moi.

— Ouais. Tu en as déjà marre, toi aussi ?

Il se pencha de l'autre côté.

— Je prends ça pour un oui. Ne t'inquiète pas. (Je poussai un long soupir, sentant mes lèvres trembler.) Moi aussi, je me saoule.

J'avais frôlé l'hystérie, le soir où Nate était sorti de mon appartement pour la dernière fois. Je n'avais pas pu m'arrêter de pleurer, et j'avais beau serrer mes bras autour de mon corps, rien n'engourdissait la douleur.

Une douleur très singulière. Une douleur que je ne connaissais que trop bien.

La perte d'un être cher.

D'une manière ou d'une autre, peut-être même bien avant que notre relation devienne charnelle, Nate s'était immiscé en moi jusqu'à couler dans mon sang et alimenter mes poumons. Il était devenu une partie intégrante d'une vie que j'entendais mener au jour le jour, et le fait de savoir que je ne l'entendrais plus rire, que je ne sentirais plus ses lèvres sur les miennes, que je n'atteindrais plus la plénitude en plongeant mes yeux dans les siens, me provoquait une douleur indicible. Mon corps réagissait comme si l'on m'avait arraché un membre ou ôté un organe vital. J'avais senti une chose similaire se produire quand j'avais perdu maman, mais c'était encore différent avec Nate, car il avait *décidé* de me quitter. Cela ne faisait qu'accroître le mal, comme si mon cœur s'était coupé sur une feuille de papier.

— Tu n'as pas l'impression que je dramatise un peu les choses, Bob ? chuchotai-je, les yeux secs d'avoir trop pleuré ces derniers jours.

L'oiseau se détourna, comme si je le fatiguais.

— Ouais, on voit que tu n'as jamais été amoureux. Grand bien te fasse. Autant plonger directement dans un hachoir à viande.

La crise de larmes de ce premier soir avait été si terrible que j'avais dû me faire porter pâle le lendemain. J'avais réussi à récupérer suffisamment pour aller travailler le jeudi, mais mes collègues avaient tout de suite compris que ça n'allait pas du tout. J'étais restée silencieuse – pas maussade, essayant simplement de faire taire ma douleur. Et dès que j'avais eu fini ma journée, j'étais rentrée directement chez moi, sans répondre aux SMS de Jo ni à l'appel de Joss. Quand papa m'avait téléphoné, j'avais finalement décroché. Je n'avais pas réussi à le convaincre que tout allait bien, mais il avait au moins accepté de me laisser tranquille quelque temps. Le vendredi s'était déroulé à peu près de la même manière. J'avais passé la journée du samedi enfermée chez moi, prenant tout juste le temps de répondre à Ellie au sujet de la sortie programmée ce soir-là. Je n'étais déjà pas d'humeur à aller où que ce soit, mais le fait de savoir que Ben serait peut-être là suffisait à me faire complètement paniquer. Je lui avais dit que j'étais malade et que j'irais me coucher tôt.

Jo avait téléphoné, mais je n'avais pas répondu. Elle avait fini par m'envoyer un texto.

Si tu ne me réponds pas, je passe chez toi. Cam a parlé à Nate et pense que vous vous êtes disputés. Ça va ? Bisous.

J'avais ravalé mes sanglots pour lui écrire :

T'expliquerai plus tard. Me sens pas bien. Suis au lit. Bisous.

OK. Dis-moi si tu as besoin de quelque chose. Bisous.

Je n'avais plus répondu.

Au lieu de quoi, j'avais passé la nuit et une bonne partie de la matinée du dimanche vautrée dans mon canapé.

Quand papa m'avait rappelée pour savoir si je comptais me rendre chez les Nichols pour le repas, j'avais décliné la proposition. Ce qui l'avait un peu plus inquiété.

Je ne savais pas à quel point, jusqu'à ce que mon attention soit arrachée à Bob par le bruit d'une clé tournant dans ma serrure.

Mon cœur bondit dans ma gorge. L'espace d'une seconde, l'espoir fugace qu'il puisse s'agir de Nate me paralysa.

Mais la vision du visage rongé d'angoisse de Jo creva ma bulle d'espérance tel un gros clou rouillé.

— Qu'est-ce...

Je m'interrompis quand elle entra, suivie d'Ellie et de Joss.

Jo agita la clé qu'elle tenait.

— Oncle Mick m'a appelée pour me dire qu'il s'inquiétait pour toi. Il m'a prêté son double.

— Vous n'êtes pas censés être tous ensemble pour le déjeuner ?

Je tirai ma chemise de nuit jusqu'à mes genoux tout en passant une main dans ma tignasse ébouriffée. Je ne ressemblais à rien. Mon appartement non plus. Des sachets de nourriture vides jonchaient le plan de travail de la cuisine, des assiettes sales étaient empilées sur ma table basse, il y avait des miettes partout et il flottait dans l'air une odeur de renfermé témoignant du fait que je n'avais pas aéré depuis des jours.

Elles retirèrent leurs vestes puis nous examinèrent, mon appartement et moi, avant de froncer les sourcils dans un ensemble parfait.

— D'accord, commençons par le commencement.

Jo s'empressa de nettoyer mon bazar sous mes yeux ébahis ; Ellie lui donna un coup de main tandis que Joss allait remplir la bouilloire.

Cinq minutes plus tard, mon appartement était redevenu vivable, même s'il avait grand besoin d'un coup de ménage. Jo s'assit à côté de moi sur le canapé, et Ellie retira ses chaussures pour grimper près d'elle. Joss apporta un plateau avec du thé, du café et des biscuits et s'installa dans mon fauteuil.

Toutes me dévisagèrent patiemment.

Je ne tardai pas à fondre en larmes.

Il devait donc m'en rester à verser.

Les yeux de Jo s'humidifièrent et elle repoussa doucement mes jambes afin de pouvoir me prendre dans ses bras.

— Je pue, sanglotai-je. Je suis tellement désolée !

— Chut.

Elle me calma en me frottant le dos.

Bientôt, mes larmes furent remplacées par des reniflements et Jo me lâcha, repoussa tendrement les mèches de cheveux sales qui me tombaient sur la figure.

— Tu veux bien nous expliquer ce qui se passe ?

Je baissai la tête.

— Je pense que vous le savez déjà.

Elle soupira.

— Nate.

Je la regardai alors, puis me tournai vers Ellie et Joss.

— Tout a commencé comme un simple service...

Épuisée de leur avoir tout raconté, je me laissai aller contre le dossier et contemplai le plafond.

— J'ai l'impression que, si je bouge, je vais m'effondrer de l'intérieur. Je déteste ça. Je lui en veux de me faire ressentir cela.

— Liv... (Joss se pencha vers moi, les coudes sur les genoux.) J'aimerais pouvoir te dire qu'il reviendra, parce que j'ai l'impression qu'il est en train de vivre ce que j'ai vécu. Malheureusement, je ne peux pas te l'affirmer. Je ne sais pas ce qu'il ressent pour toi, ni comment cela se passait entre vous. Je sais que, si je n'avais pas autant aimé Braden, jamais je n'aurais changé d'avis. Jamais. Et comme je ne suis pas sûre à cent pour cent qu'il ressente la même chose pour toi que moi à l'égard de Braden, je te conseille de tourner la page. Je sais que tu dois avoir envie de me casser la gueule en m'entendant dire ça, mais je ne peux pas me taire, car j'ai la conviction que c'est la meilleure chose à faire.

Les yeux d'Ellie étaient pleins d'une compassion sincère.

— Je suis d'accord, ma chérie. Même si ça fait mal, je crois qu'il vaut mieux que tu passes à autre chose.

Je me tournai vers Jo, qui ne me regardait pas. Elle sirotait son thé silencieusement.

Bien trop silencieusement.

— Jo ? Qu'est-ce que tu en penses ?
— Les filles n'ont pas tort, répliqua-t-elle.
— Jo ?
Elle poussa un soupir et daigna enfin se tourner vers moi.
— Cam et moi nous doutions depuis des semaines qu'il se passait quelque chose entre vous. J'ai vu comment vous vous comportiez l'un avec l'autre. C'était... c'est toujours spécial. (Elle m'adressa un sourire d'excuse.) J'aime à croire qu'il y a une chance que ça marche entre vous. Je ne sais pas... tu pourrais peut-être lui laisser le temps de prendre conscience que tu lui manques ?
Ellie ricana en se tournant vers Joss.
— N'est-ce pas le plan que Braden a mis en œuvre ?
Joss roula les yeux.
— Si.
— Et est-ce que ça a fonctionné ? les interrogea Jo.
— Euh... ouais... mais...
— Joss a raison, murmurai-je. Je vais peut-être lui manquer, mais pas longtemps. Il tenait à moi. Mais il ne m'aimait pas. Il me l'a dit très clairement.
— Donc... ?
Jo semblait déçue.
Je haussai les épaules. Mes larmes menaçaient à nouveau de couler.
— J'imagine qu'il me reste à trouver un pansement géant pour me rafistoler de l'intérieur... Je dois trouver le moyen de passer à autre chose.

La thérapie musicale fut ma première tentative.
Créer une playlist sur mon iPod. Je décrétai que les rugissements d'indépendance de Kelly Clarkson, Pink, Aretha Franklin et autres femmes refusant de se laisser briser par un amour malheureux m'aideraient grandement dans mes objectifs.

Ce lundi-là, je me rendis au travail bien coiffée et maquillée, vêtue de mon jean skinny préféré et d'un chemisier en soie mauve. Cela faisait partie de ma thérapie. Si je voulais me sentir bien à l'intérieur, cela devait commencer par l'extérieur.

Puisqu'il était prévu que je partage ma matinée entre du travail de bureau et le rangement des ouvrages dans la réserve, je me dirigeai vers Angus pour lui demander un service.

Il considéra mon iPod avec un froncement de sourcils.

— Tu veux faire quoi ?

— Juste pour ce matin. Et cet après-midi, quand je travaillerai devant, j'enlèverai mes écouteurs.

Angus scruta mon visage avant de me prendre l'iPod des mains sans délicatesse.

— Qu'est-ce que tu écoutes ?

Du pouce, il fit défiler l'écran. À mesure qu'il passait en revue le contenu de ma playlist, ses traits se radoucirent. Il me rendit mon baladeur, l'air inquiet et compréhensif.

— D'accord. Mais juste ce matin.

— Merci. Ça me touche beaucoup.

Je fis volte-face et glissai les écouteurs dans mes oreilles quand Angus me rappela. Je me retournai vers lui.

— Est-ce que je le connais ?

Mon cœur se serra.

— C'était Nate.

Et comme il savait à quel point Nate et moi étions proches, je ne fus pas surprise de le voir blêmir et de l'entendre chuchoter :

— Je suis désolée, ma belle.

Je lui souris tristement.

— Tu es un super chef. Tu le sais, pas vrai ?

— Le meilleur du monde, déclara-t-il doucement.

Peu après, Pink me braillait *So What* dans les oreilles, et je m'affairais dans la réserve à mettre en rayon les derniers livres reçus et à en retirer ceux qui ne servaient plus jamais. Concentrée sur mon travail et sur les paroles de sagesse qui m'apaisaient l'esprit, je m'efforçais tant bien que mal de ne pas chanter à voix haute.

C'est probablement pour cette raison que je ne le vis pas apparaître dans ma vision périphérique et que mes genoux me trahirent quand la main qu'il me posa sur l'épaule me fit paniquer. J'entendis la fin de mon cri en retirant mes écouteurs dans ma chute.

Le cul par terre, je levai les yeux vers celui qui m'avait effrayée.

Ben me dominait de toute sa hauteur, peinant à ne pas éclater de rire.

— Olivia... (Il me tendit la main, les épaules tremblant légèrement.) Je suis vraiment désolé. Laissez-moi vous aider.

N'en étant plus au point d'être mortifiée suite à un si petit incident, je le laissai me relever.

— Tout va bien. (J'époussetai rapidement mon jean.) D'habitude, on n'a pas le droit d'écouter de la musique ; maintenant, je sais pourquoi.

Il sourit.

— Je suis navré.

Je lui répondis avec une moue fatiguée.

— Non, tu ne l'es pas du tout, mais je ne le serais pas non plus à ta place. C'était marrant.

Sans cesser de sourire, ses magnifiques yeux verts pétillant, Ben tira sur la bretelle de son sac à dos tout en me dévisageant. Il n'y avait pas si longtemps, le fait d'être ainsi l'objet de toute son attention aurait fait décoller une flopée de papillons dans mon ventre, je fus donc très contrariée de découvrir qu'il ne se passait... rien. Je ne ressentais absolument rien en le regardant.

Mes épaules s'affaissèrent.

— Je suis allé au bar samedi, mais je ne vous ai pas vues, vous ou votre amie.

— Je suis désolée. J'étais malade.

— Oh. (Il fronça les sourcils.) J'espère que vous allez mieux ?

Il était tellement gentil. Tellement, tellement gentil. Et si mignon...

— Oui, merci.

Il jeta un coup d'œil par-dessus son épaule puis se rapprocha nerveusement de moi.

— Écoutez, j'aimerais vraiment dîner avec vous un soir. Avec toi. (Il m'adressa un sourire farouche et charmant.) Je peux avoir ton numéro ?

C'était impossible. J'avais rompu avec Nate depuis moins d'une semaine... si tant est que l'on puisse parler d'une rupture. Mon cœur était en miettes. Manifestement, tout mon désir sexuel s'était envolé en même temps que Nate. Et puis... je commençais à peine ma thérapie musicale. Il faudrait un peu de temps avant que cela porte ses fruits.

Je ne pouvais pas accepter un rencard maintenant.

Je ne le pouvais pas.

— D'accord, répondis-je en souriant.

Il sortit son téléphone et je lui dictai mon numéro.

Une version de moi miniature m'assena une tape derrière la tête. *Mais qu'est-ce qui cloche chez toi ?* me hurla-t-elle. Je fis néanmoins mine de ne pas l'entendre et posai les yeux sur le visage de Ben, en priant pour que les papillons que j'avais ressentis pour lui reviennent.

22

La thérapie musicale ne fonctionna pas.

Comme si je ne m'y attendais pas.

Je mis ça sur le compte de mon appartement.

En rentrant du travail le lundi soir, j'ouvris la porte de chez moi et restai plantée sur le seuil à contempler l'intérieur. Tout ici me rappelait Nate. Le canapé sur lequel nous avions passé tant d'heures durant l'année écoulée. Nous avions fait l'amour dessus – non, il m'avait même envoyée au septième ciel dessus. Plus d'une fois. Plus d'une poignée de fois, même. Et puis il y avait la cuisine, où nous avions si souvent mangé et discuté. Et, oui... nous avions également baptisé le comptoir. Ainsi que le mur près de la porte. Et celui près de la fenêtre. De même que la douche. Et ma chambre.

Il hantait cet endroit. Partout.

Cela me faisait mal. Je souffrais tellement que même mes dents et mes gencives réclamaient son retour. Je claquai ma porte du pied et m'effondrai contre elle. Je n'avais plus qu'à espérer que ce sentiment se dissiperait. J'allais bien devoir recommencer à me comporter comme un être humain normal. Non ?

Soit ça, soit il ne me resterait plus qu'à déménager. Et pourtant, l'idée de quitter cet endroit où j'avais partagé tant de choses avec lui...

Il fallait que je le revoie.

Je sortis mon téléphone de mon sac d'une main tremblante et fis glisser mon pouce sur l'écran. J'avais volontairement évité de le faire depuis la rupture.

Mon souffle se coupa quand j'ouvris mon dossier de photos et commençai à les parcourir. Mon dernier cliché de Nate le montrait, tout sourire, au volant de sa voiture de location, avant que les choses ne tournent mal durant le week-end où il m'avait présenté ses parents. La précédente était un selfie de nous deux sur mon lit ; Nate regardait l'objectif avec une moue craquante, et je tendais le bras en l'air pour prendre la photo. La tête sur son épaule, je semblais heureuse. Celle d'avant était encore plus douloureuse, car nous nous embrassions.

J'avais l'impression de recevoir un coup de poignard dans l'estomac.

Je la fis défiler rapidement.

Il y avait ensuite toute une série sur laquelle il se cachait la figure dans l'oreiller. Ainsi qu'un paquet de photos de moi, car Nate mitraillait tout et n'importe quoi quand il avait un appareil à sa portée.

Un accès de rage me consuma.

Mon portable vola à travers la pièce et s'écrasa contre le mur opposé. Je me laissai glisser le long de la porte et remontai mes genoux contre ma poitrine en pleurant toutes les larmes de mon corps. Jamais je n'arriverais à tourner la page.

— Et donc, tu vas sortir avec lui ? me demanda nonchalamment Ellie alors que nous étions toutes réunies dans la chambre de Hannah.

La semaine s'était écoulée à une allure d'escargot. Un escargot particulièrement gluant, répandant sa bave un peu partout.

Ça n'avait pas été une bonne semaine.

Après avoir détruit mon téléphone, j'avais été contrainte d'en racheter un. J'avais conservé mon ancien numéro et toutes mes données... en espérant quoi ? Que Nate m'appellerait ? Ha. Il n'en fit rien.

Ben, si, en revanche. Il m'avait téléphoné le mardi soir pour m'annoncer qu'il allait avoir une semaine extrêmement chaotique et me proposer de dîner avec lui le lundi suivant. J'avais accepté en espérant que quelque miracle me redonnerait un peu d'enthousiasme et de joie de vivre. Et si un grand et charmant Écossais en était incapable, j'étais sérieusement dans la merde.

Finalement, le dimanche était arrivé, et j'avais cette fois trouvé le courage d'affronter mes amis – y compris les garçons, qui devaient désormais savoir tout ce qui s'était passé entre Nate et moi – en allant déjeuner avec eux. Suivant la routine que nous avions établie depuis quelque temps, nous nous étions réunies chez Hannah pendant qu'Élodie et Clark cuisinaient et que les garçons discutaient.

Je venais de leur parler de l'appel de Ben.

— Oui. J'ai dit oui.

— Je trouve ça génial, dit Joss. Je pense que ça va beaucoup t'aider.

— Ouais. Mais assez parlé de moi. (Je détournai la conversation en braquant mon regard vers le lit, où était vautrée Hannah.) Comment va Marco ?

Je ne crois pas me tromper en affirmant l'avoir entendue grogner.

Je me tournai vers Ellie pour solliciter son aide.

— J'en déduis que ce n'est pas très positif ?

Els tapota la cuisse de sa sœur.

— Il se fait désirer.

— Il ne se fait pas désirer, murmura Hannah. C'est juste qu'il ne veut pas de moi.

— C'est le sentiment que vous avez toutes ? demanda Jo en fronçant le nez.

Hannah nous observa tour à tour.

— Parfois, j'ai l'impression qu'il veut que ça se transforme en autre chose, mais chaque fois que je fais un pas en avant, il en fait deux en arrière. À ce rythme, je ne perdrai pas ma virginité avant mes quarante ans.

Ellie ricana.

— J'en doute.

— Je ne l'offrirai à personne d'autre que lui, affirma Hannah avec aplomb, le plus sérieusement du monde.

Sa sœur, méfiante, plissa les paupières.

— Tu ne coucheras pas avec lui avant tes dix-huit ans.

Hannah souffla.

— Ouais, comme si tu avais attendu si longtemps.

— Eh bien oui, justement.

— Vraiment ? s'étonna Hannah.

— Oui, vraiment. C'était au soir de ma soirée d'anniversaire.

— Avec Liam ?

— Qui est Liam ? demandai-je, curieuse.

— Mon petit copain de l'époque. On sortait ensemble depuis quelques semaines. Je me disais qu'il m'aiderait à oublier Adam. (Elle eut un sourire contrit.) Je n'avais pas prévu de coucher avec lui ce soir-là, même si je savais qu'il attendait ça avec impatience. Et puis j'ai surpris Adam derrière l'hôtel avec l'une des serveuses. Ça m'a fait tellement mal que, quand j'ai regagné la soirée, j'ai attrapé Liam par la main et on est allés se prendre une chambre. Je pensais que ça me ferait du bien. Je me trompais. Enfin, ce n'était pas si mal. (Elle haussa les épaules, se fendant d'une petite moue.) Mais pas aussi bien que ça aurait dû l'être. Cela aurait dû arriver avec la personne que j'aimais. Avec quelqu'un en qui j'avais confiance. Liam a fini par me tromper avec l'une de mes soi-disant meilleures amies.

— Waouh, souffla Hannah. Ça craint, Els. Je suis désolée.

— J'avais seize ans, intervint soudain Jo. (Elle eut un sourire triste.) Il en avait dix-neuf. Il était étudiant et il venait d'une famille riche. C'était la première fois que quelqu'un essayait de prendre soin de moi : il m'achetait de jolis cadeaux, payait mon loyer quand je n'arrivais pas à joindre les deux bouts... Quand je me suis donnée à lui, je croyais vraiment que je l'aimais. Mais les choses ont mal tourné parce que j'ai continué à donner ma priorité à Cole et à maman. Il m'a larguée. (Elle secoua la tête avec une moue de dédain.) Il savait qu'il allait me plaquer quand il a couché avec moi cette nuit-là. Dès qu'on a eu fini, il est sorti du lit sans perdre une minute et m'a annoncé que c'était terminé en se rhabillant.

Je grimaçai, la situation ne m'étant pas inconnue.

— Jo, dit Hannah, c'est horrible.

Jo lui sourit.

— Rassure-toi : j'ai fini avec Cameron, et ça compense largement John et tous les crétins qui lui ont succédé.

La curiosité tout adolescente de notre hôte la poussa à se tourner vers Joss :

— Et toi, Joss ?

L'intéressée secoua la tête.

— J'étais beaucoup trop jeune, Hannah.

Nous la dévisagions toutes, réclamant silencieusement davantage de détails. Elle finit par soupirer et avouer :

— Bon, d'accord, c'était quelques mois après la mort de mes parents.

Ellie en resta bouche bée.

— Mais tu n'avais que quatorze ans !

Je fus moi aussi choquée par cette annonce. À quatorze ans, j'accrochais des posters de beaux garçons à mon plafond et nous imaginais vivre dans une maison de poupées où nous organiserions des soirées fabuleuses en échangeant de tendres baisers. Je n'avais encore aucune pulsion sexuelle.

À l'air sombre qu'arborait Joss, je compris qu'elle avait pleinement conscience de l'innocence qu'elle avait perdue en couchant trop tôt.

— C'était avec quelqu'un que tu aimais bien, au moins ? l'interrogea timidement Hannah, qui espérait manifestement qu'un élément positif égaierait cette histoire.

— Non, Hannah. Il allait à l'école dans la ville voisine. On s'était rencontrés à une fête. On était bourrés. Vous connaissez la suite. Et je vous interdis d'en parler à qui que ce soit.

— Ne t'en fais pas, ça n'arrivera pas, lui promit Hannah.

Après une minute de silence, la sœur d'Ellie reposa les yeux sur moi.

Je m'y attendais. Je poussai un soupir de désespoir.

— Eh bien, au moins, j'avais dix-neuf ans quand j'ai commis mon erreur. Honnêtement, il n'y avait absolument rien de romantique là-dedans. J'en avais marre d'être vierge, alors j'ai picolé à une soirée étudiante et j'ai perdu ma virginité dans une chambre de l'étage avec un troisième année encore plus bourré que moi. Il n'y a eu aucune finesse. Rien. Ça m'a fait mal. Et après avoir fini, il est sorti du lit en me laissant plantée là.

Hannah semblait traumatisée.

— Pas une seule d'entre vous ne garde un bon souvenir de sa première fois ?

Nous lui adressâmes toutes un regard d'excuse.

— Au moins, ça règle le problème. Je refuse de le faire avec un garçon que je n'aime pas.

Nous échangeâmes toutes quelques coups d'œil amusés, et je lui répondis en souriant :

— Eh bien, c'est toujours ça de gagné.

Leurs rires se turent quand on frappa à la porte. Une fraction de seconde plus tard, Braden passa la tête à l'intérieur.

— Qu'est-ce qui se passe, ici ?

— On parle fringues, s'empressa de répliquer Ellie.

Nous confirmâmes toutes, pour le bien de Hannah. Els m'avait fait part du calvaire qu'elle avait vécu, Hannah n'avait certainement pas besoin que Braden et Adam apprennent qu'elle s'intéressait à un garçon, car ils lui auraient fait vivre l'enfer pour essayer de la protéger.

Braden paraissait dubitatif mais devait être trop préoccupé pour s'en soucier vraiment. Il entra nous rejoindre et, un sourire au coin des lèvres, s'approcha de Joss, juchée sur la commode de Hannah. Il lui planta un baiser sur la bouche tout en lui caressant le ventre.

— Comment tu te sens ? murmura-t-il en la regardant dans les yeux.

J'eus un pincement au cœur, pour une fois positif. C'était la première fois que je les revoyais ensemble depuis ces terribles instants passés dans leur appartement.

Joss m'avait dit qu'elle commençait à être excitée par sa grossesse et m'avait révélé qu'elle avait réussi à confier à Braden ce qui lui passait par la tête, si bien qu'ils avaient fini par se réconcilier. J'étais contente d'en avoir confirmation.

— Ça va, répondit-elle doucement, avec un sourire empreint d'ironie. Tu n'es pas obligé de me le demander sans arrêt, mon chéri. Tu sais que je t'en parlerais s'il se passait quoi que ce soit.

Il lui caressa de nouveau le ventre.

— Ça aussi, tu peux arrêter, râla-t-elle avec humour. Il ne s'est pas encore arrondi. (Elle nous jeta un coup d'œil.) Il a hâte que j'aie un gros ventre.

— Pourquoi ? demanda Ellie, perplexe.

Joss s'empourpra alors et Braden pouffa d'une façon qui laissait entendre qu'il n'était pas prêt à partager cette information avec un groupe de filles dont faisait partie sa petite sœur.

Ellie parut mal à l'aise.

— D'accord, ne réponds pas, s'il te plaît.

Braden gloussa de nouveau et se tourna vers nous, laissant son bras reposer sur l'épaule de Joss.

— Jocelyn vous a-t-elle dit que son agent avait trouvé un éditeur intéressé par son bouquin ?

— Non ! s'exclama Jo, tout excitée. C'est fantastique !

Joss se trémoussa, gênée. Elle était par trop modeste.

— Ils ont lu les trois premiers chapitres et ont demandé à voir la suite, ça ne veut rien dire.

Je dus m'inscrire en faux.

— Au contraire, ça veut dire beaucoup. C'est dommage que tu ne puisses pas boire, parce que c'est une excellente raison de se défoncer la gueule. (Je jetai un regard à Hannah.) Désolée, Hannah.

— Désolée d'avoir dit « défoncer la gueule » ou que je ne puisse pas boire avec vous ? s'enquit l'intéressée.

Ellie ricana.

— Heureusement que maman n'est pas dans la chambre.

Une Italienne chantait un air espiègle par les haut-parleurs pendant que le serveur remplissait nos verres de vin rouge. Ben et moi nous étions donné rendez-vous au *D'Alessandro's*, puisque nous adorions tous deux cet endroit. En outre, le cadre étant familier, nous pouvions légitimement espérer nous débarrasser d'une partie de l'angoisse accompagnant immanquablement un premier rendez-vous.

Ben était très mignon dans sa chemise mauve et son pantalon de costume. Je me rendis compte que je ne l'avais jamais vu porter du noir – et je me fis cette réflexion uniquement parce qu'il s'agissait de la couleur préférée de Nate. Noir ou rouge sombre. Les deux lui allaient bien.

— Je dois avouer que je voulais te proposer de sortir depuis des mois, me dit Ben lorsque le serveur s'éloigna.

— *Vraiment ?* m'exclamai-je, incrédule. (Je me réprimandai intérieurement en entendant la voix de Nate critiquer mon manque de confiance en moi.) Je veux dire... vraiment ? répétai-je d'un ton plus nonchalant.

Cela le fit sourire.

— Vraiment. Mais... je ne semblais pas t'intéresser jusqu'alors...

— Je suis très prise par le travail, mentis-je. Parfois, je ne me rends même pas compte qu'on essaie de me faire du charme, tant j'ai la tête ailleurs.

Il acquiesça, comme si cela lui paraissait logique.

— C'est vrai. Tu étais différente quand on s'est croisés ici.

Je souris sans savoir quoi répondre, le regard fixé sur mon assiette.

— Tu sembles distraite.

— Non, non, mentis-je encore.

— Je me disais aussi que, si tu avais l'air réticente, c'était peut-être que tu avais quelqu'un d'autre ?

Je me contractai légèrement et osai croiser son regard.

— C'était le cas.

— Jusqu'à quand ?

Je lui adressai un sourire malheureux.

— Je ne voulais pas commencer notre rendez-vous comme ça, mais tu as raison : je suis distraite. Je viens de sortir d'une relation. Une relation extrêmement sérieuse, et je ne suis pas sûre d'être prête à... Enfin, je sais que je devrais l'être. Et il faut que tu saches que tu me plais, sincèrement. C'est juste que...

— Olivia. (Il se pencha vers moi et saisit ma main tremblante, avant de plonger ses magnifiques et sincères yeux verts dans les miens.) Je comprends. Je suis passé par là. (Il se radossa avec un sourire patient.) Profitons juste de notre repas. Oublions qu'il s'agit d'un rendez-vous. Soyons seulement deux amis qui mangent et discutent ensemble.

Et c'est ce que nous fûmes. Plus tard, après avoir partagé l'addition (j'avais insisté pour le faire, puisqu'il ne s'agissait plus d'un rencard), Ben me raccompagna jusqu'à mon appartement. Une fois devant ma porte, il m'embrassa sur la joue et dit :

— Je t'apprécie beaucoup, Olivia. Alors quand tu seras prête... appelle-moi.

23

Tandis que le générique défilait, je restais assise dans la salle désormais éclairée, même si les autres cinéphiles amateurs me cachaient des parties de l'écran.

J'avais opté pour une comédie car des rires feints dus à des situations feintes me remontaient un peu le moral.

Voilà trois semaines que je n'avais pas revu Nate, ni eu la moindre nouvelle. Il m'avait décidément prise au pied de la lettre quand je lui avais dit de ne jamais revenir. Mes amis, à l'exception de Jo, s'efforçaient de ne jamais l'évoquer, même si chacun ressentait son absence lorsqu'on allait boire des verres. Cela me mettait mal à l'aise. Nate était l'ami de Cam, Adam et Braden, et ils ne pouvaient désormais plus venir avec lui quand ils me voyaient. De toute façon, Nate ne semblait pas prêt à le faire. Selon Jo, en tout cas. Elle laissait régulièrement filtrer des bribes d'informations au cours de nos conversations. Cam s'inquiétait pour Nate. Il ne le fréquentait plus trop ces temps-ci, en dehors des cours de judo. Lors de leur dernière leçon, Nate s'était montré particulièrement impliqué, presque agressif, si bien que leur professeur l'avait mis à la porte en lui suggérant d'aller se calmer ailleurs.

Je n'avais pas envie de savoir cela. Ça aurait été infiniment plus facile pour moi de faire comme si Nate ne ressentait rien suite à la dissolution de notre amitié. Mais Jo tenait à ce que je le sache. Elle estimait que ça signifiait quelque chose. Elle pensait qu'il restait encore un espoir.

Elle ne comprenait décidément pas.

— Eh, le film est terminé, lança une voix belliqueuse.

Je me tournai vers le jeune employé.

— Ouais, et alors ?

— Alors… il faut partir, maintenant, répliqua-t-il avec agacement.

Je me levai lentement.

— Vous adorez votre job, pas vrai ?

Son regard aurait effrayé la Mort en personne. Je récupérai mon sac et déguerpis.

Je repoussai les cheveux qui me tombaient sur le visage tout en regagnant le hall d'entrée. J'avais décidé de me rendre à l'Omni Centre au bout de Leith Walk ce vendredi-là, car passer la soirée à la maison à me souvenir de tous ces vendredis soir où j'avais regardé des films avec Nate n'était pas un bon moyen de tourner la page.

— Liv !

Je jetai un coup d'œil par-dessus mon épaule et vis Cole, debout près de la buvette avec un groupe d'amis. Sa grande taille le rendait facilement repérable. Il me sourit, murmura quelques mots à l'un de ses copains et vint me rejoindre. Je dus lever le menton pour le regarder en face.

— Salut. (Je lui souris.) Ça va ?

Il haussa les épaules.

— On va juste voir un film avec des potes. (Il scruta mon visage.) Et toi ?

— Ça va. J'allais rentrer.

— Tu es venue ici toute seule ?

— Ça se fait, d'aller au ciné tout seul, tu sais.

Il plissa les paupières.

— Mouais. (Il se tourna brièvement vers ses amis, puis reprit :) On n'a qu'à rentrer à la maison : Jo et Cam n'ont rien de prévu ce soir. On pourrait mater un DVD tous ensemble.

— Cole, non, reste avec tes copains.

— Nan, ça va. Ils veulent voir un film que j'ai déjà vu. En plus, Jo a acheté ces petits machins au chocolat dont tu raffoles...

Je poussai un gémissement.

— Tu me connais trop bien.

Il sourit.

— Dans ce cas, allons-y.

Après tout, peut-être qu'il serait agréable de ne pas rejoindre tout de suite mon appartement vide.

— D'accord.

Nous nous dirigeâmes vers l'escalier.

— Hé, Cole ! (Nous nous retournâmes et vîmes une jolie blonde s'écarter du reste du groupe, l'air interrogateur.) Tu vas où ?

— Elle est jolie, murmurai-je. Tu es sûr de vouloir partir ?

Il haussa les épaules.

— Ce n'est pas vraiment mon type, répliqua-t-il à mi-voix.

— Tu n'aimes pas les belles filles ?

— Elle est un peu chiante.

— Co-ole ? gémit la blonde d'une voix incroyablement irritante.

— OK, je comprends.

Il ricana et lança à ses copains :

— Je vous retrouve plus tard, les gars, d'accord ?

L'un d'eux écarquilla les yeux en m'apercevant.

— Putain, Cole, tu te la tapes ?

Cole le fusilla du regard.

— Del, tu ne veux pas parler à ton cul ? On te pardonnerait plus facilement de dire de la merde.

Tandis que les autres s'esclaffaient et taquinaient ce « Del », Cole me saisit par le coude et m'entraîna vers l'escalier.

Je m'étranglai de rire.

— Je sais que je devrais te reprocher de jurer de la sorte, mais... tu ressembles de plus en plus à Cam, c'est trop drôle.

Mon assertion sembla lui plaire. Il tenta de le cacher, mais je le vis rosir légèrement et esquisser un sourire. Je savais pourquoi. Cam était son héros, depuis qu'il les avait sauvés, sa sœur et lui, de leur vie misérable. Cam était un modèle pour Cole.

Nous descendîmes silencieusement Leith Walk, jusqu'à ce que la jolie blonde qui considérait Cole avec fascination me revienne à l'esprit.

— Et donc, si la blondasse geignarde ne t'intéresse pas, il y a quelqu'un d'autre qui te plaît ?

Cole s'empourpra alors et contempla ses pieds, mais me surprit en déclarant :

— Il y a bien quelqu'un, mais je suis trop jeune pour elle. Et de toute façon, je crois qu'elle en aime un autre.

Je fus soudain prise d'un élan d'affection à son égard.

— Tu sais redonner le moral à une femme, mon cher.

Il eut un sourire, puis dut fournir un gros effort pour oser me regarder.

— J'ai entendu Jo et Cam discuter. Je suis au courant pour Nate et toi, et je sais ce qu'il a fait. Je lui ai dit que je ne fréquentais pas les crétins ni les trous du cul, et que vu qu'il était les deux, je ne voulais plus traîner avec lui.

Bizarrement, je me sentis mal pour Nate.

— Cole, même si j'apprécie sincèrement ta gentillesse, Nate est ton ami. Il tient à toi. Ne le rejette pas à cause de moi.

— Mais il t'a fait souffrir.
— Oui. Et je lui en veux. Pourtant il ne t'a rien fait. Alors, s'il te plaît, ne sois pas en colère après lui.
Cole y réfléchit quelques instants, puis dit :
— Je crois qu'il regrette. Il a vraiment une sale gueule, depuis quelque temps.
Je fis comme si je n'avais rien entendu.
— C'est déjà la troisième fois que tu parles mal... Tu en as conscience, pas vrai ?
Il haussa les épaules.
— Bon, d'accord, je laisserai Jo te disputer. Parlons plutôt d'un sujet moins déprimant. Comment ça se passe, à l'école ?
— Tu trouves ça moins déprimant ?
— Ça ne peut pas aller si mal.
Il haussa encore une fois les épaules.
— Bon, et en dessin ?
Soudain, il se mit à rayonner.
— Je vais me faire faire un tatouage pour mon dix-huitième anniversaire. J'ai déjà des tonnes d'idées.
— Oh ? Donc, finalement, tu n'as pas laissé tomber l'idée de devenir tatoueur ?
— Jo ne t'a pas dit ?
— Dit quoi ?
— Le cousin d'un copain d'Adam a un salon sur Leith. Il veut bien me laisser y aller deux jours par semaine pendant l'été. Et quand j'aurai fini le lycée, il pourra peut-être me prendre en apprentissage. Du moins, si je lui plais. Il m'a dit de conserver tous mes dessins. De me faire une sorte de portfolio.
— C'est formidable. Waouh, tu as bien plus de projets d'avenir que moi à ton âge.
Il grommela.
— Va dire ça à Jo. Elle veut d'abord que j'aille à la fac.
— Elle a peut-être raison.

— On verra bien. Quoi qu'elle en pense, j'ai encore le temps de voir.

— Elle veut juste que tu t'ouvres un maximum de portes, Cole.

— Ouais, répondit-il, soudain radouci. Je sais.

Le chemin se déroula rapidement ; nous parlâmes d'études, de films et de livres. C'était un garçon taciturne et il était agréable de se savoir appartenir au cercle restreint des personnes avec lesquelles il acceptait de s'ouvrir.

Une fois chez lui, Cole ouvrit la porte à la volée.

— Je suis rentré ! s'exclama-t-il.

— On est à la cuisine ! répondit Jo.

Cole grimaça.

— Pas question d'aller là-bas, murmura-t-il alors. Dès qu'ils se savent tout seuls, ils se font... des câlins.

Je ris sous cape et le suivis jusqu'au salon. Il s'arrêta net, et je dus le contourner pour voir au-delà de sa grande silhouette. Un bus me percutant de volée ne m'aurait pas plus déséquilibrée que la vision de Nate assis dans le canapé. Dès que nos yeux se croisèrent, il se leva lentement. Après quelques secondes de paralysie, je parvins à détourner lentement la tête. Avec sa courte barbe et ses cernes noirs, il semblait épuisé. Cela ne lui ressemblait pas de se laisser aller de la sorte.

— Désolé, Liv, s'excusa Cole. Je ne savais pas qu'il serait là.

— Ce n'est pas grave.

Nate approcha d'un pas, et je reculai comme par réflexe. Il s'arrêta alors, déglutissant bruyamment avant de me considérer d'un air presque désespéré.

— Comment... comment vas-tu ?

Avant que je puisse trouver une réponse adaptée à sa question débile, un claquement de talons dans le couloir attira mon attention ; je plissai les paupières en voyant arriver une grande rousse avec un large décolleté et un jean moulant, juchée sur des sandales à talons de douze centimètres.

— Cette salle de bains est magnifique !

Elle me sourit poliment avant d'aller se poster près de Nate. Elle enroula son bras hâlé autour de la taille de celui-ci et plaqua ses seins contre lui.

— Tes amis ont vraiment un bel appartement.

Une vague de chaleur encore jamais ressentie m'envahit subitement. Un feu brûlait dans ma poitrine, dont les flammes consumaient mes mots avant qu'ils puissent franchir mes lèvres. Je restai plantée là à dévisager jalousement les tourtereaux, le cœur brisé.

— Liv ? (Je me tournai vers Jo, postée dans l'embrasure de la porte, les traits déformés par la stupeur.) Qu'est-ce que tu... ?

— J'allais partir, l'interrompis-je en la bousculant.

Je fis mine de ne pas l'entendre m'appeler, sortis en claquant la porte et dévalai l'escalier. J'entendis la porte se rouvrir derrière moi mais je forçai l'allure, impatiente de me réfugier dans un endroit où je pourrais broyer du noir, me répandre en injures et maudire Nate Sawyer en toute intimité.

— Olivia !

Oh, mon Dieu.

— Olivia, arrête-toi ! gronda Nate derrière moi.

Il était près. Trop près.

Ses mains se refermèrent sur mon bras, me forçant à m'arrêter. Je fis volte-face pour l'affronter.

Le souffle court, il m'observait d'un air paniqué.

— Liv, ne t'en va pas.

Je me libérai de son étreinte et sentis immédiatement l'absence de ses doigts sur mon corps.

— Retourne à l'intérieur, Nate, crachai-je avec une moue de pur dédain. J'aurais dû me douter que tu étais déjà passé à autre chose.

À ma grande surprise, son regard se durcit.

De quel droit osait-il s'indigner ?

— C'est l'hôpital qui se fout de la charité, rétorqua-t-il. Il paraît que tu es sortie avec ton type de la bibliothèque. (Ses yeux me détaillèrent de la tête aux pieds.) J'imagine que tu l'as baisé et qu'il a bien profité de mes leçons.

Un coup de poing à l'estomac n'aurait pas été plus efficace. Et aurait probablement été infiniment moins douloureux.

Mon expression le fit tressaillir et il passa une main dans ses cheveux trop longs avant de serrer le poing.

— Merde, Liv, je suis désolé, murmura-t-il d'une voix rauque. Je ne le pensais pas.

Je tournai les talons, mais il me rattrapa aussitôt.

— Lâche-moi, sifflai-je.

Au lieu de quoi, il m'attira contre lui. Son odeur et son contact familiers me firent mal à en crever.

— Dis-moi juste que tu vas bien.

Je me détendis dans l'espoir que cela le convaincrait de me laisser partir.

— Ça va, répondis-je d'un ton calme. Retourne voir ta copine, Nate.

Il raffermit sa prise.

— Ce n'est pas ma copine.

Je secouai la tête.

— Je ne parlais pas de la rouquine. Je parlais du fantôme tatoué sur ta poitrine.

Il laissa brusquement retomber ses mains.

Baissant les cils pour ne pas voir son air hagard, je repris mon chemin, quittant de nouveau son existence.

24

Revoir Nate avait rouvert une plaie récente. Dès que je me retrouvai seule, je dus recommencer mon travail de cicatrisation.

Ainsi, quand Ben me téléphona la semaine suivante alors que je dînais avec papa et Dee, je fus heureuse d'avoir une distraction.

— Je sais qu'on ne se connaît pas très bien, mais je vais très égoïstement prétendre le contraire afin de te demander un immense service.

Amusée, je posai un coude sur le comptoir de mon père et me laissai happer par la conversation.

— Quel genre de service ?

— Ma sœur a réussi à m'embobiner pour me faire garder sa fille Zoe, samedi. J'adore ma nièce, mais elle n'a que huit ans et elle est très *girly*. Quand je lui ai demandé ce qu'elle voudrait faire, elle m'a demandé de l'emmener au cinéma voir le film de la dernière vedette Disney. Zoe a l'habitude d'obtenir ce qu'elle désire, je vais donc devoir l'accompagner. J'espérais que tu accepterais de venir avec moi pour que je n'aie pas l'air d'un vieux pervers, mais...

— C'est une sorte d'obligation familiale ?

— Exactement.

J'éclatai de rire.

— Tu auras une sacrée dette envers moi.

— Ça veut dire que tu acceptes ?

— Bien sûr. Mais c'est un service. Pas un rencard.

— Pas un rencard. Je suis complètement d'accord. De toute façon, il n'y a rien de moins romantique qu'une comédie musicale braillarde.

Après avoir noté le lieu et l'heure du rendez-vous, je raccrochai. Mon père me dévisageait avec curiosité.

— Quoi ?

— Tu es sûre que c'est une bonne idée ?

— C'est un ami, lui assurai-je.

— J'ai déjà entendu ça quelque part.

— Mick, le réprimanda Dee.

Papa fit la grimace.

— Je suis désolé, ma puce, mais ce que je vois sur ton visage me fait dire que ce n'est pas une bonne idée de fréquenter aussi vite un autre garçon. Et, tu sais (il joua avec sa nourriture afin de ne pas avoir à affronter mon regard), Jo m'a dit que Nate n'allait pas bien du tout. Elle dit qu'il a une sale tête. Et apparemment, il a cherché à te contacter.

Je plissai les paupières.

— Je croyais que tu ne l'aimais pas.

— C'était le cas. Jusqu'à ce que tu me révèles toutes ces choses sur lui.

— Papa...

— Il était encore très jeune quand il a perdu cette fille, m'interrompit-il en repoussant son assiette. (Il se pencha vers moi d'un air de conspirateur.) Je ne peux pas imaginer ce que c'est d'être privé si jeune de celle que l'on aime. Mais je peux comprendre que cela te tétanise. Nate n'a jamais eu la chance de profiter assez de la vie pour savoir relativiser la mort. Ou même la peur de la mort. Il a peut-être simplement besoin de temps.

Nullement surprise par la compréhension et l'empathie de mon père, je posai ma main sur la sienne, le cœur tambourinant.

— Papa, même si Nate venait me voir demain pour me demander de lui laisser une chance... je dirais non.

— Je croyais que tu l'aimais.

— C'est le cas. Je suis profondément amoureuse de lui. Mais il ne s'autorisera jamais à m'aimer autant qu'il aimait Alana. C'était son grand amour. Je veux être le grand amour de quelqu'un, papa. Je pense que je mérite que l'homme que j'aime m'aime autant en retour.

Le samedi après-midi, je retrouvai Ben et son adorable nièce devant l'Omni Centre. Zoe était une véritable boule d'énergie et Ben parut plus que soulagé de me voir arriver. Un pli profond lui barrait le front, et je découvrirais bientôt qu'il s'était creusé à force d'entendre Zoe parler sans arrêt, notamment de sa décision difficile de rétrograder un boys band mondialement célèbre au rang de deuxième préféré au profit d'un nouveau groupe plus cool qui venait de débarquer dans les bacs.

Je comprenais de quoi elle parlait, ayant moi-même eu ma phase boys band jusqu'à mes treize ans, je l'écoutai donc attentivement tandis que nous nous dirigions vers le cinéma. Là, elle enchaîna sur le genre de bonbons qu'elle voudrait manger pendant la séance, et Ben me serra les épaules et se pencha pour me murmurer à l'oreille :

— Merci.

Son souffle sembla s'attarder longtemps sur ma peau.

Je souris, recommençant à croire que, peut-être, j'allais parvenir à oublier Nate.

Le film était aussi mauvais que nous l'avions craint, mais Zoe l'adora et chantonnait et gloussait en sortant du ciné. Avec l'innocence de la jeunesse, elle prit ma main et celle de son oncle pour marcher entre nous, de sorte que nous devions ressembler à la petite famille parfaite.

C'était plus qu'étrange pour moi, étant donné que Ben et moi nous connaissions à peine, mais quand j'avisai son petit sourire en coin, je compris que cela ne lui paraissait pas bizarre du tout. Au contraire, j'eus l'impression qu'il jubilait intérieurement. Je me demandai même s'il n'avait pas tout prévu depuis le début. Ce bon vieux Ben en avait-il eu marre de m'attendre et avait-il décidé de prendre les choses en main ?

Je pressai les doigts de Zoe mais secouai la tête à l'encontre de Ben tandis que nous remontions la rue vers le McDonald's, où nous avions promis d'emmener déjeuner la fillette.

— Tu te sers de ta nièce pour transformer cette sortie en rencard, lui lançai-je à mi-voix pendant que Zoe continuait de chanter.

Ben éclata de rire.

— Je ne ferais jamais une chose pareille.

— Oh, que si, c'est exactement ce que tu as fait. (Je levai les yeux au ciel.) Tu savais que l'aspect adorable de cette situation ne me laisserait pas insensible.

Ben rejeta la tête en arrière et son rire redoubla d'intensité. Zoe dressa le nez vers nous et demanda :

— Qu'est-ce qui se passe ?

Avant que je trouve les mots pour le lui expliquer, une voix trop familière me cloua sur place.

— Olivia ?

Nous stoppâmes net, sans nous lâcher les mains, et nous dévisageâmes Nate, qui s'était arrêté sur le trottoir juste devant nous. Les passants nous contournaient avec agacement tandis que nous restions plantés les uns en face des autres. J'avisai ses joues mal rasées, ses cheveux hirsutes mal dissimulés sous son bonnet de laine et les cernes noirs qu'il avait encore sous les yeux. Mon cœur se serra douloureusement.

Et il se ratatina plus encore quand Nate blêmit en me voyant tenir la main de Zoe, qui serrait celle de Benjamin.

— Ben, je te présente Nate. Nate, voici Ben et sa nièce, Zoe.

— Salut ! gazouilla celle-ci.

Nate, le charmeur-né, aurait habituellement joué de ses fossettes pour répondre à une fillette aussi adorable. Toutefois, une expression proche de l'horreur défila sur sa figure tandis qu'il nous observait.

— Nate ? chuchotai-je en faisant un pas vers lui.

— Je, euh, je... (Il croisa mon regard, le souffle court et saccadé.) Je...

Il leva une main tremblante.

— Nate ?

— Excusez-moi.

Il reprit sa route à toute allure, comme si tous les chiens de l'enfer se trouvaient à ses trousses.

Je le regardai partir, m'en voulant de m'inquiéter pour lui tout en me demandant quelle mouche l'avait piqué.

— J'imagine qu'il y a des antécédents, déclara Ben doucement.

— Possible.

— Tu veux m'en parler ?

Je baissai les yeux vers Zoe, qui nous considérait tour à tour, perplexe.

— Pas vraiment.

— D'accord, comme tu veux. Du coup, si on oubliait cet incident pour aller manger de la nourriture industrielle au McDo, avant que je te convainque de m'accompagner au mariage de mon cousin. En tant que cavalière attitrée.

Secouée, je ne pus que le regarder.

Le rire de joie de Zoe ainsi que sa main tirant brusquement la mienne me sortirent de ma torpeur.

— Dis oui ! C'est moi qui vais tenir le bouquet, je veux que tu voies ma robe.

J'adressai à Ben un regard noir et vis ses lèvres frémir d'amusement.

— Tu es un génie du mal.

Je ne comprenais pas ce qui était passé par la tête de Nate quand il m'avait vue en compagnie de Zoe et Ben, mais je savais qu'il voulait en discuter. Je le savais parce qu'il se remit à m'appeler. Désormais, j'avais l'impression de devoir continuellement panser la plaie qu'il m'avait infligée.

Il me téléphona dès le premier soir. Comme je ne lui répondis pas, il m'envoya un SMS me demandant de le rappeler. Le lendemain, il retenta sa chance. Il me laissa un message vocal que je refusai d'écouter. Puis il réessaya le surlendemain. Et ainsi débuta une cure quotidienne de Nate.

Je faillis maintes fois céder à la tentation. Décrocher. Je voulais le faire, car il était manifestement désolé de m'avoir blessée. Je pouvais le comprendre. Je le comprenais. Toutefois, cela ne changeait rien. Je continuais à souffrir autant en sa présence.

Je décidai donc d'accepter de me rendre au mariage avec Ben le samedi suivant.

Élément apparemment incontournable de toutes noces écossaises, les Proclaimers emplissaient le barnum de leurs promesses, tandis que j'étais assise à table, serrée contre Ben. Je lui avais dit un nombre incalculable de fois d'aller s'amuser avec le reste de sa famille, mais il me répliquait infatigablement que tout l'intérêt d'amener une inconnue à ce genre d'événement était d'éviter d'avoir à le faire.

Plus nous passions de temps ensemble, plus je le trouvais drôle et charmant, si bien que j'estimais qu'il serait idiot de ma part de ne pas lui laisser sa chance.

— Tu veux un autre verre ? me proposa-t-il en désignant ma flûte de champagne pratiquement vide.

Je secouai la tête d'un air contrit.

— La dernière fois que je suis allée à un mariage, j'ai beaucoup trop bu et j'ai fini par dire des choses que je regrette encore aujourd'hui.

Il eut un sourire malicieux.

— Raison de plus pour te faire boire.

Je ris.

— Non, pas question.

— Et donc... qu'as-tu dit que tu regrettes encore ?

— Ce n'est pas tant le fait de l'avoir dit que les conséquences que ça a pu avoir.

— À savoir ?

— Un cœur brisé. (Je grimaçai dès que ces mots eurent franchi mes lèvres.) Bon sang, Ben, je suis désolée. Je suis le pire rencard de l'histoire.

Il se fendit d'un sourire compatissant.

— Tu sais comment tu pourrais te rattraper ?

— Dis-moi.

— Parle-moi de lui. De Nate. (Il avait visé juste.) Que s'est-il passé ? Ça pourrait aider.

Je secouai la tête.

— Mieux vaut que tu n'en saches rien.

— Et si je commençais ?

Ma curiosité l'emporta. Je voulais l'entendre me raconter son grand chagrin. Alors que j'étais sur le point d'accepter, mon téléphone sonna. Je le sortis de ma sacoche avec un sourire d'excuse.

Mon corps se couvrit de chair de poule quand j'aperçus le numéro entrant.

Nate.

Savait-il que j'avais un rendez-vous ? Était-ce pour cette raison qu'il me téléphonait ? Furieuse qu'il continue à s'immiscer dans ma vie, je rangeai mon portable dans le fond de mon sac.

Ben le désigna du menton.

— C'était lui ?

— Comment as-tu deviné ?

— Parce que je suis à peu près sûr d'avoir le même regard chaque fois que mon ex tente de me recontacter.

— Quel regard ?

— Un regard qui dit « Si je pouvais te déchirer en lambeaux avec mes incisives, je le ferais, alors fous-moi la paix pauvre connasse ». Ou « pauvre connard », en l'occurrence.

Je partis d'un rire sans humour.

— Pas loin. C'est plus genre… je n'arrête pas d'essayer de redevenir celle que j'étais avant tout ça, mais chaque fois que quelqu'un prononce son nom ou qu'il me téléphone, cela me rappelle que je n'y parviendrai sans doute jamais car… il faisait partie de moi à cette époque.

Nous restâmes silencieux pendant quelques instants. Finalement, Ben me prit la main et fit courir son pouce sur mes jointures.

— Un jour, tu vas te réveiller, et il ne sera pas la première personne à laquelle tu penseras.

— Vraiment ?

— Je te le promets.

Mon téléphone sonna de nouveau, brisant l'atmosphère délicieuse qui s'était installée entre nous. Grommelant d'énervement, je voulus éteindre ce foutu portable mais vis que c'était cette fois Jo qui m'appelait. Pour une raison ou pour une autre, je ressentis un tiraillement désagréable à l'estomac.

— Je suis désolée, dis-je à Ben. C'est ma meilleure amie. Il faut que je décroche.

— Je t'en prie.

— Jo ? dis-je en portant le téléphone à mon oreille.

— Liv... (Elle semblait à bout de souffle.) Liv, Nate a essayé de t'appeler. Il s'est passé quelque chose.

— Qu'est-ce qu'il y a ? demandai-je, subitement paniquée. Est-ce qu'il va bien ?

— Son... Son père a été admis aux urgences.

Je quittai la réception et grimpai dans un taxi aussi vite que possible, mais il me fallut presque une heure pour gagner l'hôpital. Durant tout ce temps, je priai et suppliai tous les dieux pouvant exister de venir en aide à Nathan. D'après Jo, il avait sans doute été victime d'une crise cardiaque.

Je jetai presque mes billets au chauffeur et me précipitai hors de la voiture.

Pitié, pitié, faites que Nathan aille bien. Pitié.

Il était tellement gentil...

Et Nate ne supporterait pas un autre décès.

Alors que je courais jusqu'à la réception, la voix de Nate attira mon attention. Il était debout au milieu de la salle d'attente, l'air pâle et hagard.

Je me dirigeai vers lui et l'examinai. Sa barbe avait disparu, mais ses yeux demeuraient cernés et ses lèvres étaient pincées sous l'effet de l'angoisse. Sylvie, Cam, Cole et Jo étaient assis autour de lui. Sa mère déchirait un Kleenex en mille morceaux. Sa façon de fixer les portes avec de grands yeux ronds m'évoquait un petit animal effrayé.

— Nate... (Je m'arrêtai devant lui, hésitant à l'embrasser même si j'en mourais d'envie.) Des nouvelles ?

Il secoua la tête.

— Ils l'ont emmené au bloc. On n'a encore vu personne.

N'y tenant plus, j'ouvris grands les bras et le serrai contre moi.

Nate me rendit immédiatement mon étreinte, le nez contre mon cou.

Nous restâmes ainsi pendant de longues secondes.

— La famille de Nathan Sawyer ? appela un docteur.

Nate et sa mère se levèrent à l'unisson et se précipitèrent vers lui. Je me tournai vers Jo, Cam et Cole, avant d'observer Peetie et Lyn, arrivés peu après moi. Nous attendions depuis des heures et arborions désormais tous la même expression.

L'espoir.

Un espoir presque désespéré.

Quand j'entendis les sanglots de Sylvie, mes poumons cessèrent de fonctionner ; je contemplai avec horreur Nate la prendre dans ses bras. Cam, les yeux creusés par le chagrin, s'approcha de son ami. Il lui posa la main sur l'épaule et Nate lui adressa un faible sourire en secouant la tête.

Le corps de Cam se détendit, comme soulagé, et mon cœur se remit à battre. Il revint nous voir en se passant une main tremblante dans les cheveux.

— Nathan a survécu à l'opération. Il est dans un état stable.

— Toc, toc.

Je passai la tête par la porte de la chambre d'hôpital, un grand sourire aux lèvres.

J'avais laissé Nate seul avec ses parents pendant quelques jours, mais j'avais écourté ma journée du lundi pour pouvoir rendre visite à Nathan.

Il était seul devant la télé. Il cilla de surprise en me voyant entrer, puis son visage s'illumina. Ayant déjà eu affaire à une personne très malade, j'étais experte dans l'art d'adapter ma réaction à la condition physique de l'autre. Nathan semblait plus frêle que jamais dans ce lit. Ses joues étaient tombantes et de nouvelles rides étaient venues orner sa bouche depuis la dernière fois que je l'avais vu.

— Que me vaut ce plaisir ? me demanda-t-il en s'asseyant tout en prenant soin de ne pas débrancher les câbles le reliant aux écrans suspendus au-dessus de son lit.

Je déposai sur la table de chevet les fleurs que j'avais apportées et tirai une chaise.

— J'étais inquiète.

— Pff. (Il fit un petit geste nonchalant.) Qu'est-ce qu'une petite maladie coronarienne ?

Je lui lançai un regard noir.

— Ouais, Sylvie n'a pas trouvé ça drôle non plus.

Mes lèvres tressautèrent.

— Ne me faites pas rire. J'essaie d'avoir l'air grave.

— Grave ? (Il se rembrunit.) Grave ? Je vais devoir avaler des médicaments pour le reste de mes jours et arrêter tous mes plats préférés. Ma vie entière va être grave, désormais, je n'ai sûrement pas besoin en plus de la gravité d'une jolie fille.

— D'accord, je laisse tomber le grave. (Je lançai un coup d'œil circulaire.) Où est Sylvie ?

— Oh, je l'ai renvoyée à la maison. Elle est absolument dévastée. Elle refusait de me laisser. (Il fit un petit bruit réprobateur.) J'ai dû demander à mon docteur de l'obliger à rentrer pour se reposer. Elle risque de me le faire payer.

Je ricanai.

— Sans doute.

— Nate est allé chercher du café en bas, au cas où tu te poses la question…

Je dardai vers lui mon regard acéré.

— Vous êtes au courant, pas vrai ?

— Vous n'avez pas été particulièrement doués pour le cacher quand vous êtes venus nous rendre visite. Je suis désolé que ça n'ait pas fonctionné... D'où ma question de tout à l'heure : que me vaut cet honneur ?

Je répondis d'un ton agressif :

— Je n'ai pas le droit de me faire du souci pour vous ?

— Si, bien sûr. Tu es une gentille fille, j'apprécie ta sollicitude. Mais je crois surtout que tu t'inquiétais pour mon fils. Comme ça, nous sommes deux. (Il fronça les sourcils.) Tu lui manques.

— Il me manque aussi, avouai-je doucement.

J'entendis un raclement de gorge derrière moi.

En me retournant, je découvris Nate dans l'embrasure de la porte, en train de remuer le café dans une tasse. Son regard suffit à me clouer à ma chaise.

Après de longues secondes, je finis par retrouver ma voix :

— Nate. Je passais juste voir comment se portait Nathan. Je vais y aller.

Je me levai.

— Mais non, intervint Nathan en me faisant signe de me rasseoir. Il reste encore une demi-heure de visites. Reste ici. Parlons. (Il leva le nez vers son fils.) Viens t'asseoir aussi.

Nate s'installa sur la chaise voisine de la mienne avec un air amusé.

Mes yeux remontèrent malgré moi le long de ses jambes. Des fourmillements me parcoururent à mon grand désarroi quand ils se posèrent sur ses mains, toujours affairées à remuer le café. Il avait des mains très belles et masculines – gracieuses, aux doigts rendus calleux par la musculation et le judo. Pourtant, elles demeuraient merveilleusement douces. Et son tee-shirt laissait paraître ses avant-bras. Je détournai rapidement le regard de la veine épaisse qui se dessinait le long de ses muscles. Je l'avais léchée d'un bout à l'autre peu de temps auparavant.

Avant de défaillir, je m'empressai de reporter mon attention sur Nathan.

Celui-ci avait un petit sourire en coin.

Génial. Même malade, il restait taquin.

— Alors, comment te portes-tu, Olivia ? Nate m'a dit que tu fréquentais quelqu'un ?

Son ton s'était fait légèrement désapprobateur.

— Je ne fréquente personne, rétorquai-je avec agacement.

Techniquement, je ne fréquentais pas Ben. Pas encore.

Nate se redressa.

— Ah bon ?

Je lui jetai un coup d'œil, mais répondis à son père :

— On n'a eu que deux rendez-vous.

Nathan fronça les sourcils.

— C'est précisément ce que signifie fréquenter quelqu'un. (Il se tourna vers son fils.) Qu'est-ce que tu en penses ?

— Je suis d'accord, répondit Nate avec brusquerie. Et ça m'avait l'air sérieux.

Commençant à me sentir mal à l'aise, je poussai un soupir.

— Vous ne voulez pas parler d'autre chose ?

— Pourquoi ? Il ne se passe rien d'autre d'intéressant.

Je grommelai. Je n'étais carrément pas prête à me disputer avec deux Sawyer d'un coup.

— Très bien, dans ce cas, il faut vraiment que j'y aille. Nathan, je suis sincèrement ravie que vous alliez mieux.

Je me penchai pour l'embrasser sur la joue, faisant mine de ne pas percevoir son expression amusée.

Sans un regard pour Nate, je quittai la pièce.

— Olivia, attends, me rappela celui-ci tandis que je m'enfonçai dans le couloir.

Je ne ralentis pas.

Une fois encore, il m'arrêta en me saisissant par le bras ; il me tira dans un placard de service.

— Qu'est-ce que tu fous ? sifflai-je en sentant son souffle sur ma joue alors qu'il me plaquait contre la porte.

Il m'embrassa.

Je me figeai immédiatement, mais la surprise s'envola bien vite au contact de ses lèvres chaudes et enjôleuses. Il n'était ni agressif ni brutal. Son baiser était délicat, plein de tendresse. Ma bouche y répondit malgré moi.

Nate fut le premier à rompre le contact, haletant lourdement en me caressant le cou du bout du nez. Ses mains d'acier immobilisaient mes bras. Il huma mon parfum. Sa présence m'envahissait tout entière. Sa force, son odeur, son goût sur ma langue, même le frottement un peu râpeux de sa joue sur la mienne.

Je fermai les paupières, des larmes plein les yeux.

Je me trompai peut-être. Le fait de l'avoir perdu n'était peut-être pas la chose la plus douloureuse au monde. Je restai plantée là, sachant qu'il ne m'appartiendrait jamais tout à fait, et compris que c'était l'attente perpétuelle qui me faisait le plus de mal.

— Tu es la première personne à qui j'ai pensé, dit-il d'une voix rauque. (Le tremblement de sa voix contre mon oreille provoqua en moi des frissons.) La seule que je voulais avoir à mon côté.

Ravalant la boule qui m'obstruait la gorge, je chuchotai :

— Je suis désolée de ne pas avoir décroché.

— Tu n'as aucune raison de l'être. Tout ce qui compte, c'est que tu sois venue.

Ayant besoin de prendre mes distances pour rompre le charme, je déclarai :

— Ça pourrait être mal interprété.

Il rit contre ma peau et se recula.

— Putain, tu m'as manqué, Liv.
— Nate.
Je le repoussai doucement, jusqu'à ce qu'il comprenne. Il me lâcha les bras, provoquant immédiatement un sentiment de manque.
— Je suis contente que ton père aille mieux, mais je dois y aller.
— Liv, s'il te plaît…
— Ben m'attend, mentis-je alors.
Je me mis soudain à redouter que les appels de Nate et le fait qu'il m'ait avoué que je lui avais manqué ne soient pas désintéressés. Et, n'étant pas sûre d'être en état de prendre la bonne décision, je préférais ne pas lui laisser l'occasion de m'embrouiller l'esprit.
— On a rendez-vous.
Il resta muet quelques instants.
Puis…
— Il faut qu'on parle.
— Non. Vraiment pas.
Je cherchai la poignée à tâtons et parvins à ressortir dans le couloir. Il ne me suivit pas.
J'en déduisis qu'il avait compris que c'était inutile.

25

Apparemment, Nate n'avait pas compris du tout.

Je n'aurais pas dû être surprise de le trouver à m'attendre chez moi en rentrant du travail ce soir-là. Je claquai la porte et tendis la paume.

— Rends-moi ma clé.

Nate s'était levé à mon arrivée, et il s'approchait désormais de moi avec un air taquin. En voyant ses fossettes apparaître, je me renfrognai telle une gamine de cinq ans se préparant à un caprice. Je n'avais certainement pas envie de le voir magnifique et charmeur à cet instant ! Je n'avais surtout pas besoin de ces fossettes.

— Je l'ai avalée.

— Tu ne l'as pas avalée. Si tu l'avais fait, j'aurais trouvé un cadavre en rentrant.

Il s'immobilisa, un sourcil haussé.

— Le fait que cette perspective ne te perturbe pas plus que ça devrait peut-être m'inquiéter ?

Mes narines se dilatèrent. Je le savais. Il était venu ici pour me reconquérir.

Il fallait que je le fasse dégager !

— Rends-moi ma clé.

Nate haussa les épaules.

— Impossible.

— Il le faut, soufflai-je avec indignation. C'est la mienne !

— Pourquoi est-ce qu'on parle encore de ça ?

— On est loin d'avoir fait le tour de la question.

Mon pied droit recula tandis que Nate fit un pas dans ma direction, les paupières mi-closes. Il avait son regard de prédateur.

— Nate...

— Je t'aime.

Je me figeai, le souffle coupé par ces mots aussi violents que des coups de poing me perforant la poitrine.

Nate profita de ma surprise pour prendre l'avantage. Il s'arrêta à quelques centimètres de moi ; il ne me touchait pas, mais c'était tout comme. La chaleur de son corps venait lécher ma peau.

— Ma vie est un enfer sans toi, confessa-t-il d'une voix rauque, l'air morose. Je pensais pouvoir le faire. Je pensais pouvoir nous mentir à tous les deux. Mais quand je t'ai croisée l'autre jour avec ce type et cette petite fille... J'ai eu une vision de l'avenir. Avant cet instant, je ne m'étais pas rendu compte que m'éloigner de toi signifiait te voir partager ton existence avec quelqu'un d'autre, avoir des enfants qui ne seraient pas les miens... (Il ferma les yeux, comme en proie à une grande souffrance.) Ça m'a pris aux tripes de te voir jouer l'épouse modèle avec ce mec. Putain, Liv, je n'arrivais plus à respirer.

Je ne pouvais pas le faire. Cela ne suffisait pas.

Je secouai la tête, fis un pas de côté pour l'empêcher de m'acculer dans un coin.

— Il faut que tu partes, Nate.

Au lieu d'obtempérer, il m'étudia avec soin.

— Tu n'es pas encore prête à l'entendre, en déduisit-il. Mais il faut que tu saches que je vais me battre pour te récupérer. Je ne commettrai pas l'erreur de m'éloigner de toi une deuxième fois. Le seul homme avec qui tu construiras ton avenir, c'est moi, Liv. Tes enfants seront les miens.

Nate ouvrit ma porte, plongea la main dans sa poche et en tira ma clé. Il me la tendit et je m'en saisis avec hésitation, troublée par son geste.

— Je n'ai pas besoin d'entrer dans ta vie par surprise. Tu as érigé une barrière entre nous, et je peux le comprendre. Mais je compte rester planté devant et te faire chier à mort. (Il eut un sourire empreint d'ironie.) Jusqu'à ce que tu me laisses entrer. (Son expression s'assombrit, tel un nuage noir surgissant inopinément.) Mais je te préviens : si tu laisses entrer ce Ben… tous les coups seront permis.

Nate s'éclipsa sans me laisser le temps de répondre.

J'étais déchirée.

Une partie de moi voulait le rappeler, s'accrocher à ces trois petits mots échappés de ses lèvres, les savourer, encore et encore.

En revanche, je savais que je ne pouvais pas me satisfaire de cela. C'était peut-être égoïste, mais je ne voulais pas simplement que Nate m'aime. Je voulais qu'il m'aime autant que je l'aimais. D'un amour si fort qu'il durerait plus d'une vie.

Le genre d'amour qu'il éprouvait pour Alana.

Je ne sais pas à quoi je m'attendais. Nate avait toujours eu une approche si souple de l'existence que je n'étais pas certaine qu'il soit réellement prêt à se battre pour moi. Honnêtement, j'espérais même qu'il n'en ferait rien, car cela me permettrait de rester plus facilement braquée sur mon « non ».

Toutefois, le lendemain de sa petite visite chez moi, un panier de chocolats livré par ma boutique préférée arriva au travail avec un mot de Nate :

Nous avons rendez-vous avec du chocolat fondu dans l'avenir. Je t'en tartinerai et te lécherai jusqu'à ce que tu... Bref, comment disent les Français, déjà ? La petite mort[1]. *Je t'aime.*

Nate

Non seulement il n'avait eu aucun scrupule à confier un texte pareil à un livreur, mais il ne s'était pas embarrassé de savoir comment réagiraient mes collègues, qui m'avaient arraché la carte des mains avant que je puisse les en empêcher.

Angus souriait à pleines dents quand il me la rendit.

— Il te parle d'orgasme en français. Grande classe. Si tu veux mon avis, c'est une perle rare.

— Il me parle surtout d'orgasme sur une carte d'excuse, rétorquai-je. Tu trouves vraiment ça classe ?

— Non, mais c'est carrément excitant, intervint Jill en fronçant les sourcils. Reprends-le, andouille. Tu sais combien d'hommes feraient un truc pareil ? (Elle désigna le panier copieusement garni.) Pas beaucoup.

Je passai le reste de la journée à darder des regards noirs sur mes chocolats.

Le lendemain, une grosse boîte enveloppée dans du papier cadeau arriva au travail, et je l'emportai dans la salle du personnel pour l'ouvrir en cachette. Naturellement, dès que Jill vit arriver le colis, elle s'empressa de prévenir Angus, qui en informa Ronan, et adieu l'intimité ! Ils étaient tous réunis derrière moi tandis que je retirais le ruban de satin noir et ouvrais le carton rose pâle. Je trouvais, sous plusieurs couches de tissu, un bustier noir en satin et dentelle, aussi magnifique que coûteux, ainsi qu'une culotte assortie et des bas en soie. Une carte accompagnait le tout :

---

1. En français dans le texte. (*N.d.T.*)

Splendide, sexy et sensuelle. La lingerie n'est pas mal non plus. J'espère qu'un jour tu porteras cet ensemble pour moi ; mais dans le cas contraire, j'espère au moins qu'en l'enfilant tu verras dans le miroir à quoi tu ressembles vraiment. Je t'aime.

Nate

Après quoi, j'allai m'enfermer dans les toilettes pour pleurer, maudissant Nate Sawyer tout en espérant qu'il n'y aurait pas de nouveau cadeau le lendemain pour m'encourager un peu plus à lui ouvrir ma porte. Dans un espoir désespéré de le prendre de court, je téléphonai à Benjamin le soir venu et lui proposai de prendre un café le lendemain dans son bar préféré, non loin de la bibliothèque. J'espérais que sa présence me rappellerait que la vie ne tournait pas seulement autour de Nate et que j'étais capable de passer à autre chose. *J'en suis capable, j'en suis capable, j'en suis capable, j'en suis capable.*

Le lendemain, je me trouvais au bureau des renseignements quand la personne chargée de la sécurité m'apporta un nouveau colis. Cette fois, il s'agissait d'un petit paquet auquel était accrochée une enveloppe. Le cœur battant la chamade, j'oubliai Wendy, qui travaillait à côté de moi, et l'ouvris aussitôt.

Un Blu-ray du *Magicien d'Oz*.

Des larmes me montèrent aux yeux et je me sentis étrangement nerveuse en décachetant l'enveloppe avec maladresse. Je pris une profonde inspiration et commençai à lire la lettre manuscrite de Nate.

Ma chère Liv,

Nous sommes au XXIe *siècle, il est temps de mettre ton film préféré au goût du jour, même s'il s'agit du* Magicien d'Oz.

Et pour ta gouverne : si tu étais un film, tu serais Le Parrain *– je pourrais te regarder encore, encore, encore,*

encore et encore, parce que... tout simplement parce que tu es ma préférée.

Tu me manques.

Nos « Tu préfères ? » me manquent, ainsi que tes réponses hilarantes. Ton rire me manque. Le sentiment que je ressens quand je te fais rire me manque, l'impression d'avoir gagné quelque chose de très important. Rester assis avec toi dans un parfait silence complice me manque. Ta façon de ne jamais juger personne me manque. C'est une qualité tellement rare, Liv. Et te regarder être si gentille avec tout le monde me manque également. Pouvoir t'appeler n'importe quand pour te parler de choses futiles ou capitales me manque.

Ma meilleure amie me manque.

Tu me manques.

Je t'aime.

Nate

Les mains tremblantes, je sortis mon téléphone de ma poche en espérant qu'Angus comprendrait que j'avais besoin de passer un coup de fil personnel sans attendre.

Jo décrocha, à bout de souffle.

— Hé, Liv, est-ce que je peux te rappeler ? Je suis en train de poser du papier peint et il faut que je le colle avant que ça sèche.

— Je vais faire vite. Dis à Nate d'arrêter de m'envoyer des cadeaux. Tout est fini.

Elle resta silencieuse un instant.

— Tu ne peux pas le lui dire toi-même ?

— Non, il... Je ne peux pas lui parler. Je t'en prie, dis-lui de me laisser tranquille. S'il te plaît.

— Liv, la seule raison pour laquelle tu ne veux pas le voir, c'est parce que tu tiens à lui ; et tu sais que le simple fait de lui parler te fait moins mal et te rend plus prompte à lui laisser une chance. Et franchement, je ne pense pas que ce serait une mauvaise chose.

— Tu te trompes, répliquai-je avec morgue. J'ai tourné la page. Je retrouve Ben au *Black Medicine* après le boulot.

— Celui sur Nicolson Street ? me demanda Jo abruptement.

— Oui. Je pense même lui proposer de passer à la vitesse supérieure.

— J'espère pour Ben que tu ne fais pas ça uniquement pour mettre Nate en rogne. Parce qu'il a l'air d'être un gentil garçon, et il ne mérite pas qu'on se serve de lui. (Elle soupira.) Il faut que j'y aille.

Elle raccrocha, clairement agacée, ce qui me fit me sentir d'autant plus mal.

Je m'en voudrais moins de l'avoir ainsi déçue environ cinq heures plus tard...

— Putain, qu'est-ce que tu fous ici ? sifflai-je.

Nate se tenait entre Ben et moi, une main sur le dossier de ma chaise. J'avisai une certaine dureté dans son regard avant qu'il s'en départe et se tourne vers mon ami avec un sourire affable. Il lui tendit la main.

— Je m'appelle Nate. On s'est croisés l'autre jour.

Réfugiés au fond du *Black Medicine*, un troquet original et super joli dont les meubles taillés à même le bois n'auraient pas détonné dans un décor du *Seigneur des Anneaux*, j'étais en train de raconter à Ben mes déboires avec Nate quand celui-ci était subitement apparu.

Mais je savais qu'il n'était là nullement question de magie.

Jo lui avait dit où je serais.

J'allais la tuer.

Ben cilla, manifestement aussi surpris que moi de voir Nate en cet endroit. Il lui serra lentement la main.

— Ravi de te rencontrer, dit-il doucement en le jaugeant du regard.

— Et donc... (Nate fit un petit bruit de langue.) Je vais devoir te demander de partir. Il faut que je parle à Liv.

Son audace me laissa bouche bée.

— Tu débloques, ou quoi ?

Quand il reporta le regard sur moi, la dureté était revenue ; je me rendis alors compte qu'il s'agissait d'agacement. C'était *moi* qui l'agaçais ? Ça ne pouvait être qu'une blague.

— Toi et moi, on a quelque chose à finir, répliqua-t-il calmement. Et je ne trouverais pas juste d'y mêler le pauvre Benny.

L'intéressé se racla la gorge.

— Mis à part l'usage du surnom condescendant, il n'a pas tort.

Il se pencha pour sortir son portefeuille. Je le regardai, horrifiée, poser un billet de cinq livres sur la table pour régler la note.

— Tu vas vraiment partir ? m'étranglai-je.

Il eut un sourire résigné.

— Tu viens de passer le dernier quart d'heure à m'expliquer toutes les techniques mises en œuvre par ce type au cours de la semaine écoulée pour te prouver qu'il t'aimait. Je crois que tu ferais mieux d'en discuter avec lui, plutôt qu'avec moi.

Il m'adressa un sourire tendre avant de lancer à Nate un regard menaçant. Puis il reposa sur moi ses magnifiques yeux verts.

— Appelle-moi plus tard pour me dire si tout va bien.

Je plissai les paupières.

— Je ne parle pas aux traîtres.

Ben ricana en secouant la tête.

— Appelle-moi, c'est tout.

Et il partit sans rien ajouter.

Nate ne le regarda même pas s'éloigner. Il se contenta de s'installer sur la chaise laissée vacante, et il la rapprocha si près de moi que nos jambes se frôlèrent. Je reculai la mienne, prête à me lever. Il m'attrapa par le poignet pour m'en empêcher.

— Liv, s'il te plaît.

Nos regards s'affrontèrent, mais malheureusement ma volonté était déjà considérablement entamée par la chaleur suppliante de ses prunelles. Je poussai un soupir, me libérai d'un léger coup de poignet et me remis face à la table, m'assurant toutefois que nous ne nous touchions plus.

— Tu as cinq minutes.

Il scruta mon visage pendant quelques instants, comme pour en mémoriser les moindres détails ; puis il parut soudain si vulnérable et transparent que mon cœur s'emballa. Nate se pencha vers moi et déclara à voix basse :

— L'autre soir, chez Cam… la rouquine…

Je tressaillis, me renfermant subitement.

Je n'avais vraiment aucune envie de parler du fait que, alors que j'avais le cœur en miettes, Nate s'était empressé de m'oublier en se rapprochant d'une autre.

— Je n'ai pas couché avec elle, s'empressa-t-il de m'annoncer, d'un ton presque désespéré. Liv, je n'ai pas fréquenté d'autre femme depuis toi.

Je pouffai avant de siroter nonchalamment mon café, même si la conversation était loin de me laisser insensible.

— C'est ça, marmonnai-je avec ironie en reposant ma tasse sur ma soucoupe.

— Je ne te mentirais pas là-dessus.

Je compris à son indignation qu'il était en colère. Je haussai un sourcil.

— Tu es fâché parce que je ne te crois pas ? Sérieux, Nate ? Je t'ai demandé très clairement si tu étais amoureux de moi, et tu m'as affirmé que non. Et voilà que, quinze jours plus tard, tu m'assures le contraire. Et tu te demandes pourquoi j'ai du mal à te faire confiance ?

Je crus un instant qu'il n'allait pas répondre. Tentant à l'évidence de contenir son impatience, il souffla longuement avant de répliquer :

— C'est la seule fois de ma vie que je t'ai menti. Et plus précisément : c'est à moi que je mentais. Je ne voulais pas tomber amoureux de toi. Tu es mieux placée que quiconque pour le savoir. Pourtant, c'est arrivé. Et force est de reconnaître que ça m'a carrément foutu la trouille. Et c'est encore le cas. (Il posa doucement sa main sur mon genou tout en plongeant son regard dans le mien.) Il n'y a eu personne depuis toi, parce que je n'ai envie de personne d'autre. Tu m'as sorti du circuit.

Ses doigts remontèrent le long de ma cuisse, ce qui suffit malheureusement à ramener à la vie des centaines de réminiscences de caresses sensuelles. Une lueur de désir dut apparaître dans mes prunelles, car je vis la détermination de Nate se renforcer quand il l'aperçut.

— Tu me manques, mon ange. Tout chez toi me manque.

Il commença à dessiner de petits cercles sur ma jambe et je me sentis prise au piège, incapable de bouger tandis que mon corps entier vibrait sous l'afflux des souvenirs. Le regard de Nate s'embrasa quand il observa chaque détail de mon corps avant d'examiner mes lèvres.

— Ta bouche me manque, avoua-t-il d'une voix rauque. Ta langue me manque. Son contact contre la mienne me manque. Son empreinte sur ma peau. (Il se pencha un peu plus, de sorte que je ne pouvais plus voir ni sentir que lui.) Ta bouche autour de ma queue me manque.

J'en eus le souffle coupé et le sang afflua à mes oreilles, comme s'il venait de me lancer un sort sexuel.

Ses doigts continuèrent la lente exploration de ma cuisse.

— Tes seins me manquent, Liv, ainsi que le goût de tes tétons et la façon dont ils se dressent pour moi, pour mon pouce, pour ma langue... La façon dont tu mouilles dès que je les effleure. (Il grogna de désir à cette évocation et sa main se referma soudainement sur ma jambe.) Ça aussi, ça me manque. Ta chaleur humide quand je suis en toi et que je te pilonne, la contraction de tes muscles internes. Tes ongles s'enfonçant dans mon dos, tes jambes se refermant autour de ma taille, tes yeux rivés aux miens...

Je crois avoir gémi.

Car les yeux de Nate s'embrasèrent.

— Le fait que tu hurles mon nom en jouissant autour de ma queue. C'est ce qui me manque le plus.

À court d'haleine, les joues rougies, je le dévisageais fixement. Je n'arrivais pas à croire qu'il me dise tout cela en public. Je n'arrivais pas à croire que mon corps réagisse ainsi.

Il mit sa main à plat à l'intérieur de ma jambe.

— Si je glissais mes doigts en toi à cet instant précis, je te découvrirais trempée, pas vrai, mon ange ? Aussi trempée que je suis dur.

J'inspirai brusquement entre mes dents serrées, cherchant à éclaircir mon cerveau embrumé.

Par miracle, au fond de moi, je trouvai la force de le repousser. Tremblante, je me saisis de mon sac.

— Faire l'amour… n'est pas aimer.

— Mais bon Dieu, je le sais. (Il m'agrippa le poignet pour m'empêcher de fuir.) Ne t'en va pas, Liv. Si tu pars maintenant… c'est par pure obstination.

Un accès de colère s'empara de moi et je m'arrachai à son emprise.

— C'est toi qui m'as quittée, grondai-je. Tu m'as traitée comme n'importe lequel de tes coups d'un soir et, soudain, parce que tu as décidé que, en réalité, tu m'aimais, il faudrait que je revienne ventre à terre ? (Je me levai subitement, renversant ma chaise au passage.) Tu es un beau parleur, mais au final tu dis du vent. Je ne pense pas que tu comprennes tes propres sentiments, Nate. Pourquoi devrais-je te croire sur parole ?

Et sans lui laisser le temps de répondre, je quittai les lieux pour rentrer chez moi. Des sanglots réprimés m'étranglèrent pendant tout le trajet. Il m'avait fallu produire un effort considérable pour m'éloigner de Nate. Je ne pensais même pas receler autant de force de caractère.

26

Même si j'avais l'impression que Ben m'avait abandonnée aux griffes du diable, j'étais également flattée de savoir qu'il s'inquiétait suffisamment pour moi pour me demander de l'appeler en rentrant. Toutefois, quand je lui téléphonai, je fus surprise d'entendre ce qu'il avait à me dire.

— Vous êtes ce genre de couple, déclara-t-il doucement.

— Quel genre de couple ? rétorquai-je.

— Le genre de couple à être en couple même quand il n'est pas en couple.

— Mais tu n'as passé que cinq secondes avec nous, contrai-je.

— Ouais, et ça m'a suffi pour comprendre que ce n'était pas fini entre Nate et toi. Il y a encore des choses non résolues, et tant que tu ne sauras pas si oui ou non tu veux te remettre avec lui, je souffrirai moins en restant à l'écart de tout ça. Écoute, je t'apprécie vraiment, Olivia, alors si je me trompe et que tu décides que ce n'est pas l'homme qu'il te faut, rappelle-moi.

Puis il raccrocha.

Je passai les quelques jours qui suivirent à fulminer après Nate. Pas seulement à cause des dégâts émotionnels qu'il avait provoqués chez moi, mais aussi parce que, depuis notre rencontre et ses mots aguicheurs dans un recoin sombre du *Black Medecine*, mon corps était aussi tendu qu'une corde de guitare prête à claquer. Mon vibromasseur n'apaisait qu'à peine mes besoins.

Connard.

Les seules bonnes nouvelles de la semaine furent l'annonce désinvolte que me fit Jo du retour de Nathan chez lui et la fête qu'Élodie et Clark prévoyaient d'organiser pour célébrer la grossesse de Joss. Jo soupçonnait que la future maman n'avait accepté que pour prouver à tout le monde qu'elle était heureuse d'être enceinte. Je n'en étais pas si sûre. Selon moi, la seule personne dont l'avis importait réellement à Joss était Braden, et d'après ce que j'avais pu constater, il était heureux et savait que sa femme l'était aussi. À mon avis, elle avait surtout accepté l'organisation de cette fête car elle savait que cela comptait beaucoup pour Élodie.

La troisième bonne nouvelle – car j'étais déterminée à considérer que c'en était une – était que Nate avait cessé de me téléphoner. Lorsque arriva le samedi, le jour de la fête, je n'avais plus entendu parler de lui depuis notre conversation au café. Tant mieux. Cela signifiait donc que j'avais raison.

Nate ne m'aimait pas.

Il avait trop facilement laissé tomber.

Il ne m'aimait pas.

C'était une bonne chose.

Ouais, tu es très convaincante, mon sucre.

Très bien, disons seulement que je n'étais pas dans le meilleur état d'esprit quand je me présentai chez Élodie et Clark ce soir-là. Même les ballons roses et bleus, les tenues de bébé décoratives aux citations amusantes, l'impressionnant gâteau blanc au glaçage rose et bleu, le champagne frais et les délicieux amuse-gueules ne suffisaient pas à dissiper ma trouille.

Mais je fis mine de rien. Du moins, j'essayai...

— Tu as meilleure mine, me dit Joss tandis que je m'installai dans un coin de la pièce bondée, une flûte à la main.

Pour sa part, Joss se contentait d'un verre d'eau.

— Toi aussi.

C'était vrai. Elle semblait heureuse et reposée.

— Je me sens bien, dit-elle.

Un léger sourire se dessina sur sa bouche tandis qu'elle cherchait son mari des yeux. Il était debout à discuter avec une personne que je ne connaissais pas, mais il n'arrêtait pas de loucher vers Joss.

— Braden est un tantinet surprotecteur en ce moment, ce que je pensais trouver insupportable. (Son sourire s'élargit.) Mais ça ne l'est pas tant que ça, finalement. Tu n'imagines même pas jusqu'où il est prêt à aller pour me rendre heureuse.

Je la lorgnai d'un air entendu.

— Te servirais-tu de ta grossesse pour lui réclamer des services complètement irrationnels ?

— Je ne qualifierais pas d'irrationnel le fait de l'envoyer chercher à deux heures du matin, dans une épicerie 24/24, de la crème glacée Häagen-Dazs chocolat-beurre de cacahuète.

— Tu lui as fait ça ? m'exclamai-je.

Elle ricana.

— Non. (Elle but une gorgée d'eau, les prunelles scintillant de malice.) Mais je vais le faire.

J'éclatai de rire, ce qui attira l'attention de plusieurs des convives. L'un des regards posés sur moi me tétanisa.

Nate était arrivé. Il avait l'air en forme. Il avait coupé ses cheveux et soigné sa barbe de trois jours. Il portait un tee-shirt rouge sombre et un jean noir. Rien d'inhabituel, pourtant il était à croquer. Je le haïssais pour cela.

Quelques secondes après que nos regards se furent croisés, il arbora un air neutre et se retourna hâtivement vers Cam et Jo.

Quoi ? Je plissai les paupières d'indignation. Voilà qu'il me méprisait ?

Joss souffla à mi-voix.

— Tu ne savais pas qu'il viendrait ?

M'efforçant de maîtriser ma colère, je me radoucis pour lui répondre :

— C'est votre ami. Je ne peux pas m'attendre à ce que vous arrêtiez de lui parler.

— Mais quand même... c'est bizarre. J'aurais dû te prévenir.

— Ce n'est pas grave. On fait chacun comme si l'autre n'était pas là. (Je ravalai la boule logée dans ma gorge.) Il n'y a pas de raison qu'on ne puisse pas tous les deux profiter du bonheur de nos amis sans vouloir se planter des fourchettes dans les yeux, décrétai-je en vidant ma flûte d'un trait.

Joss me dévisagea une seconde.

— Bon, d'accord. Dans ce cas, je vais te laisser à tes... réflexions ultraviolentes.

Elle partit avant que je puisse m'excuser de ma folie.

— Fais chier, marmonnai-je.

— C'est charmant.

Je me retournai et me retrouvai face à face avec le regard écarquillé mais amusé d'Ellie.

— Hé, Els. Pardon d'avoir juré. J'ai oublié de laisser mon amertume au vestiaire, et Joss vient de s'en prendre un coup en pleine figure.

Ellie balaya ma remarque d'un geste de la main.

— Oh, elle s'en fiche. Elle sait ce que c'est. De toute façon, sa bulle de bonheur la protège provisoirement de toute la misère du monde.

— Elle ne devrait pas avoir à être protégée de ma misère. Ma misère aurait dû être déposée au vestiaire, juste à côté de mon amertume.

Ellie se rapprocha d'un pas. Son expression était à la fois conspiratrice et compatissante.

— Tu te sens toujours aussi mal ?

Je me contentai de la contempler en cillant.

— Je prends ça pour un oui.

Et sans rien ajouter, elle déguerpit.

— Oh, mon Dieu, murmurai-je en me rendant compte que mon attitude détestable faisait fuir mes amis les uns après les autres. J'ai la peste, ou quoi ?

Je fus donc on ne peut plus soulagée de voir mon père se diriger vers moi à grands pas. Cependant, dès que je remarquai sa mine maussade, le soulagement céda le pas à l'inquiétude.

— Qu'est-ce qui se passe ? lui demandai-je doucement tandis qu'il me saisissait le coude.

— Il faut que je te parle, répliqua-t-il d'un ton bourru.

Perplexe et troublée, je le laissai m'emmener à l'étage. À ma grande surprise, il ouvrit la porte de la chambre de Hannah et me fit signe d'y entrer la première.

Je lui adressai un regard interrogateur en franchissant le seuil, puis m'immobilisai subitement en découvrant Nate, debout, dos à moi. Je fis volte-face, les yeux écarquillés, dans le but d'interroger mon père, mais la porte se refermait déjà.

Bouche bée, je me retournai alors vers Nate, qui me considérait en fronçant les sourcils.

— Tu n'es pas Cam, fit-il calmement remarquer.

— Tu crois ? rétorquai-je. On s'est fait avoir. Mon père m'a fait monter ici sous un faux prétexte.

Il arqua un sourcil, une lueur d'amusement dans ses yeux sombres.

— Mick est dans le coup aussi ? Pourquoi prendrait-il mon parti ?

Je savais pertinemment que papa avait basculé du côté obscur, tout cela par ma faute. Pauvre crétine.

— Avant que tu te comportes comme un vrai connard, j'ai commis l'erreur de le convaincre que tu étais quelqu'un de bien. Malheureusement, mes arguments semblent avoir supplanté le fait que tu te transformes radicalement dès lors qu'il est question de ta queue.

Au lieu de se sentir outré, Nate se mit à rire.

— Je me souviens d'une époque pas si lointaine où tu aurais rougi jusqu'à la racine des cheveux en disant une chose pareille.

— Je me souviens d'une époque pas si lointaine où je pensais que tu étais quelqu'un d'exceptionnel.

Cela dissipa toute trace d'amusement sur son visage. Nous nous dévisageâmes dans un silence tendu, jusqu'à ce qu'il secoue la tête d'un air triste.

— Je suis désolé d'être celui qui t'a infligé ça. La Liv dont je suis tombé amoureux est la femme la plus gentille, compatissante et compréhensive que j'aie jamais rencontrée. À cause de moi, tu l'as perdue.

Même s'il n'entendait sans doute pas cela comme une insulte, cela me piqua néanmoins et je ne pus dissimuler les larmes qui me montèrent aux yeux. Étouffant un sanglot, je tournai les talons pour sortir.

Je l'entendis se précipiter vers moi au moment où j'ouvrais la porte et le sentis soudain tout contre mon dos. Il repoussa le battant d'une main et se plaqua contre moi. Ce contact si douloureusement familier me paralysa.

— Je sais que tu penses que j'ai jeté l'éponge, mon ange, me chuchota-t-il à l'oreille. Mais tu te trompes. Je te laisse juste un peu de temps pour la retrouver.

Je compris alors que je ne pourrais jamais tourner la page tant que Nate caressait le moindre espoir de réconciliation. J'avais besoin de mettre un terme à tout ceci, et pourtant j'avais envie d'y goûter une dernière fois ; je me retournai donc pour me plonger dans ses bras, l'attraper par la nuque et l'embrasser à pleine bouche. J'avais oublié l'effet que son arôme avait sur moi – je fus momentanément complètement perdue, noyée dans un flot de sensations. Il me serra immédiatement contre lui et me souleva pour m'embrasser de plus belle, désespérément, un peu brutalement. La chaleur et la profondeur de notre baiser humide me firent l'effet d'une drogue euphorisante.

Soudain, je me retrouvai dos à la porte, et les mains de Nate vagabondaient sur mon corps comme s'il ne savait pas où commencer à me toucher. Quand il se saisit de l'arrière de ma cuisse et me souleva la jambe pour la passer autour de son dos et plaquer son érection contre moi, une vague de chaleur déferla en moi. Je grognai contre sa bouche et son étreinte devint douloureuse.

Ce fut d'ailleurs une bonne chose, car cette légère pointe de souffrance aiguillonna mon inconscient et je trouvai miraculeusement la force de m'écarter de lui.

D'une poussée contre le torse, je l'écartai sans rencontrer la moindre résistance.

Je lui caressai tendrement le cou, faisant aller et venir mes doigts le long de sa joue, avant de lui effleurer du pouce la lèvre inférieure. Quand ma respiration se stabilisa enfin, je décollai mon regard de sa bouche et le plongeai dans le sien. Les larmes affluèrent de nouveau et son visage se troubla quand je murmurai :

— Tu peux arrêter d'attendre, Nate. Je te pardonne, tu as gagné. J'ai compris, et je ne t'en veux pas. Pas vraiment. Car ce n'est pas ta faute. C'est simplement la situation qui me rend dingue, et j'ai rejeté toute la faute sur toi.

Il fronça les sourcils, perplexe.

— Liv, je ne...

Il secoua la tête d'un air interrogateur.

Je m'expliquai donc :

— Je veux un amour semblable à celui qui existait entre mon père et ma mère. Ou qui existe entre Joss et Braden. Entre Jo et Cam. Entre Ellie et Adam. (Mes larmes se mirent à rouler sans que je puisse les retenir.) Tu as déjà connu cela avec Alana.

Nate tituba en arrière, comme si je venais de lui loger une balle dans le cœur.

— Ça peut paraître égoïste et puéril, mais c'est ce que je ressens. Je veux être l'amour de la vie d'une personne. Pas un deuxième choix. Surtout pas pour toi. (Je tournai la poignée dans mon dos.) Je suis désolée, Nate. Sincèrement. Mais je ne peux pas passer le restant de mes jours à aimer un homme qui ne pourra jamais m'aimer de la même manière. (J'ouvris la porte, m'efforçant de ne pas voir la douleur dans ses prunelles.) Alors arrête. Pour notre bien à tous les deux. Je t'en prie.

Je ne lui laissai pas le temps de répondre, car j'étais une grosse froussarde et je ne voulais pas entendre le chagrin se transférer de ses yeux à sa voix. Je tournai donc les talons, dévalai l'escalier et sortis de la maison avant que qui que ce soit ait pu m'en empêcher.

Plus tard dans la nuit, je laissai mon père entrer dans mon appartement, sans cesser de le fusiller du regard. Il considéra mon visage, avisant mes yeux gonflés et mon nez bouffi ; une pointe de culpabilité semblait l'habiter.

— Je pensais bien faire, déclara-t-il sobrement avant de m'étreindre très fort.

Je m'accrochai à lui comme à la vie. Mon père était expert en câlins.

— Je sais, répondis-je en reniflant contre son torse puissant.

Il me serra une fois encore et m'embrassa sur le sommet du crâne.

— Nate n'avait pas l'air bien en redescendant.

Je me crispai et l'étreignis en retour.

— Papa, s'il te plaît.

— Je veux juste m'assurer que tu ne gâches pas une chance d'être heureuse par pure obstination.

— Il m'a dit la même chose.

— Il a peut-être raison.

Je me reculai pour le contempler avec un calme que je n'étais pas certaine d'éprouver.

— Il ne peut pas m'aimer comme je l'espère. Ce serait un désastre pour lui comme pour moi.

Papa se radoucit.

— Ma petite fille, tu ne lui laisses même pas une chance de te donner tort.

— Tu ne l'as jamais entendu parler d'Alana. Tu ne peux pas savoir, murmurai-je d'un ton féroce.

Cela lui cloua le bec. Il m'étreignit une fois de plus, puis se dirigea vers la cuisine pour nous préparer un chocolat chaud et un goûter nocturne.

Il me regarda m'endormir, et je me réveillai le lendemain matin parfaitement bordée dans mon lit.

Mon oreiller était mouillé de larmes.

27

Résolue à convaincre tout le monde que j'allais bien, je passai les dix jours suivants à vivre selon les conventions. Je me levais, m'habillais, allais au travail, souriais quand j'étais censée sourire, riais si nécessaire, adoptais la mine grave quand il fallait être sérieux, et espérais surtout me montrer crédible. En vérité, j'étais plus perdue que jamais sans Nate, j'étais terrifiée et je m'en voulais. Terrifiée de ne jamais parvenir à retrouver celle que j'étais naguère. J'avais l'impression d'avoir perdu un membre et de ne pas avoir encore accepté la situation ni tout à fait mesuré l'impact que cela aurait sur le reste de mon existence.

Et donc, en prétendant le contraire, je me faisais un peu moins l'impression d'être une mauviette pleurnicharde.

Les choses auraient peut-être été plus faciles si Nate avait capitulé ainsi que je le lui avais demandé.

Mais il persista à m'appeler.

Je le fuyais de mon mieux, tout comme j'esquivais Jo. Plus ou moins. Nous nous parlions encore au téléphone, comme je le faisais avec ma famille et mes amis, mais après qu'ils m'eurent piégée une fois (et je savais qu'ils étaient tous responsables de notre tête-à-tête fortuit de ce soir-là), rien ne me garantissait qu'ils ne recommenceraient pas. J'évitais donc de passer du temps avec eux.

Quatre jours après la fête, en tournant à l'angle de Jamaica Lane, j'avais vu Nate assis sur mon perron, la tête baissée, les yeux rivés au sol. J'avais fait demi-tour avant qu'il m'aperçoive et étais allée chez mon père, la seule personne selon moi qui n'essaierait plus de me tendre une embuscade.

Sous mon indifférence feinte, j'avais senti la colère bouillir de nouveau. Pourquoi Nate refusait-il de me laisser tranquille ? Il avait entendu ce que j'avais à lui dire et n'y avait opposé aucun argument.

Par chance, au bout de sept jours d'évitement, Nate sembla comprendre et arrêta d'appeler. Je profitai de ce silence radio pour tâcher de me remettre les idées en place. Je me réfugiai dans le travail, accumulant les heures supplémentaires en cette période où la bibliothèque était en permanence saturée d'étudiants préparant leurs examens. Ben se présenta dans la réserve et nous discutâmes aimablement, mais je ne laissai jamais entendre que je n'avais pas choisi Nate. Car ne pas avoir choisi Nate ne signifiait pas pour autant que j'avais choisi Ben.

Je me choisissais, moi.

Et j'avais besoin d'un peu de calme et de tranquillité, loin de toute rupture potentielle.

Je me tenais au bureau des renseignements, profitant d'un répit pour trier le courrier, me focalisant sur ma tâche pour ne surtout pas penser à Nate. J'avais une vie en dehors de lui. Me concentrer là-dessus aurait dû être du gâteau.

C'était en tout cas ce que je me disais.

— Olivia… (Angus arriva vers moi en trombe, un tas de dossiers dans les mains.) Tu peux me rendre un service ?

— Tout ce que tu veux, répondis-je, ayant grand besoin de m'occuper l'esprit.

Il m'adressa un sourire inquiet sans toutefois relever.

— Il y a un… problème dans l'une des salles PMR. La cinq. Tu peux t'en occuper, s'il te plaît ? Je croule sous le boulot.

Il brandit ses dossiers pour se justifier.

Je fronçai le nez.

— Encore un de ces problèmes… (Je secouai la tête, contournant mon bureau.) Ils ne peuvent pas se retenir d'ouvrir leur braguette ?

Angus grommela et poursuivit sa route.

Prenant mon courage à deux mains, je me décontractai et me précipitai vers l'escalier, me faufilant parmi la foule jusqu'à atteindre le premier étage. En période d'examens, on aurait pu s'attendre à ce que ces gamins aient des besoins plus pressants, mais non, le cul restait leur principale préoccupation.

En l'occurrence, un cul posé sur la table.

Je pris une brusque inspiration, ouvris à la volée la porte de la cinq et entrai.

Je me heurtai à un mur invisible, mon corps se contractant dès que j'avisai Nate, les chevilles et les bras croisés devant lui.

Le bruit de la porte claquant derrière moi me tira de ma stupeur.

— Qu'est-ce que tu fous ici ? demandai-je en serrant les poings.

— Angus m'a filé un coup de main.

Le traître !

— Oh, je vais le rayer de ma liste de cadeaux de Noël, fulminai-je.

Nate esquissa un sourire.

— Ne sois donc pas si radicale. J'ai su me montrer très persuasif. Le pauvre n'a pas pu s'en empêcher.

— Oh, je n'en doute pas. (Angus avait sans doute fondu sous le regard chocolat de Nate.) Maintenant, si ça ne te dérange pas, j'aimerais que tu partes.

Je lui désignai la porte, essayant de dissimuler mes tremblements. J'avais l'impression de ne pas l'avoir vu depuis une centaine d'années, et je détestais ces pincements à l'estomac que me provoquait sa présence.

— Impossible. Il faut d'abord que je t'explique un truc.

Il se leva et, à ma grande surprise, souleva son tee-shirt pour le retirer.

— Qu'est-ce que tu fais ? éclatai-je en tendant la main pour l'arrêter.

Mes yeux tombèrent alors sur son tatouage.

Et mon cœur s'emballa. Fiévreusement.

Sans me quitter des yeux, il posa son vêtement sur la table.

— Je l'ai transformé il y a quelques semaines. Ce que tu m'as dit au moment de notre rupture... ça m'a marqué, Liv. J'ai eu beaucoup de temps pour y réfléchir, pour bien analyser la situation. Pour tourner la page. C'est de ça (il me désigna son tatouage) que je veux te parler depuis le jour où je l'ai fait faire.

Le « A » stylisé sur son torse s'était déployé en un mot complet. « Après ».

Une boule de la taille du Mexique se logea dans ma gorge.

Nate approcha de moi, le regard intense, fiévreux. Il reprit la parole d'une voix basse et chargée d'émotion :

— Avant toi, il y avait Alana. Je ne peux rien y changer, Liv, et je n'en ai pas envie. Elle était mon premier amour. Un amour plus simple. L'amour de deux enfants. (Il scruta mon visage, cherchant probablement à jauger ma réaction, mais j'étais trop stupéfaite. Il reprit donc calmement :) J'ai toujours cru que je gardais mes distances avec les femmes parce que je savais que je ne pourrais plus jamais aimer quelqu'un comme je l'avais aimée. Je me trompais. Je gardais mes distances parce que j'avais peur de trouver l'amour que mes parents connaissent, peur du mal que cela me ferait si je le perdais un jour.

Il reprit sa marche en avant, et chacun de ses pas me dérobait un nouveau souffle.

— Je n'ai jamais voulu tomber amoureux de toi. Mais c'est arrivé. Je l'ai senti dès la première fois où nous avons fait l'amour. Je suis alors parti parce que je ne m'étais jamais senti aussi paumé, alors que je m'étais complètement trouvé en allant et venant en toi, les yeux plongés dans les tiens. Je me disais que je devais partir... mais j'étais incapable de rester loin de toi. (Il sourit.) J'étais totalement accro, dès la première fois. Je suis vraiment navré de t'avoir fait vivre un enfer. D'avoir été si égoïste. De t'avoir fait douter de ce qui existait entre nous depuis le début. Parce que c'est là, depuis notre rencontre, Liv. Les cours particuliers ont seulement permis de le faire éclater au grand jour. Depuis que je te connais, j'ai plus de plaisir à être avec toi qu'avec n'importe qui d'autre. Je ris davantage avec toi. Je me sens plus moi-même. Je te fais assez confiance pour te dévoiler ma véritable personnalité. Quand quelque chose ne va pas, ou quand tout va bien, quand j'entends une blague ou vois un truc bizarre, tu es la première personne à qui j'ai envie d'en parler. Si tu ajoutes à cela les meilleures baises que j'aie connues, pas étonnant que je sois complètement fou.

Il combla l'espace qui nous séparait encore et dit d'une voix plus grave :

— J'ai envie de toi en permanence, Olivia. Ces dernières semaines ont été une véritable torture. Et malgré ce que tu penses peut-être encore, je te promets qu'il n'y a eu personne d'autre. Comment pourrait-il en être autrement ?

Je ne me rendis compte que je pleurais que lorsqu'il prit mon visage en coupe pour essuyer mes larmes des pouces.

— Alana était mon premier amour et je ne l'oublierai jamais. Elle fait partie de moi, aujourd'hui et à jamais. Mais je sais qu'il est temps de passer à autre chose et de commencer à vivre l'après. Voilà ce que tu représentes pour moi, Liv. Tu es l'amour de ma vie.

Mon sanglot éclata avant que je puisse l'étouffer et Nate m'attrapa par les épaules, posa son front contre le mien, puis me frotta les bras de façon apaisante.

— Je t'en prie, Liv, dis-moi ce que je dois faire pour que tu me croies.

Je déglutis, tâchant d'apaiser la douleur à la poitrine que l'émotion me causait. Je pris une longue inspiration, observai son torse et touchai délicatement son nouveau tatouage.

Après.

J'inclinai légèrement la tête et lui adressai un sourire plein de larmes.

— Tu l'as déjà fait.

Il m'étreignit alors et plaqua sa bouche contre la mienne.

— Putain, je t'aime tellement, gronda-t-il.

Mon cœur palpita, et je fermai les paupières de soulagement.

— Je t'aime aussi.

Il m'embrassa.

Fort.

Et je mis toute mon âme dans ce baiser.

Nous titubâmes jusqu'à la table sans décoller nos lèvres, comme s'il s'agissait là de notre dernière occasion. Nate nous fit pivoter et me hissa sur la table ; j'enroulai aussitôt mes jambes autour de son dos pour le rapprocher de moi. J'enfouis mes ongles dans sa peau quand il m'attrapa les hanches. Je lui suçai la langue et sentis en réponse son sexe durcir contre mon entrejambe.

Un éclat de rire venu de l'extérieur s'immisça entre nous et je me reculai subitement, secouant la tête avec stupéfaction.

— On ne peut pas, haletai-je. Pas ici. Tu sais combien d'élèves l'ont fait sur cette table ?

Les yeux luisant de désir, les joues rougies, Nate parut d'abord déconcerté en observant le lieu du crime. Puis il redressa le menton, plein d'espoir.

— J'habite à cinq minutes.

Une décharge de surprise me fit sourire.

— Je ne suis encore jamais allée chez toi.

Il arbora une expression de tendresse tout en faisant glisser une mèche de cheveux derrière mon oreille.

— J'aimerais vraiment t'y emmener maintenant, mon ange.

Je me mordis la lèvre, réfléchissant à sa proposition. Je n'eus pas à gamberger longtemps.

— J'ai des jours de congé en retard. Je suis sûre qu'Angus ne verra pas d'inconvénient à me laisser mon après-midi.

La main de Nate était chaude et puissante autour de la mienne, et comme il arpentait le bitume à grandes foulées, je n'avais d'autre choix que de trottiner pour rester à sa hauteur si je ne voulais pas qu'il m'arrache le bras.

Angus avait arboré un large sourire entendu quand je lui avais demandé mon après-midi, mais il me l'avait aussitôt accordé. Nate m'avait alors saisie par la main et entraînée hors de la bibliothèque sans perdre un instant. Il nous fit traverser les Meadows et gagner Marchmont dans le plus grand silence.

J'étais désormais contrainte de grimper à grande vitesse l'escalier de son immeuble. Au deuxième étage, toujours sans me lâcher la main, il sortit ses clés de sa poche et déverrouilla la porte laquée noire avant de me tirer à l'intérieur.

Me bloquant la vue, il claqua la porte par-dessus mon épaule avant d'écraser sa bouche contre la mienne et de me plaquer au mur.

Je m'embrasai immédiatement.

Le contact de sa joue mal rasée contre la mienne me fit saliver presque autant que sa langue experte. Je refermai mes doigts autour de ses cheveux soyeux et me collai à lui. Nate s'écarta le temps d'ôter son tee-shirt puis de m'enlever mon haut.

Je levai les bras pour lui faciliter la tâche et me retrouvai en soutien-gorge.

Qui disparut quelques secondes plus tard.

Un gémissement de plaisir m'échappa quand Nate me suçota un téton tout en pinçant l'autre entre son pouce et son index. Je fermai les paupières, cabrant le dos pour mieux m'offrir à lui, cramponnant sa tête contre ma poitrine.

— Tu m'as tellement manqué, haletai-je tandis que l'excitation se faisait ressentir entre mes jambes.

Mes mots lui firent redresser le nez, et il m'embrassa de nouveau avant de replonger dans mon cou. Je tressaillis de surprise quand il posa les doigts sur mon sexe. Il me caressa à travers le tissu de mon pantalon et je gémis son nom, tendant les hanches pour accentuer le contact.

— J'ai failli devenir dingue, déclara-t-il soudain, quand tu m'as demandé pour la première fois de t'apprendre… quand tu m'as demandé de te baiser. (Il grogna et recolla ses lèvres à ma peau sans cesser de me torturer à force de caresses.) Il m'a fallu faire preuve d'une volonté incroyable pour ne pas t'entraîner chez toi et te sauter jusqu'à l'épuisement.

— Sérieusement ? haletai-je, laissant glisser mes mains le long de son dos.

Je m'accrochai à ses hanches, l'attirant contre moi.

— Sérieusement.

Il planta son regard dans le mien et je faillis jouir rien qu'à voir son expression. Nate avait *envie* de moi. Carrément envie.

— Ça faisait neuf mois que j'attendais une occasion comme celle-là.

Nos souffles se mêlèrent durant quelques secondes chargées d'intensité, puis je tendis les lèvres pour l'embrasser derechef. Je mis tout mon amour dans ce baiser. Quand je me reculai, nous respirions tous deux avec difficulté. Je pris alors son visage en coupe et abandonnai mes moindres réserves, mettant mon âme à nu. Je sus que Nate le perçut quand il raffermit sa prise sur mes hanches.

— Avant toi, murmurai-je, les lèvres tremblantes, personne ne m'a jamais donné l'impression d'être celle que j'ai toujours voulu être. Avec toi, je me sens belle, Nate. Dans tous les sens du terme. Personne ne m'avait jamais procuré ce bonheur. Personne.

— J'en suis ravi, murmura-t-il contre ma bouche. Non seulement parce que tu mérites d'éprouver cela... mais aussi parce que cela te rend mienne.

— Nate...

Je frémis à l'intonation possessive de sa voix.

— Tu vas crier pour moi ce soir. (Il effleura ma bouche de ses lèvres tout en défaisant ma braguette.) Tu vas me dire que tu n'appartiens qu'à moi.

Ses doigts glissèrent sous ma culotte, me pénétrant en douceur.

J'arquai le dos à ce contact en soupirant.

— Viens en moi, suppliai-je. Ça aussi, ça me manque.

— Je suis déjà en toi, répondit-il, taquin, s'introduisant un peu plus profondément dans ma féminité.

En dépit du plaisir que cela me donnait, c'était loin d'être suffisant.

— Non... Je veux sentir ta queue. Je veux que tu me la mettes. Loin. Très loin.

Il écrasa sa bouche sur la mienne, maîtrisant mal ses mouvements en me faisant tomber le pantalon sur les chevilles. Nous nous séparâmes le temps que je me déchausse du bout des orteils et que je me dépouille de ma culotte. Un frisson d'excitation indécent me dévala l'échine quand je vis Nate réagir à ma nudité.

— Bordel. (Il s'immobilisa pour me dévorer du regard, les mains sur le bouton de son jean.) Tu sais à quel point tu es sexy ?

Son air médusé m'échauffa encore plus. J'en eus vite marre qu'il me reluque ; je voulais qu'il me possède.

— Nate, dépêche-toi.

Les prunelles brûlantes, il déboutonna lentement son jean, tandis qu'il haletait.

— Dis-le encore. Dis-le en gardant les jambes bien écartées, prête à me recevoir.

La gêne que sa remarque provoqua en moi fut vite balayée par mon excitation. J'étais trempée.

— Tu veux que je dise quoi ?

Ses lèvres s'ourlèrent légèrement aux commissures.

— Tu le sais très bien, mon ange.

Des grossièretés. Nate aimait qu'on soit vulgaire.

Qui pensais-je tromper ? Moi aussi, j'adorais ça.

Les omoplates contre le mur, les seins lourds et gonflés, j'ouvris un peu plus les cuisses, le faisant suffoquer.

— Je veux sentir ta grosse bite en moi tout de suite, et je veux que tu me baises contre ce mur jusqu'à ce qu'on en crève.

J'eus à peine l'occasion de voir ses abdos se contracter à mes paroles, car il me sauta dessus. Ses baisers étaient douloureux. Il libéra son membre quelques secondes avant de me soulever les jambes pour me faire remonter le long du mur, me mettant dans la bonne position.

Puis il s'enfonça en moi.

Puissamment.

Profondément.

Nous poussâmes tous deux un cri quand mon sexe se resserra autour du sien. Mes mains sur ses épaules, mes jambes autour de sa taille, je m'accrochais à lui de toutes mes forces tandis qu'il me pilonnait.

— Tu es trempée, dit-il d'un ton rauque. Tu mouilles pour moi, mon ange. J'adore te sentir si chaude et si humide.

— Juste pour toi, promis-je en haletant tandis qu'il augmentait la cadence.

Je poussai des cris déchirants tant les frictions délicieuses et brutales faisaient croître la pression en moi.

Puis, soudain, j'eus l'impression de voler en éclats avant de m'effondrer sur Nate, qui nous fit tomber au sol. Sans jamais se retirer, il me retourna comme une crêpe, m'aplatissant le dos sur le parquet. Il souleva ma jambe droite au maximum, écartant délicatement la gauche pour m'ouvrir encore davantage. Ses yeux s'embrasèrent un peu plus alors que cette nouvelle position lui permettait de me pénétrer plus loin.

Le plaisir ne cessait d'enfler.

— Nate ! m'écriai-je, incapable de bouger tant il me maintenait fermement.

Cela ne faisait que précipiter l'orgasme.

— C'est ça, haleta-t-il sans jamais me quitter des yeux. Laisse-moi te prendre à fond, mon ange.

— Je vais jouir. (Je fis racler mes ongles sur son plancher.) Je vais jouir.

Soudain, ses mouvements ralentirent et la pression se stabilisa.

— Non ! hoquetai-je désespérément. Ne t'arrête pas.

Ses prunelles pétillaient de malice.

— Dis que tu m'appartiens.

— Quoi ?

— Dis que tu m'appartiens.

Mais putain, à quoi jouait-il ?

— Nate, ne t'arrête pas, j'y suis presque.

Il ondula des hanches pour me provoquer.

— Dis que tu m'appartiens.

— Bien sûr que je t'appartiens, rétorquai-je. Et maintenant, baise-moi !

Son sourire fugace disparut dès lors que son désir le poussa à reprendre ses va-et-vient ; il accéléra jusqu'à ce que mon souffle se bloque.

— Oh, mon Dieu ! (J'abattis les mains à plat sur le sol.) Oh, mon Dieu ! Oh, mon Dieu ! Nate !

La pression déborda et l'orgasme qui me déchira fut si puissant que mes yeux se révulsèrent. Le bas de mon corps frémit contre les coups de boutoir de Nate, mes muscles vaginaux se refermant énergiquement autour de sa verge. Nate jouit, poussant cette fois un véritable cri au lieu de son râle habituel. Son bassin soubresauta à plusieurs reprises tandis que l'orgasme l'emportait.

Il se redressa au-dessus de moi, les yeux grands ouverts, et nous nous dévisageâmes dans un état proche de la stupeur.

Je n'avais jamais pris un pied pareil. Jamais !

Relâchant lentement son emprise sur mes jambes, il se laissa rouler par terre près de moi, et nous restâmes allongés tête contre tête, le souffle court, couverts de sueur, à contempler le plafond blanc.

— Et donc, dit Nate dès qu'il put de nouveau respirer normalement, voici mon appart.

Souriant, je répliquai :

— J'aime bien ton mur. Et tu as un joli plafond.

Nous nous tournâmes l'un vers l'autre et éclatâmes de rire. Je gloussais encore quand Nate se remit à califourchon sur moi et me passa les mains dans les cheveux tandis que je lui caressais le dos.

— Tu veux visiter le reste ?

Je fis mine d'y réfléchir un instant avant de demander :

— Tu as une tête de lit à barreaux ?

Il me répondit d'un sourire entendu.

— Tu me demandes de t'attacher ?

J'acquiesçai.

— De toutes les manières possibles.

Son expression se radoucit et il se pencha pour me déposer un baiser sur la bouche.

— Ça peut se faire, chuchota-t-il.

28

C'était un chaud après-midi printanier ; une légère brise soufflait sur mes bras nus tandis que je me dirigeais avec raideur vers le *Club 39*, juchée sur mes talons aiguilles. Je croisai deux types, dont je sentis le regard s'attarder sur moi. Les observant en coin, je compris qu'ils reluquaient mes jambes d'un air appréciateur.

Quelques mois plus tôt, j'aurais encore réussi à me convaincre qu'ils ne me mataient pas, mais qu'ils étaient simplement estomaqués de voir une grosse oser porter une robe. À présent, je savais que ça n'était pas vrai. J'avais des jambes superbes. Et j'aimais les exhiber.

Mais pas pour ces gars-là.

Non, mes guiboles étaient destinées à Nate Sawyer, et à Nate Sawyer seulement.

Je suis contente pour toi, mon sucre.

Je souris. Ouais, j'étais convaincue que ma mère serait sincèrement heureuse pour moi.

J'attaquais la dernière ligne droite menant au bar quand mon téléphone se mit à sonner. Je le sortis de ma sacoche noire au fermoir rubis assorti à la robe écarlate que j'avais enfilée. En voyant le nom de mon père s'afficher sur l'écran, je décrochai instantanément.

— Salut, ma puce. Dee et moi voulions savoir si tu voulais passer boire une bière avec Nate.

— J'adorerais, mais on pourrait plutôt faire ça demain soir ? Je suis justement en train de le rejoindre, lui et le reste de la bande.

— Pas de problème, va pour demain. En parlant de Nate, tu pourras lui demander s'il a parlé à son copain journaliste d'écrire un papier sur la boîte ?

Je souris en contemplant mes chaussures en daim rouge sombre. Elles étaient magnifiques. J'avais choisi ma tenue avec soin pour plaire à Nate. Nate, avec qui je sortais officiellement depuis une semaine. Et déjà, mon père essayait de lui soutirer des faveurs.

— Tu n'auras qu'à lui demander demain.

— Entendu, ma puce. (Il resta silencieux un moment.) Et donc, tout se passe bien ? me demanda-t-il ensuite, alors que je descendais les quelques marches menant à l'intérieur.

— Super bien.

— Tant mieux. Ta mère serait aux anges.

Des larmes me brûlèrent les yeux.

— Figure-toi que c'est exactement ce que j'étais en train de me dire.

— Bon... (Le ton de mon père étant subitement bourru, je compris qu'il était particulièrement ému.) Je vais te laisser. Amuse-toi bien.

— Au revoir, papa.

Je rangeai mon téléphone et m'étonnai du fait que je me sentais formidablement bien. Pour la première fois depuis une éternité, j'avais l'impression de pouvoir respirer librement. Même si j'avais un jour admis à Nate ressentir, quelque part au fond de moi, des ressentiments à l'égard de ma mère, je savais désormais que ça n'était pas vrai. Je crois que j'avais surtout peur de la décevoir, mais j'avais depuis compris que la seule chose qui pourrait la chagriner un jour serait de ne pas être heureuse.

Je peinais à croire que le simple fait d'être épanoui puisse apporter tant de soulagement.

Toutes les composantes de mon existence s'imbriquaient parfaitement les unes dans les autres. J'adorais mon boulot et mes amis, j'avais trouvé une véritable famille sans laquelle je ne pourrais plus vivre, j'avais fini par m'apprécier intérieurement comme extérieurement et j'étais amoureuse d'un homme magnifique, qui m'aimait tout autant en retour.

Une chose que Nate s'était attelé à me prouver durant toute la semaine écoulée.

Et cette démonstration ayant été particulièrement physique, j'étais à peu près sûre d'avoir perdu depuis au moins deux ou trois kilos. Ce qui n'était pas pour me déplaire.

Le videur du *Club 39* me décocha un sourire carnassier et me salua d'un petit signe du menton tandis que je lui passais devant en arborant un air mystérieux. Qui ne lui était toutefois pas destiné : il était adressé à Nate. Angus m'ayant demandé de rester un peu plus tard cet après-midi-là, je lui avais téléphoné pour lui dire de m'attendre au bar plutôt que de venir me chercher. Cela signifiait que je devais soigner mon entrée, tout en prouvant que nous sortions effectivement ensemble, au lieu de se distraire mutuellement au lit. Il était important de nous montrer ce soir, car c'était la première fois que nous allions nous joindre aux autres en tant que couple. Et même si elle ne pouvait pas boire, Joss serait là.

— Tu viens ? m'étais-je étonnée quand elle m'avait appelée pour confirmer l'heure.

— Et comment ! Nate Sawyer mis à genoux, je ne manquerais ça pour rien au monde.

— Je ne l'ai pas mis à genoux ! m'étais-je offusquée.

— Olivia, il saute tout ce qui bouge depuis que je le connais. J'attends qu'une femme lui fasse perdre la tête depuis le jour où je l'ai rencontré. Il n'y a rien sur cette planète qui pourrait m'empêcher de venir le regarder baver devant toi.

Cela m'avait fait rire, et je n'avais pas voulu la décevoir en lui apprenant que Nate n'était pas du genre à baver.

En entrant dans le bar, je repérai immédiatement la table où étaient assis mes amis et je me dirigeai vers eux à grands pas, mon cœur s'accélérant quand je vis Nate rire à une plaisanterie de Cam. Comme s'il avait senti ma présence, il se tourna lentement vers moi et me dévora des yeux. Je ne l'avais jamais vu si près de baver.

Il se leva et fit le tour de la table pour venir m'accueillir.

D'un bras puissant, il me serra tout contre lui. Mon sourire avenant disparut soudain sous son baiser vorace. Je l'embrassai en retour, enroulant légèrement les doigts dans les cheveux de sa nuque. Lorsque nos lèvres s'écartèrent enfin, je haussai les sourcils.

— Waouh, c'est un sacré bonjour.

Les yeux mi-clos de Nate étaient braqués sur ma bouche.

— C'est une sacrée robe.

— Ta couleur préférée.

— Sur ma personne préférée.

Je souris et lui déposai un dernier baiser.

— Et si on s'asseyait, avant de provoquer une émeute ?

— Ou alors on pourrait directement rentrer chez toi, suggéra-t-il en me caressant la hanche.

Même si cette simple évocation me fit frémir de ravissement, je le repoussai d'une main sur le torse.

— Je crois qu'on peut se permettre de passer quelques heures hors de ma chambre pour profiter de nos amis.

— Une heure.

— Trois.

— Une heure et demie.

Je gloussai avant de hausser les épaules.

— Bon, d'accord. Deux.

— Deux heures.

Après un nouveau baiser, il me lâcha la taille pour me prendre la main. Quand il me mena jusqu'à la chaise qu'il voulait que l'on partage, je sentis tous les regards de nos amis braqués sur nous.

Une fois assise, j'observai tour à tour Ellie, Jo, Joss, Braden, Adam et Cam, et je dus me mordre les lèvres pour m'empêcher de rire. Tous dévisageaient Nate comme s'ils ne l'avaient encore jamais rencontré.

— C'est un miracle de gigolo, souffla Joss, incrédule.

Je gloussai en décochant un coup de coude à Nate, qui la toisait d'un œil torve.

— Sérieusement. (Ellie souriait.) Je crois que je n'y croyais pas vraiment avant de le voir de mes propres yeux. Nate est amoureux d'Olivia.

Le regard de Nate s'assombrit encore, même si les filles ne semblèrent pas le remarquer.

— J'en étais sûre, fanfaronna Jo. Je savais depuis le début qu'il en était dingue.

— Je suis contente qu'il ait enfin trouvé chaussure à son pied.

Joss lui sourit d'un air suffisant.

— C'est sûr qu'il en a essayé un paquet avant de dégoter la perle rare, renchérit Ellie. Il a dû faire beaucoup de lèche-vitrines.

— Les mecs, gronda Nate entre ses dents serrées, contrôlez vos bonnes femmes.

Tandis que Braden, Cam et Adam s'esclaffaient, se délectant du malaise de leur ami, je faisais de mon mieux pour dissimuler mon amusement. C'était très difficile, car je trouvais particulièrement hilarant de voir quelqu'un d'aussi décontracté que Nate se mettre dans tous ses états à cause de quelques taquineries.

Quand Joss rouvrit la bouche, manifestement pour en remettre une couche, Nate l'interrompit d'un regard assassin.

— Liv n'a pas besoin qu'on lui rappelle mon... passé mouvementé avec les femmes. Donc si vous voulez bien la fermer et parler d'autre chose...

Des œillades réjouies furent échangées, mais chacun obtempéra. Nous nous mîmes alors à discuter des travaux de rénovation que Joss et Braden avaient entamés dans l'ancienne chambre d'Ellie. Ils comptaient en faire une chambre d'enfant et, dès qu'ils connaîtraient le sexe du bébé, Jo, Dee et papa allaient les aider pour la redécorer.

— Je vais commander une autre tournée. (Nate se tourna vers moi.) Tu veux m'accompagner au bar ?

J'acquiesçai et il me prit par la main pour me faire traverser la salle à sa suite. Tandis que nous attendions notre commande, je m'appuyai contre lui en lui pressant la main.

— Mon chou, tu sais que je me fous de tes anciens plans cul, pas vrai ?

Un muscle de ses mâchoires se contracta alors.

— J'en ai juste marre qu'on m'en reparle sans arrêt.

— Pourquoi ça t'ennuie tant que ça ?

Il parut sincèrement surpris par ma question, comme si la réponse était évidente.

— Il m'a fallu des semaines pour te convaincre de la véritable nature de mes sentiments pour toi, Liv. Je n'ai pas besoin qu'on me remette le nez dans mon passé.

Waouh. Nate craignait de me perdre ?

Collée à lui, je secouai la tête.

— Nate, ces femmes ne signifiaient rien pour toi. Je ne me suis jamais sentie menacée par elles.

— Tu en es sûre ?

— J'en suis certaine. Mon seul doute concernait Alana, mais il est levé, maintenant, d'accord ? Je t'aime et je suis ici avec toi. Je n'irai nulle part.

Ses prunelles s'illuminèrent d'un éclat que je n'y avais encore jamais vu.

— C'est promis ? me demanda-t-il.

Une vague d'inquiétude me submergea quand je pris conscience que notre séparation lui avait causé plus de mal que je ne l'avais supposé. Je compris alors que je l'avais laissé dissiper tous mes doutes le concernant au cours de la semaine écoulée, mais que j'aurais dû en faire autant pour lui prouver que je l'aimais si fort que jamais je ne laisserais quoi que ce soit s'immiscer entre nous.

Je tendis le cou pour lui murmurer à l'oreille :

— Rentrons chez moi. Tout de suite.

Il me regarda, l'air interrogateur.

— J'ai une promesse à te faire, dis-je avec un sourire coquin.

Comprenant où je voulais en venir, il tourna aussitôt les talons et m'entraîna vers la sortie. J'envoyai un SMS à Jo pour l'informer que nous partions, et nous nous empressâmes de gagner Jamaica Lane.

Une fois dans mon lit, là où tout avait commencé, nous fîmes lentement l'amour, lui promettant de tout mon corps que l'« après » que nous allions construire ensemble durerait… l'éternité.

Épilogue

— Je vous suis vraiment reconnaissante d'être venues me tenir compagnie. (Ellie sourit en disposant un plateau de boissons et de biscuits sur les cartons.) Adam ne supporte pas le désordre, je lui ai donc promis de tout installer ici avant notre emménagement.

J'étais debout, un bibelot entouré de papier journal entre les mains, tandis que Joss et Jo farfouillaient dans les boîtes.

— Tu peux arrêter de nous remercier, lui assurai-je. On est contentes de pouvoir t'aider. Tu as beaucoup de pain sur la planche. Une nouvelle maison, un nouveau travail, un mariage à préparer… (Je la considérai en fronçant les sourcils, puis échangeai l'objet qui m'encombrait contre un verre.) Je t'ai déjà dit que tu étais folle ?

Quelques semaines s'étaient écoulées depuis la soirée au bar, et Ellie et Adam avaient enfin récupéré les clés de leur nouvelle demeure, sur Scotland Street. Ils cumulaient le stress du déménagement avec celui du mariage. Celui-ci aurait lieu dans à peine neuf mois.

Ellie éclata de rire.

— Eh bien, je comptais obtenir de l'aide de la part d'une certaine personne, mais il a fallu qu'elle se fasse engrosser par un certain grand frère surprotecteur qui, faut-il le préciser, l'autorise à peine à sortir de chez elle pour venir m'aider à déballer.

Joss leva les yeux vers elle.

— Oui. Je me suis fait engrosser exprès pour ne pas avoir à me taper des charges lourdes ou le choix du bouquet.

— En parlant de charges lourdes, intervint Jo, où est Cole ?

Je me tournai vers l'entrée de la maison.

— Je crois qu'il est sorti. Tu veux que j'aille le ramener par la peau du cou ?

— Ouais, accepta-t-elle dans un soupir. Soudoie-le avec de la nourriture, s'il faut.

— Tu n'étais pas obligée de lui demander d'aider.

Ellie sourit, semblant compatir avec l'adolescent exploité.

— Pourquoi ? (Hannah apparut soudain dans le couloir, un carton dans les bras.) Tu m'as bien forcée, moi. Si je ne peux pas me défiler, Cole non plus.

— Je vais le chercher, murmurai-je en me faufilant hors du vaste séjour pour gagner le couloir, large et spacieux.

La double porte d'entrée était ouverte en grand pour nous faciliter l'accès à l'intérieur, et alors que je m'apprêtais à sortir, je perçus la voix de Cole, puis celle, plus douce, d'une fille. Je ralentis le pas pour m'approcher discrètement de l'entrée.

J'écarquillai les yeux en le voyant debout en bas des marches, à côté d'une petite rousse. Ce n'était pas le fait qu'il parle à une fille qui me surprenait, plutôt son langage corporel. Il la dominait de façon presque protectrice, et à la manière dont il lui souriait…

La fille éclata de rire et je me mordis les lèvres en la voyant rayonner de la sorte. Ils continuèrent à discuter à mots couverts, de façon intime, et je décidai de ne pas les interrompre. Je retournai au salon le plus silencieusement possible.

Jo leva le nez de son carton.

— Où est-il ?

Je souris à pleines dents.

— Il est en train de draguer une jolie rouquine. Il n'est pas question que je l'interrompe.

Elle haussa des sourcils incrédules.

— Sérieux ?

— Sérieux. Et si j'en crois ce que j'ai vu, ne sois pas étonnée si une fille traîne régulièrement à l'appartement, ces jours prochains.

Hannah ricana.

— Cool. Ça me fait des munitions.

Ellie lui décocha un petit coup de coude.

— Sois gentille.

— Pourquoi ? Il n'arrête pas de me charrier. Maintenant, j'ai au moins de quoi riposter.

Nous la toisâmes d'un air réprobateur avant de nous remettre à l'ouvrage.

Vingt minutes plus tard, Cole reparut, une moue malheureuse chiffonnant son visage. Jo plissa le front d'inquiétude.

— Hé, petit frère, est-ce que ça va ?

Il maugréa une réponse inintelligible et se dirigea vers un carton.

J'échangeai un coup d'œil avec sa sœur avant de trouver le courage de demander :

— Qu'est-ce qui est arrivé à ta copine ? La petite rousse ?

Cole sursauta, comme si je l'avais giflé. Sans un regard, il grommela :

— Elle a dû rentrer.

— Tu as pris son numéro, au moins ?

Il me fusilla de son regard émeraude.

— À ton avis ?

Puis il sortit de la pièce en trombe, sans s'inquiéter des cris de Jo qui lui enjoignait de s'excuser pour son impolitesse.

— Laisse tomber, dis-je en secouant la tête. Laisse-le tranquille.

Alors que Jo s'apprêtait à répliquer, ma sonnerie retentit et le simple fait de découvrir le visage de Nate sur l'écran de mon portable égaya mon humeur.

— Il faut que je décroche.

Je quittai discrètement la pièce et me réfugiai dans la cuisine vide où je répondis :

— Salut, mon chou.

— Salut, toi-même. (Sa voix basse et chaleureuse m'apaisa.) Tu as bientôt fini, chez Ellie ?

— Malheureusement pas. On en a encore pour plusieurs heures.

— OK. Dans ce cas, on va traîner un peu avec Cam.

— Tu sais, vous pourriez peut-être faire un crochet par ici pour récupérer Cole.

Nate ricana.

— Il s'ennuie, c'est ça ?

— Il est perturbé. Je crois qu'il s'est passé quelque chose. Avec une fille. Donc, évidemment, il ne veut pas en parler avec nous.

— On arrive tout de suite.

Je me sentis fondre.

— Tu vas carrément prendre ton pied ce soir.

Il eut un petit rire.

— N'est-ce pas le cas tous les soirs ?

— Si. Mais ce soir, je ferai tout ce que tu voudras.

— Tout ? s'étrangla-t-il.

— Absolument *tout*.

— Rappelle-moi d'être sympa plus souvent, si c'est ça.

J'eus un sourire un peu niais et m'adossai contre le mur, le corps plein de fourmillements rien que de penser à lui.

— D'accord. Mais ne sois pas trop sympa non plus, j'aime bien ton côté bad boy.

— Il y a vraiment des gens qui parlent comme ça ?

La voix de Hannah me ramena brusquement à la réalité, et je me redressai d'un bond pour la voir m'adresser un grand sourire narquois.

Je m'empourprai aussitôt et entendis Nate pouffer à l'autre bout du fil.

— Ce n'est pas drôle, le réprimandai-je.

— Carrément que si, mon ange, gloussa-t-il. À tout'.

Nous raccrochâmes et j'observai Hannah avec sévérité.

— Tu aurais pu me dire que tu étais là.

Ses prunelles pétillaient d'insolence.

— J'aurais pu, mais j'aurais loupé ta délicieuse conversation.

Je plissai les paupières et m'apprêtai à sortir de la pièce en lui lançant :

— Un jour, Hannah Nichols, tu vas rencontrer un garçon qui te rendra si gnangnan que tu finiras pas dire et faire des choses que tu n'aurais jamais imaginées. Et ce jour-là, qui est-ce qui va rire, à ton avis ?

Son joli sourire s'élargit.

— Avec un peu de chance, on rigolera tous.

— Tu as réponse à tout, hein ?

— J'aime à le croire, oui.

Je gloussai et lui passai un bras autour des épaules pour l'entraîner avec moi.

— Viens, on a une maison à ranger.

Dix-huit mois plus tard

Je jetai un coup d'œil à la porte de la salle de bains, pensant à ce que j'y avais laissé.

Bien.

Il fallait que je le dise à Nate.

Après quelques secondes d'hésitation, je poussai un lourd soupir. Je me tournai vers lui, puis vers le film qu'il regardait, avant de reposer les yeux sur son visage.

C'est parti.

— Qu'est-ce que tu regardes ?

J'étais vraiment une froussarde.

Nate m'adressa un coup d'œil.

— Le même film que celui qu'on a commencé ensemble il y a une demi-heure. Est-ce que tout va bien ?

Dis-lui.

Je haussai les épaules.

— Je suis complètement à l'ouest, désolée.

Habitué à mes excentricités, Nate s'en retourna à son film, que nous regardâmes dans un silence confortable. Ou plutôt, il le regarda pendant que je mijotais dans mon jus.

Un peu plus d'un an plus tôt, Nate avait rendu son appartement de Marchmont pour s'installer dans mon petit deux-pièces sur Jamaica Lane. Le lendemain du jour où il m'avait montré le tatouage que Cole lui avait dessiné, nous avions tout mis à plat. Mon père, Jo, Cam et les parents de Nate étaient particulièrement heureux pour nous. J'irai même jusqu'à dire que Nathan et Sylvie m'étaient infiniment reconnaissants. Mais ce n'étaient pas eux qui devaient l'être.

Même s'il n'était pas parfait – mais personne ne l'est, n'est-ce pas ? –, Nate avait fait de son mieux pour m'assurer qu'il était éperdument amoureux de moi. Il n'avait même pas eu à se donner tant de mal. Quand je lui avais dit que son tatouage et son petit discours m'avaient déjà convaincue, j'étais sincère. Depuis cet instant, les choses avaient repris leur cours magnifique. Ce qui impliquait que Nate passait beaucoup de temps chez moi. Je crois que si nous n'avions pas chacun eu peur de brusquer l'autre, il aurait emménagé directement. Toutefois, nous n'avions finalement abordé le sujet qu'au bout de six mois de cette nouvelle relation.

Si cette décision nous rendit heureux, nos parents le furent encore plus. À cause de la crise cardiaque de Nathan, j'insistais beaucoup pour que Nate et moi nous rendions à Longniddry aussi souvent que possible ; ainsi faisions-nous la route au moins une fois par mois pour passer une nuit chez eux. Nathan et Sylvie me tenaient en très haute estime. Quant à mon père, s'il restait extrêmement protecteur, il s'était beaucoup calmé depuis que Nate habitait avec moi ; d'autant que Nate lui avait fait savoir qu'il considérait désormais que c'était son rôle de veiller sur moi. Et croyez-moi, il s'acquittait de sa tâche à merveille.

Et je n'allais pas faire semblant de trouver ça agaçant.

J'étais une femme forte, capable, indépendante... mais, bon Dieu, j'adorais que Nate se montre aussi protecteur que possessif, parce que cela se terminait généralement en moments intimes...

Des moments intimes... qui nous avaient conduits à la situation actuelle...

J'examinai inconsciemment son profil si parfait, la lumière de l'écran se réfléchissant sur ses traits tandis qu'il suivait son histoire d'évasion.

— Tu préférerais quoi ? demanda-t-il soudain. Passer ta vie dans le quartier de haute sécurité d'une prison ou enfermée dans Jurassic Park ?

J'inclinai la tête de côté pour y réfléchir.

— Est-ce que je joue un rôle quelconque dans cette prison ?

— Non, tu es juste une taularde lambda.

Je poussai un soupir théâtral, comme si cette décision me pesait.

— Alors j'imagine que je choisirais Jurassic Park.

Nate sourit sans se détourner du poste.

— Pourquoi ?

— Eh bien, déjà, je serais tout le temps dehors, et quitte à être la proie de quelqu'un, j'aime autant que ce soit celle d'un animal agissant par instinct que celle d'une psychopathe.

Son rire chaleureux emplit notre appartement et me redonna du baume au cœur.

— Bonne réponse, mon ange. Comme toujours.

— Et toi ?

Il haussa nonchalamment les épaules.

— Si tu es à Jurassic Park, alors moi aussi.

Parfois – notamment à cet instant –, ce que je ressentais pour lui me submergeait et me dépassait totalement.

— Je t'aime tant... Tu le sais, pas vrai ?

Il tourna la tête vers moi, avec un air d'adoration.

— Je t'aime aussi, mon ange.

Nous nous sourîmes brièvement, avant qu'il s'intéresse de nouveau à son film.

Ce moment si parfait fut interrompu par la tentation silencieuse de l'objet dans la salle de bains.

J'avalai douloureusement ma salive.

— Et toi... Tu préférerais quoi ? Un trois-pièces dans la ville nouvelle, ou un appartement plus grand un peu moins central ?

Ma question inattendue suscita une lueur de confusion dans le regard de Nate.

— Ni l'un ni l'autre. J'adore cet endroit.

Mon cœur se mit à tambouriner de plus en plus fort contre ma cage thoracique, et j'aurais juré qu'il pouvait voir mon pouls battre sur mon cou.

— D'accord, repris-je d'une voix tremblante. Je vais essayer d'être plus claire. Tu préférerais quoi ? Un garçon... ou une fille ?

Son corps entier se contracta. Tétanisé.

— Nate ?

Il se tourna lentement vers moi, les yeux ronds, et me posa silencieusement la question.

Je me mordis la lèvre en acquiesçant.

Suite à cette confirmation, il se fendit du plus magnifique des sourires.

Un mélange de soulagement et d'excitation m'envahit alors. J'ignore encore pourquoi j'étais si inquiète. Il m'avait déjà fait savoir à plusieurs reprises qu'il ne demandait rien de mieux.

Je rampai sur le canapé jusqu'à me trouver à califourchon sur lui. Encore sous le choc, il me prit dans ses bras.

— Tu es enceinte ?

Je baissai la tête pour chuchoter tout contre ses lèvres :

— Félicitations, papa.

Son éclat de rire résonna dans toute la pièce, mes gloussements soulagés lui faisant écho quand il m'étreignit de toutes ses forces et nous souleva du canapé avant de m'emmener dans la chambre à grands pas déterminés. Généralement, quand il y avait quelque chose à fêter, il me jetait sur le lit et plongeait à ma suite, mais ce jour-là il me déposa avec d'infinies précautions et s'allongea sur moi comme si j'étais en porcelaine.

Je lui demandai avec un large sourire :

— Serais-tu devenu tendre ?

— Tu portes notre enfant. Il faut que je fasse gaffe à ce que je fais, maintenant.

— Pas quand il est question de baiser, dis-je en déboutonnant son jean.

Nate se figea, les bras tendus de part et d'autre de ma tête.

Mon cœur cessa de battre devant la gravité de son expression.

— Qu'est-ce qu'il y a ?

— J'avais tout planifié, m'annonça-t-il à voix basse. Je comptais attendre notre deuxième anniversaire, t'emmener en Arizona pour voir tes anciens amis et aller sur la tombe de ta maman. Tu lui aurais parlé de nous et, à notre retour, je t'aurais demandée en mariage.

Un agréable pincement me comprima la poitrine.

— Nate...

— Mais avec le bébé... on devrait peut-être se fiancer tout de suite ?

Je me fendis du plus large des sourires.

— D'accord.

Son froncement de sourcils disparut.

— D'accord, ça veut dire oui ?

J'éclatai de rire.

— Oui !

Son front se plissa de nouveau.

— Merde. Ça n'était pas la plus romantique des demandes en mariage, si ?

Lissant du bout des doigts la ride qui lui barrait le front, je répondis le plus sincèrement du monde :

— Ça l'était pour moi.

Il me sourit et posa sa main sur mon ventre.

— Je ne m'attendais pas à ça.

— Moi non plus, chuchotai-je.

— Mais je suis tellement heureux que quelqu'un, quelque part, ait jugé que je le méritais.

Je lui passai les mains dans les cheveux et l'attirai lentement à moi.

— Voilà notre « après », mon chou.

Nate m'embrassa et me serra fermement contre lui pour me signifier son assentiment.

Remerciements

Lorsque j'ai introduit pour la première fois Olivia et Nate dans la petite tribu de Joss et Braden, je savais qu'Olivia devait être bibliothécaire. Pas seulement parce que, avant de devenir auteur, je m'étais toujours imaginée travailler dans une bibliothèque, mais parce que Tammy Blackwell avait beaucoup insisté sur ce point. Bon, je sais que tu plaisantais, Tammy, mais l'idée a fait son chemin. Alors merci de m'avoir inspiré ce choix de carrière pour Olivia, et de m'avoir fait découvrir l'univers des bibliothécaires.

Merci à Paul Gorman et à la bibliothèque principale du campus de l'université d'Édimbourg d'avoir trouvé un créneau dans son emploi du temps surchargé pour me faire visiter l'envers du décor. Non seulement vous m'avez fourni nombre d'informations inestimables pour camper au mieux l'univers d'Olivia, mais vous m'avez également apporté un éclairage surprenant quant à l'impudence des étudiants d'aujourd'hui. Je vous avais promis d'en parler dans le livre.

Mes plus sincères remerciements à mon extraordinaire agent, Lauren Abramo. Tu m'encourages en permanence. Chaque fois que je découvre un e-mail de ta part dans ma boîte de réception, je souris jusqu'aux oreilles. Tu te casses le cul pour moi à longueur de journée, et sache que je t'en suis quotidiennement reconnaissante. Tu es une amie en or.

À mon éditrice Kerry Donovan : mille milliards de mercis. La foi que tu as en ces personnages, en cette série, en moi est époustouflante. Tu ne peux pas savoir combien ça compte à mes yeux. J'adore façonner cet univers avec toi. Et j'espère que nous aurons l'occasion de travailler sur des tas d'autres projets à l'avenir !

Un gigantesque merci à mon agent publicitaire Erin Galloway, ainsi qu'à toutes les personnes chez NAL qui ont travaillé dur pour que *Jamaica Lane* voie le jour et atterrisse chez nos lecteurs.

Merci aussi à mes éditrices Claire Pelly et Hana Osman, ainsi qu'à mes agents publicitaires Katie Sheldrake chez Michael Joseph (Penguin UK) pour votre gros boulot.

J'aimerais en outre remercier énormément Nina Wegscheider et toute son équipe chez Ullstein pour leur incroyable engouement vis-à-vis de la série. J'ai été absolument stupéfaite de voir des lecteurs allemands s'éprendre de ces personnages, et je vous remercie de m'avoir régulièrement tenue informée de cet enthousiasme collectif.

Et comme toujours (et à jamais), merci à ma famille et à mes amis d'avoir subi ma distraction et mes disparitions dans des mondes fictionnels, ainsi que mon incapacité à répondre à vos SMS dans des délais raisonnables.

Et, finalement, à mes lecteurs : merci de suivre cette série. Grâce à vous, chaque journée est belle !